读客科幻文库

跟着读客读科幻，经典科幻全看遍。

THE ROBOTS OF DAWN

银河帝国

11 曙光中的机器人

[美]艾萨克·阿西莫夫 著
叶李华 译

江苏凤凰文艺出版社
JIANGSU PHOENIX LITERATURE AND ART PUBLISHING, LTD

图书在版编目（CIP）数据

曙光中的机器人 /（美）阿西莫夫 (Asimov,I.) 著；
叶李华译 . -- 南京：江苏凤凰文艺出版社，2015（2023.3 重印）
（银河帝国 . 机器人五部曲）
书名原文：The Robots of Dawn
ISBN 978-7-5399-8333-2

Ⅰ . ①曙… Ⅱ . ①阿… ②叶… Ⅲ . ①长篇小说－美
国－现代 Ⅳ . ① I712.45

中国版本图书馆 CIP 数据核字 (2015) 第 100048 号

曙光中的机器人

［美］艾萨克·阿西莫夫 著　　叶李华 译

责任编辑	丁小卉
特约编辑	江培芳　许姗姗
封面设计	李子琪
责任印制	刘　巍
出版发行	江苏凤凰文艺出版社
	南京市中央路 165 号，邮编：210009
网　址	http://www.jswenyi.com
印　刷	三河市龙大印装有限公司
开　本	890 毫米 ×1270 毫米 1/32
印　张	15.75
字　数	372 千字
版　次	2015 年 9 月第 1 版
印　次	2023 年 3 月第 37 次印刷
标准书号	ISBN 978－7－5399－8333－2
定　价	248.00 元（全 5 册）

江苏凤凰文艺版图书凡印刷、装订错误，可向出版社调换，联系电话：010–87681002。

机器人学三大法则

一、机器人不得伤害人类，或因不作为而使人类受到伤害。

二、除非违背第一法则，机器人必须服从人类的命令。

三、在不违背第一及第二法则的情况下，机器人必须保护自己。

——《机器人学手册》第56版，公元2058年

目　录

献给马文·闵斯基与约瑟夫·F.恩格柏格，他们两人（分别）是机器人学理论和实务的化身。

第一章
贝 莱

01

以利亚·贝莱来到树荫下，开始喃喃自语：“我就知道，我出汗了。”

他拉了拉衣服，反手擦去额头上的汗水，然后闷闷不乐地望着湿答答的手背。

他继续自言自语：“我最讨厌流汗。”这句话，像是在宣称一项放诸宇宙皆准的法则。想到宇宙总是制造这种既讨厌又不可或缺的东西，他再度感到厌烦不已。

只要待在大城内，你就永远不会流汗（当然，除非是故意的），这是由于大城内的空气和湿度始终受到绝对的控制，因此，无论从事任何必要的活动，你所产生的热量一律不会超过消散的热量。

那样才叫作文明。

他放眼望去，田野中零零星星有好些男男女女，这些人可算通通归他管辖，其中大多数是接近二十岁的青年，但也有些是像他一样的中年人。他们正在做的每一件事，例如垦地翻土，其实都是机器人分内的工作——而且它们能做得更有效率得多，绝不会像这些主人那么笨拙，不过这回人类坚持亲自动手，所以它们奉命站在一边旁观。

天上飘着几朵云，而且眼看太阳就要被遮住了。他抬头望了望，心情有些矛盾。虽然这意味着直射的阳光（以及汗水）会暂时终止，可是另一方面，是否也意味着可能会下雨呢？

置身于城外就是有这种麻烦，各种恶劣的环境顶多是半斤八两，永远不会令人愉快。

一片不大不小的云朵，竟然就能完全遮住太阳，令大地整个陷入阴暗，却对蔚蓝的天空几乎没有影响——这种大自然的奇景，总是令贝莱啧啧称奇。

这时，他站在茂叶形成的树荫下（这是最原始的墙壁和天花板，坚实的树皮更有一种足以抚慰人心的触感），再次望向并审视那群男女。无论天气如何，他们风雨无阻，固定每周来这儿一次。

一开始，只有极少数的勇者响应这个活动，如今则是越来越声势浩大，人数明显增加了许多。大城政府即使不算积极支持这个活动，至少并未横加阻挠，这已令人感激不尽。

在贝莱右边的地平线上——根据逐渐西沉的太阳，不难推断那边是东方——他能看到大城内一座座外形酷似手指的穹顶，那才是地球人安身立命之处。除此之外，他注意到远方有个移动的小黑点，只是目前还看不太清楚。

根据它的运动方式，以及其他一些很难形容的迹象，贝莱相当确定那是个机器人，但他丝毫不觉得惊讶。只要出了大城，地球表面处处皆为机器人的活动领域，人类从不涉足其间——例外的只有他们（包括他自己）这些梦想征服外星的少数人。

想到这里，他自然而然又转向那群正在锄地的星空梦想家，目光轮流扫过每一个人。每一个人他都认识，而且叫得出名字。他们都在工作，都在学习应付城外的环境，都在……

他突然皱起眉头，低声嘀咕："班特莱哪儿去了？"

立刻有一个声音（虽然有些气喘吁吁，却显得生气蓬勃）在他身后回应道："爸，我在这里。"

贝莱随即转身。"班，别这样。"

"别怎样？"

"别偷偷摸摸冒出来。来到这城外，想要维持心情平静已经很不容易，我可没多余的精神留意这种恶作剧。"

"我并不是故意要吓你。走在草地上，想弄出一点声音都很难，所以我也没办法。不过，爸，你是不是该进去了？你出来足足有两小时，我想应该够了吧。"

"为什么？因为我已经四十五岁，而你只是十九岁的毛头小子？你认为得好好照顾年老力衰的父亲了，是吗？"

班说："没错，我就是这么想。你真是个了不起的警探，一句话就把我拆穿了。"

班露出灿烂的笑容。他有一张圆圆的脸庞，以及一双闪亮的大眼睛。贝莱心想，班太像他的母亲了，他身上有太多洁西的影子。反之，贝莱自己这张冷峻的长脸则几乎没有一丝一毫遗传给他。

然而，班却遗传到了父亲的思考方式，例如不时会眉头深锁。无论谁看到那种严肃的表情，都不会怀疑他们的父子关系。

"我的状况很好。"贝莱说。

"是啊，爸，你是我们当中最好的，尤其是以……"

"以什么？"

“当然是以你这种年纪。而且，我从未忘记这个活动是你发起的。话说回来，刚刚我看到你躲在树下，于是我想——嗯，或许老人家受不了了。”

“你才老人家呢。”贝莱说。这时，刚才他瞥见的那个机器人已经来到近处，可以看得一清二楚了，但贝莱并未多加注意，他继续说：“如果阳光太强，本来就该偶尔到树下避一避。我们不但要学习忍受城外的种种不便，还要学习如何就地取材——瞧，太阳又从云端露脸了。”

“没错，是要出来了。好啦，你到底要不要进去？”

“我还能撑下去。每周我都可以休息一个下午，而我选择把时间花在这里。身为C7级，这是我应享的权利。”

“这并非权利不权利的问题，爸，问题在于你是否过劳了。”

“我告诉你，我感觉很好。”

“是啊，只不过一回到家，你就会直接冲到床上，躺在黑暗中不肯起来。”

“那是对抗过度曝光的天然解药。”

“可是妈会担心。”

“嗯，让她去担心吧，这对她其实有好处。再说，到这儿来又会有什么害处呢？最糟也不过是流汗而已，但我正是要学着适应流汗，不能避之唯恐不及。当初刚开始的时候，我只要走出大城这么一小段，就再也走不下去——而当时只有你陪着我。现在你看看，有多少人加入我们，而我又能毫无困难地走出多远。此外，我还学会了许多事。我可以再撑一个钟头，轻而易举。我告诉你，班，如果你母亲也和我们一起来，对她真的会有好处。”

“谁？妈？你绝对是在说笑。”

“一半一半。等到启程那一天，我将无法和大家同行——因为她不会去。”

“我想你会因此感到庆幸。你就别哄自己了，爸，距离那天还有好长一阵子呢——即使你现在还不算太老，到时也一定是老人家，恐怕无法参与年轻人的游戏了。”

“给我听好，”贝莱半握着拳头，“你这种‘年轻人’的论调，可真是天纵英才。你有没有离开过地球？田野里那些人又有谁有过这种经历？我就有，那还是两年前的事。当时我完全没有受过这种适应训练，而我撑过来了。”

“我知道，爸，但那只是短期旅行，是执行任务，而且你从头到尾接受妥善的照顾，所以两者不能混为一谈。”

“我认为可以。”虽然明知并非事实，贝莱仍旧倔强地坚持己见，“而且，我们不一定要等很久才能出发。只要我获准去一趟奥罗拉，我们就有机会随时离开地球。”

“算了吧，事情不会那么容易的。”

“我们必须试一试。想要地球政府放我们走，除非奥罗拉点头。在太空族世界中，要数奥罗拉最为强大，它的主张深具……”

“影响力！这我知道。关于这件事，我们已经讨论过一百万次了。可是，想要获得奥罗拉的许可，你不一定要亲自跑一趟，别忘了还有超波中继器这种东西。你在这里就可以和他们通话，我已经提醒你无数次了。”

“不一样的。我们需要作面对面的沟通——我已经提醒你无数次了。”

“总之，”班说，“我们还没准备好。”

“所谓没准备好，是因为地球不肯给我们太空船。而太空族不但愿意，还会提供必要的科技协助。”

“你还真有信心！太空族为何要这么做？打从什么时候开始，

他们对短命的地球人这么友善了？”

“只要我有机会和他们谈谈……”

班却哈哈大笑。“得了吧，爸，你想去奥罗拉，只是为了再去看看那个女人。”

贝莱不禁皱起眉头，一对眉毛紧紧贴着深陷的眼眶。“女人？耶和华啊，班，你到底在说什么？”

“好啦，爸，我保证守口如瓶，不会传到妈耳朵里——你和那个索拉利女人到底发生了什么事？我已经够大了，你可以告诉我。”

“什么索拉利女人？”

“地球上家家户户都从超波剧中认识了那个女人，你怎能当着我的面否认呢？就是那个女人，嘉蒂雅·德拉玛！”

“没发生任何事。那出超波剧毫无根据，我已经对你强调一千次了。她不是剧中那个样子，我也不是剧中那个样子，所有的剧情都是编出来的。你也知道，我曾经提出抗议，可是戏却照拍不误，因为政府认为它有助于地球和太空族的亲善关系。你要留心，在你母亲面前要坚持这个立场，千万别乱讲话。”

“我保证不会。只不过，这位嘉蒂雅去了奥罗拉，碰巧你也一直想去那里。”

“你是想告诉我，你真的认为我想去奥罗拉是因为……喔，耶和华啊！”

“怎么回事？”儿子扬了扬眉。

“那个机器人，竟然是机·吉洛尼莫。”

“谁？”

“它是局里的信差机器人，而它到这儿来了！今天是我的休假日，我故意把收讯器留在家里，就是不希望他们找到我。身为C7

级，那是我应有的权利，而他们竟然派机器人来找我。”

“爸，你怎么知道它是来找你的？”

“通过非常高明的推理。一、除我之外，这里没有第二个人和警局有任何关联；二、那个破铜烂铁正对准我走过来。我就是根据这两点，推论出它是来找我的，我该赶紧站到大树另一边去。”

“树木又不是墙壁，爸，机器人站在树这边，还是可以跟你说话。”

就在这个时候，那机器人开始喊道：“贝莱主人，我给你带口信来，总部要你赶回去。”

说完后，机器人等了一会儿，然后再度喊道：“贝莱主人，我给你带口信来，总部要你赶回去。”

“我听到了，也听懂了。”贝莱硬邦邦地说。他不得不回答，否则机器人会一直重复下去。

贝莱微微皱着眉头，开始打量这个机器人。它属于一种新的型号，比那些旧型要更像真人几分。短短一个月前，它们才正式拆箱启用，当时还引起不大不小的轰动。政府总是尝试利用各种方式——任何方式都不放过——让机器人变得更受大众欢迎。

这种机器人表面呈暗灰色，并没有金属光泽，而且或多或少有些弹性（有点像软皮革吧）。它的表情虽然几乎没有变化，却不像大多数机器人那样看起来像个白痴。不过就心智而言，它和其他的地球机器人如出一辙，实际上通通是白痴。

这时，贝莱突然想起了机·丹尼尔·奥利瓦这个太空族的机器人——他曾经两度和自己合作办案，一次是在地球上，另一次是在索拉利；而他们最后一次见面，则是丹尼尔为了“镜像案”来请教他的时候。丹尼尔这个机器人实在太像人类了，贝莱甚至可以将他当成朋友，而且至今仍旧想念他。如果所有的机器人都像他那样……

贝莱收回思绪，答道：“小子，我这半天休假，没必要回总部去。”

机·吉洛尼莫并未接口，但贝莱注意到，它的双手正在微微发抖。他相当了解，这意味着机器人的正子径路出现了某种程度的冲突。机器人必须服从人类的命令，可是在日常生活中，经常会出现两人的命令互相抵触的情形。

机器人终于作出决定，它说：“你正在休假没错，主人——总部还是要你赶回去。”

“既然他们要找你，爸……”班的口气有点不安。

贝莱耸了耸肩。“别给唬弄了，班。如果他们真急着找我，就会派出一辆密封车，里面或许还会坐着一名自告奋勇的同事——绝不会派一个机器人走路过来，还带着惹我生气的口信。”

班不以为然地摇摇头。“我可不这么想，爸。他们并不知道你在哪里，更不知道要花多少时间才能找到你。这种充满变数的搜寻工作，我认为他们不会派真人来执行。”

“是吗？好吧，咱们看看总部的命令到底有多强——机·吉洛尼莫，马上回总部去，告诉他们明天0900时我才会上班。”然后，他用更严厉的口气说，“回去，这是命令！”

机器人明显地犹豫不决了一阵子，然后才转身离去，但它很快又转过身来，试图走回贝莱身边。最后它停在一个固定位置，全身颤抖不已。

贝莱终于心知肚明，低声对班说：“看来我非走不可了，耶和华啊！”

这个机器人所出现的问题，机器人学家称之为“第二级等电位矛盾”。服从是机器人学第二法则的主旨，但机·吉洛尼莫此时却面对着两个强度大致相等而内容互相矛盾的命令。一般人将这种情形称为“机器人困阻”，而“机困”则是更常用的简称。

那机器人又慢慢转了过来，它最初接受的命令终究比较强，却也只强了一点点，以致它的声音含糊不清。“主人，我被告知你有可能这么说，在这种情况下，我就要回应……”它顿了顿，然后嘶喊道，“我就要回应——但你现在不是单独一人。”

贝莱对儿子点了点头，班立即会意，赶紧退了下去——他十分清楚父亲何时是“爸爸”，何时又是一名警官。

一时之间，恶作剧的念头在贝莱心中起伏不已，他很想再加强自己的命令，让机困效应发挥得更彻底，可是这么一来，这机器人注定严重受损，必须接受正子分析和程序重设。所有的修复费用都得由他支付，他一整年的薪水很可能会全被扣光。

于是他说：“我收回我的命令，你到底奉命如何回应？”

机·吉洛尼莫的声音立刻变得清晰。“我奉命回应说，事情和奥罗拉有关，所以要将你紧急召回。”

贝莱转向尚未走远的班，高声喊道：“我必须先走一步，让他们再做半小时，然后说我命令收工。”

他迈开大步往回走，同时没好气地问机器人道：“他们为何不能叫你一见面就说清楚？又为何不能给你装个驾驶程序，省得我一路走回去？”

第二个问题的答案，其实他心中非常清楚。如果让机器人驾驶车辆，只要出一点意外，一定会引起另一波的反机器人暴动。

他一直没有放慢脚步。他们要走上两公里，才能抵达大城的外墙，然后，还要在拥挤的交通状况中一路走到总部。

奥罗拉？这回又有什么样的危机呢？

02

贝莱花了半小时才走到大城的入口，他开始绷紧神经，迎接即将出现的心理变化。或许……或许……这次不会再发生了吧。

等到终于抵达那道分隔城里和城外、文明和洪荒的围墙，他将一只手贴到讯号板上，围墙随即出现一个逐渐扩大的裂缝。一如往常，一旦裂缝开到足以容身，他便迫不及待地挤了进去，机·吉洛尼莫紧跟在他后面。

岗哨中的警卫吓了一跳——只要有人从城外进来，他的反应一律如此，每一次，他都会露出难以置信的表情，都会进入警戒状态，都会赶紧握住手铳，也都会犹疑地皱起眉头。

贝莱沉着脸出示了证件，警卫立刻向他行礼。城门随即关上——他预期中的事也随之发生了。

贝莱回到了大城内，在围墙的重重包覆下，整个大城俨然构成了一个宇宙。他再度钻进源自人类和机器的噪音与气味中，这些听觉和嗅觉的刺激虽然永无止尽，可是不久之后，就会降到阈值之下，令他再也感觉不到。而城内的人工照明，则是既轻柔又间接，一点也不像城外那种既不均匀又不稳定的强光——绿、褐、蓝、白混在一起，不时还夹杂着红光和黄光。此外，大城里没有飘忽的强风，没有过冷过热的温度，没有晴雨不定的天气——只有一股股完全感觉不到的气流，永恒不变地静静吹拂，令万物永远保持清爽干燥。至于温度和湿度，则调整到完美的组合，令人一无所觉却舒适无比。

贝莱近乎抽搐地猛吸着气，同时满心欢喜地想到，自己又回家了，一切的未知数和威胁也随之消失了。

这就是总会发生的那件事。他再度把大城视为子宫，每次回到里面，照例欣慰地大大松了一口气。他明明知道人类必须钻出这个子宫，降生到世上，可是自己为何总是离不开它?

难道事情一定会这样吗？难道说，即使他引领无数群众走出大城，离开地球，飞入星际，到头来自己却无法成行？难道只有待在城内，他才会感到舒适自在吗?

他咬紧牙根——这些胡思乱想根本没用。

他回过神来，对机器人说："小子，你是不是搭车来到这儿的？"

"是的，主人。"

"车子哪儿去了？"

"主人，我不知道。"

贝莱转向那名警卫。"警官，这机器人是两小时前搭车来此地的，送他来的那辆车去了哪里？"

"报告长官，我值勤还不到一小时。"

老实说，这真是个蠢问题。无论那辆车里有些什么人，他们都不知道机器人需要多久才能找到他，所以当然不会在此等候。贝莱曾动念想要打电话，但想必他们会叫他搭乘捷运，那样一定更快。

他之所以犹豫不决，唯一的原因是机·吉洛尼莫在他身边。他不希望带着机器人一起登上捷运，但满街都是对机器人充满敌意的群众，他又绝对不能让它自己走回总部。

他处于进退维谷的窘境，而毫无疑问，这是局长有心刁难他。

无论是不是上班时间，只要联络不上他，局长就会很不高兴。

贝莱说："走这边，小子。"

这座大城占地五千余平方公里，人口数远超过两千万，而大众运输全靠总长四百多公里的捷运带，以及几百公里的支线缓运带。这个繁复的交通网上下共有八层，此外再加上数以百计、大小不一的转接点。

身为便衣刑警，理当熟悉所有的交通路线，这点贝莱绝不含糊。如果将他蒙上眼睛，带到大城任何一个角落，等到重见光明，他一定能毫无困难地前往另一个随机指定的地点。

因此毫无疑问，他当然知道怎样回到总部。然而，总共有八条路线可供选择，此时到底哪条最不拥挤，他一时之间还拿不定主意。

但他只迟疑了一下子，随即作出决定，说道："跟我走，小子。"机器人便温驯地跟在他后面。

他们跳上附近的一条支线带，贝莱立刻抓住一根微温的白色扶杆——它的特殊质地让人握起来轻松而舒适。贝莱不想坐下，因为并不会搭乘太久。机器人则是直到贝莱挥手示意，才学着他也握住那根杆子。其实它大可什么也不抓，仍旧不难保持平衡，可是这么一来，就可能会有人站在他们中间，贝莱可不想冒这个险。此时此刻，这个机器人由他负责照顾，万一机·吉洛尼莫出了任何事，大城政府蒙受的损失都要由他来赔偿。

这条支线带上的乘客虽然不多，但人人都无可避免地向机器人投以好奇的目光。贝莱则摆出一副高官的模样，一一回瞪众人，令他们个个不安地别过头去。

不久之后，这条支线眼看就要和普通路带交会，速度也刚好和最接近的路带一致，因此完全没有必要减速。贝莱做了一个手势，领着机器人下了支线带。由于上方不再有防护罩，他一踏上那条最近的路带，便感到一阵强风袭来。

他倾身向前，驾轻就熟地对抗着强风，并举起一只手臂挡在眼睛的高度。然后，他跨越一条条越来越慢的路带，一路朝捷运交点跑过去，接着再跨越一条条越来越快的路带，一路跑到捷运旁边的高速路带上。

这时，他听到几个青少年大喊“机器人！”，立刻料到将会发生什么事（别忘了，他自己也经历过这种年龄）。一群青少年——可能两三个也可能五六个——会在几条路带之间跳来跳去，而机器人迟早会被绊倒，当啷一声跌到路带上。事后如果闹上法庭，被捕的青少年便会坚称是机器人向他撞过来，真正威胁交通安全的是机器人——于是一定会被释放。

至于机器人，事发当时它根本无法自卫，而事后也不能出庭作证。

贝莱赶紧采取行动，挡在机器人和最前面的年轻人之间。然后，他横步跨到速度高一级的路带上，同时高举手臂，仿佛为了对抗更强的风力，其实是要在那个年轻人毫无准备之际，将他推向低一级速的路带。年轻人惨叫了一声“嘿！”，马上摔个狗吃屎，他的同伴赶紧重新评估形势，随即一举作鸟兽散。

贝莱发号施令：“小子，上捷运带。”

由于在无人陪伴的情况下，机器人不得自己登上捷运，所以机·吉洛尼莫稍微迟疑了一下。然而，贝莱的命令相当坚决，它不得不照做。好在贝莱立刻跟上去，这才解除了机器人的心理压力。

贝莱将机·吉洛尼莫推到自己前面，硬生生挤过站在底层的人群，来到了乘客较少的上层。他一只手抓住扶杆，一只脚牢牢踩着机器人的脚掌，同时忙着再次以怒目驱散好奇的眼光。

走了十五公里半的路程之后，终于来到警局总部附近，贝莱下了捷运，机·吉洛尼莫紧跟在后——自始至终，它未被任何人摸一摸或碰一碰。贝莱将毫发无损的机器人带到警局门口，换回一张收据。他仔细检查了收据上的日期、时间以及机器人序号，这才将它放进皮夹里。今天稍后，他还得确认电脑已经记录了这个交接手续。

现在，他就要去见局长了。贝莱自认很了解他，这位局长严厉无比，而且将贝莱过去的功绩通通视为大逆不道。无论贝莱出了什么差错，都会是遭到降级的最佳理由。

03

局长名叫威尔森·鲁斯，他在两年半前接下这个职位。当时，那宗太空族谋杀案所引起的轩然大波总算逐渐平息了，在情势许可后，前任局长朱里斯·恩德比第一时间辞职求去。

贝莱自己从未真正适应这个改变。朱里斯虽然有许多缺点，但他除了是贝莱的上司，还有另一重朋友的身份。相较之下，鲁斯却只是上司而已，他甚至没有大城血统，起码不是这个大城，他是从外地空降而来的。

鲁斯有着中等身材，既不特别高，也不特别胖。不过，他的脑袋相当大，似乎压得他的脖子微微向前倾。这使得他整体而言堪称“厚重”。厚重的身躯配上厚重的头颅，就连他的眼皮都很厚重，几乎遮住一半的眼睛。

任何人第一次见到他，都会觉得他还没睡醒，其实他永远眼观四面，耳听八方。这一点，在鲁斯接掌这个职位之后，贝莱很快就发现了。打从那时起，贝莱从未幻想鲁斯会喜欢他，更不曾幻想自己会喜欢这位新长官。

“贝莱，你为什么总是那么难找？”鲁斯的口气并不算坏——他一向如此——但也绝不能算高兴。

贝莱尽可能以恭敬的口吻回答：“局长，我今天下午休假。”

“是啊，这是你身为C7级的特权。但你总该知道有‘随身波’这种东西吧？总该知道它能让你随时随地收到官方讯息吧？即使并非上班时间，你也应该随时待命。”

“这点我非常了解，局长，可是如今，随身波不离身这类规定已经不存在了。无论我们带不带，反正一定能被找到。”

“在大城之内，的确，但你刚刚却在城外——难道我搞错了吗？”

“你没搞错，局长，我确实在城外。可是也没有任何规定，要求我在那种情况下，必须携带随身波。”

“所以说，你在用法规条文当护身符？”

“是的，局长。”贝莱心平气和地说。

局长站了起来，显得威风凛凛，隐隐散发着慑人的气魄，然后，他一屁股坐到办公桌上。想当初，恩德比曾在办公室墙上开了一扇窗，如今早已封死，而且重新粉刷过，于是在这个封闭（因而更加温暖舒适）的空间中，局长的身形看起来更为巨大。

他并未提高音量，继续说：“贝莱，我想你是仗着地球对你的感激，这才有恃无恐。”

“我之所以有恃无恐，局长，是因为我在工作上全力以赴，而且完全遵守规定。”

“但你仗着地球对你的感激，一再扭曲那些规定的精神。”

这回贝莱并未回答。

局长又说：“大家都认为，三年前你侦办萨顿的谋杀案，表现十分出色。”

“谢谢你，局长。”贝莱说，“而我相信，这件案子最后导致太空城从地球上消失。”

“没错，这一点，赢得地球各个角落的掌声。而两年前，你在索拉利的表现也被公认为可圈可点——别急，我正要说，这导致了太空族世界主动修改和我们的贸易条约，结果对地球极为有利。”

“我相信这些都有案可查，局长。”

“结果，你就变成了一个大英雄。”

“我从未这么说。”

“你每破一案就升一级，短时间内竟连升两级。而你在索拉利的事迹，甚至改编成了超波剧。”

“那出戏并未获得我的许可，而且违反我的意愿，局长。”

“虽然如此，它还是把你塑造成了英雄。”

贝莱耸了耸肩。

局长等了几秒钟，并未等到贝莱开口回应，便径自说下去：“可是过去这两年，你并没有什么重大贡献。”

“我最近有什么贡献，地球当局自然有权质疑。”

“完全正确，而且可能真的质疑过。所以当局知道，你领导了一个城外探险的新兴运动，带着一大群人去玩泥巴，扮演机器人的角色。”

“这些活动都获得了批准。”

“获得批准并不代表赢得赞赏，认为你是怪人的群众可能超过了把你视为英雄的崇拜者。”

“或许，我对自己的看法也正是这样。”贝莱答道。

“群众是健忘的，这点众所周知，在他们心目中，你的怪异行径很快便会取代你的英雄事迹，所以只要你犯一点错，就会带来严重的后果。你所仰仗的声誉……”

“请容我澄清，局长，我并未仰仗什么声誉。”

“好吧，警局觉得你仰仗了那些声誉。可是那些声誉救不了你，而我也无能为力。”

有那么一瞬间，贝莱阴沉的表情中似乎闪现一丝笑意。“局长，我可不希望你冒着丢官的危险，莽莽撞撞对我伸出援手。”

这回轮到局长耸耸肩，并挤出一个同样飘忽短暂的微笑。“这倒不劳你操心。”

“那么局长，你跟我说这些到底是为什么？”

“为了要警告你。我并不想毁掉你，了解吧，所以我至少要警告你一次。你即将卷入一个非常敏感、非常容易犯错的事件，而我要特别警告你，从头到尾一点小错都犯不得。”说到这里，他终于露出一个如假包换的笑容。

贝莱对那个笑容视而不见，追问道：“你能否告诉我，这个非常敏感的事件究竟是什么？”

“我也不知道。”

“是否牵涉到奥罗拉？”

“机·吉洛尼莫奉命在必要时可将这点透露给你，但除此之外，我就不知道了。”

“那么局长，你又如何断定它是个非常敏感的事件？”

“别忘了，贝莱，你自己就是专破奇案的推理专家。地球司法部明明可以把你叫去华盛顿，就像两年前派你去办索拉利上那件案子一样，可是这回他们却派专人来找你，这是为什么呢？而这位司法部的专员抵达之后，听说无法第一时间见到你，立刻皱起眉头，显得不太高兴，而且越来越不耐烦，这又是为什么？你让自己隐遁半日的决定是个错误，这件事我无法替你负责。或许这还不算致命的错误，可是我相信，你至少已经迈出错误的第一步。”

“然而，你却继续耽搁我的时间。”贝莱皱着眉头说。

“并不尽然。那位司法部的专员正在享用点心——你也知道，地球政府的高官一向不介意接受款待。等到专员吃完，我们再一起开会。我已经派人传达说你回到警局了，所以你我就继续等吧。”

贝莱开始耐心等待——他早已心知肚明，那出在他抗议之下照播不误的超波剧，虽然或许有助于提升地球的地位，却毁了他在警局的前途。如今在这个扁平的组织中，他活脱一尊突出平面的立体浮雕，自然而然成为众矢之的。

没错，他一再晋升，获得越来越多的特权，可是与此同时，他在警局中也累积了越来越多的公愤。因此，他爬得越高，就越容易摔得粉身碎骨。

哪怕只是犯一点错……

04

司法部的专员走了进来，四下望了望，随即走到鲁斯的办公桌后面，径自坐下来。身为上级长官，这位专员表现得恰如其分，鲁斯则默默选了一个下首的座位。

贝莱继续站在那里，竭力压抑着惊讶的表情。

鲁斯好歹应该先提一下，可是他并未那么做。而为了避免泄漏真相，他刚才说话的时候，显然还刻意字斟句酌。

那位专员竟然是女性。

其实，这并无任何违背常理之处。任何官员都可能是女性，即使部长也不例外。而警方成员中也不乏女性，甚至有一位女警做到了队长。

只不过，无论在任何情况下，除非事先被人告知，谁也不会先做这种心理准备。虽然在过去某些时代，曾有女性担任行政主管的诸多先例，熟读历史的贝莱对这点绝不陌生，可是如今却不属于那样的时代。

她个子相当高，而且此时坐得笔直。她身上的制服和男装并没有很大差异，而她的发型和妆容同样属于中性。唯有那突出的胸部能让人一眼看出她的性别，而她丝毫没有掩饰的意思。

她看起来有四十几岁，五官端正，轮廓很深。虽然已经明显步入中年，她的一头黑发却看不出任何斑白。

她说："你就是C7级便衣刑警以利亚·贝莱。"这是一句陈述，后面并没有问号。

"是的，长官。"贝莱却还是照例回答了。

"我是司法部次长拉维尼雅·迪玛契科，你看起来和超波剧里面那个演员不太一样。"

贝莱最近常常听到别人这样说，他公式化地答道："次长，如果他们找的演员长得太像我，那出戏就不会那么受欢迎了。"

"我倒不那么想，你看起来要比那个娃娃脸演员更像硬汉。"

贝莱仅仅迟疑了大约一秒钟，便决定把握住这个机会——也或许是这个机会令他不忍放弃，总之，他神情严肃地说："次长，您的品位很高。"

她笑了几声，贝莱则趁机轻轻吐了一口气。然后她说："我也愿意这么想——好啦，你让我久等到底是什么意思？"

"没有人通知我您将到访，次长，而我今天恰好休假。"

"据我了解，你去了城外。"

"是的，次长。"

"如果我的品位不高，我会说你是那群怪人的一分子。不过，还是让我换个方式问吧，你是那群狂热分子的一员吗？"

"是的，次长。"

"你指望有一天能够移民星际，在茫茫银河中找到几个新世界？"

"次长，或许并非我自己去。我也许年纪太大了，但……"

"你几岁？"

"报告次长，四十五。"

"嗯，看起来很像。而我，刚好也是四十五岁。"

"您看起来却不像，次长。"

"看起来比较老，还是比较年轻？"她又笑了几声，然后说，"我看咱们别再打哑谜了，你是否在暗示我已经太老，没机会成为移民先锋了？"

"如果不接受城外训练，大城居民没有一个能够成为移民先锋。而训练最好从小开始，比方说，我儿子就有希望踏上另一个世界。"

"是吗？但你当然知道，整个银河都在太空族的掌握中。"

"他们总共只有五十个世界，次长。而在整个银河中，至少有几百万个世界适合人类居住，或是能改造成可住人的世界，而且可能并没有土生土长的智慧生物。"

"没错，可是太空族如果不点头，地球的太空船一律飞不出去。”

“这也许有商量，次长。”

“我并不像你那么乐观，贝莱先生。”

“我曾和太空族沟通过……”

“这点我知道，”迪玛契科说，“阿伯特·敏宁是我的顶头上司，两年前，就是他把你送到索拉利去的。”她挤出一个浅浅的笑容，“他在那出超波剧中也有一点戏分，我还记得，饰演他的那个演员和他本人很像，而我也记得，他很不高兴。”

贝莱突然改变话题。“我曾请求敏宁次长……”

“你该知道，他已经升官了。”

贝莱万分了解官阶和头衔有多么重要。“次长，他升了什么官？”

“副部长。”

“谢谢您。我曾请求敏宁副部长，设法把我送到奥罗拉去商讨这个提案。”

“什么时候的事？”

“我从索拉利回来之后不久。后来，我又两度提出申请。”

“可是从来没有获得正面答复？”

“是的，次长。”

“你感到诧异吗？”

“我感到失望，次长。”

“大可不必。”她上身微微向后靠，“我们和太空族世界的关系非常紧张。你或许觉得自己扮演两次神探便改善了这种情况——事实的确如此，甚至那出超波烂剧也有贡献。然而整个加起来，只改善了这么一点点——”她举起右手，拇指和食指几乎贴在一起，“有待改善的关系却有那么大。”这回她将双手尽量展开。

“在这种情形下，”她继续说，“我们不太可能冒险把你送到奥罗拉——它可是太空族世界的龙头老大——以免你一不小心，惹出了星际纠纷。”

贝莱迎向她的目光。“我曾经去过索拉利，不但没有闯祸，而且……”

“对，我知道，但那次你是应太空族之邀，这和我们主动送你过去，两者相差不可以光年计。你不可能不了解吧。”

贝莱哑口无言。

她轻哼了一声，表示并不意外，接着继续说：“副部长因此对你的申请置之不理，这是非常正确的处置。巧的是，在你提出申请的同时，上述情况就开始恶化，而在上个月，恶化到了无以复加的程度。”

“所以才有今天这场会议吗，次长？”

“你不耐烦了，警官？”她故意用下属对上司的口吻来表示讽刺，“你在指示我赶紧进入正题吗？”

“报告次长，绝无此意。”

“你当然有，但这又何尝不可呢？毕竟我越扯越远了。让我言归正传，先问你一个问题，你可认识汉·法斯陀夫博士？”

贝莱谨慎地答道：“将近三年前，我在太空城和他见过一面。”

“我相信，你对他有好感。”

“就一个太空族而言，他相当友善。”

她又轻哼了一声。“我可以想象。你晓不晓得，早在两年前，他已经是奥罗拉上一位重量级的政治人物？”

“我听说过他从政了，这是我的……一个同事告诉我的。”

“就是那个机·丹尼尔·奥利瓦，你的太空族机器人朋友？”

“我的老同事，次长。”

“是在你们上次碰面，你替他解决两个数学家在太空船上的争执那一回？”

贝莱点了点头。“是的，次长。”

“你瞧，我们一向消息灵通。过去这两年，汉·法斯陀夫博士几乎可以说已经成为奥罗拉政府的精神领袖；他是他们那个世界立法局的重要成员，甚至有人说他可能成为下届的立法局主席。而你该了解，所谓的立法局主席，本质上就是奥罗拉的最高行政长官。”

贝莱敷衍道:“是的，次长。”他心里却在想，局长提到的那个非常敏感的事件，要什么时候才会讲到呢?

迪玛契科似乎一点也不急，她又说:“法斯陀夫是一个——温和派，这是他自己说的。他觉得奥罗拉——以及整个太空族世界——越来越朝极端发展，正如你或许觉得我们地球自己的发展也越来越极端。他希望能后退几步，减少机器人的使用，加速世代的交替，并且加强和地球的联盟及友谊。我们自然会支持他——但必须非常低调。如果我们太过张扬对他的好感，无异于将他送上死路。”

贝莱说:“我相信，他会支持地球开拓外星世界。”

“这点我也相信，而且我认为，他对你提过这件事。”

“是的，次长，就在上次碰面的时候。”

迪玛契科双手合十，指尖顶住下巴。“你认为他能代表太空族世界的舆论吗？”

“这我倒不敢说，次长。”

“只怕答案是否定的。追随他的人一律温温吞吞，反对他的却是一群激进人士。他完全是借着自己的政治长才以及个人魅力，才得以维系目前的权力。当然，他最大的弱点就是同情地球，他的对手经常拿这件事攻击他，借此影响许多在其他方面愿意支持他的人。如果你被派去奥罗拉，哪怕只犯一点小错，也会助长那里的反地球情绪，因而削弱他的力量，甚至葬送他的政治生命。所以，地球实在不能冒这个险。”

贝莱喃喃道：“我懂了。”

“法斯陀夫倒是愿意冒这个险。上回你去索拉利就是他一手安排的，当时他的政治势力刚刚崛起，地位还非常不稳定。话说回来，他失去的顶多是他个人的政治权力，而我们必须考虑到八十多亿地球人的福祉。因此，当今的政治局势敏感到了令人几乎无法承受的地步。”

说到这里她停了下来，贝莱终于不得不发问：“您所指的敏感局势到底是怎么回事，次长？”

“是这样的，”迪玛契科说，“法斯陀夫似乎卷入了一个史无前例的重大丑闻。若是他没什么智商，很可能不出几周，他的政治人格就会破产。若是他有如超人般聪明，或许能够撑上几个月。但或早或晚，他在奥罗拉上的政治实力终究会土崩瓦解——而这会给地球带来大灾难，你懂吧。”

“我能否请问，他背负了什么罪名？贪污？叛国？”

“不是那种小事。他的操守无论如何完美无瑕，连他的政敌也从不怀疑。”

“那么是出于一时激愤，他杀了人？”

“不完全正确。”

“这我就不懂了，次长。”

“贝莱先生，奥罗拉上除了人类之外，还有许多机器人，它们大多数和我们的机器人类似，很难说有什么非常先进之处。然而，那里还有些人形机器人，它们酷似人类到了真假难辨的程度。”

贝莱点了点头。“这点我非常了解。”

“在我想来，根据严格的定义，毁掉一个人形机器人并不等于杀人。”

贝莱倾身向前，瞪大眼睛咆哮道：“耶和华啊，你这娘儿们！别再打哑谜了，你是不是要告诉我，法斯陀夫博士把机·丹尼尔给杀了？”

鲁斯赶紧跳起来，似乎准备冲向贝莱。但迪玛契科次长挥手阻止了他，她自己似乎一点也不见怪。

她说：“这次情况特殊，我原谅你的无礼，贝莱。放心，机·丹尼尔没有被杀掉，他并非奥罗拉上唯一的人形机器人。既然你喜欢用这个字眼，那么被杀的是另一个这样的机器人，而不是机·丹尼尔。说得更精确些，它的心智完全遭到摧毁，它进入了不可逆的永久性机困状态。”

贝莱说：“而他们认为法斯陀夫博士是嫌犯？”

“他的政敌是这么说的。那些人都是极端分子，他们希望银河各处只有太空族的足迹，甚至希望地球人从宇宙中消失。如果这些极端分子能在几周内推动一场选举，他们一定会完全掌控政府，而后果不堪设想。”

“这桩机困事件为何有那么大的政治影响力？我实在想不通。”

“我自己也不太确定。”迪玛契科说，“对于奥罗拉的政治，我并不想硬充内行。据我猜想，人形机器人应该和极端分子的某些计划有关，因此这件事才会令他们火冒三丈。”说到这里，她皱皱鼻子，“我觉得他们的政治非常难懂，如果我勉强解释下去，到头来只会误导你。”

贝莱竭力在次长的瞪视下控制住自己的情绪。“把我召来又是为什么呢？”他低声问。

“为了法斯陀夫。你曾经为了侦办一桩谋杀案，去过一趟太空，结果凯旋而归。法斯陀夫希望你再试一次，这回他要你去奥罗拉，找出引发机困的真正主谋。他觉得，这是他阻止那些极端分子的唯一机会。”

“我并不是机器人学家，我对奥罗拉也一无所知……”

“当初你对索拉利同样一无所知，但你还是办到了。重点是，贝莱，我们和法斯陀夫一样，渴望发掘出事实的真相，因为我们不希望他被打倒。万一他失势，地球将直接面对那些充满敌意的太空族极端分子，那种敌意之大恐怕是空前的，我们可不想发生这种事。”

“我无法承担这样的重任，次长，这项任务……”

“几乎不可能成功。我们当然知道，但我们没有选择的余地。法斯陀夫坚持要你——而挺在他后面的是奥罗拉政府，至少现在如此。如果你拒绝前往，或是我们拒绝让你去，地球就必须面对奥罗拉的怒火。但如果你去了而且成功了，我们就会有活路，而你也会得到适当的奖赏。”

“万一我去了——可是失败了呢？”

“我们会尽全力让奥罗拉怪罪你，好让地球得以幸免。”

“换句话说，保住你们这些官僚的面子。”

迪玛契科说：“用比较好听的说法是，为了避免地球受到太大的伤害，只好把你推出去喂狼。为了整个世界着想，牺牲一个人并不算太高的代价。”

“可是在我看来，既然注定失败，我还不如根本别去。”

“你别给我装傻。”迪玛契科轻声道，“奥罗拉指名要你，你根本不能拒绝——话说回来，你又怎么会想要拒绝呢？过去这两年，你一直设法去奥罗拉，我们迟迟不批准，还令你心生怨恨。”

“我是想客客气气地去请求他们协助，帮助我们移民外星，而不是……”

“贝莱，你还是可以试着争取他们的协助，帮助你实现移民外星的美梦。毕竟，假如你破案了——好歹这是有可能的——这么一来，法斯陀夫就会把你视为大恩人，对你提供的协助一定会比原来多得多，而我们这里同样会万分感激你的贡献。虽说风险极高，难道不值得你冒险吗？无论成功的机会多么渺茫，如果你不去，就完全没机会。想想吧，贝莱，可是拜托——别想太久。”

贝莱紧紧抿起嘴，不久，他终于了解根本别无选择，于是说：“我有多少时间可以准备……”

迪玛契科心平气和地说：“得了吧，难道我没解释清楚吗？我们既没有选择余地，也没有时间可以浪费。我要你——”她看了看手腕上的计时带，“六小时内启程。”

05

太空航站设在大城东郊一个几乎废弃的行政区，而严格说来，此地已经算是城外了。好在，无论售票处或候船室实际上都在大城之内，旅客一律搭车经由密封车道登上太空船。此外根据传统，所有的太空船一律在夜间升空，好让漆黑的夜幕进一步缓和置身城外的压力。

就地球上的稠密人口而言，这座太空航站并不算太忙碌。地球人极少离开自己的母星，来来去去的全是从事商业活动的机器人和太空族。

等待登上太空船的以利亚·贝莱觉得已经和地球脱离了关系。

班特莱坐在他旁边，两人保持着一种忧郁的沉默。最后班终于先开口："我想妈是不会来了。"

贝莱点了点头。"我也这么想。我还记得当年我去索拉利，她的反应多么激烈，而这次并没有什么差别。"

"你曾试图安抚她吗？"

"我尽力而为了，班。她认定我会在太空意外中丧命，或是一踏上奥罗拉便惨遭太空族杀害。"

"但你去过索拉利，又平安回来了。"

"那只会让她更不希望我再度冒险，她假定我的好运迟早要用完。然而，她会调适过来的——你要负起责任，班，多花点时间陪她，还有，无论如何别提你要移民到另一颗行星。你要知道，她真正担心的正是这件事。她觉得你不出几年就会离开她，而她明白自己无法跟你去，所以会再也见不到你。"

"她不无道理，"班说，"事情很可能会这样发展。"

"或许你能轻易面对这个事实，可是她不能，所以千万别在我离家这段时间和她谈这件事，好吗？"

"好的——我认为她对嘉蒂雅有点反感。"

贝莱猛然抬起头。"莫非你……"

"我一个字也没说。但你要知道，她也看了那出超波剧，所以她晓得嘉蒂雅在奥罗拉。"

"这算哪门子啊？奥罗拉是个很大的星球，你认为嘉蒂雅·德拉玛会待在太空航站等我吗？耶和华啊，班，那出宣传用的超波剧十之八九是虚构的，难道你母亲不明白吗？"

班刻意试图改变话题。“这有点滑稽——我是指你两手空空，什么行李也没带。”

“我只是两手空空而已，身上还穿着衣服呢，对不对？一旦我上了船，他们立刻会把我的衣服扒光。经过化学处理之后，这身衣服便会丢弃到太空中。与此同时，我要接受全身消毒，里里外外刷洗得干干净净，然后他们会给我一套全新的服装。这一切，我以前就经历过。”

两人再度陷入沉默，然后班说：“你可知道，爸……”他突然住口，接着又试了一次，“你可知道，爸……”可是并未多说一个字。

贝莱目不转睛地望着他。“你想说什么，班？”

“爸，我觉得这样说真像个蠢蛋，但我想还是说出来吧。你并没有那种英雄特质，就连我也一向这么想。你是个好人，而且是天底下最好的父亲，但你就是没有那种英雄特质。”

贝莱只是咕哝一声。

“话说回来，”班继续说，“凭良心讲，让太空城从地球上消失的是你，把奥罗拉争取过来的是你，移民外星计划的创始人也是你。爸，你对地球所作的贡献，可比整个地球政府还要多。所以我想不通，为何世人没有好好感激你？”

贝莱说：“因为我并不具有英雄特质，也因为那出愚蠢的超波剧害惨了我——它令我成为警局所有同事的公敌，它令你母亲成天惴惴不安，它还给了我一个难以承受的名声。”这时，手腕上的讯号器闪了闪，他立即站起来，“现在我得走了，班。”

“我知道。但我想要说的是，爸，我自己很感激你。不过等你这次回来，那就不只我，而是每个人都会感激你。”

贝莱觉得心头一股暖意。他很快点了点头，将手搭在儿子的肩膀上，喃喃道：“谢谢。我不在的时候，好好照顾自己——还有你母亲。”

他转身离去，径自向前走。其实，他并未说出实情，班一直以为他去奥罗拉是要商讨移民计划。假如真是这样，他的确有可能凯旋归来。但事实上……

他想：即使回得来，我也一定会灰头土脸。

第二章
丹尼尔

06

这是贝莱第三次搭乘太空船，前两次距今虽然已有两年，他仍记忆犹新。所以，他十分清楚会遇到些什么事。

其一是隔离，不会有任何人见到他，或是和他有任何形式的接触，（或许）只有一个机器人例外；其二是一连串的医疗处理，也就是消毒杀菌（没有更贴切的说法了）；其三，则是试图将他改造得适合接近太空族——他们个个患有疾病恐惧症，在他们眼中，地球人都是长了两只脚的多重感染源。

然而，这次还是会有些不同。比方说，他不会对上述过程那么害怕了，而脱离母体的失落感也一定不会再那么严重。

他会做好面对开阔空间的心理准备。这一次，他告诉自己一定要勇敢（尽管腹部还是稍微抽搐一下），甚至可能会坚持要看看太空的景观。

真实的太空和从城外拍摄的夜空照片，看起来会不一样吗？他很想知道答案。

他还记得当年第一次去参观天象馆（当然位于大城内），他并未感到置身城外，因而丝毫没有不舒服的感觉。

后来，他前后两次——不，三次——来到露天的夜空，见到了真实天幕上的真实星斗，竟然觉得远比不上天象馆的天幕那么壮观。不过，每次都有凉风阵阵，还有一种无形的距离感，而天象馆的气氛就没有那么令人战栗——但相较之下，还是要比白昼好得多，因为黑暗构筑了一道令他感到舒适的围墙。

所以说，从太空船的观景窗向外望去，会比较像天象馆还是地球的夜空呢？或者，那会是一种完全不同的感受？

他专心思考这个问题，仿佛想要借此忘掉自己即将远离洁西、班以及这座大城。

他仗着一点匹夫之勇，拒绝搭乘接驳车，坚持要跟前来迎接他的机器人一起走到太空船上。毕竟，只是走过一个有顶棚的走廊罢了。

这条通道并不算很直，但此时贝莱回过头，仍旧看得到班站在入口处。他很自然地举手打招呼，仿佛自己只是要搭乘捷运前往特伦顿区。班的反应则热烈多了，他不但用力挥动双臂，双手还伸出食、中两指，做出中古时代象征胜利的标志。

胜利？贝莱确定这是个徒劳的祝福。

为了转换心情，他开始想些别的事。如果升空时间改在白天，明亮的阳光洒在太空船的金属外壳上，而他自己和其他乘客都在暴露于外的情况下登船，那会是个什么光景？

眼前这个小圆桶即将变成一个封闭的世界，而且，即将脱离它暂时栖身的大世界，冲向远比“城外”巨大无数倍的“天外”，然后穿越无尽的虚空，在另一个世界降落。当一个人完全了解这些事实，心中会是什么样的感受呢？

他咬紧牙根稳住步伐，不让脸上的表情有任何变化——至少他自己这么想。然而，身旁那个机器人却主动将他拉住。

“先生，你不舒服吗？”（不喊“主人”，只喊“先生”，果然是奥罗拉的机器人。）

“我还好，小子。”贝莱用嘶哑的声音说，“继续走。”

他一路低着头向前走，直到太空船耸立在面前时，他才重新抬起头来。

一艘奥罗拉太空船！

这点他相当确定。在暖色聚光灯的照射下，它显得比索拉利的太空船更高大、更优雅，却也更为强而有力。

贝莱登船后，仍觉得是这艘奥罗拉太空船略胜一筹。比方说，相较于两年前，这回他的舱房显然比较大，而且更加豪华舒适。

由于完全了解接下来的流程，他毫不犹豫地把自己脱个精光。（那套衣服或许会被电浆火炬分解，总之，他即使能回到地球，也一定拿不回来了——上次就是这样。）

而在他穿上一身新衣服之前，必须先经历彻底的沐浴、体检、服药和注射等程序。他对这样的屈辱非但不排斥，而且几乎十分欢迎。毕竟这样一来，他就不会一直挂心目前的状况。正因为如此，他几乎没注意到太空船开始加速，也几乎没时间去想自己何时离开地球、进入太空。

等到终于再度穿戴整齐之后，他一肚子不高兴地望着镜中的自己。这套服装的材质（不管它是什么做的）既光滑又反光，从不同角度望去还会呈现不同的色彩。他的下半身整个被裤子包住，裤口不但束住脚踝，而且塞进鞋子里（那双鞋子则柔软地包住双脚）。

他的手臂被长袖上衣一直覆盖到手腕，手上还戴着一双透明的薄手套。那件上衣的领口箍住他的颈部，而衣服后面连着一顶兜帽，需要时可将头部罩起来。他心知肚明，自己被包得如此严密，并非为了他的舒适着想，而是为了降低他对太空族的威胁。

他望着这身装饰，忍不住想到，自己现在应该觉得又闷又热又潮湿，总之十分不舒服。事实上却没有，他甚至没有出汗，这令他大大松了一口气。

他作了一个合理的推论。“小子，这套衣服有温控功能吗？”他向那个刚才接他上船、目前仍留在他身边的机器人求证。

那机器人答道：“先生，的确没错。这是一套全天候的服装，深受人们喜爱，可是也极为昂贵，在奥罗拉很少有人穿得起。”

“是吗？耶和华啊！”

他开始打量那个机器人。它似乎属于相当原始的机型，事实上，可以说和地球制造的机器人差不了多少。话又说回来，它仍有超越地球机型的地方，比方说，它的表情可以做有限度的变化。刚才，当它暗示贝莱正穿着一套昂贵的奥罗拉服装之际，脸上便浮现了一个非常浅的笑容。

它拥有一副金属之躯，外壳看起来却像一层纺织品，不但会随着它的动作稍微变形，而且色彩的搭配和对比都令人赏心悦目。一言以蔽之，除非你目不转睛看得非常仔细，否则虽然它绝非人形机器人，却活脱穿着一件衣服。

贝莱问：“小子，我该怎么叫你？”

“先生，我叫吉斯卡。”

“机·吉斯卡？”

“您也可以这么叫。”

“这艘太空船上有书库吗？”

“有的，先生。”

“能不能帮我找几本谈奥罗拉的胶卷书？”

“哪一类的，先生？”

“历史、地理、政治学……凡是能帮助我了解那个世界的都好。”

“遵命，先生。”

“还要阅读镜。”

“遵命，先生。”

那机器人随即告退，走出了舱房的双扇门。贝莱若有所思地点了点头。当年前往索拉利途中，他从未想到善用穿越星际这段时间学习些有用的东西。两年来，他多少有点进步。

他研究了一下那道门，发觉它锁上了，无论怎么推都纹丝不动。其实如果真能打开，他才会惊讶万分呢。

他继续研究这间舱房，不久便发现一台超波屏幕。他随手按了按控制器，弄出一阵震耳的音乐，忙乱了一阵子才终于把音量降低。他勉强听了一会儿，相当不以为然，这种音乐既尖锐又刺耳，仿佛每个乐器都经过了改造。

他试了试其他按键，总算切换了画面。这回，屏幕上呈现的是一场太空足球赛，而且显然是在零重力环境下进行的。只见足球沿着直线飞行，球员则以优雅的姿态飞来飞去（双方人马都多到惊人的程度；每个人的背部、手肘和膝盖都装有鳍状物，想必是用来控制运动的速度和方向），这些类似特技的动作看得贝莱头昏眼花。正当他倾身向前，找到并按下关机键，他听到身后响起了开门声。

他转过身来，但由于一心以为会看到机·吉斯卡，所以他最初的反应只是“竟然并非机·吉斯卡”。他眨了一两下眼睛，才发觉自己正瞪着一个“人”，此人脸庞宽阔，颧骨高耸，铜色的短发向后梳得服帖，一身衣服无论剪裁或色调都相当保守。

“耶和华啊！”贝莱仿佛掐着脖子喊道。

“以利亚伙伴。”对方一面说，一面向前走，脸上露出严肃的浅浅笑容。

“丹尼尔！”贝莱大叫一声，随即伸出双臂，紧紧拥抱住这个机器人。“丹尼尔！”

07

居然会在太空船上见到这位渊源深厚的老朋友，贝莱真是始料未及，他就这么一直抱着丹尼尔，心中充满安慰和感动。

不久，他一点一滴恢复了理智，终于想到自己拥抱的并非“丹尼尔”，而是机·丹尼尔——机器人·丹尼尔·奥利瓦。他正在拥抱一个机器人，而对方也轻轻抱着他。这个机器人之所以如此配合，是由于他认定这么做会给这个人类带来快乐；他脑中的正子电位根本不允许他拒绝这个拥抱，因为那将会让此人感到失望和尴尬。

至高无上的机器人学第一法则是这么说的：“机器人不得伤害人类……”而拒绝一个热情的拥抱，当然会给对方带来伤害。

贝莱慢慢松开手，以免心中那股懊悔表现出来。他甚至趁机捏了捏机器人的双臂，用以进一步遮掩自己的羞愧。

“好久不见，丹尼尔。”贝莱说，“上次碰面，还是你带着那两位数学家的‘镜像案’找我讨论那回，记得吗？”

“当然记得，以利亚伙伴，很高兴见到你。”

“你能感觉到情绪了，是吗？”贝莱随口问道。

“我不能说自己拥有人类般的任何感觉，以利亚伙伴。然而我可以说，看到你之后，我的思想似乎就运作得更顺畅，万有引力对我的感官所造成的负担也没有那么厉害了，除此之外，我实在说不出其他的变化。我想大致来说，我所感受到的这些就如同你所感受到的快乐。”

贝莱点了点头。“老搭档，只要你见到我的时候，会感受到比平时更好的状态，我就心满意足了——希望你听得懂我的意思。可是，你怎么会在这里呢？”

“吉斯卡·瑞文特洛夫向我报告，说你已经……”机·丹尼尔并未说完这句话。

“净化完毕？”贝莱语带讽刺地问。

“消毒完毕。”机·丹尼尔说，“于是我觉得可以进来了。”

“但你当然不必担心受到感染？”

“完全正确，以利亚伙伴，可是这么一来，船上其他乘客恐怕都会对我避之唯恐不及了。奥罗拉人对于染病几率的敏感，有时简直到了毫无理性的程度。”

“这点我了解，但我的问题并非此时此刻你怎么会来到这里，我的意思是，你怎么会在这艘船上？”

“我隶属于法斯陀夫博士的宅邸，博士基于几个原因，命令我登上这艘前来接你的太空船。他确定你这次的任务十分艰巨，觉得最好让你身边有个熟悉的事物。”

“他真是设想周到，替我谢谢他。”

机·丹尼尔郑重其事地鞠躬答礼。“法斯陀夫博士还觉得，这次的会面将带给我——”这机器人顿了顿，“一些适切的感受。”

“你是指快乐吧，丹尼尔。”

“既然你准许我使用这个用词，那我就不妨承认。此外还有第三个原因——而且是最重要的——”

这时舱门再度打开，机·吉斯卡走了进来。

贝莱转头望向它，心中起了一股嫌恶感。谁都能一眼看出机·吉斯卡是机器人，因而只要有它在场，就等于强调了丹尼尔也是机器人这个事实（贝莱突然再次想到，他其实是机·丹尼尔），即使丹尼尔远远超越吉斯卡也于事无补。贝莱很不希望丹尼尔的机器人本质被突显出来，他无法将丹尼尔视为只是说话有点不自然的人类，这使他感到心虚，因而想要极力避免这种情况。

他不耐烦地说：“什么事，小子？”

机·吉斯卡答道：“先生，我把你想看的书拿来了，还有阅读镜。”

“好，放下吧，放下就好——你不必留下来，丹尼尔会在这儿陪我。”

“是的，先生。”机器人的双眼迅速望向机·丹尼尔（贝莱注意到它的眼睛会发光，丹尼尔则否），仿佛等待这个“高级生物”下达命令。

机·丹尼尔轻声说：“吉斯卡好友，你不妨就站在门口吧。”

“好的，丹尼尔好友。”机·吉斯卡答道。

等到它离去后，贝莱有点不悦地问：“为什么要让它待在门口，难道我是囚犯吗？”

“既然在这趟旅程中，”机·丹尼尔说，“你不能和其他乘客有任何接触，所以很抱歉，我不得不说你的确是一名囚犯。但吉斯卡紧跟着你其实另有原因——不过，我觉得应该先告诉你一件事，以利亚伙伴，你最好别再用‘小子’称呼吉斯卡，或是任何机器人。”

贝莱皱起眉头。“它讨厌这个称呼？”

“吉斯卡不会讨厌人类的任何行为，只不过在奥罗拉上，我们通常不会用‘小子’称呼机器人。所以，我劝你最好不要因为这些没必要的惯用语，无意间突显了你来自地球，以免你和奥罗拉人产生摩擦。”

“那么我该如何称呼它？”

“就像称呼我一样，直接用他的专属名字就行了。毕竟，名字只是代表对方的一组声音，而声音又有什么优劣之分呢？说穿了，只是一种约定而已。还有在奥罗拉上，通常习惯用‘他’或‘她’来指称机器人，而不会用‘它’这个代名词。此外，奥罗拉人通常不会在机器人的名字前面冠上‘机’字，除非是需要用到机器人全名的正式场合——即便如此，如今还是常常会省略这个字。”

“这么说的话，丹尼尔，”贝莱压抑住想叫他“机·丹尼尔”的冲动，“你们在言语中，又如何区别机器人和人类呢？”

“两者的区别大多是不言而喻的，以利亚伙伴，因此似乎没有必要特别强调，至少奥罗拉人这么认为。既然你要吉斯卡替你找些谈奥罗拉的胶卷书，我猜你是想熟悉一下奥罗拉的风土人情，为你肩负的任务预作准备。”

“应该说，是我硬吞下肚的任务。可是，万一碰到人类和机器人的区别并不明显的情形呢？丹尼尔，例如你自己？”

“既然不明显，又何必区别呢，除非碰到确有必要的情形，对不对？”

贝莱深深吸了一口气。他觉得并不容易调适自己的心态，做到像奥罗拉人那样假装机器人并不存在。他又说：“可是，如果吉斯卡并非把我当囚犯看管，那么它——他又为何站在门口？”

“那也是法斯陀夫博士的指示，以利亚伙伴，吉斯卡是奉命来保护你的。”

“保护我？预防什么事？还是防什么人？”

“这一点，以利亚伙伴，法斯陀夫博士并未交代得很清楚。话说回来，自从詹德·潘尼尔这件事激起公愤……”

“詹德·潘尼尔？”

“就是那个被终结功能的机器人。”

“换句话说，就是那个被杀害的机器人？”

“以利亚伙伴，杀害这种说法通常只用在人类身上。”

“可是在奥罗拉，你们尽量避免区别机器人和人类，不是吗？”

“的确没错！虽然如此，可是据我所知，就终结运作这个特殊情况而言，过去从未出现该不该区别的问题，所以我也不知道标准何在。”

贝莱思索了一下。这纯粹是个语意学的问题，并没有实质的重要性。话说回来，他想借此探究奥罗拉人的思考模式，否则他根本踏不出第一步。

他慢慢地说：“一个正常运作的人类就是活人，如果另一个人刻意用激烈的手段终止他的生命，我们就称之为‘杀人’或‘凶杀’。不过相较之下，‘杀人’是比较强烈的字眼。

“你若猛然目睹有人试图以激烈手段结束另一个人的生命，就会大喊‘杀人啦！’反之，你绝不可能大喊‘凶杀！’因为后者是比较正式、比较不带感情的用语。”

机·丹尼尔说：“我无法了解你所作的区别，以利亚伙伴。既然‘杀人’和‘凶杀’都代表以激烈的手段终结他人生命，这两个词就一定能互换，所以说，区别又在哪里呢？”

“区别在于，如果你高喊‘杀人’，会比高喊‘凶杀’更能让听到的人血液为之凝结，丹尼尔。”

“为什么呢？”

“言外之意的联想，并非字典上的意义，而是经年累月所累积的一种微妙效应；在一个人的经验中，不同的词汇适用于不同的句子、情况和事件。”

“我的程序中完全没有这些知识。”丹尼尔答道，在那显然毫无感情的声音之下（他说每一句话皆是如此）似乎透着一种古怪的无助感。

贝莱问：“你愿意接受我的说法吗，丹尼尔？”

丹尼尔仿佛刚刚获悉一道难解之谜的答案，迅速答道：“毫无疑问。”

“既然这样，我们应该可以将运作中的机器人称为活的。”贝莱说，“很多人可能会拒绝扩充‘活’这个字的意思，但我认为只要对我们有用，大可自由发明新的定义。把一个运作中的机器人当成活的并不困难，反之，如果硬要发明新字，或者刻意避免使用意思相近的字眼，那就是自找麻烦了。比方说，丹尼尔，你就是活的，对不对？”

丹尼尔放慢速度强调道：“我在运作！”

“得了吧。既然松鼠是活的，虫子、树木、青草也都是活的，那么你又何尝不是呢？我永远不会想要在言语中——或心中——强调我是活的但你只是正在运作的，尤其是我将要在奥罗拉生活一阵子，要试着避免在我自己和机器人之间作无谓的区别。因此我告诉你，我们都是活的，而且我要求你接受我的说法。”

“我会接受的，以利亚伙伴。”

“但是，如果一个人刻意用激烈的手段终结机器人的生命，能否称之为‘杀人’呢？这点我们可能还是会有些犹豫。如果把这两种罪行画上等号，刑责也就应该一样，可是这样对吗？如果杀人犯应当接受死刑，难道真该把终结机器人的罪犯也处死吗？”

“以利亚伙伴，杀人犯应当接受的惩罚是心灵穿刺，紧接着是人格重建。真正犯罪的是他的心灵结构，而不是他的肉体生命。”

“那么在奥罗拉上，用激烈的手段终结机器人的运作，又会受到什么惩罚呢？”

“我不知道，以利亚伙伴。据我所知，奥罗拉上从来没有发生过这种事。”

“我猜惩罚应该不是心灵穿刺吧。”贝莱说，“对了，‘机杀’如何？”

“机杀？”

“机器人凶杀案的简称。”

丹尼尔说：“可是恐怕不能当动词吧，以利亚伙伴？你绝不会说‘谁凶杀了某某某’，因此同样不适合说‘谁机杀了某某某’。”

“你说得对。在这两种情况下，都应该说‘谋杀’才对。”

“可是这个词专门用在人类身上，比方说，你不可能谋杀一只动物。”

贝莱说：“没错。而且，你甚至不会无意间谋杀一个人，这个词只能描述蓄意的作为。‘杀死’就比较广义了，既可以用于意外致死，又能适用于蓄意谋杀——而且除了人类之外，还可以用在动物身上。即使是一棵树，也有可能被细菌杀死，所以说，机器人又为什么不能被杀死呢，啊，丹尼尔？”

“无论人类或其他动物甚至植物，以利亚伙伴，全都是活生生的。”丹尼尔说，“机器人却是人造物，这点和阅读镜没有两样。人造物可以遭到‘毁坏’‘损坏’‘破坏’等等，就是不会被杀死。”

“虽然如此，丹尼尔，我还是要用‘杀死’这两个字，詹德·潘尼尔被杀死了。”

丹尼尔说：“使用不同的字眼，为何会产生不同的效果呢？”

“‘我们叫作玫瑰的那种花，要是换了一个名字，气味还是同样芬芳。’对不对，丹尼尔？”

丹尼尔顿了顿，然后说：“我不确定玫瑰的气味是什么意思，但如果地球上的玫瑰也就是奥罗拉上称为玫瑰的那种花，而你所谓的‘气味’是一种可以被人类侦测、度量或感受到的性质，那么用另一组声音称呼它——其他条件通通不变——当然不会对它的气味，或是任何内在性质产生影响。”

“没错，可是对人类而言，改了名字的确会导致感受上的改变。”

“我不懂这是为什么，以利亚伙伴。”

“因为人类通常都是不合逻辑的，丹尼尔，这是个令人无法恭维的特点。”

贝莱仰靠在椅子里，玩弄着手中的阅读镜，让自己的思绪暂时封闭几分钟。这番和丹尼尔的讨论令他很受用，因为在忙着咬文嚼字的时候，贝莱就能忘掉自己身处星空，忘掉太空船正在高速前进，一旦远离太阳系的质心，便会跃迁到超空间之中。此外，他还能忘掉自己即将距离地球好几百万公里，而不多久之后，更会拉大到好几光年。

更重要的是，他可以从中得到一些肯定的结论。丹尼尔虽然说奥罗拉人并不区别机器人和人类，但这显然只是表象。奥罗拉人或许出于善意，避免冠上“机”字头，避免使用“小子”的称呼，还尽量避免“它”这个代名词，可是从丹尼尔拒绝对机器人和人类一视同仁地使用“杀死”这种说法，便能确定上述那些只是表面上的改变（既然这种反应源自他的程序，就代表奥罗拉人认定丹尼尔应当表现出这样的行为）。骨子里，奥罗拉人和地球人一样，都坚决相信机器人只是一种比人类低等无数倍的机器。

而这就意味着，在他从事这项艰巨任务、试图替这场危机找出解决之道的过程中（倘若确有可能找到），他起码少了这一个形同绊脚石的误解。

贝莱曾考虑是否应该询问吉斯卡，以便验证他刚刚得出的结论——不过，他并未犹豫太久，就决定不要这么做。吉斯卡的心灵太过简单，而且不够精巧，根本没什么用处。到头来他只会回答“是”或“不是”，那和询问一台录音机没什么差别。

既然如此，贝莱决定继续和丹尼尔讨论下去，至少他有能力作出些耐人寻味的回应。

他说：“丹尼尔，咱们来谈谈詹德·潘尼尔的案子。根据你刚才的说法，我假设这是奥罗拉历史上第一桩机杀案。犯下这案子的人——也就是凶手——我猜还没找出来吧。”

“如果，”丹尼尔说，“你假设是人类犯下这案子，那么此人的确身份不明。这点你说对了，以利亚伙伴。”

“那么动机呢？詹德·潘尼尔为何会遭到杀害？”

“这一点，同样还不清楚。”

“可是詹德·潘尼尔是个人形机器人，外表像你而并不像——比方说，不像机·吉斯……我是说吉斯卡。”

“这点正确，詹德是个像我这样的人形机器人。”

“那么有没有可能，凶手并非刻意进行一桩机杀案？”

“我不了解你的意思，以利亚伙伴。”

贝莱有点不耐烦地说：“难道凶手不可能将詹德误认为人类吗？

果真如此的话，他的企图就是凶杀，而不是机杀了。”

丹尼尔缓缓摇了摇头。“人形机器人的确外表酷似人类，以利亚伙伴，甚至连毛发和皮肤的毛细孔都惟妙惟肖。我们的声音百分之百自然，我们可以进行吃喝等等的动作，可是若和人类比较，我们的言行举止仍有显而易见的差异。随着科技的进步，这些差异或许会越来越少，但目前还是很多。你——以及其他不熟悉人形机器人的地球人，也许不容易注意到这些差异，但奥罗拉人则否。没有一个奥罗拉人会将詹德——或是我——误认为人类，哪怕只是一时半刻。”

“那么奥罗拉以外的其他太空族，他们有没有可能误认呢？”

丹尼尔有些犹豫。“我认为没这个可能。我这么说并非根据个人的观察，也不是直接根据内建的知识，而是我脑中的程序告诉我，所有的太空族世界都和奥罗拉一样，对于机器人十分熟悉——有些世界，例如索拉利，甚至犹有过之——因此我推论，任何太空族都能轻易分辨人类和机器人的差别。”

“其他的太空族世界也有人形机器人吗？”

“答案是否定的，以利亚伙伴，目前为止，仅仅奥罗拉才有。”

“那么其他太空族就不会对人形机器人十分熟悉，因此很可能忽略那些差别，而将它们误认为人类。”

“我可不认为有此可能。即使是人形机器人，仍会在某些方面表现出机器人的特色，任何太空族一眼就能看出来。”

“可是一定有少数人，并不像大多数太空族那么聪明、那么成熟、那么有经验。至少，太空族儿童就属于这一类，他们应该看不出什么差别吧。”

“我们相当肯定，以利亚伙伴，犯下这桩——机杀案——的人，绝不可能智商太低、年纪太小或经验不足。应该说，百分之百肯定。”

“很好，我们逐渐缩小范围了。如果太空族通通没嫌疑，那么地球人呢？有没有可能……”

“以利亚伙伴，如果不算早先的移民，那么不久之后，你将是第一个踏上奥罗拉星的地球人。当今的奥罗拉人几乎都是奥罗拉上土生土长的，而其余极少数，则是来自其他的太空族世界。”

“几千年来的第一个地球人，”贝莱喃喃道，“我感到很荣幸。但有没有可能在奥罗拉人不知情的情况下，已经有人比我捷足先登了？”

“不可能！”丹尼尔说得斩钉截铁。

“你所掌握的知识，丹尼尔，或许不够完整。”

“不可能！”这句话无论用字或语气都是刚才的翻版。

“那么我们可以下结论了，”贝莱耸了耸肩，“这件案子的确是蓄意的机杀案，没有其他的可能。”

“我们早就得到这样的结论了。”

贝莱说：“你们奥罗拉人早就得到这样的结论，是因为你们早已掌握所有的线索，而我才刚刚进入状况而已。”

“我这么说，以利亚伙伴，并没有任何贬抑之意，我无论如何不会小看你的能力。”

“谢谢你，丹尼尔，我知道你这么说并不代表嗤之以鼻——好，不久前你提到，犯下这桩机杀案的人，绝不可能智商太低、年纪太小或经验不足，而且百分之百肯定这一点。咱们来探讨一下你的说法——”

贝莱明知自己是在绕远路，但他不得不这么做。由于他对奥罗拉人的行事风格以及思考模式都不够了解，所以不敢跳过任何步骤，更不敢骤下结论。此时此刻，如果他面对的是人类这种智慧生物，对方很可能会觉得不耐烦，索性直接说出答案——而且还会把贝莱当成白痴。然而，身为机器人的丹尼尔则会以全然的耐心，追随着贝莱迂回曲折的思绪。

无论丹尼尔外表多么像人，类似这样的行为就能泄漏他的机器人身份。此时若有奥罗拉人在场，或许仅仅根据丹尼尔对某个问题的回答，就能断定他是机器人。丹尼尔说得对，人类和机器人之间的确存在着微妙的差别。

贝莱说："若能假设这桩机杀案牵涉到暴力行为——詹德的脑袋被打爆，或是他的胸部受到重创，就应该能排除所有的儿童，以及成年人中绝大多数的女性和许多男性。我想，如果不是特别强壮魁梧的人，实在很难做到这一点。"根据当初迪玛契科所作的简报，贝莱已经知道这桩机杀案不属于这一类，可是他又如何肯定迪玛契科自己并未受到误导？

丹尼尔说："其实任何人类都不可能做到。"

"为什么？"

"不用说，以利亚伙伴，你很清楚机器人骨子里都是金属之躯，比人类的骨骼要坚固得多。而我们的行动要比人类更快、更强而有力，而且受到更精密的控制。机器人学第三法则强调'机器人必须保护自己'，凡是人类作出的攻击，我们都可以轻易防卫；即使再强壮的人，我们都可以将他制住。此外，机器人也不太可能遭到出其不意的袭击，我们随时随地都在注意身边的人类，否则就无从发挥我们的功能。"

贝莱说："得了吧，丹尼尔。第三法则其实是这么说的，'在不违背第一及第二法则的情况下，机器人必须保护自己。'而第二法则是说，'除非违背第一法则，机器人必须服从人类的命令。'第一法则的内容则是，‘机器人不得伤害人类，或因不作为而使人类受到伤害。’所以人类能够命令机器人自我毁灭——然后那机器人就会使尽全力打碎自己的头颅。而如果人类向机器人发动攻击，机器人自卫的话便会伤到人类，那就违背第一法则了。”

丹尼尔说：“我猜，你想到的都是地球机器人。奥罗拉——或任何太空族世界——对机器人的重视都超过地球，而且相较之下，太空族世界的机器人一般而言都更复杂、更能干，同时更有价值。所以在太空族世界上，第三法则相对于第二法则的强度也大大超过地球上的情形。如果接到自毁的命令，机器人会提出质疑，除非听到确实正当的原因——为了化解眼前一个明显的危机——机器人才会执行这个命令。至于防卫人类的攻击，这并不会违背第一法则，因为奥罗拉的机器人都有很好的身手，足以在不伤害人类的前提下将他制住。”

“那么，假设有人坚决宣称，除非机器人自我毁灭，否则遭到毁灭的就是他自己——他这个人类，这么一来，机器人会不会自我毁灭呢？”

“奥罗拉的机器人一定会质疑这样的说法，因为口说无凭，那个人必须提出明显的证据来。”

“难道他不可能作出巧妙的安排，让机器人觉得这个人的确陷入绝境？你之所以排除掉智商太低、年纪太小或经验不足的人，不正是这个原因吗？”

丹尼尔说：“不，以利亚伙伴，答案是否定的。”

“我的推理有错吗？”

“没有。”

“那么我就错在假设他受到了实质的损伤。事实上，他并未受到任何实质损伤，对不对？”

“是的，以利亚伙伴。”

（贝莱心想：这意味着迪玛契科的情报正确无误。）

“所以说，丹尼尔，詹德是心智受到了损伤。哈，机困！彻底且不可逆的机困！”

“机困？”

“机器人困阻的简称，就是正子径路的功能遭到永久性阻断。”

“奥罗拉人并不用‘机困’这种说法，以利亚伙伴。”

“你们怎么说呢？”

“我们称之为‘心智冻结’。”

“也可以，反正是描述同一种现象。”

“以利亚伙伴，我劝你最好还是使用我们的说法，否则奥罗拉人会听不懂你在说什么，交谈会因而无端受阻。不久之前，你才提到不同的字眼会造成不同的感受。”

“很好，我会改用‘心智冻结’——这种事会不会自动发生？”

“会，可是机器人学家说，发生的几率是无限小。我身为人形机器人，可以提供你第一手资料，我自己从未经历过可能导致心智冻结的任何效应。”

“那么我们就必须假设，有人故意制造了一个足以引发心智冻结的情境。”

“法斯陀夫博士的对头正是这么一口咬定的，以利亚伙伴。”

“要做到这件事，需要有机器人学的训练、经验和技术，所以不可能是智商太低、年纪太小或经验不足的人。”

“这个推理天经地义，以利亚伙伴。”

“我们甚至可以把奥罗拉上具有这样技术的人列举出来，制作一份嫌犯清单，而人数或许不会太多。”

“事实上，清单早已出炉了，以利亚伙伴。”

“总共有多少人？”

“不多不少，刚好只有一个人。”

这回轮到贝莱说不出话来，他恼怒地锁紧眉头，然后用相当暴躁的口气说：“只有一个人？”

丹尼尔心平气和地答道：“是的，只有一个人，以利亚伙伴。这是汉·法斯陀夫博士所作的判断，而他是奥罗拉上最伟大的理论机器人学家。”

“可是，这样的话，本案还有什么神秘可言？这个人到底是谁？”

机·丹尼尔说：“啊，当然就是汉·法斯陀夫博士自己。我刚刚说了，他是奥罗拉上最伟大的理论机器人学家，而根据法斯陀夫博士的专业意见，只有他自己拥有这个本事，能令詹德·潘尼尔进入彻底的心智冻结状态，却又不留下任何蛛丝马迹。然而，法斯陀夫博士也说过，他并没有那么做。”

“可是，别人都没有这个本事吗？”

“的确如此，以利亚伙伴，这就是本案的神秘之处。”

“万一法斯陀夫博士……”贝莱说到一半煞住了。他原本想问丹尼尔，法斯陀夫博士有没有可能弄错（其实不只他一个人有这个本事），或者有没有可能说谎（其实真是他干的），但他随即想到这种问题毫无意义。丹尼尔的程序是由法斯陀夫设计的，他绝无能力怀疑自己的设计者。

因此，贝莱尽可能以温和的口气说：“我会好好想一想，丹尼尔，然后我们再谈。”

“很好，以利亚伙伴，反正已经到了睡眠时间。由于抵达奥罗拉后，工作压力可能令你无法规律作息，所以你现在最好把握机会好好睡一觉，我来教你怎样架床和铺床。”

“谢谢你，丹尼尔。”贝莱喃喃道，不过他并未奢望能够顺利入眠。他奉命前往奥罗拉，目的是要证明法斯陀夫并未涉及那桩机杀案——唯有成功达成任务，地球的安全才会继续有保障，贝莱自己的前途也才会一片光明（两者的重要性虽然天差地远，但在贝莱心中却不相上下）——没想到，在尚未抵达奥罗拉之前，他就发现法斯陀夫几乎等于已经认罪。

08

然而，贝莱最后还是睡着了。

刚才，丹尼尔为他示范了如何降低“人造重力场”的强度。这种装置并非真正的重力产生器，后者耗能过大，只有在特定时间和特殊情况下才得以使用。

丹尼尔并没有能力解释这个装置如何运作，但即使他拥有这方面的解说程序，贝莱也确定自己不可能听懂。好在控制器很容易操作，使用者完全不必了解背后的科学原理。

丹尼尔说：“力场强度无法调降到零——起码这个控制器做不到。总之，睡在零重力环境下并不舒服，尤其是对太空旅行的生手而言。你真正需要的是一个不高不低的力场，一方面让你几乎感觉不到自己的重量，另一方面仍然可以维持上下的定向。至于高低则因人而异，大多数人觉得控制器所定的最低强度是最舒服的，不过你是初次使用，或许会希望调高一点，这样比较能够让你保有熟悉的重量感。只要试试不同的强度，很快就能找出最适合你的。”

结果，这种新奇感受不禁令贝莱神迷，他发觉自己逐渐放下了法斯陀夫既承认又否认的问题，就连他的身体也逐渐脱离了清醒状态，或许两者是一而二、二而一的过程吧。

他梦见自己回到了地球（当然喽），虽然沿着一条捷运带前进，但他并非坐在座位上，而是飘浮在高速路带的边缘。他几乎就飘在众多路人的头上，速度比他们稍快，但似乎没有任何人显得惊讶，也没有任何人抬头看他。这是个相当愉快的感受，醒来之后，还令他怀念不已。

次日早上，用过了早餐——

真的是早上吗？在太空中，真有早、中、晚的时段之分吗？

显然并没有。他思索了一下，决定将早上定义为睡醒之后那段时间，并将此时吃的那一顿称为早餐。至于计时器上的时间，至少对他本人毫无用处——虽然对太空船而言或许另当别论。

于是，用过了“早餐”后，他随手翻了翻最新的新闻报表，为的只是确认有没有奥罗拉机杀案的进一步消息，然后，他便拿起前一天（前一个清醒周期？）吉斯卡替他找来的那些书籍。

他根据书名，选了几册应该和历史有关的，而匆匆浏览一遍之后，他便断定吉斯卡替他找的都是青少年读物，不但文字浅显，还配上大量的插图。他不禁怀疑，这是否反映了吉斯卡对自己智商的评估——抑或是单纯针对他的需要。贝莱想了想，随即下了一个结论：吉斯卡是个毫无心机的机器人，他这么做自有道理，不该怀疑他抱有羞辱自己的意图。

他定下心来，尽量将注意力放在书本上，却发觉丹尼尔也拿着阅读镜陪他一起看。他这么做纯粹是出于好奇吗？或者只是不想让眼睛闲着？

丹尼尔从未要求翻回任何一页，也从来没有开口发问。想必，基于机器人对人类的信赖，他对读到的东西一律照单全收，不允许自己生出任何疑心或好奇。

在此期间，贝莱仅仅问了丹尼尔一个问题，不过这个问题和他们读到的内容无关，而是由于他对奥罗拉阅读镜不太熟悉，想知道该如何下达打印的指令。

偶尔贝莱也会暂停一下，走到隔壁的小舱房。那是一处解决各种卫生需求的隐密场所，因此无论是在地球或奥罗拉（后者是贝莱从丹尼尔口中获悉的），都毫不避讳地使用“卫生间”这三个字来标示。不过，身为大城居民的贝莱一向使用有着一排排便斗、马桶、洗脸台和淋浴间的大型卫生间，那间小舱房却只能容纳一个人，令他有点不知所措。

而在阅读过程中，贝莱并未试图记住书中任何细节。他并不打算成为奥罗拉社会的专家，也不是想要通过这方面的考试，只是希望读出一些感觉罢了。

比方说他注意到，这些由历史学家所撰写的青少年读物，虽然一律使用歌功颂德的笔法，可是书中那些奥罗拉的先圣先贤——在星际旅行早期从地球飞到奥罗拉的首批移民——仍是不折不扣的地球人。他们的政治形态、他们的纷争方式，以及他们所作所为的方方面面，几乎都有地球的影子。就某个角度而言，奥罗拉上所发生的一切，可说是重演了数千年前地球上某些原始地区的移民史。

当然，在这段过程中，奥罗拉人并未发现或遭遇任何智慧生物，因此这些来自地球的入侵者，不必烦恼到底该用人道还是残酷的手段对待“原住民”。事实上，这颗行星上原有的生物少之又少，因此人类得以迅速到处生根，而人类所驯养的动植物，以及无意间带去的寄生虫和其他微生物，也在最短时间内遍布了整个世界。除此之外，当然，这些移民也带去了机器人。

由于未曾遭到任何阻力即轻易征服这个世界，首批移民很快觉得自己就是它的主人。最初，他们将这颗行星称为“新地球”，这是理所当然的，因为它是人类所开拓的第一颗“系外行星”，亦即第一个太空族世界。而它也是星际旅行的第一个具体成果，是崭新纪元的第一道曙光。然而不久之后，他们就切断了和地球的血脉关联，并采用罗马神话中曙光女神的名字，将这颗星重新命名为“奥罗拉”。

所以说，奥罗拉就是曙光世界，而首批移民更开始刻意宣称自己是一种新人类的始祖。过去的人类历史都是漫漫长夜，直到奥罗拉人抵达这个新世界，白昼才终于来临。

这个伟大的事实（或说伟大的自夸）开始逐渐扩散到所有的命名、所有的纪念日、所有历史人物的评价。最后，它成了无所不在的信仰。

后来，其他太空族世界陆续诞生，它们的移民有些来自地球，也有些来自奥罗拉，但贝莱对这段历史的细节并未多加注意，因为他关心的是大方向。他注意到，由于发生了两点重大改变，使得奥罗拉人和地球的关系因而被拉得更远。其一是他们越来越让机器人融入生活中各个层面，其二则是他们的生命不断延长。

随着机器人变得越来越先进和多才多艺，奥罗拉人对它们的依赖也越来越重，但从未达到不能自拔的程度。这点和索拉利不同，贝莱记得那个世界的人类非常少，机器人非常多，而奥罗拉的情况并非如此。

但依赖性还是逐渐升高。

在阅读过程中，他尽可能抓住直觉的领悟，以及趋势和一般性——结果他发现，在奥罗拉上，人机互动的每一步进展似乎都和依赖性息息相关。甚至“机器人权”这个共识的建立——亦即逐渐废弃丹尼尔所谓的“不必要的区别”——也是一个突显依赖的迹象。在贝莱看来，奥罗拉人之所以对机器人越来越讲人道，似乎并非由于认同广义的人道精神，而是他们不想承认机器人的机器本质，于是干脆将两者一视同仁，这么一来，人类必须依赖人工智能这个令人不快的事实就消失于无形了。

而在生命延长之后，随之而来的是奥罗拉的历史开始放慢脚步，起起伏伏也逐渐模糊，延续性和一致性则越来越高。

毫无疑问，他所阅读的奥罗拉史越到后面就越没意思，令人看得几乎昏昏欲睡。但另一方面，对于置身那段历史的人而言，这绝对是一件好事。或许可以这样说，凡是有趣的历史一律充满了灾难，虽然后人读来津津有味，当时的人却苦不堪言。不过可以肯定的是，对绝大多数的奥罗拉人而言，个人生活一直无忧无虑，而如果每一个人的生活都越来越安逸，谁又会反对呢？

假如曙光世界拥有阳光普照的好天气，谁又会想要呼唤暴风雨？

——就在这个时候，贝莱突然体会到一种难以形容的感觉。如果硬要他试着描述，他会说仿佛一眨眼间，体内的一切整个翻转到体外，然后又立刻恢复原状。

由于过程太过短暂，他几乎没注意到，差点以为只是自己悄悄打了一个嗝。

直到大概一分钟之后，他才猛然想起来，自己有过两次这样的经验：一次是在前往索拉利的途中，另一次则是在回程。

这就是所谓的“跃迁”，也就是进入超空间的过程。一旦进入超空间，时间和空间双双失去意义，太空船便能打破宇宙中的光速极限，一举前进许多光年。（就字面上来说，这并没有什么神秘可言，因为太空船其实就是暂时离开这个宇宙，来到没有速限的另一种空间。然而，就观念上而言则刚好相反，因为若想描述超空间的本质，唯有使用数学符号一途，可是那些符号无论如何看不出任何直觉上的意义。）

事实上，人类虽然早就学会如何操弄超空间，却始终是知其然而不知其所以然。只要你接受上述事实，整件事就一清二楚——前一刻，就天文尺度而言，太空船距离地球还不算远，而下一刻，它已经来到奥罗拉附近。

在理想情况下，跃迁不需要任何时间——完全不需要，换言之，如果整个过程完美无缺，应该不会造成任何生理上的反应。然而物理学家宣称，完美无缺的跃迁需要无限大的能量，因此在真实情况中，总会有一个“有效时间”，虽然可以尽量缩小，但绝不等于零。正是这段不可避免的瞬间，导致了那种古怪却实质无害的翻转感觉。

想通了自己已经距离地球非常远、距离奥罗拉非常近之后，贝莱突然很想看看这个太空族世界。

原因之一，这时他很想看到有人烟的地方，而另一个原因，则是出于自然而然的好奇心，想要看看那个他已经从书本上非常了解的世界。

这时吉斯卡走了进来，手上端着介于清醒和入睡之间的那一餐（称之为午餐吧）。他径自开口道：“先生，我们正在接近奥罗拉，可是很抱歉，你无法从驾驶舱中观看它。反正，其实也没什么好看的。奥罗拉的太阳只是一颗普通的恒星，而我们还需要再飞几天，才能看到奥罗拉这颗行星的面貌。”然后，他仿佛又想到一件事，连忙补充道，“即使那个时候，你也无法从驾驶舱中观看它。”

贝莱心中冒出一股莫名的尴尬。显然，对方不但料到了他这个心愿，而且很快让他死了这条心，原来他们根本不希望他进入驾驶舱。

他说："没问题，吉斯卡。" 那机器人便走开了。

贝莱闷闷不乐地望着他的背影。今后，他身上还会被扣上多少枷锁呢？想要圆满完成任务，原本已经不太可能，不知奥罗拉人还会使出多少阴谋诡计，让不太可能变成绝无可能。

第三章
吉斯卡

09

贝莱转过身来，对丹尼尔说：“这太过分了，丹尼尔，因为这艘船上的奥罗拉人担心我是感染源，我就必须被当成囚犯。这纯粹是迷信，我已经彻底消毒了。”

丹尼尔说：“以利亚伙伴，我们要求你待在自己舱房里，并非由于奥罗拉人的恐惧。”

“不是吗？那还有什么原因？”

“或许你还记得，我们在这艘船上重逢之初，你曾问我为何奉命前来接你。我回答说，一来是因为我这个老友能让你心安，二来我自己也会感到快乐。可是，当我正要说第三个理由的时候，吉斯卡突然拿着你要的阅读镜和胶卷书走进来，因而打断了我们的谈话——然后，我们就开始转而讨论机杀案。”

“所以说，你始终没有告诉我第三个理由。那又是什么呢？”

“啊，以利亚伙伴，答案很简单，我或许还可以保护你。”

“我有什么好保护的？”

“那个我们决定称为机杀案的事件，已经挑起非比寻常的激烈情绪。你受邀前往奥罗拉，又是为了证明法斯陀夫博士的清白。而那出超波剧……”

“耶和华啊，丹尼尔，”贝莱义愤填膺地说，“奥罗拉上也看得到那鬼东西吗？”

“每个太空族世界都看得到，以利亚伙伴。它一度是最受欢迎的节目，而它将你塑造成了最伟大的侦探。”

“于是，机杀案背后的主谋开始庸人自扰，生怕我会调查出什么来，因此可能会无所不用其极地阻止我——甚至将我杀害。”

“法斯陀夫博士深信，”丹尼尔平心静气地说，“这桩机杀案背后并没有主谋，因为除了他自己，再也没有第二个人能做到这件事。在法斯陀夫博士看来，它纯粹只是偶发事件。然而，有人却想拿这件事大做文章，所以他们会设法阻止你，以免你证明它纯属偶然。因此之故，必须有人保护你。”

贝莱在两面舱壁之间来回快步走，仿佛想要借此加快自己的思考速度。奇怪的是，他就是不觉得自己身处险境。

他问道：“丹尼尔，奥罗拉上总共有多少人形机器人？”

“你是指在詹德终止运作之后？”

“对，在詹德死了之后。”

“只有一个，以利亚伙伴。”

贝莱万分震惊地望着丹尼尔，还做出无声的嘴形：一个？

最后他终于开口：“我想确定一下，丹尼尔，你现在是奥罗拉上唯一的人形机器人？”

“我在任何世界上都是唯一的，以利亚伙伴，这点我想你应该知道。我是这种机型的原型，詹德则是第二个。然后，法斯陀夫博士就不愿再制造这样的机型了，而这个技术掌握在他一人手中，别人谁也不会。”

“可是这么说来，既然两个人形机器人之一已经死了，难道法斯陀夫博士不会想到另外那个——也就是你，丹尼尔——也可能有危险吗？”

“他承认有这种可能性。但心智冻结本身已是极其罕见的现象，连续发生两次的几率当然趋近于零，所以他并不担心。然而，他觉得其他意外倒是有机会发生。我想，他之所以派我到地球去接你，这个考虑也是因素之一。这么一来，我就可以有一周左右的时间不在奥罗拉。”

“所以说，你现在和我一样是囚犯，对不对，丹尼尔？”

“以利亚伙伴，”丹尼尔郑重其事道，“所谓我是囚犯，只有在一个意义下成立，那就是我不该离开这间舱房。”

“还有什么其他意义之下的囚犯呢？”

“有的，遭到限制行动的人，必须对这种限制心生怨恨。真正的惩罚隐含着强迫性，我却相当了解为何要待在这里，而且同意确有必要。”

“你同意，”贝莱发起牢骚，“我可不，我认为自己就是不折不扣的囚犯。总之，为什么我们待在这里就能安全无虞？”

“原因之一，以利亚伙伴，吉斯卡在门外站岗。”

“他的智慧足以胜任这项工作吗？”

“他完全明白他所接受的命令。而且他不但身强体壮，还相当了解自己的工作多么重要。”

“你的意思是，他随时会为了保护你我而牺牲自己？”

“当然，正如我随时会为了保护你而牺牲自己。”

贝莱觉得有点脸红，问道：“既然你会被迫为了我而牺牲自己，难道你不怨恨这种处境吗？”

“我的程序正是这样设定的，以利亚伙伴。”丹尼尔的语气似乎变得柔和了，“不过，即使我的程序并未这样设定，我还是觉得为了救你而牺牲自己是相当值得的，我也说不上来为什么。”

贝莱感动到不能自已，他伸出手来，和丹尼尔紧紧握了握手。“谢谢你，丹尼尔伙伴，可是请你务必避免这种事，我可不希望失去你。在我看来，我的性命并非那么有价值。”

这时，贝莱突然惊觉自己说的竟是真心话。为了一个机器人，他居然愿意拿自己的生命冒险，这个想法令他心头一凛。不，不是为了一个机器人，而是为了丹尼尔。

10

吉斯卡径自走进舱房，猛然出现在他们面前。贝莱这时已经接受了这件事，这个机器人既然身为保镖，就必须拥有随意来去的权利。而且在贝莱眼中，吉斯卡只是一个机器人，即使大家刻意用“他”来称呼他，即使刻意省略“机”字头，也改变不了这个事实。如果贝莱想要抓抓痒、挖挖鼻孔，或是做出其他不雅的动作，他觉得吉斯卡都不会特别留意或妄加评断，甚至无法作出任何反应，只会静静地将观察结果输入内建的记忆库。

这就使得吉斯卡形同一件有脚的家具，在他面前贝莱不觉得有丝毫尴尬——而且，贝莱不经意地想到，吉斯卡也从未在不适当的时候闯进来。

吉斯卡抱着一个像是空箱子的东西。“先生，我猜你仍然希望从太空中观看奥罗拉。”

贝莱吓了一跳。想必是丹尼尔注意到了贝莱在生闷气，并且推测出原因，随即决定采取因应之道。而丹尼尔竟然让吉斯卡来做这件事，好像一切都是这个简单头脑所想到的，更表现出他细致的一面。这么一来，贝莱就无需表示感激之意，丹尼尔应该是这个意思吧。

事实上，在贝莱的感觉中，自己被无端禁止观看奥罗拉，要比被当成囚犯更令他忿忿不平。自从跃迁之后，这两天来，他一直为了丧失这个难得的机会而懊恼不已——因此，他转向丹尼尔说：“谢谢你，老朋友。”

“这是吉斯卡的主意。”丹尼尔答道。

“喔，当然啦。”贝莱浅浅一笑，“我也要感谢他。这是什么呢，吉斯卡？”

“先生，这是一台天体模拟仪。基本上它就是一台三维接收器，和观景室直接联线。不过我想提醒……”

“提醒什么？”

“先生，你不会觉得那景象有什么惊人之处，我不希望你空欢喜一场。”

“我会尽量不抱太高的期望，吉斯卡。万一我真的感到失望，也绝不会要你负责。”

“谢谢你，先生。我要回自己的岗位了，如果出现任何问题，丹尼尔都可以帮你解决。”

说完他便告退了，贝莱带着赞许的神情，转头对丹尼尔说：“我想，这件事吉斯卡做得很好。他或许是个简单的机型，但设计得十分精良。”

“他也是法斯陀夫设计的机器人，以利亚伙伴——这个天体模拟仪不但自给自足，还能自我调整。既然它已经瞄准奥罗拉，你只要轻碰‘控制缘’即可，这样就能将它启动，除此之外什么也不必做。你要不要自己来操作？”

贝莱耸了耸肩。“没必要，你来吧。”

“遵命。”

丹尼尔动手将那个仪器放到了贝莱的书桌上。

“以利亚伙伴，这个，”他指着手中那个长方形物体，“就是控制器。你只需要像这样抓着它的边缘，轻轻一压就能开机——再压一下则关机。”

丹尼尔随即压下控制缘，贝莱却立刻惨叫一声。

贝莱原本以为这个“空箱子”会亮起来，里面展现出一个全息式的星像场。结果根本不是那么回事，贝莱竟然发觉自己顿时置身太空——置身太空之中——四面八方是一颗颗明亮却不闪烁的星辰。

这个变化只持续了很短的时间，随即一切又恢复原状，包括这间舱房，以及其中的贝莱、丹尼尔和那个“空箱子”。

“很抱歉，以利亚伙伴。”丹尼尔说，“我一察觉你感到不舒服，立刻把它关掉了。我不知道你尚未做好心理准备。”

“那就替我做好准备。刚刚发生了什么事？”

“天体模拟仪会直接刺激人类大脑的视觉中心，使用者根本无法分辨它和三维真实环境有什么不同。这是个相当新的发明，目前只用于显示天文景观，毕竟，星空的内容不算太复杂。”

“你自己也看到了吗，丹尼尔？”

“看到了，可是非常不清楚，绝不像人类体验到的那么真实。我眼前有个模糊的星空轮廓，它和舱房内的景象交叠在一起，可是据我所知，人类只会看到星空而已。毫无疑问，如果我们的正子脑再做更精密的微调……”

这时，贝莱的心情已经恢复平静。“问题是，丹尼尔，在我的感觉中，其他的一切都不存在了，连我自己也不例外。我看不见也感觉不到自己这双手，觉得自己仿佛成了无形的灵魂，或是——呃——如果我死后，仍然能以某种非物质的方式存在，我想应该就是这种感觉吧。”

“我现在了解你为何颇为心神不宁了。”

“事实上，我觉得非常心神不宁。”

“再说声抱歉，以利亚伙伴，我会让吉斯卡把它拿走。”

“不，现在我有心理准备了，把这仪器留给我——对了，既然我觉得自己的双手已经不存在，我还能不能把它关掉？”

“控制器会粘在你手上，掉不下来的，以利亚伙伴。法斯陀夫博士曾经告诉我，根据他的亲身经验，当使用者意图结束时，手掌自然而然就会施力。这是一种自动的神经操控，原理和视觉类似。至少，奥罗拉人都屡试不爽，而我猜想——”

“就生理结构而言，地球人和奥罗拉人相当接近，所以这个原理也适用于我们——很好，把控制器给我，我要再试一次。”

贝莱怀着几丝恐惧，轻轻压下控制缘，立刻再度来到太空。这回，一切已在他预料之中，而且，一旦发觉自己仍能顺畅呼吸、丝毫不觉得被真空环境包围，他便尽力说服自己，一切只是幻觉罢了。他一面粗重地呼吸着（或许是要让自己相信这个动作是真的），一面好奇地四下张望。

突然间，他发觉自己听到了鼻孔里的粗重气息，连忙问道：“你听得到我说话吗，丹尼尔？”

至少他自己听到了这句话——有点遥远，有点生硬——可是他还是听到了。

然后，他听到了丹尼尔的声音——和他自己的声音不太一样，所以并非他自问自答。

“我听得到，”丹尼尔说，“你也应该听得到我说话，以利亚伙伴。为了让幻象更加真实，你的视觉和动觉都受到了干扰，但听觉则未受影响，大致来说就是这样。”

“嗯，我只能看到许多星星——我是指普通的星星。我们已经很接近奥罗拉，所以我猜，奥罗拉所环绕的那颗恒星，也就是它自己的太阳，要比其他星星明亮许多。”

“应该说太明亮了，以利亚伙伴。它的光芒已被遮蔽，否则你的视网膜会有危险。”

“那么，奥罗拉这颗行星又在哪里呢？”

“你看见猎户星座了吗？”

“看见了——你的意思是，我们现在见到的各个星座，和地球夜空中或是大城天象馆内的星座一模一样？”

“差不多。就星际尺度而言，目前我们和地球以及太阳系的距离并不算太远，因此见到的星空没什么差别。奥罗拉的太阳就是地球上所谓的‘天仓五’，它位于鲸鱼星座，距离地球3.67秒差距——如果你想象以‘参宿四’为起点，向猎户座肚脐上那颗星画一个箭头，然后将箭头延伸一倍多一点，你会遇到一颗中等亮度的天体，那就是奥罗拉行星。未来这几天，我们会朝它高速前进，而它也会越来越容易辨识。”

贝莱一本正经地望着奥罗拉。它只是一个孤独的明亮星体，旁边并没有任何闪烁的箭头，周围也没有任何解说文字。

他问：“太阳又在哪里呢？我是指地球的太阳。”

“从奥罗拉来看，它位于室女星座，是一颗二等星。只可惜，我们这个天体模拟仪并非充分电脑化的仪器，不容易把它指出来。反正，它看起来就像是一颗相当普通的星星。”

“那就算了。”贝莱说，“现在我要关机了，万一不顺利——你要帮帮我。”

关机过程十分顺利。贝莱刚刚动念，模拟仪随即关闭，令一切恢复原状。面对突然出现的灯光，他只能坐在那里猛眨眼睛。

直到这个时候，也就是他的感官恢复正常之后，贝莱才猛然想到，自己曾有好几分钟仿佛真正置身太空，周围没有任何保护层，可是他的空旷恐惧症并未因此发作。一旦认定自己根本不存在，他就完全解脱自在了。

这个想法不禁令他困惑，因而有好一阵子，他无心继续阅读那些胶卷书。

他一遍又一遍地开启天体模拟仪，并且采用太空船外最佳的位置来观看太空，自己却（显然）并不在那个位置上。有些时候，只是为了确认自己仍能从容面对无尽的虚空，他只看一会儿；但有些时候，星空的图案令他着了迷，不知不觉玩起数星星或连连看的游戏——之前在地球上，拜空旷恐惧症之赐，他无论如何做不到这些事，所以成心好好放纵一番。

几天后，奥罗拉果然变得越来越亮。没多久，他就不难从其他光点中找出这颗行星，然后，“不难”变成了“非常容易”，最后则成了根本无法漠视。起初，它只是个小小的狭长亮点，但很快就越来越大，终于开始显现出盈亏。

等到贝莱察觉到盈亏时，它看起来几乎已经是个半圆形。

在贝莱的询问下，丹尼尔解说道：“我们并非沿着轨道面接近这颗行星，以利亚伙伴，所以奥罗拉的南极几乎在圆盘正中央，稍微偏亮区一点。现在这个时候，南半球正是春天。”

贝莱说："根据我所读到的资料，奥罗拉的自转轴倾斜十六度。"当初，由于他急着了解奥罗拉的风土民情，天文地理方面的资料只是匆匆瞥过，但至少他还记得这一点。

"没错，以利亚伙伴。我们最后还是会进入轨道面，到时候盈亏变化会迅速得多。奥罗拉的自转比地球快……"

"对，它一天只有22个小时。"

"应该说是22.3个传统小时。每个奥罗拉日有10个奥罗拉时，每个奥罗拉时有100个奥罗拉分，每个奥罗拉分又有100个奥罗拉秒。因此，一个奥罗拉秒大约等于0.8个地球秒。"

"我在书上读到的公制时、公制分等等，就是指这些时间单位吗？"

"是的。起初，很难说服奥罗拉人放弃他们早已习惯的时间单位，于是两种同时使用，也就是传统制和公制。当然，最后公制逐渐胜出。如今我们虽然只说时、分、秒，但一定是指十进位的公制。这套时间单位已经广为太空族世界采用，只不过在其他世界，它和行星的自转并没有直接关系。当然，每颗行星同时也有自己的时间单位。"

"就像地球那样。"

"是的，以利亚伙伴，不过地球只用传统的时间单位。因此在进行贸易时，往往给太空族世界造成许多不便，但他们还是让地球自行其是。"

"我猜，这样做并非出于善意。在我看来，他们是希望突显地球的差异——对了，奥罗拉的一年和公制有什么关系？毕竟，既然这颗行星绕着它的太阳转，一定有个和季节循环相关的公转周期，这个周期又如何表示呢？"

丹尼尔说："奥罗拉的公转周期是373.5个奥罗拉日，差不多等于0.95个地球年。这个事实在奥罗拉历法里并没有什么重要性。我们将30个奥罗拉日定义为一个月，10个月定义为一个公制年。因此，一个公制年大约等于0.8个季节年，或是四分之三个地球年。当然，这个比例在各个世界并不一样。此外，10天通常称为一旬，所有的太空族世界都使用这个制度。”

“可是，一定有更简单的方式来配合季节循环吧？”

“每个世界照例都有自己的季节年，但很少有人使用。若有需要，你随时能用电脑算出过去或未来某一天在季节年中的定位。其实在每个世界上，类似的换算都是很方便的。而且，以利亚伙伴，机器人当然也都会作这种计算，随时可以替人类服务。公制单位的优点在于提供了统一的计时法，牵涉到的数学却只有小数点的移动而已。”

在此之前，贝莱未曾在任何书籍中读到这么明白的解说，这点令他感到不解。话说回来，根据他自己对地球历史的了解，他知道曾有一段时期，“朔望月”在历法中扮演重要的角色，可是曾几何时，基于计时的便利，朔望月逐渐遭到淘汰，终至被人遗忘。假设他要为外星人士选几本谈地球的书，这些书里极有可能完全找不到有关朔望月或相关历法沿革的记载。日期就是日期，无需多作任何解释。

除此之外，还有哪些事物无需多作解释呢？

所以说，他最近学到的那些知识，可信度又有多少呢？他一定要常常发问，不能将任何事物视为理所当然。

眼前，漠视线索的机会、曲解事实的机会以及误入歧途的机会，实在是太多太多了。

11

现在，贝莱只要开启天体模拟仪，奥罗拉就会占满整个视野，而且，看起来和地球相当接近。（他从来没有用过这种方式观看地球，但至少看过这类的天文照片。）

没错，此时贝莱眼中的奥罗拉，和那些地球照片十分类似，同样有着云层的图样、沙漠的踪迹和昼夜的分界，而且在夜半球部分，也同样有着闪烁的灯火。

贝莱一面忘情地欣赏，一面设想一种情况：假设他被送上太空，并被告知目的地是奥罗拉，可是基于某种原因——某种微妙又疯狂的原因——太空船绕了一圈又回到地球，那么在着陆之前，自己该如何分辨真假呢？

他有理由起疑吗？丹尼尔曾不厌其烦地告诉他，无论是地球或奥罗拉的夜空，星座看起来都是一样的，但是，既然两颗行星所属的星系相距不远，这难道不是很自然的结果吗？至于乍看之下，两者在太空中的外观几乎相同，难道不也是由于同为适宜住人的世界吗？

还有没有其他理由，支持他继续牵强附会地怀疑这是骗局？这样做有什么目的呢？万一真是骗局，表面上看起来牵强和无用又有何不可？假如行骗的理由相当明显，他会立刻一眼看穿。

这个阴谋丹尼尔也有份吗？假如他是人类，答案当然是否定的。但他只是个机器人，难道不能命令他配合这一切吗？

看来，根本无法得到任何定论。不久之后，贝莱却开始寻找大陆的轮廓，因为他想到，或许可以据此判断这到底是不是地球。这应该是个有根有据的测试——结果还是失败了。

从云层之下断断续续透出一些模糊的轮廓，可是对他毫无用处。对于地球的地理，他的知识不够丰富，他真正了解的地球仅限于那些大城，也就是所谓的钢穴。

一段段的海岸线，在他看来都相当陌生——它们到底属于奥罗拉还是地球，他完全没概念。

问题是，自己为何会疑神疑鬼呢？当年前往索拉利，他始终未曾怀疑目的地是别处，也没有怀疑他们要把自己送回地球——啊，当时他是去执行一个明确的任务，而且胜算相当高。现在，他却觉得毫无成功的机会。

那么或许应该说，自己很想回到地球，于是在心中构筑出这个假阴谋，以便借题发挥，好好想象一番。

没想到，这个阴谋论逐渐有了自己的生命，令他怎么也摆脱不掉。他发觉自己无法再回到真实的舱房，只能目不转睛地望着奥罗拉，专注到了近乎疯狂的程度。

奥罗拉处于运动状态，正在缓缓旋转——

他看得够久了，足以发现上述事实。在此之前，当他观看太空的时候，一切似乎都是静止的，活脱舞台剧的背景，上面布满沉默且静止的光点，后来又加上一个小小的半圆形。是否正因为一切静止，才使得他免于空旷恐惧症？

可是现在，他看到奥罗拉正在运动，而他也明白，那是因为太空船即将着陆，正在盘旋而下，逐步接近地表。云层慢慢升起——

不，云其实没动，是太空船逐渐盘旋而下。是太空船在运动，是他自己在运动。就在这个时候，他突然意识到了自己的存在；他正迅速划破云层，正在向下坠落；在毫无防护的情况下，他穿过稀薄的空气，冲向坚实的地表。

他的喉咙不断收紧，呼吸变得非常困难。

他拼命对自己说，你并未暴露在太空中，有舱壁包围着你。

可是他感觉不到什么舱壁。

他又想到，不管有没有舱壁，你仍并未暴露，还有皮肤包覆着你。

但他也感觉不到自己的皮肤。

这种感觉甚至比赤裸更糟——他成了一个彻底曝光的孤独个体，成了一个活生生的时空点，一个被无尽虚空包围的奇点，而与此同时，他还不断向下坠落。

他猛压控制器，想要关掉这个影像，可是没有任何反应。他的神经末梢已经不正常，意志再也无法影响自发性收缩。不，他根本没有意志——他无法闭上眼睛，也无法攥紧拳头，他仿佛被恐惧所催眠，浑身上下动弹不得。

他只觉得眼前出现一片片的白云——不算很白——并非纯白——带着点橙黄——

然后，周遭的一切全变成了灰色——他感到被淹没了，完全无法呼吸。他拼命挣扎，想要撑开喉咙，想要向丹尼尔求救——

偏偏发不出声音——

12

贝莱喘得上气不接下气，仿佛刚刚冲过马拉松赛的终点线。他觉得舱房整个倾斜，自己的左手肘顶着一片坚硬的物体。

他终于明白，原来自己趴在地板上。

吉斯卡正跪在他身边，这机器人的一只手（坚定但有些冰冷）紧握着贝莱的右拳。当贝莱的视线越过吉斯卡之后，他看到舱房的门开着一条缝。

贝莱无需发问，就知道发生了什么事。正当自己慌乱无助之际，吉斯卡及时抓住他的手，然后用力一压，关闭了天体模拟仪。否则……

丹尼尔也在一旁，他的脸靠得贝莱很近，脸上正挂着可视为痛苦的表情。

他解释道："你什么也没说，以利亚伙伴。要是我早些察觉你感到不适……"

贝莱仍旧无法开口，他试着用手势表示自己完全了解，根本不会放在心上。

两个机器人就这么守在贝莱旁边，等到他勉强恢复，试图起身之际，他们赶紧一边一个把他扶起来，安放在一张椅子上，吉斯卡还顺便将他手中的控制器取走了。

"我们很快就要着陆，我想，你再也不需要这个天体模拟仪了。”吉斯卡说。

丹尼尔一脸严肃地补充道：“无论如何，还是把它拿走比较好。”

贝莱却说：“等等！”他发觉自己的声音既细微又嘶哑，不确定对方有没有听清楚，于是他深深吸了一口气，轻轻清了一下喉咙，又说了一声，“等等！——吉斯卡。”

吉斯卡转过身来。“什么事？”

贝莱并未立刻回应。既然吉斯卡已经听到自己的命令，他就会耐心地等待，或许会永远等下去。贝莱试着整理杂乱的思绪，集中精神寻思：不管空旷恐惧症有没有发作，自己对目的地仍有怀疑。相较之下，这个疑惧出现得更早，很可能因此加剧了空旷恐惧症。

他必须查出真相。吉斯卡不会说谎，因为机器人不能说谎——除非有人下达了非常高明的指令。可是又何必指使吉斯卡这么做呢？前来迎接自己的是丹尼尔，从头到尾陪伴自己的也是他，如果真有说谎的需要，也该是丹尼尔的责任。吉斯卡仅仅扮演跑腿和看门的角色，当然没必要对他下达什么高明的说谎指令。

“吉斯卡！”贝莱的声音几乎恢复正常了。

“什么事？”

“我们即将着陆，对不对？”

“对，两小时之内，先生。”

贝莱想，他说的应该是公制时，要比真正的两小时长一点？或是短一点？这并不重要，只会徒增困扰，还是别追究了。

贝莱以尽可能严厉的口吻说：“赶紧告诉我，我们即将着陆的到底是哪颗行星？”

如果向人类提出这样的问题，对方一定会先顿一顿，然后，即使他决定回答，也会现出相当惊讶的神情。

吉斯卡却立刻答道：“先生，是奥罗拉。”而且，平板的声音更突显了他的肯定。

“你怎么知道？”

“一来，它是我们的目的地；二来，它绝不可能是地球，原因之一，由于奥罗拉的太阳‘天仓五’比地球的太阳轻了百分之十，因此温度稍低，在陌生的地球人看来，它的光芒带有明显的橙色。你可能已经从云层顶端的反射光，看到了天仓五特有的颜色。稍后，你一定能从地表看得更清楚——直到你的眼睛习惯了，才会视而不见。”

贝莱将视线从吉斯卡面无表情的脸孔上移开。他想，自己的确曾注意到阳光的差异，可是并未多加留意，真是个严重的错误。

“你可以走了，吉斯卡。”

“遵命。”

贝莱苦着一张脸望向丹尼尔。“我觉得自己像个傻瓜，丹尼尔。”

“我想你是在怀疑我们或许欺骗了你，把你带到别的世界去了。你这么想有任何理由吗，以利亚伙伴？”

“没有。也许是由于空旷恐惧症在潜意识层面发作，令我惴惴不安的缘故。望着似乎完全静止的太空，我并未察觉任何不适，但意识层面之下可能早就不对劲，使得我的心情越来越不稳定。”

“这是我们的错，以利亚伙伴。既然我们知道你不喜欢开放的空间，就不应该让你体验天体模拟，而既然这么做了，我们就该寸步不离地在旁守护。”

贝莱摇了摇头，露出厌烦的表情。“别这样说，丹尼尔，我被守护得够了。我现在只关心一个问题，到了奥罗拉之后，我会被守护得多么严密。”

丹尼尔说："以利亚伙伴，据我所知，恐怕很难让你任意接触奥罗拉社会和奥罗拉人。"

"然而话说回来，那正是我必须争取的。如果我想查明这桩机杀案的真相，一定要有充分的自由，让我能去现场直接寻找线索——并询问相关人士。"

这个时候，除了有些疲累，贝莱觉得自己大致已经恢复正常。可是，经历了那段紧张刺激之后，现在他竟然十分渴望吞云吐雾一番，这令他感到相当尴尬。他以为自己早在一年多前就完全戒掉了这个嗜好，但此时此刻，他的喉咙和鼻孔却能感觉到烟叶烧出来的香味。

他心知肚明，自己也只能借着回忆过过干瘾。一旦抵达奥罗拉，他无论如何不可能有抽烟的机会。事实上，太空族世界一律没有烟草，即使他随身携带一些，也迟早会被没收和销毁。

只听丹尼尔说："以利亚伙伴，我对这件事没有任何决定权，必须等到着陆之后，请你直接和法斯陀夫博士讨论。"

"这我了解，丹尼尔，可是我要怎样和法斯陀夫讨论呢？借由类似天体模拟仪的装置吗？我手上仍要拿着控制器？"

"完全不需要，以利亚伙伴。你们将面对面讨论，他打算在太空航站和你碰面。"

13

贝莱试图倾听太空船的着陆过程，不过，他当然不晓得会听到哪些声音。他不知道这艘太空船的结构，不知道船上总共有多少人，也不知道每个人在着陆之际会做些什么事，更不知道会产生什么样的噪音。

呼啸声？隆隆声？还是模糊的震动？

他什么也没听到。

丹尼尔说：“你似乎很紧张，以利亚伙伴。如果觉得哪里不舒服，希望你都能立刻告诉我。无论你有任何不快，不管原因为何，我都必须第一时间提供协助。”

这句话，稍微加重了“必须”两字的语气。

贝莱漫不经心地想：他是受到了第一法则的驱策。刚才，他并未预见我会昏倒，光凭这一点，他所承受的痛苦就一定不下于我。对我而言，正子电位的失衡或许毫无意义，可是他体内因而产生的反应和不适，很可能等同于人类所感受的剧痛。

他又进一步想到：不过，正如丹尼尔不可能真正了解我这个人，我又如何能够了解在机器人的人工皮肤和人工意识之下藏着些什么呢？

贝莱随即惊觉自己竟然把丹尼尔想成机器人，不禁颇为自责。他望着对方温柔的双眼（打从什么时候起，他心中将那种眼神冠上

"温柔"两字了？），然后说："如果我哪里不舒服，一定立刻告诉你，但现在并没有。我只是想试着用耳朵来追踪着陆的进度，丹尼尔伙伴。"

"谢谢你，以利亚伙伴。"丹尼尔一脸严肃地答道，他还微微欠了欠身，才继续说下去，"着陆应该不会引发任何不适。你的确会感到加速度，但是微乎其微，因为舱房会顺着加速方向略微变形，产生缓冲作用。温度虽然也会升高，但不会超过摄氏两度。至于听觉上，当我们穿过越来越浓的大气时，或许难免出现些许嘶嘶声。有没有哪一点会对你造成困扰？"

"应该都不会。目前困扰我的，就是无法自由参与最后这一段旅程。我希望多加了解着陆的过程，不希望被囚禁在舱房内，错过了这段难得的经历。"

"可是你已经知道，以利亚伙伴，对你而言这种经历是无法承受的。"

"那么我该如何克服呢，丹尼尔？"他据理力争，"这个理由还不足以把我关在这里吧？"

"以利亚伙伴，我已经对你解释过，这样做是为了你的安全着想。"

贝莱摇了摇头，显得十分反感。"这点我早就想过了，但我认为是无稽之谈。加在我身上的限制那么多，我想要了解奥罗拉已是难上加难，能够厘清事实真相的机会更是小之又小，任何头脑清楚的人都知道没必要阻止我。但如果他们真要自找麻烦，又何必直接对我发动攻击呢？为什么不破坏这艘太空船？假设我们所面对的是一群无恶不作的坏蛋，他们根本不会在乎牺牲一艘船——以及上面所有的乘客——以及你和吉斯卡——当然还有我。"

"事实上，我们考虑过这个可能性，以利亚伙伴。这艘船经过详尽的检查，并未侦测出任何遭到破坏的迹象。”

“你确定吗？百分之百确定吗？”

“这种事一律不可能百分之百确定。然而，我和吉斯卡都很放心，我们认为准确性相当高，出事的几率已经压到极小值。”

“万一你们错了呢？”

丹尼尔的脸孔似乎微微抽动一下，仿佛这个问题干扰了他脑中正子径路的流畅运作。他答道：“可是我们未曾出错。”

“你不能这么讲。我们即将着陆，这绝对是危险关头。事实上，到了这个阶段，根本不必再破坏太空船。现在——此时此刻——才是我自己最危险的时候。如果我要踏上奥罗拉，就不可能继续躲在这间舱房里。我必须走出太空船，必须和其他人有所接触。你们可曾采取各种预防措施，确保着陆安全无虞？”由于长期囚禁令他恼羞成怒，再加上当众昏倒令他脸上无光，否则贝莱不会如此咄咄逼人，毫无来由地数落无辜的丹尼尔。

但丹尼尔仍心平气和地说：“当然有，以利亚伙伴。还有，顺便告诉你，我们已经着陆了，太空船已停在奥罗拉表面上。”

一时之间，贝莱感到不知所措。他慌乱地四下张望，可是除了密封的舱房，当然什么也看不到。丹尼尔先前描述的什么加速、什么升温和嘶嘶声，他一概没有察觉。或许，刚才丹尼尔故意重提他的安全问题，目的就是为了转移注意力，以免他想到那些微不足道——却可能令他不安的效应。

贝莱说：“可是还有个尚未解决的难题，我该如何下船，才不会让我们的假想敌轻易得手？”

丹尼尔朝一面舱壁走去，伸手按了一下，舱壁便裂开一条缝，然后逐渐一分为二。在贝莱眼前，出现了一个长长的管子——一条隧道。

这时，吉斯卡从另一侧走进舱房，说道："先生，我们三人就用这个逃生管下船，外面还会有人负责监视。在逃生管的另一端，法斯陀夫博士已经在等你了。"

"我们的预防措施滴水不漏。"丹尼尔说。

贝莱喃喃道："我郑重道歉，丹尼尔——还有吉斯卡。"他闷闷不乐地走向逃生管，心想，他们致力做到滴水不漏，等于他们认为确有必要采取这些措施。

贝莱从不觉得自己懦弱，可是如今他来到一个陌生的行星，不知该如何分辨敌友，也见不到令他宽心的熟悉事物（丹尼尔当然是例外），到了重要关头，更别奢望会出现任何提供温暖和慰藉的屏障。想到这里，他不禁打了一个冷战。

第四章
法斯陀夫

14

法斯陀夫博士的确等在那里——而且笑容满面。他又高又瘦，浅棕色的头发并不算浓密，不过，最显眼的当然要数那一对大耳朵。即使过了三年，贝莱仍旧记忆犹新。那对几乎横长的招风耳让他看起来有点滑稽，甚至可以说丑得可爱。此时令贝莱展现笑容的正是那对耳朵，而并非由于法斯陀夫亲自相迎。

贝莱不禁纳闷，是不是奥罗拉的医疗科技并未涵盖微整形手术，以致无法矫正这样的耳朵——话说回来，也可能是法斯陀夫和贝莱一样，就是喜欢这个长相（如此相提并论，他自己都有些惊讶）。拥有一张赚人笑容的脸孔，也是一件值得骄傲的事。

也许，法斯陀夫希望第一眼就换来陌生人的好感？或者他乐于被人低估？或者只是为了与众不同？

法斯陀夫开口说："便衣刑警以利亚 · 贝莱，我一直没忘记你，只不过，我总是把你想成那个超波剧演员的模样。”

贝莱立刻收起笑容。“那出戏始终阴魂不散地纠缠我，法斯陀夫博士，如果我能找到一个可以摆脱它的地方……”

“你找不到的，除非奇迹出现。”法斯陀夫亲切和蔼地说，“所以，如果你不喜欢这码事，我们就把这个话题永久剔除，从现在起我再也不提了。同意吗？”

“谢谢你。”贝莱逮住这个时机，向法斯陀夫伸出右手。

在表现出明显的犹豫之后，法斯陀夫才小心翼翼地和贝莱握了握手，动作很迅速。“我姑且假设你并不是感染源，贝莱先生。”

然后，他端详着自己的双手，改用懊恼的语气说：“不过我必须承认，我这双手经过特殊处理，上面有一层不算太舒服的惰性膜。我也继承了这个社会的非理性恐惧。”

贝莱耸了耸肩。“大家都一样。比方说，我就不喜欢置身城外——我是说户外的空间。正是因为这样，我并不喜欢被迫在这种情况下来到奥罗拉。”

“这点我很了解，贝莱先生。我替你准备了一辆密封车，等到抵达我的宅邸之后，我们也会尽力让你继续处于封闭空间。”

“谢谢你，可是在奥罗拉这段时期，我觉得有必要让自己偶尔待在户外。我已经做好心理准备——尽可能做好了。”

“我了解了，但除非有必要，我们才会让你受户外之苦。现在并没这个必要，所以请钻进密封车吧。”

那辆车停在隧道外的阴影处，因此在上车的过程中，几乎完全不会有置身户外的感觉。贝莱知道丹尼尔和吉斯卡都紧跟在自己后面，这两个机器人虽然外形迥异，但同样处于严肃的待命状态——而且同样有着无穷的耐心。

法斯陀夫打开后车门，说道：“请上车。”

贝莱率先上车，丹尼尔则紧随在后，动作迅速且一气呵成。至于吉斯卡，他几乎在同一时间，以近乎严格排练过的舞蹈动作，从另一侧钻进车内。贝莱就这样被他们两个夹在中间，不过并没有什么压迫感。事实上，他很喜欢这样的安排，这让他觉得在自己和户外之间，还有厚实的机器人身体在两侧当作屏障。

没想到他完全见不到户外。法斯陀夫刚坐上前座，关上车门，车窗随即一一封闭，车内泛起一股柔和的人工光线。

法斯陀夫解释道："贝莱先生，通常我不这样开车，但我可以接受，而你会觉得这样舒服很多。这辆车完全电脑化，自己知道该怎么走，而且能够应付任何障碍或紧急状况，根本不必我们插手。"

随着一阵极其轻微的加速感，车子便进入几乎察觉不到的运动状态。

法斯陀夫说："我们走的是一条安全路线，贝莱先生。这些天我费尽心思，尽可能不让闲杂人等知道你会坐上这辆车，而你在车内之际，当然更不会被侦测到。就车程而言——对了，这是一辆气翼车，实际上是在贴地飞行——这段路并不算远，但你不妨趁机休息一下，你现在相当安全。"

"听你这么说，"贝莱道，"你似乎认为我仍身处险境。之前在太空船上，为了保护我，只好把我当成囚犯——现在又来了。"贝莱环顾这个狭小的封闭空间，觉得自己更像囚犯了，不但有金属和不透明玻璃围成的牢房，身旁还有两个金属之躯的狱卒。

法斯陀夫轻声笑了笑。"我知道，我有点反应过度了。问题是如今奥罗拉群情激愤，既然你在这个节骨眼赶过来，我宁愿像个傻瓜般反应过度，也不要因为反应迟钝而令你身冒奇险。"

贝莱说："我想你应该了解，法斯陀夫博士，如果我失败了，对地球会是个严重的打击。"

“这点我非常了解。请务必相信，我的决心和你一样坚定，我会尽可能避免让你无功而返。”

“我相信。此外，万一我失败了，不论原因为何，我于公于私都无法在地球上立足了。”

法斯陀夫转过头来，带着惊讶的神情望着贝莱。“真的？这太不合理了。”

贝莱耸了耸肩。“我同意，但事实如此。对于走投无路的地球政府而言，我是最现成的代罪羔羊。”

“贝莱先生，当初我请你来的时候，并没有想到这一层。请放心，我一定会尽力保护你。不过，老实对你说，”他刻意移开目光，“万一我们失败，我的力量可就小之又小了。”

“这点我知道。”贝莱绷着脸说。然后，他靠向柔软的椅背，还闭上了眼睛。虽然车子平稳前进，贝莱仿佛躺在摇篮里，但他始终没有睡着。反之，他正在绞尽脑汁——希望想出些什么来。

15

抵达目的地之后，贝莱同样未曾接触户外。他一走出气翼车，便发现自己置身于一间地底停车场，接着便搭乘一台小型电梯升到（走出电梯他才知道）地面层。

他被一路引领到一间充满阳光的房间，而在穿过一道道的天然光线之际（没错，带点橙红色），他不禁显得有些畏怯。

法斯陀夫注意到了，他说：“这些窗户无法转成不透明，不过还是可以调暗。只要你吩咐，我马上照做。其实，我应该事先想到……”

“不必了。”贝莱硬邦邦地说，“我找个背对窗户的座位即可，我必须试着适应。”

“那就依你吧，但如果你觉得受不了，请随时告诉我——喔，贝莱先生，现在此地的时间已经接近中午。我不知道你在船上怎样设定个人作息时间，如果你已经清醒很久了，想要睡一觉，我们可以立刻安排。如果你现在不困也不饿，那就不必急着进食。然而，如果你觉得可以吃点东西，欢迎你待会儿和我共进午餐。”

“真巧，这和我的个人时间配合得刚好。”

“太好了。我要提醒你，我们的一天要比地球上短了百分之七。这应该不会对你的生物时钟产生太大困扰，但如果真有这种事，我们会试着配合你来调整。”

“谢谢你。”

“最后一点——我不太清楚你喜欢什么样的食物。”

“我会尽量有什么吃什么。”

“话说回来，如果你觉得哪些食物不够——可口，我不会介意的。”

“谢谢你。”

“还有，你不在乎丹尼尔和吉斯卡作陪吧？”

贝莱淡淡一笑。“他们会一起吃吗？”

法斯陀夫并未以任何笑容作为回应，而是一本正经地说：“不会，但我希望他们时时刻刻陪着你。”

“我还有危险？即使在这里？”

“凡事我都不会百分之百放心，即使在这里。”

这时进来一个机器人。“先生，午餐准备好了。”

法斯陀夫点了点头。“很好，菲伯，我们一会儿就过去。”

贝莱问：“你有多少机器人？”

“还真不少。但我们远不及索拉利那种一比一万的人机比例，像我拥有五十七个机器人，已经超过平均值。这座宅邸很大，而且还兼作我的办公室和实验室。此外，当我有妻子的时候，为了避免我的工作打扰到她，必须让她远远住在另一侧，由另一批机器人服侍。”

“嗯，既然你有五十七个机器人，出借一两个我想还好。听你这么说，我对你派吉斯卡和丹尼尔护送我这件事不再那么内疚了。”

“我可以向你保证，贝莱先生，我可不是随便挑的。吉斯卡不但是我的总管，还是我的左右手，我成年之后，他一直跟着我。”

“你却派他一路去接我过来，我感到很荣幸。”贝莱说。

“这代表了你的重要性，贝莱先生。吉斯卡既壮健又刚强，在我拥有的机器人当中，他是最可靠的一个。”

贝莱随即瞄了丹尼尔一眼，法斯陀夫赶紧补充：“我刚才的说法，并未将我的朋友丹尼尔计算在内。他并非我的仆人，而是一项重大成就，一项令我忍不住感到无比自傲的成就。他是这类机型的第一个，虽然他的设计者以及他的蓝本都是拉吉·尼曼奴·萨顿博士，也就是那位……”

他警觉地及时住口，贝莱却猛然点了点头，接口道：“我了解了。”

他并不需要对方说出萨顿惨死于地球这件事。

“虽然萨顿负责丹尼尔的实际监造，”法斯陀夫继续说，“可是我的理论计算起了关键作用。”

法斯陀夫对丹尼尔微微一笑，后者则点头答礼。

贝莱说："还有詹德呢。"

"没错。"法斯陀夫摇了摇头，显得有些沮丧，"或许应该让他和丹尼尔一样，也留在我身边。但他是我制造的第二个人形机器人，意义多少有些不同。打个比方，丹尼尔就像我的长子——地位自然特殊。"

"你不再制造人形机器人了？"

"对，但先别谈这些，我们得去吃午餐了。"法斯陀夫搓了搓手，"贝莱先生，我想地球上的人恐怕吃不惯我所谓的天然食物。今天的主菜是虾肉色拉，当然还有面包和奶酪，你可以选择喝牛奶，或是任何一种果汁，总之这不是什么大餐。甜点则是冰淇淋。"

"都是传统的地球食物。"贝莱说，"可是如今，只有在地球的古文献中，才能见到它们的真实面貌。"

"即使在奥罗拉，这些食物也不算很普通。可是，我认为不该急着让你品尝我们的美食，因为无论食材或调味料，其中的奥罗拉口味都太重了，需要些时间才会习惯。"

他站了起来。"请跟我来吧，贝莱先生。既然只有你我两人，我们不必拘泥礼数，也不必理睬用餐时的繁文缛节。"

"谢谢你，"贝莱说，"真感谢你的好意。旅途中我为了消磨时间，集中阅读了不少关于奥罗拉的资料，所以我知道，正式的用餐礼仪包含很多规矩，令我想到就害怕。"

"你不必害怕。"

贝莱说："法斯陀夫博士，我们能不能更进一步打破成规，在餐桌上谈点公事？我绝不能无谓地浪费时间。"

"我赞成这个想法。好，我们就在餐桌上谈公事，相信你不至于把这个失礼行为告诉任何人吧，我可不想因此被赶出这个文明的社会。”他呵呵笑了几声，又赶紧说，“其实我不该发笑，这没什么好笑的。浪费时间或许不只造成不便而已，很可能会导致极其严重的后果。”

16

贝莱离开原来那个房间，来到了餐厅。相较之下，前者实在乏善可陈，只有几张椅子，一个五斗柜，以及一个看起来像是钢琴的乐器，但琴键却是管乐器的活塞。此外值得一提的，或许就是墙壁上有些似乎微微发光的抽象图案。地板则是由几种色泽的褐色方格混拼的，想必是为了营造木头的质感——虽然亮晶晶的仿佛刚打过蜡，踩在上面却一点也不滑。

至于餐厅，虽然铺着同样的地板，但除此之外毫无雷同之处。那是个长方形的房间，给人的第一印象就是装饰过了头。里面有六张显然属于一套的大型方桌，可以根据需要以多种方式组合。四面墙壁各有各的不同装潢，其中一面较短的墙壁整个做成吧台，上面摆着许多五颜六色的酒瓶，后方还装设一面弧形的镜子，制造出一种空间无限延伸的错觉。而另一面短墙上则有四个壁凹，里面各有一个正在待命的机器人。

两面较长的墙壁则装饰着会缓缓变色的镶嵌画。其中的一面是大地的景观，但贝莱看不出那到底是奥罗拉还是其他行星，或者纯属虚构。这幅画的左端是一大片麦田（或类似的作物），里面有许许多多的精密农机，全部由机器人操作。当你的目光一路从左扫到右，田野逐渐为三三两两的住家所取代，而最右端所画的内容，贝莱认为应该就是奥罗拉的典型都市。

另一面长墙上画的是一幅天体图——一颗蓝白色的行星，反映着恒星从远方射来的光芒，由于光影安排得很巧妙，除非你近距离仔细观察，否则一定觉得那颗行星正在旋转。周遭的那些星辰——有些黯淡、有些明亮——似乎也处于变幻不定的状态，不过一旦你将目光固定在一小块区域，那些星星又会显得完全静止。

贝莱看得眼花缭乱，不禁大起反感。

法斯陀夫说："这算得上艺术品，贝莱先生，只不过贵得离谱，但范雅非买不可——范雅是我现在的伴侣。"

"她会和我们一起用餐吗，法斯陀夫博士？"

"不会的，贝莱先生。如我所说，就只有我们两个人。这段时间，我要求她留在自己的活动范围。我不想让她卷入我们这个问题，我想，你该了解吧？"

"当然，当然。"

"来吧，请就座。"

一张方桌上已经摆好了杯盘以及精致的餐具，其中，有几样餐具令贝莱感到很陌生。比方说，餐桌中央有个高高的、接近锥状的圆筒，外形有点像西洋棋的"卒"，不过大了很多，而且是由灰色石材磨制成的。

贝莱刚坐下，就忍不住伸出手摸了摸。

法斯陀夫微微一笑。"那是调味瓶，里面装有十来种佐料，你可以利用它的简易开关，替你的菜肴添加任何一种，多寡也能自由控制。正确的使用方式，首先要把它拿起来，以繁复的手法转上几转，这个动作本身毫无意义，可是讲究时尚的奥罗拉人十分重视，认为它象征着优雅和精致的用餐礼仪。我年轻的时候，能够用拇指和食中两指做到三起三落，等到调味瓶落到手掌中，盐巴刚好倒出来。现在如果我还想尝试，则会冒着打破客人脑袋的危险。我看最好别试了，相信你不介意吧。”

“我拜托你别试，法斯陀夫博士。”

不久，一个机器人将色拉端上桌，另一个用托盘捧来一些果汁，第三个送上面包和奶酪，第四个则负责侍奉餐巾。四个机器人合作无间，虽然不断穿梭，从来不曾相撞或彼此阻挡，看得贝莱目瞪口呆。

而在完工时，他们刚好分别站在方桌的四边，完全看不出彼此经过协调。紧接着，他们动作一致地后退，动作一致地鞠躬，动作一致地转身，走回了餐厅另一角的四个壁凹中。此时，贝莱突然惊觉丹尼尔和吉斯卡也在屋内，但他明明没看到他们走进来。原来不知不觉间，那面画有麦田的墙壁上也出现了两个壁凹，他们两人就待在里面，其中丹尼尔离餐桌比较近。

法斯陀夫说：“既然他们走了……”他随即住口，慢慢摇了摇头，万般无奈地否定了自己的说法。“其实他们根本没走。通常，在午餐正式开始前，机器人照例要先离开。人类需要吃东西，机器人则否。因此，前者留下、后者离开是很合理的安排。久而久之，这也成了一个规矩。在机器人走掉之前，难以想象谁会有这个胃口。不过，今天却是例外……”

“他们并未离去。”贝莱说。

“对，我觉得安全比礼仪更重要，而且我觉得，既然你不是奥罗拉人，应该不会介意的。”

贝莱静待法斯陀夫率先开动，等到对方举起叉子，贝莱便有样学样。法斯陀夫也故意放慢动作，好让贝莱看清楚他如何使用这个餐具。

贝莱试着咬了一小口虾肉，发觉鲜美无比。这种美味他并不陌生，有点像地球上的虾球，但相较之下，这口虾肉更香更浓无数倍。他慢慢咀嚼，慢慢品味，虽然这个时候，他很想在餐桌上展开调查工作，却发现除了将注意力放在这顿午餐上，根本不可能同时再做别的事。

事实上，首先进入正题的是法斯陀夫。“我们是不是该开始讨论了，贝莱先生？”

贝莱不禁觉得有点脸红。“对，当然应该。真抱歉，这些奥罗拉食物给了我一个惊喜，令我难以把心思转到其他事物上——如今这个问题，法斯陀夫博士，可以说是你咎由自取，对不对？”

“此话怎讲？”

“据我所知，这桩机杀案所用的手法极为专业。”

“机杀案？很有趣的说法。”法斯陀夫微微一笑，“当然，我了解你的意思——你的情报正确，的确是极度专业的手法。”

“此外据我所知，只有你具有这种专业技能。”

“这点，你的情报也正确。”

“而且，连你自己也承认——其实是你坚持——只有你能够让詹德进入心智冻结状态。”

“无论在任何情况下，贝莱先生，我都永远坚持真理。即使我愿意说谎，对我也没有好处。在五十个太空族世界中，最杰出的理论机器人学家就是我，这已是众所皆知的事实。”

“话虽如此，法斯陀夫博士，难道排名第二的理论机器人学家——或是第三名，甚至第十五名——他们真的没有能力做出这种事吗？真的需要第一名才有足够的本事吗？”

法斯陀夫平心静气地说：“在我看来，真的需要第一名才有足够的本事。更何况，底下仍是我的看法，即使是我自己，也只有在最佳状态下，才有可能完成这项工作。记住一件事，机器人学界的精英——包括我自己——多年来都在努力研发不会遭到外力冻结的正子脑。”

“这些你都确定吗？真的确定吗？”

“完全确定。”

“你也曾公开这么说？”

“当然。亲爱的地球人，我们曾经进行过一场公开的调查。你现在问我的问题，当时都有人问过，而我一律照实回答——这是奥罗拉的优良传统。”

贝莱说：“此时此刻，我并未质疑你确信自己曾照实回答这件事。可是，你有没有可能被自傲的天性冲昏了头？这也是奥罗拉的优良传统，对不对？”

“你的意思是，我不顾一切要争第一，甚至不惜把自己推上火线，让大家不得不承认是我冻结了詹德的心智。”

“我猜，你基于某种原因，不惜毁掉自己的政治和社会地位，好让你的科学声誉不受影响。”

“我懂了。你的思考模式颇为耐人寻味，贝莱先生，可是我并不会想到那种办法。当我面对两种选择：或是将第一拱手让人，或是承认自己——借用你的说法——是机杀案的凶手，在你看来我会故意选择后者。”

“不，法斯陀夫博士，我不希望把问题简化成这个样子。你有没有可能欺骗了自己，以至于坚信你是最伟大的机器人学家，举世无人能及，而且愿意不惜任何代价来坚持这个信念，因为你潜意识里——我是说潜意识，法斯陀夫博士——其实已经了解有人正在超越你，或是已经超越你了。”

法斯陀夫随即哈哈大笑，但笑声中带着些许恼怒。“并非如此，贝莱先生，错得离谱了。”

“好好想想，法斯陀夫博士！你确定机器人学界就只有你是天纵英才？”

“在这个圈子里，有能力研究人形机器人的专家并不多。丹尼尔的研发过程等于创造了一门新的学问，它甚至还没有正式的名字——或许可以叫作人形机器人学。而奥罗拉上的理论机器人学家之中，只有我一个人了解丹尼尔的正子脑如何运作，此外再也没有第二个人。萨顿博士另当别论，但他已经死了——而且他也不如我那么了解，基本理论都是我发明的。”

“或许这门学问是你发明的，但你绝对不可能垄断，难道别人都没有学会吗？”

法斯陀夫坚定地摇了摇头。“的确如此。一来我没有收学生，二来我敢说，当今的机器人学家都不可能自行发展出这套理论。”

贝莱带着点不悦的口气说：“难道不会有个大学刚毕业的年轻人，他的聪明才智超出大家的想象……”

“不，贝莱先生，不会的。倘若有这样的年轻人，我一定会知道。他会加入我的实验室，会和我一起工作一阵子。当今当世，这样的年轻人并不存在。将来一定会有，或许还很多，可是如今，一个也没有！”

“所以说，万一你死了，这门新科学就会跟你一起进坟墓？”

“我现在只有一百六十五岁而已，当然我是指公制年，所以换算成地球年，我才一百二十四岁左右。根据奥罗拉的标准，我还相当年轻，而且以我的健康状况来说，我的人生无论如何尚未过半。想要活到公制年的四百岁，并非多么不切实际的梦想，因此，我不愁没时间把这门学问传下去。”

这时他们早已吃完了，但两人都没有起身的意思。那些机器人同样一动也不动，仿佛这场唇枪舌战把他们吓呆了。

贝莱眯着眼睛说：“法斯陀夫博士，两年前我去过索拉利一趟。根据亲身的体验，我认为整体而言，索拉利人是全银河最优秀的机器人学家。”

“整体而言，这么说也许没错。”

“他们之中，难道没一个人有这本事？”

“一个也没有，贝莱先生。他们的本事仅限于普通机器人——他们那些最先进的机型，也没有超越我家这个头脑简单、忠实可靠的吉斯卡。总之，索拉利人完全不懂如何制造人形机器人。”

“你怎能确定呢？”

“你既然去过索拉利，贝莱先生，就该非常明白索拉利人必须硬着头皮才能作面对面的接触，通常他们的互动都是透过三维显像——只有不得不从事性行为时例外。想想看，索拉利上有谁会梦想设计一个外形酷似人类的机器人，用来时时刻刻刺激自己的神经？如果真的把他做出来，他们一定避之唯恐不及，因为他看起来太像真人，他们根本无法使唤他做任何事。”

“难道整个银河中，就没有一个反常的、能够容忍人形机器人的索拉利人？你又怎能确定呢？”

“这点我无法否认，但即使有这样的索拉利人存在，今年也并没有任何索拉利人来到奥罗拉。”

“完全没有？”

“完全没有！他们甚至不喜欢和奥罗拉人接触。除非出现十万火急的情况，他们不会有任何人来我们这里——或是去其他世界。即使真有十万火急的情况，他们也顶多停在奥罗拉的轨道上，利用电子通讯和我们打交道。”

贝莱说：“这么说的话，既然你是整个银河中——无论理论上或事实上——唯一有这个能力的人，你到底有没有杀害詹德？”

法斯陀夫说：“这点我早已否认，我不信丹尼尔没告诉你。”

“他的确告诉过我，但我要听你亲口说一遍。”

法斯陀夫皱起眉头，并将双臂交叠胸前。然后，他咬牙切齿地说：“那我就亲口告诉你，不是我干的。”

贝莱摇了摇头。“我相信你自认为这是实话。”

“没错，而且是最真诚的实话。我没说半句谎言，我并没有杀害詹德。”

“但如果不是你，而其他人又通通没可能，那么……等等，也许我作了一个一厢情愿的假设。詹德真的死了吗？或者这只是把我骗来的幌子？”

“那机器人真的坏掉了。我应该可以让你见见他，除非立法局在太阳下山前对我颁布了禁令——但我认为他们不会那么做。”

“这样说来，如果不是你干的，他人又没有这个能耐，而那个机器人又真的死了——凶手到底是谁呢？”

法斯陀夫叹了一口气。“关于我在接受调查时所坚持的论点，我确定丹尼尔也告诉过你——但你想要听我亲口说一遍。”

“正是如此，法斯陀夫博士。”

“好吧，根本就没有凶手。导致詹德心智冻结的，其实是发生在他脑中‘正子流’里的一个自发性事件。”

“这有可能吗？”

“不太可能，可能性微乎其微——但如果不是我干的，那么这就是唯一的解释。”

“我看你撒谎的可能性要比那个自发性心智冻结来得大，我们可以这么推论吗？”

“很多人都这么推论。偏偏我就是知道自己没有撒谎，因此自发性事件成了唯一的可能。”

“而你把我找来这里，是要我澄清——证明——的确发生过那个自发性事件？”

“是的。”

“可是我要如何证明这个自发性事件？看来只要能证明这一点，便能够拯救你，拯救地球，以及拯救我自己。”

“排在越后面的越重要吗，贝莱先生？”

贝莱显得不太高兴。“好吧，拯救你，拯救我，拯救地球。”

“我仔细思考过这个问题，但只怕我得告诉你，”法斯陀夫说，“结论是根本无法找到这样的证明。”

17

“无法找到？”贝莱神情惊恐地瞪着法斯陀夫。

“是的，毫无办法。”然后，他像是精神突然出了问题，一把抓起调味瓶，转移话题道，“你知道吗，我很想试试自己还能不能做到三起三落。”

说罢他便手腕一翻，以精准的力道将调味瓶向上抛，当瓶子在空中转了一圈，开始坠落之际，法斯陀夫以右掌猛然切向瓶口，使得瓶子进入翻飞状态。然后他又伸出左掌，如法炮制一番，紧接着便进入下一轮。如此三个循环之后，瓶子又被用力抛到空中，转了整整一圈。最后法斯陀夫伸出右手向它抓去，左手也同时靠了过来。当调味瓶入手之后，法斯陀夫摊开左掌，上面果然有些亮晶晶的细盐。

法斯陀夫说："在科学家眼中，这种表演相当幼稚，你的投资和报酬完全不成比例，费了九牛二虎之力，只不过弄出一小撮盐而已。可是奥罗拉人做东的时候，总是对这种表演感到自豪。有些高手能让调味瓶在空中停留一分半钟，双手的动作快到令你几乎看不清楚。"

"当然啦，"他若有所思地补充道，"这些动作丹尼尔都会，而且他要比任何人类做得更快更好。为了检查他的大脑径路是否正常，我曾经拿这些动作来测验他，可是如果要他当众表演，那我就万万不该了，真正的调味家会因而受到无谓的羞辱——调味家是这些人的俗称，你了解吧，不过在辞典里当然查不到。"

贝莱只是咕哝了一声。

法斯陀夫叹了一口气。"但我们必须回归正题了。"

"这正是你从好几秒差距之外把我请来的目的。"

"对，有道理——咱们继续吧！"

贝莱却问道："你突然表演一手，到底有何用意，法斯陀夫博士？"

法斯陀夫说："这个嘛，因为我们好像钻进了死胡同。我把你请来这里，调查一个无解的案子——你的表情会说话，我看得一清二楚，实话告诉你，我也好不到哪里去。因此，我们似乎可以趁机喘口气。现在，咱们继续吧。"

"继续讨论那件不可能的任务？"

"你为何一口咬定不可能呢，贝莱先生？你早已享誉银河，专破不可能的案子。”

“因为那出超波剧吗？那是利用我在索拉利的经历所改编的闹剧，你竟然相信？”

法斯陀夫双手一摊。“那是我唯一的指望。”

贝莱说：“其实我也没有第二条路了，我必须继续走下去，我绝不能无功而返，地球当局早就让我明白这一点——告诉我，法斯陀夫博士，要怎么做才能杀死詹德？需要把他的心智操纵到什么程度？”

“贝莱先生，即使对另一位机器人学家，我也不知道该如何解释这个问题，何况你并不是。同理，即使我打算正式发表自己的理论，目前为止也尚未想到该如何下笔。然而，还是让我试试看吧——你当然知道，机器人是在地球上发明的。”

“在地球，很少有人谈到机器人学……”

“地球上有着强烈的反机器人偏见，这在太空族世界是家喻户晓的事。”

“可是，但凡关心这段历史的地球人，都晓得机器人源自地球这个事实。众所皆知，超空间旅行是在机器人协助之下发展出来的，既然太空族世界可说是超空间旅行的产物，自然早在人类开拓银河之前、地球仍是唯一的住人世界之际，机器人就已经出现了。因此可以断定，机器人是地球人在地球上发明的。”

“但地球人并不引以为傲，对不对？”

“我们不谈论这件事。”贝莱四两拨千斤。

“那么地球人是否对苏珊·凯文这个人一无所知呢？”

“我在几本古书上看过这个名字，她是机器人学的先驱之一。”

“你只知道这点吗？”

贝莱做了一个别再追问的手势。“我想只要仔细搜寻，就能找到更多的资料，只是我从来没机会这样做。”

“这就怪了。”法斯陀夫说，“在太空族心目中，她是个了不起的传奇人物，所以据我猜想，除了真正的机器人学家，其他的太空族几乎都不觉得她是地球女性——否则等于亵渎了她。如果你告诉他们，她在世的时间顶多只有100个公制年，他们一定拒绝相信。然而，你却只知道她是机器人学先驱。”

“她和目前这个案子有任何关联吗，法斯陀夫博士？”

“没有直接关联，但还是有关。你应该了解，关于她这个人的传说不胜枚举，其中大多数无疑都是虚构的，即便如此，还是一直如影随形地粘着她。最有名的一则传说——也是最不可信的——是关于一个极早期的机器人，由于生产线上的意外变故，因而有了精神感应力……”

“什么！”

“这是传说！我讲过，这只是传说——而且无疑是虚构的！但是请注意，这个可能性还是有一些理论根据，只不过实际上，从来没有人提出过可行的径路设计，哪怕只是迈出第一步。所以说，在超空间纪元之前，某个简陋的正子脑竟会出现那种能力，是完全无法想象的一件事。正是由于这个原因，所以我们相当确定故事是虚构的。但因为里面有个寓意，还是让我讲下去吧。”

“当然，请继续。”

“根据这则传说，那个机器人拥有读心术，所以当你问他问题时，他会读取你的心思，然后拣你想听的告诉你。且说机器人学第一法则明文规定：机器人不得伤害人类，或因不作为而使人类受到伤害。对一般的机器人而言，其中的伤害是指肉体上的。然而，一个拥有读心术的机器人，他当然会认定失望、愤怒等等负面情绪会导致人类内心痛苦，因此这样的机器人会把这类情绪解释为另一种‘伤害’。所以说，如果一个会读心的机器人知道真相可能令你失望、生气，或让你出现嫉妒或是哀伤的反应，他就会编出一个美丽的谎言。你听懂了吗？”

“当然听懂了。”

“这个机器人甚至对苏珊·凯文也撒谎。但他的谎言很快就被戳破了，因为他见人说人话，见鬼说鬼话，要知道，这些谎言不但彼此矛盾，也和陆续浮现的客观证据不符。苏珊·凯文终于发现自己被骗了，而且那些谎言令她陷入难堪的窘境——原本只会是普通的失望，但由于她抱着不切实际的幻想，最后的失望却令她难以承受。你真的没听过这个故事吗？”

“我向你保证。”

“不可思议！但这绝非奥罗拉人杜撰的故事，因为它在其他世界同样流行。总之，凯文展开了报复行动，她对那个机器人指出，无论他说实话还是说谎，一样会伤害到对方。换句话说，不管采取什么行动，他都无法服从第一法则。在了解这点之后，那机器人只好遁入全然不作为的状态。如果你要加油添醋，大可说他的正子径路当场烧坏，也就是他的大脑彻底毁了。传说在结尾处还提到，凯文最后冲着那个被毁掉的机器人，骂了一声‘骗子！’”

贝莱说：“我想你是要告诉我，发生在詹德·潘尼尔身上的情形应该很类似。他曾面对一个矛盾，导致他的大脑烧坏了？”

“表面上看起来是这样，但如今可不比苏珊·凯文的时代，这种事并没有那么容易发生。可能正是由于那则传说，机器人学家总是小心翼翼，全力预防出现矛盾的可能性。随着正子脑的理论越来越精妙，以及正子脑的实务设计越来越复杂，这种系统也就越来越可靠，能将可能出现的各种情况一一分解成不等式，于是，机器人一定可以采取理论上服从第一法则的某种行动。”

“好吧，如今机器人的脑子不会烧坏了，这就是你的结论吗？但如果真是这样，詹德到底出了什么事？”

“这并不是我的结论。我刚才只是说系统越来越可靠，并没有说百分之百可靠，那是不可能的。无论正子脑多么精妙，多么复杂，你总有办法设计一个矛盾来困住它，这是数学上的基本真理。换言之，你永远不可能制造一个精妙复杂至极的正子脑，让它毫无面对矛盾的机会，那是绝对办不到的。然而，如今的系统已经能让这种几率趋近于零，所以如果想利用矛盾令某个正子脑冻结，你必须对它有深刻的了解——这一点，只有高明的理论机器人学家做得到。”

“比如说你自己，法斯陀夫博士？”

“比如说我自己。而若是人形机器人，那就只有我了。”

“或者谁也做不到。”贝莱以极度讽刺的口吻说。

“或者谁也做不到，说得太好了。”法斯陀夫居然表示同意，“人形机器人的大脑是一种刻意模仿人类的产物，此外，躯体当然也是。这种正子脑精密至于极点，自然或多或少和人类的大脑一样脆弱。正如人类可能罹患脑中风——由于偶然的内在原因，和外在的影响毫无关系——人形机器人的大脑也可能由于纯属偶然的因素，例如偶发性的正子随机漂移，而进入心智冻结状态。”

“你能证明这点吗，法斯陀夫博士？”

“我能用数学导出这个结果，但是那些看得懂的专家，并非人人同意我的推论过程，因为我用到一些并不符合机器人学主流思想的自家假设。”

“根据你的计算，自发性心智冻结到底有多大可能？”

“如果我们有很多的人形机器人，例如十万个，那么平均而言，一个奥罗拉人在他一生当中，有机会见到一次自发性心智冻结。但也可能不需要那么久，詹德就是一个例子，不过这样的机会就更小了。”

“可是请注意，法斯陀夫博士，即使你能斩钉截铁地证明任何机器人都可能出现自发性心智冻结，也不等于证明了这件事会在这个时候发生在詹德身上。”

“对，”法斯陀夫承认，“你说得很对。”

“你，当代最伟大的机器人学家，竟无法针对詹德的个案提出任何证明。”

“这句话，你也说得很对。”

“那你又指望我能做什么呢，我对机器人学根本一窍不通。”

“你不需要证明任何事，只要想个高明的办法，让一般大众相信自发性心智冻结的确有可能，那就足够了。”

“例如——”

“我还没想到。”

贝莱厉声道：“你确定自己没想到吗，法斯陀夫博士？”

“你这话什么意思？我已经说了还没想到。”

“那就让我说得更明白些。我假设，奥罗拉民众大多知道我已经被请来这里办案。由于我是地球人，而这里是奥罗拉，想让我的行踪神不知鬼不觉，可说是难上加难。”

“对，那还用说，我也从来不想那么做。为了这件事，我专程拜访过立法局主席，说服他允许我邀请你来这里。我就是用这个理由，替自己争取到一些缓冲时间，在我接受审判之前，先让你试试看能否侦破这件悬案，但我相信他们不会给我太多时间。”

“那么我再说一遍，奥罗拉民众大多知道我来了，而且我猜他们完全清楚原因为何——我是来解开詹德死亡之谜的。”

“当然，除此之外，还能有什么其他原因呢？”

“打从我登上那艘太空船，你就认定我身处险境，始终将我置于严密保护之下。根据你的说法，你的敌人可能想要除掉我——他们误以为我是什么超人，即使一切条件都对我不利，我还是能够轻易揭开谜底，把胜券送到你手上。”

“是的，我的确担心有这个可能。”

“假设有人并不希望揭开谜底，更不希望还你清白，而我真的命丧此人之手，在这种情况下，难道社会大众不会转而同情你吗？难道大家不会想到，你的敌人也觉得其实你是无辜的，否则他们不会宁可杀了我，也不愿意让我展开调查？”

“相当复杂的推理，贝莱先生。在我想来，如果善加利用你的死亡，的确可以达到这个目的。可是这种事绝对不会发生，你受到严密的保护，不会遭到杀害的。”

“可是为什么要保护我呢，法斯陀夫博士？你何不干脆让他们把我杀了，利用我的死当作胜券呢？”

“因为我宁愿由活生生的你来证明我的清白。”

贝莱说：“可是你当然知道我无法证明你的清白。”

“你也许可以。你有足够的动机。如你自己所说，你的成败关系到了地球的兴衰，以及你自己的前途。”

“动机有什么用？如果你命令我，要我靠着挥动双臂飞起来，而且进一步威胁说，如果我做不到，你会立刻动用酷刑处死我，同时还会炸掉地球，消灭所有的地球人，那么我绝对有强大无比的动机，但我还是无法靠双臂飞起来。”

法斯陀夫有些心虚地说：“我知道机会很小。”

“你明明知道根本没机会。”贝莱凶巴巴地说，“只有我的死亡能够拯救你。”

“那么我就没救了，因为我绝不会让任何敌人接近你。”

“可是你能接近我。”

“什么？”

“我脑袋里一直有个想法，法斯陀夫博士，你可能会自己动手把我杀了，却安排成看似你的敌人下的毒手。然后你再利用这桩凶案对付他们——这才是你把我找来奥罗拉的真正目的。”

接下来几秒钟，法斯陀夫只是望着贝莱，并未显得多么惊讶。但说时迟那时快，他的情绪突然爆发到了极点，不但满脸通红，而且五官扭成一团。与此同时，他一把抓起桌上的调味瓶，高高举起，随即砸向贝莱。

一时之间，贝莱完全不知所措，唯一的反应就是尽可能让自己缩进椅子里。

第五章
丹尼尔与吉斯卡

18

若说法斯陀夫动作迅速，丹尼尔的反制动作则比他快得多。

由于贝莱几乎忘了丹尼尔也在场，他只觉得依稀有股气流，伴随着一声怪响，然后就见到丹尼尔出现在法斯陀夫旁边，一面抓着调味瓶，一面说：“法斯陀夫博士，我想并没有伤到你吧。”

而在恍惚和清醒之间，贝莱又察觉到吉斯卡也从另一侧来到法斯陀夫附近，甚至那四个原本待在远处壁凹的机器人，此时也几乎赶到了餐桌旁。

法斯陀夫披头散发，微微喘着气说：“我没事，丹尼尔，你做得非常好，真的。”他提高了音量，又说，“你们都表现得很好，一定要记住，无论如何不能有丝毫迟疑，即使对我也要一视同仁。”

他轻声笑了笑，重新坐了下来，同时用手整了整头发。

“真抱歉，”他说，“让你受惊了，贝莱先生，但我觉得实际示范一次，要比我讲得口沫横飞更有说服力。”

贝莱早已恢复正常，刚才的窘态只是一种反射动作而已。他松开领口，声音稍带沙哑地说：“我可没想到你会用行动来说话，但我同意这个示范很有说服力。好在丹尼尔就在附近，能够及时阻止你。”

“他们每个都近到足以阻止我，只是丹尼尔离我最近，抢先到我身边罢了。他来得够快，这才不必动粗，万一离我远了些，他就难免会扭伤我的手臂，甚至得把我打昏。”

“他会做得那么过分吗？”

“贝莱先生，”法斯陀夫说，“我下令要他们保护你，而我最懂得如何命令机器人。即使代价是令我受伤，他们也会毫不犹豫地拯救你。当然，他们会尽可能把伤害程度减到最小，丹尼尔正是那样做的。他只损伤了我的尊严，弄乱了我的头发而已，还有我的指头有点发麻。”法斯陀夫带着苦笑弯了弯手指。

贝莱深深吸了一口气，试图摆脱这段混乱的思绪，然后说：“即使你没有特别下令，丹尼尔不是也会保护我吗？”

“这点毋庸置疑，他一定得这么做。然而，你千万别以为机器人的反应只是简单的是非、上下、黑白，那是外行人常犯的错误。要知道，还有反应速度这回事。那些保护你的命令，早已使得这座宅邸中的机器人——包括丹尼尔在内——个个脑中电位异常升高，事实上，这种高度已经是我能做到的极限了。因此之故，如果你有明显的、立即的危险，他们的反应当然会快到非比寻常的程度。我清楚这一点，而这也是我敢用最快速度攻击你的原因——这样才能作出最有说服力的示范，让你相信我无法伤害你。”

“没错，但我并不百分之百领情。”

“喔，我对这些机器人有百分之百的信心，尤其是丹尼尔。不过，我现在才想到——其实有点迟了——刚才我若不及时丢掉调味瓶，他可能会扭断我的手腕，虽然这样做有违他的意愿——或说有违他的线路。”

贝莱说：“在我看来，你冒这种险，可真是愚蠢。”

“事后回顾，我自己也这么觉得。听好，如果换成你打算用调味瓶砸我，丹尼尔同样会立刻制止你的行动，只不过速度不会那么快，因为并没有人命令他要特别保护我。我当然希望他的动作够快，但不确定他救不救得了我——我宁可不要作这种测试。”法斯陀夫露出亲切的笑容。

贝莱问：“万一有个飞行器，从空中朝这间房子投下爆裂物呢？”

“万一有人从附近的山顶，向我们发射一道伽马射线呢？机器人的保护不可能做到滴水不漏，可是那么激进的恐怖攻击，在奥罗拉上发生的机会小之又小，我建议你不必担这个心。”

“我不想担心也难啊。老实说，法斯陀夫博士，我并非真的怀疑你会加害我，但我需要彻底排除这个可能性，这样我们才能讨论下去。现在可以继续了。”

法斯陀夫说：“对，我们可以继续讨论了。虽说刚才这段非常戏剧化的插曲有点启发性，可是问题依然存在，我们还是得设法证明詹德的心智冻结是自发的。”

由于无法忽视丹尼尔的存在，贝莱有点不自在，索性转向他问道：“丹尼尔，我们讨论这个问题，会不会令你痛苦难过？”

丹尼尔刚刚把调味瓶摆到较远的空桌上，听到这个问题，他随即答道：“以利亚伙伴，我当然希望故友詹德仍在运作，可是既然事实并非如此，而且他永远无法恢复功能了，我们现在最该做的，就是设法防止类似事故再度发生。既然你们所作的讨论和这个目标有关，我非但不会痛苦，还会感到快乐。”

“很好，那么为了厘清另一件事，丹尼尔，我要请问你，是否相信法斯陀夫博士要为你的机器人伙伴——詹德的死负责？法斯陀夫博士，你不介意我这样问吧？”

法斯陀夫做了一个请便的手势，丹尼尔随即答道：“法斯陀夫博士说过他没有责任，所以他当然不必负责。”

“你对这点毫不怀疑吗，丹尼尔？”

“是的，以利亚伙伴。”

法斯陀夫似乎被逗乐了。“你是在盘问一个机器人，贝莱先生。”

“我知道，但我就是无法把丹尼尔单单视为机器人，所以必须问上一问。”

“他的回答不会被任何调查委员会采信，因为正子电位迫使他不得不相信我。”

“我并不是什么调查委员会，法斯陀夫博士，我这么做是在清除那些妨碍调查的枝枝节节。且让我再回到正题，真相只有两个可能：一、詹德的脑子是你烧坏的；二、此事纯属偶然。你已经向我保证，我绝对无法证明第二点，那么我唯一能做的就是对第一点提出反证。换句话说，如果我能证明你不可能杀害詹德，那就只剩下偶发事件这一个可能了。”

“你要如何提出反证呢？”

“不外乎方法、机会和动机三者。你掌握了杀害詹德的方法——理论上，你有能力把他操弄成心智冻结。可是你有没有机会呢？没错，他是你的机器人，这是指你负责设计他的大脑径路，并监督他的制造过程，可是他心智冻结之际，是否真的在你手上呢？”

“事实上并不是，当时他在别人手上。”

“长达多久时间？”

“大约八个月——也就是你们的半年多一点。”

“啊，这就有意思了。当他被毁的时候，你有没有在他身边，或是附近？当时你能接触到他吗？总归一句话，我们能否证明当时你离他很远——或是接触不到他——而唯有漠视这些条件的人，才会假设你当时有办法犯下这件案子。”

法斯陀夫说：“只怕那是不可能的事。案发时间并不确定，可能的范围又很宽。一个机器人被毁掉之后，并不像人类尸体那样会僵硬或腐烂。我们只能确定，詹德在某个时刻还运作正常，而在另一个时刻已停摆了。这两个时刻相隔大约八小时，而这段时间中我并没有不在场证明。”

“完全没有吗？在这段时间中，法斯陀夫博士，你到底在做什么？”

“我待在这座宅邸里。”

“我想，你家的机器人一定知道当时你在这里，他们能替你作证。”

“他们当然知道，可是他们的证词不具任何法律效力，偏偏当天范雅出去办事了。”

“对了，范雅和你一样精通机器人学吗？”

法斯陀夫勉强挤出一抹苦笑。“这方面她还不如你——何况，这根本无关紧要。”

“为什么？”

法斯陀夫的耐性显然快要耗尽了。“亲爱的贝莱先生，我们并不是在讨论什么近距离攻击，例如我刚才假装作出的偷袭。想要加害詹德，我根本不必亲临现场。其实，詹德当时虽然不在我的宅邸，也并没有离我太远，退一万步来讲，他即使远在奥罗拉另一边也无所谓。我总是能借着电子装置和他接触，然后借着特殊指令，引发预料中的特殊反应，最后将他导入心智冻结的状态。其中最关键的步骤，甚至不需要花多少时间……”

贝莱立刻插嘴：“所以说，这个过程很短，因此某人在做一件例行工作之际，就有可能意外引发这种状况？”

“不可能！”法斯陀夫说，“看在曙光女神的份上，地球人，你让我说下去。我已经告诉过你，事情不是这样的。导致詹德心智冻结的过程，一定既冗长复杂又迂回曲折，还需要无比的智力和理解力，除非发生一连串不可思议的巧合，否则绝不可能被外行人无意间触发。假如以我的数学推理当前提，那么相较之下，这种由极度复杂过程所累积出来的意外，发生的机会要远小于自发性心智冻结。

“然而，若是我自己希望引发心智冻结，我可以一点一滴、仔仔细细地培养各种变化和反应，也许需要几星期、几个月，甚至几年的时间，我才能够把詹德带到毁灭的边缘。在这段过程中，他始终不会显露即将暴毙的任何迹象，正如你若在暗夜里一步步接近悬崖，即使只差一步便粉身碎骨，你的脚步依旧稳健如常。然而，一旦我将他带到了悬崖边，也就是我所谓的毁灭边缘，我只要再说一句话，便能终结了他。我说不需要花多少时间，是指最后这一步，你懂了吗？”

贝莱紧抿着嘴，觉得毫无必要掩饰自己的失望。“总而言之，你有犯案的机会。”

“任何人都有。任何奥罗拉人，只要有这个能力，就有这个机会。”

“但其实只有你具有这个能力。”

“只怕正是如此。”

“那我们就该来谈谈动机了，法斯陀夫博士。”

“啊。”

“在动机这方面，我们或许能据理力争。这些人形机器人可以说是你的心血结晶，他们是由你的理论所催生的，而且，虽说是由萨顿博士负责监督他们的制造过程，但每个步骤你都没有缺席。他们能出现在这个世界，完全是——也仅仅是拜你之赐。你曾提到丹尼尔好像你的‘长子’，没错，他们就是你的创作、你的孩子，以及你送给世人的礼物，所以他们能让你永垂不朽。”贝莱觉得自己越来越辩才无碍，一时之间，他甚至想象自己是在对调查委员会发表演说。“地球啊，不，奥罗拉啊，你到底有什么理由，要毁掉自己的作品呢？你绞尽脑汁创造了奇迹，又为何要亲手将他杀死呢？”

法斯陀夫看来又有点被逗乐了。“唉，贝莱先生，你对整个背景一无所知。你又怎么知道我的理论是绞尽脑汁所创造的奇迹？也许它只是某条方程式的一种直截了当的应用，任何人都做得到，只不过在我之前，谁也懒得做这件非常无聊的工作而已。”

“我可不这么想。”贝莱尽力让自己冷静下来，“如果只有你一个人对人形机器人有充分的了解，到了足以毁掉它的地步，那么我认为，很可能也只有你一个人拥有足以创造它的知识，这点你能否认吗？”

法斯陀夫摇了摇头。“不，我不否认这一点。但是，贝莱先生，”他的表情变得比刚才都来得严峻，“你的精辟分析只能帮倒忙，它会把我们自己逼到绝境。我们已经断定，在这件案子中，我是唯一既有方法又有机会的嫌犯，但无巧不巧，也只有我才拥有动机——再好不过的动机——而我的敌人心知肚明。所以说，不管你是喊地球啊，奥罗拉啊，或是任何星球啊，到底我们要如何证明凶手不是我？”

19

贝莱气得整张脸皱成一团。他快步走到房间的一角，仿佛想要寻找一个藏身之处，然后又猛然转身，厉声道：“法斯陀夫博士，我觉得你好像故意在整我，寻我开心。”

法斯陀夫耸了耸肩。“我并非寻你开心，只是把问题摊在你面前而已。可怜的詹德，他的死因纯属意外，只是随机的正子漂移罢了。因为我知道自己和这件事毫无关系，所以我知道一定就是这个原因。然而，他人都无法确定我是无辜的，而且所有的间接证据都对我不利——我们必须定出应对之道，绝不能闪躲这个问题。”

贝莱说：“好吧，那么我们来审视一下你的动机。首先，你自认的那个强烈动机，搞不好根本不算什么。”

“这点我不敢苟同，贝莱先生，我并不是傻子。”

“你或许根本无法认清自己，连带无法认清你心目中的动机，这是常有的事。你有可能当局者迷，自己在鸡蛋里挑骨头。”

“我可不这么想。”

“那就把你所谓的动机告诉我。到底是什么啊？告诉我！”

“别急，贝莱先生，这不是三言两语能解释的——你能不能跟我出去一趟？”

贝莱迅速转头望向窗外。出去？到户外？

此时太阳斜斜挂在天际，室内因此灌入更多的阳光。他犹豫了一下，然后纯粹为了壮胆，刻意提高音量说:“好，我愿意！”

“太好了。”然后，法斯陀夫又亲切地补充了一句，“但或许你想先去一趟卫生间。”

贝莱想了想，虽然自己并不觉得很急，可是他不知道要去做什么、会待上多久，以及户外到底有没有卫生间之类的设备。更重要的是，他并不清楚奥罗拉这方面的习俗，也不记得当初在太空船上临阵磨枪时读过任何相关记载。因此，也许最安全的办法就是接受主人的建议。

“谢谢你，”他说，“如果不麻烦的话。”

法斯陀夫点了点头。“丹尼尔，”他说，“你带贝莱先生到访客卫生间去。”

丹尼尔马上说:“以利亚伙伴，请跟我走好吗？”

等到两人走到了隔壁房间，贝莱开口道:“很抱歉，丹尼尔，我和法斯陀夫博士说话时冷落了你。”

“那并没有什么不对，以利亚伙伴。我虽然有问必答，但我并未受邀加入这场讨论，所以没有多说话。”

“要不是我觉得必须谨守客人的分寸，丹尼尔，我一定会邀请你加入。我只是认为，或许自己不该主动提这种事。”

“我了解——这里就是访客卫生间，以利亚伙伴。只要里面没有人，你碰一下这扇门的任何地方，它都会打开。”

贝莱并未立刻进去，他若有所思地顿了顿，然后说:“如果刚才我邀请你加入讨论，丹尼尔，你有没有什么想说的话？有没有任何想发表的意见？我很重视你的看法，老朋友。”

丹尼尔以惯有的严肃态度答道:“我唯一想说的是，法斯陀夫博士宣称他有终结詹德运作的极佳动机，这点出乎我意料之外。我想不出那会是什么样的动机，然而，不论他的动机为何，或许你该问问他，为什么对我就没有这样的动机。如果别人相信他的确有冻结詹德心智的动机，同样的动机为何不适用于我？我很想知道答案。”

贝莱以锐利的目光望着对方，下意识地想从这张不会失控的脸孔中看出一丝表情。“你觉得不安全吗，丹尼尔？你觉得法斯陀夫对你有威胁吗？”

丹尼尔答道：“根据第三法则，我必须保护自己，但是，如果法斯陀夫博士或任何一个人类在深思之后，认为确有必要把我终结，我也绝不会反抗，那是第二法则对我的要求。然而，我知道自己是个珍贵的资产，一来我有科学上的重要性，二来我代表着人力、物力和时间的重大投资，因此如果你要终结我的运作，必须对我详细解释不得不这样做的理由。就算法斯陀夫博士心里真有这种想法，我也从未在他的言谈之中听出任何端倪——从来没有，以利亚伙伴。我自己并不相信他心中有一丝一毫想要终结我或是詹德的念头。随机正子漂移一定就是詹德的死因，或许哪天这种事也会发生在我身上——在我们的宇宙中，总是有这个机会的。”

贝莱说：“你这么讲，法斯陀夫也这么讲，而我也愿意这么相信——但困难在于如何说服一般民众接受这个观点。”他沉着脸，转身面向卫生间，随口问了一句，“你要跟我一起进去吗？”

丹尼尔努力挤出一个被逗乐的表情。“你把我视为人类到了这个程度，以利亚伙伴，我感到很荣幸。不过，我当然没这个需要。”

“我当然知道，但你还是可以进来。”

“我不方便进去。根据习俗，机器人不该进卫生间，这种房间是专为人类设计的——何况，这还是个单人卫生间。”

“单人！”贝莱愣了一下子，然而很快便恢复正常。真是一个世界一种习俗！不过，他不记得曾在胶卷书上读到过这个特定的习俗。“怪不得你刚才说，只要里面没有人，我就可以把门打开。假使里面有人，例如我进去之后，那又会如何呢？”

“当然，那时为了保护你的隐私，从外面就打不开了。但另一方面，你自然可以从里面开门出来。”

“万一某位访客在里面昏倒了、中风了，或是心脏病发作了，因而不能把门打开，岂不就无法进去救他了？”

“如果真有必要，可以采用紧急措施来开门，以利亚伙伴。”然后，他以明显不安的口吻问道，“你是不是认为会发生这样的事？”

“不，当然没有——我只是好奇而已。”

“我会紧紧守在门外，”丹尼尔显得如临大敌，“万一听见呼叫，以利亚伙伴，我便会采取行动。”

“我不信会发生那种事。”贝莱用手背随便轻轻碰了碰，那扇门果然立刻打开。他等了一下子，确定它并未自己阖起来，这才走了进去，随手关上了门。

当那扇门开着的时候，这似乎是个标准的卫生间，里面有一个洗手台、一个小隔间（其中想必设有淋浴装置）、一个浴缸、一扇半透明的矮门（后面八成是马桶）。此外，还有几样他认不太出来的装置，但他假设应该都和个人卫生有关。

他还来不及研究这些装置的用途，它们竟然就通通不见了，令他不禁怀疑起自己的眼睛——这些装置到底是真实的存在，或者他只是看到了自己想看的东西。

由于没有窗户，随着那扇门慢慢阖起，整个房间逐渐暗了下来。等到门整个关上，室内又重新大放光明，但周遭的一切却都走了样。他突然置身于白昼的户外——或说看起来如此。

头上是广阔的天空，点缀着足以乱真的朵朵白云，但云朵的运动稍嫌规律，因而能一眼看出真假。四面八方则是一望无际的田野，而且同样呈现类似的往复运动。

他觉得腹部又开始打结了——每当来到户外，都会出现这种熟悉的感觉——但他现在并非置身户外。刚才，他明明走进一间没有窗户的房间，一切想必只是光线的魔术罢了。

他直视着前方，慢慢滑开脚步。他将双手举在面前，一面慢慢走，一面仔细张望。

摸到光滑的墙壁之后，他便沿着墙面左右各走一趟。不久，他的双手终于碰触到了起初见到的那个洗脸台，而且借着触觉的帮助，他的眼睛也看得见它了——在强烈的光影幻觉中，它显得隐隐约约，轮廓极为模糊。

他随即找到了水龙头，但开口处没有半滴水。他沿着水龙头的弧线向后摸，却找不到任何可以控制水流的把手或开关。但在附近的墙壁上，他倒是摸到一块触感不同的长条区域，于是抱着姑且一试的心态轻轻按了按。下一刻，看似无边无际的田野（范围远远超过他摸到的那面墙）便裂开一条缝，一道水流如瀑布般从天而降，一路冲向他的脚部，并且带起一声巨响。

他吃了一惊，自然而然向后一跳，没想到水滴并未真正落地，而是消失在半空中。换言之，虽然水流从未停止，却始终没有流到地板上。他伸出手来，才发现那根本不是水，只是一种光影的幻象；他的手并没有湿，也没有任何感觉。但他的双眼仍拒绝承认这个事实，因为他明明看到了水。

他顺着那道水流向上找，最后终于摸到真正的水——从水龙头慢慢流出来，水量不大，而且很冷。

他再度摸索到那个长条区域，开始按来按去做些实验。水温果真迅速改变，没多久，他便找到一个不冷不热的适当温度。

但他一直未曾找到肥皂，只好有点勉强地在这股“清泉”中搓揉双手——看起来，他让这股泉水从头淋到脚，实则他根本没有淋湿。结果，这个装置仿佛能够感知他的心意，不过更可能是受到搓手动作的触发，他觉得双手逐渐有了滑腻感，那股似有若无的泉水也开始出现越来越多的泡沫。

他又勉勉强强弯下腰，用那股肥皂水洗了洗脸。虽然摸到了胡茬，可是他心知肚明，在没有任何说明的情况下，自己不可能从这个房间变出一把刮胡刀来。

洗完脸之后，他无助地将双手继续摆在水龙头下。该如何关掉肥皂呢？其实根本不必问，想必仍旧是由双手控制，只要不再搓揉就行了。果然，水流很快便不再有滑腻感，他手上的肥皂也被冲掉了。他又往脸上撩些水——刻意避免搓揉——于是脸也冲干净了。不过，由于视觉并未派上用场，他对整个过程又十分陌生，因此把衬衫弄湿了一大片。

有毛巾吗？纸巾呢？

他闭起眼睛向后退，同时将头向前伸，以免脸上的水继续滴到衣服上。后退这个动作显然是歪打正着，因为他很快便感到一股暖流，于是他先将脸部伸进去，接着再换双手。

等到张开眼睛，他发现那股泉水已经停了。他又伸出双手试了试，的确再也感觉不到任何水流。

这时，他的腹部早已不再打结，胸中却郁积了一股怒气。虽然明知各个世界的卫生间各有千秋，彼此差异极大，可是这个无聊的虚拟户外也太过分了。

在地球上，卫生间严格区分男女，不过一律是集体式的，里面虽然有些私人小间，但必须有钥匙才进得去。而在索拉利，卫生间总是建在住宅左右两侧，借着狭窄的长廊相连，仿佛索拉利人不希望将它视为自家的一部分。然而，虽然这两个世界的卫生间各方面都天差地远，但卫生间就是卫生间，里面每样东西的功能都能一眼看出来。可是在奥罗拉，为什么要精心设计这种田园的假象，把卫生间每个角落都完全遮蔽呢？

为什么？

不管为什么，由于恼怒占据他大半的思绪，这个户外假象几乎不再令他不安了。他开始根据记忆，朝那扇半透明矮门的方向前进。

但他显然记错了方向，最后，他只好摸索着墙面慢慢前进，跌跌撞撞了好几次，才总算抵达目的地。

等到他终于就定位的时候，面前的幻象是个似乎不堪盛接尿液的小池塘。虽然根据膝盖的感觉，自己确实瞄准了心目中的小便斗，但他仍在心中自我安慰，如果用错了装置，或是并未对准，也绝不是自己的错。

小解完毕，他本想再一路摸到洗手台边，最后却决定干脆不洗手了，因为他实在不想再经历一次盲目的摸索，更不想再次面对那个假瀑布。

于是，他开始摸索出去的方向，但直到借着碰触打开了那扇门，他才知道自己成功了。所有的虚假光影立即消失，他再度置身于正常的白昼中。

除了丹尼尔，法斯陀夫和吉斯卡也一起在外面等他。

法斯陀夫说：“你花了将近二十分钟，我们都开始为你担心了。”

贝莱觉得自己气得浑身发烫。“都怪你那愚蠢的幻象。”说这句话的时候，他竭力控制着自己的情绪。

法斯陀夫扬起眉毛撅起嘴，虽然并未开口，却等于长叹了一声喔——喔！

然后他说："门后面就有个控制幻象的开关。只要按一下，幻象就会变淡，让你同时也能看到真实情境——如果你不喜欢，还可以将幻象整个去掉。"

"没人告诉我。你们的卫生间都像这样吗？"

法斯陀夫答道："不，应该这么说，奥罗拉上的卫生间一般都备有幻象，但幻象的内容因人而异。我自己喜欢天然的花草树木，而且不时会改变景观的细节。要知道，不论任何事物，只要时间一久，都会令人厌烦。有些人爱用情色的幻象，但我并不喜好此道。

"当然，一旦习惯了，幻象就不会对你造成任何困扰。这种卫生间相当标准，每样设备都有定位。你置身其中，和闭着眼睛在熟悉的地方活动差不多——但我想知道，贝莱先生，你为何不设法打开门来问一下？"

贝莱说："因为我不想那么做。我承认那些幻象带给我极大的困扰，但我还是硬着头皮接受了。毕竟，刚才是丹尼尔领我到这里来的，但他并未对我多作说明或警告。如果他能自行其是，一定会仔细对我说明，不这样做就等于伤害了我，这点他肯定预料得到。因此我不得不假设，你曾特别下令禁止他对我提出警告，又由于我不太相信你会对我恶作剧，因此不得不进一步假设，你这样做是寓有深意的。"

"哦？"

"毕竟，是你主动邀我到户外去，而当我答应后，你立刻问我想不想上卫生间。我因而断定，你之所以让我接触户外的幻象，目的是要看看我能否受得了，是否会惊慌失措地逃出来。如果我受得了幻象，也许就有能力接触实物。好，我通过了。拜你之赐，我身上有点湿，但很快就会干了。"

法斯陀夫说："你这个人头脑非常清楚，贝莱先生。我愿为这个测试以及因此带给你的困扰向你郑重道歉。我这样做，只是想避免给你带来更大的困扰和不适。你还想要跟我出去吗？”

“我不只想去，法斯陀夫博士，我还坚持要去。”

20

他们两人走过一条长廊，丹尼尔和吉斯卡紧紧跟在后面。

法斯陀夫像是闲话家常地说：“我希望你不介意有机器人同行。奥罗拉人出门时，最起码也会带一个机器人贴身伺候，由于你的情况特殊，我必须坚持丹尼尔和吉斯卡随时随地陪在你身旁。”

他打开一扇门，阳光和微风——还有奥罗拉土地所散发的奇特气息——纷纷迎面而来，贝莱如临大敌般力图站稳脚步。

法斯陀夫侧到一旁，让吉斯卡先走出去。这个机器人仔细张望了好一阵子，令人不禁觉得他将所有的感官都开足了马力。然后，他回头打个招呼，丹尼尔便加入了搜索的行列。

“给他们一点时间，贝莱先生。”法斯陀夫说，“等到他们认为安全无虞，就会告诉我们可以出去了。让我借着这个机会，再次为卫生间里的卑鄙把戏郑重道歉。但我向你保证，万一你有任何状况，我们会立刻知道——你的各种生命迹象都受到严密监控。我非常高兴你洞悉了我的目的，虽说我并不十分惊讶。”微微一笑之后，他带着难以察觉的犹豫，把手放到贝莱的右肩，轻轻地、友善地捏了一下。

贝莱并未轻易软化。“你似乎忘了另一个卑鄙的把戏——你曾作势要拿调味瓶砸我。如果你能向我保证，从现在起我们彼此开诚布公，我就愿意把这两件事视为合理的行为。”

“一言为定！”

“现在可以出去了吗？”贝莱望向越走越远、越分越开的吉斯卡和丹尼尔，他们一左一右，仍在四下张望和感测。

“还不算很安全，等他们把整座宅邸绕一遍吧——丹尼尔告诉我，你邀他和你一起进卫生间，你是开玩笑，还是认真的？”

“是认真的。我知道他没这个需要，但我觉得让他等在外面并不礼貌。虽然我读了很多有关奥罗拉的风土民情，但这方面的习俗我并不清楚。”

“我想奥罗拉的作者都觉得并无必要在书中提到这点，你当然不能指望他们会特别为来自地球的访客说明……”

“因为很少有来自地球的访客？”

“正是如此。当然，重点是机器人从来不进卫生间，只有在那里，人类可以完全摆脱他们。我想人类还是觉得，在日常生活中，总该有个能摆脱机器人的时间和地点。”

贝莱说：“可是三年前，丹尼尔在地球上侦办萨顿案的时候，我不想让他进公共卫生间，刻意强调他没这个需要，他仍坚持要进去。”

“那是理所当然的。当时，他接到严格的命令，绝对不能泄漏自己是机器人，原因你非常清楚。然而，如今在奥罗拉——啊，他们查完了。”

两个机器人正走向门口，丹尼尔挥手表示请他们出来。

法斯陀夫却伸手挡住贝莱。“请别介意，贝莱先生，还是让我先出去吧。你自己耐心地从一数到一百，然后再加入我们。”

21

贝莱数到一百之后，便迈开坚定的步伐，朝法斯陀夫走去。但他的表情或许太僵硬了些，而且下巴咬得太紧，背脊也挺得太直了。

他四下望了望，周遭的景致和卫生间里的幻象没有太大差别，也许法斯陀夫就是利用前者当作蓝本。到处都是绿油油的一片，某个角落还有一道溪流顺着山坡缓缓流下。虽然或许是人工的景致，但至少并非幻象，因为水是真的，当他经过的时候，还能感觉到飞溅的水花。

不过整体而言，就是有那么点温室花朵的味道。相较之下，地球的户外（虽然贝莱也没见过多少）似乎就比较狂野，而且更为壮丽。

法斯陀夫轻碰一下贝莱的臂膀，并做了一个手势。“往这儿走，你看那边！”

一大片草坪夹在两棵大树之间。

直到这个时候，距离感才猛然浮现，贝莱还看到远方地平线上有一户住家。房子很矮但相当宽，绿色的外表几乎和乡间环境融为一体。

“这里是住宅区。”法斯陀夫说，“或许你觉得不像，因为你习惯了地球上的巨大蜂窝，不过别忘了，这里是奥罗拉，而我们脚下的这座厄俄斯城，正是这个世界的行政中心。总共有两万人住在这里，因此不只奥罗拉，就算在整个太空族世界，它也是最大的城市。要知道，整个索拉利的人口加起来也只有那么多。”法斯陀夫骄傲地说。

“有多少机器人呢，法斯陀夫博士？”

“在这个地区？或许十万个吧。整个世界平均而言，机器人和人类的比例是五十比一，远小于索拉利的一万比一。我们的机器人大多待在农场、矿区、工厂以及太空中。或许应该说，我们觉得机器人还是太少了，尤其是家用机器人。大多数奥罗拉人只有两三个家用机器人凑合着用，有些人甚至只有一个。话说回来，我们可不想朝索拉利模式发展。”

“有多少人根本没有家用机器人？”

“一个也找不到，那样对大家都没有好处。如果某人因故无法拥有机器人，政府会提供一个给他，必要的时候，还会用公费替他维修。”

“随着人口的增长，你们会增加机器人的数量吗？”

法斯陀夫摇了摇头。“人口是不会增长的。奥罗拉总共有两亿人口，而且已经稳定维持了三个世纪。这是个理想的数目，你一定在那些胶卷书中读到过。”

“没错，”贝莱承认，“可是我觉得难以置信。”

“我向你保证那是真的。在这个数目下，我们能拥有足够的土地、足够的空间、足够的隐私，以及足够的自然资源。我们的人口恰到好处，既不像地球上那么多，也不像索拉利上那么少。”他伸出手臂让贝莱搭着，好让贝莱能继续向前走。

“在你眼前的，”法斯陀夫又说，“是一个驯服的世界。我带你出来，就是要你亲眼看看，贝莱先生。”

“这里毫无危险吗？”

“危险总是有的。我们仍有暴风、暴雪、地震、滑坡、雪崩，而且还有一两座火山——意外死亡率永远不可能降到零。此外各种负面情绪，例如愤怒、嫉妒，以及不成熟的愚蠢、短视的疯狂等等，也都会带来危险。然而，这些都只是非常微弱的刺激，对这个文明世界的太平影响并不大。”

法斯陀夫这番话似乎令他自己陷入沉思，一会儿之后，他才叹了一声，然后说：“对于这个现状，我几乎不想作任何改变，不过在理智上，我还是有若干保留。当年我们带到奥罗拉的动植物，仅限于我们觉得具有实用价值或观赏价值的。多年来，我们尽全力铲除我们眼中的杂草和害虫，乃至其他不合标准的事物。而且我们刻意选择强壮、健康、俊美的人种，当然，这是根据我们自己的标准。我们还试图——我发现你在笑，贝莱先生。”

其实贝莱只是嘴角抽动了一下。“没有没有，”他说，“并没有什么好笑的。”

“有的，因为你我都心知肚明，根据奥罗拉的标准，我自己可算不上俊美。问题在于我们无法完全控制基因的组合，以及母体对胎儿的影响。当然，如今随着人工繁殖越来越普遍——不过我希望永远别像索拉利上那么普遍——像我这种人在胎儿的晚期就会被剔除了。”

“那样的话，法斯陀夫博士，银河中就失去了一位伟大的理论机器人学家。”

“万分正确，”法斯陀夫脸不红气不喘地说，“可是大家永远不会知道，对不对？总之，我们努力建立一个非常简单但完全可以运作的生态平衡，包括稳定的气候、肥沃的土壤，以及尽可能平均分配的资源。结果就是这个世界提供了我们一切的所需，而且，如果用拟人化的说法，这个世界对我们相当体贴——要不要我讲讲我们所追求的理想？”

“请讲。”贝莱说。

“我们的理想，是打造一个整体而言服从机器人学三大法则的行星。它绝不会因为任何的作为或不作为，导致人类受到伤害。而只要我们不要求它伤害人类，它就会完全遵从我们的意思。此外它还懂得保护自己，除非在某些特殊的时间和地点，它必须牺牲自己来服务或拯救人类。我敢说除了奥罗拉，再也没有其他世界——无论是地球或任何太空族世界——几乎达成了这个理想。”

贝莱感慨万千地说：“地球人对这个境界同样梦寐以求，可是一来我们早就人口过盛，二来过去的无知导致地球受到了严重伤害，以致如今根本欲振乏力——不过，奥罗拉原有的那些生物呢？当初你们到达的绝非一颗死气沉沉的行星。”

法斯陀夫说：“如果你读过我们的历史书，就该知道的确是这样的。我们来到奥罗拉的时候，这里已经有些动物和植物——以及氮氧大气层。这一点，五十个太空族世界没有任何例外。但奇怪的是，无论哪个太空族世界，原本的生物都相当稀少，种类也不多。而且，那些生物对母星并没有什么特别的依恋，我们可以说不费一兵一卒就取而代之——从此，只有在水族馆、动物园，以及少数刻意维持的保留区，才能见到那些原生物种了。

“有几个相关问题，我们至今尚未真正了解，一是人类所找到的这些有生命的行星，上面的生命为何都那么贫乏；二是为何只有地球拥有如此多样化的生命，而且几乎无所不在；三是似乎只有地球发展出了智慧生命。这背后的原因到底是什么？”

贝莱说：“可能是数据不足导致的巧合吧，因为目前为止，我们探索过的行星还太少了。”

“我承认，”法斯陀夫说，“这是最有可能的解释。或许在银河某个角落，存在着和地球一样复杂的生态平衡；而在另一个角落，存在着智慧生物和科技文明。可是，地球文明已经朝四面八方扩展了数十秒差距，如果其他角落也孕育着生命和智慧，他们为何偏偏没有扩展——双方为何从来未曾相遇？”

“大家都知道，这或许只是早晚的问题。”

“或许吧。但如果这样的接触已经为期不远，我们更不应该只是被动等待。我认为我们越来越被动，贝莱先生。已有两个半世纪的时间，未曾出现新的太空族世界了。我们这些世界是如此温驯、如此可爱，使得我们实在不愿离开。你知道的，当初人类之所以移民这个世界，是因为地球的情况越来越糟，因而相较之下，蛮荒世界上的艰难险阻也就不算什么了。等到五十个太空族世界一一建立起来——索拉利是最后一个——对外发展的动力和需要便消失了。至于地球，则退缩到地底钢穴中。故事就此结束。”

“你并不真的这么想吧。”

“难道我们要维持现状吗？难道要继续过着平静、舒适、不思进取的日子吗？告诉你，我真的就是这么想。人类若想继续茁壮，一定要设法扩展活动范围，而途径之一就是开拓外层空间，就是不断发现新的世界。如果我们不这么做，其他进行这种扩展的文明就会接触到我们，而我们将无法抵挡对方的旺盛活力。”

“你预期会有一场太空大战——像超波剧里那种战争场面。”

“不，我不太相信有那种必要。一个在太空中不断扩展的文明，根本看不上我们这几十个世界，而且他们或许已经进化到某种智慧高度，根本不觉得需要用武力在此建立霸权。然而，如果被一个更有活力、更有生气的文明所包围，我们将感到相形见绌，无形的压力就会毁掉我们。一旦了解到当前的处境，以及过去所浪费的潜能，我们必定会自暴自弃，从此一蹶不振。当然，我们或许能用其他的扩展来补偿——例如扩充科学知识，或是文化内涵。但我担心没有任何扩展能够独立发展，它们的兴衰总是彼此牵连。显然，如今我们正处于全面衰退中——我们活得太久，过得太舒服了。”

贝莱说：“我们在地球上，总是认为太空族无所不能，而且自信心十足。所以我很难相信，从你这个太空族口中会说出这种话。”

“我的观点和主流背道而驰，其他太空族都不会对你这么说。既然别人无法忍受，我在奥罗拉上也就很少谈这种事。我换个方式，直接鼓吹新一波的拓荒运动，至于我所担心的事情，也就是不这么做将会带来灾难，我则故意避而不提。这一点，至少我算是赢了。奥罗拉已经认真地——甚至狂热地——考虑开启一个新的探索与拓荒时代。”

“可是听你的口气，”贝莱说，“却一点狂热也没有。出了什么问题吗？”

“因为马上就要谈到我想毁掉詹德·潘尼尔的动机了。”

法斯陀夫顿了顿，摇了摇头，然后继续说：“贝莱先生，我很希望自己对人类能有更深刻的了解。我已经花了六十年来研究正子脑的复杂结构，而且预计还要再花上十五到二十年的时间。但由于人脑要比正子脑复杂得多，关于人脑的问题，目前我才摸到一点边而已。到底有没有类似机器人学三大法则的人类法则呢？如果真有的话，总共有几条，又该如何以数学表达呢？我完全没概念。

“不过，或许总有一天，会有人研究出这组人类法则，然后就能预测人类未来的大方向——例如将来会发生些什么事，以及要怎么做才能趋吉避凶——而不是像我这样，只能作些猜想和臆测。有时我会梦想建立一门数学分支，我将它称为‘心理史学’，但我明白自己做不到，甚至担心永远没人做得到。”

他有点说不下去了。

贝莱等了一会儿，然后柔声道：“你想毁掉詹德·潘尼尔的动机到底是什么，法斯陀夫博士？”

法斯陀夫似乎没有听到这个问题，总之并未有所回应，当再度开口时，他只是说：“丹尼尔和吉斯卡再次回报一切正常。告诉我，贝莱先生，你想不想和我再走远一点？”

“去哪里？”贝莱谨慎地问。

“去隔壁的宅邸。在那个方向，穿过草坪就到了。你受得了这种开放感吗？”

贝莱抿着嘴，朝那个方向望去，仿佛试图测量它对自己的影响。“我相信自己受得了，我认为没问题。”

这时吉斯卡已经来到附近，听到了这句话，他向贝莱更靠近些，看得出在阳光底下，他的双眼不再闪闪发光。“先生，请容我提醒你，昨天太空船降落奥罗拉之际，你曾经极为不舒服。”就算他的声音丝毫不带人类情感，这句话仍明白显示他的关切。

贝莱随即转头面向吉斯卡。纵使他把丹尼尔当成好朋友，纵使移情作用早已改善了他对机器人的态度，此时此刻却另当别论，这个造型原始的吉斯卡令他感到分外厌恶。他竭力压抑心中的怒火，回应道：“我在太空船上会那么大意，小子，是因为我太好奇了。面对一个从未经历过的景象，我根本来不及调适。现在可不一样。”

“先生，你现在是不是觉得不舒服？可否跟我确定一下？”

“是不是并不重要。”贝莱以坚定的口吻说，同时他还提醒自己，机器人是第一法则的奴隶，自己应该试着对这团金属客气一点，毕竟他的福祉是吉斯卡唯一的考虑。“重要的是我身负重任，如果我龟缩起来，就无法执行任务。”

“身负重任？”听吉斯卡的口气，仿佛他的程序无法解读这几个字。

贝莱朝法斯陀夫的方向迅速望了一眼，但法斯陀夫默默站在原地，毫无介入的意思。而且，他似乎听得出了神，仿佛正在衡量机器人对某种新情况的反应，以便拿来和只有他自己了解的变数、常数，以及微分方程等关系式互相比较。

至少，贝莱是这么想的。他很不高兴自己被当成观察的对象，于是（他知道，口气或许太严厉了）反问："你明白什么是'责任'吗？"

"就是应该做的事情，先生。"吉斯卡答道。

"你的责任是服从机器人学三大法则，同理，人类也有他们必须遵守的法则——正如你的主人法斯陀夫博士刚刚说的。我必须执行上级交付的任务，这是很重要的事。"

"可是在开放空间中，硬撑着走下去……"

"虽然如此，我还是得这么做。也许有一天，我的儿子会前往另一颗行星，那儿的环境一定比这里糟得多，他下半辈子都得暴露在户外。但如果我有办法，一定会跟他一起去。"

"可是你为何要那样做呢？"

"我告诉过你，我将它视为自己的责任。"

"先生，我不能违背三大法则，但你能否违反你的法则呢？因为我必须劝你——"

"我可以选择逃避责任，但我不会那么做——我偶尔就是会有这种难以抗拒的冲动，吉斯卡。"

沉默了一会儿之后，吉斯卡又说："如果我成功说服你不再向前走了，会对你造成伤害吗？"

"会的，至少我会觉得自己没有尽到责任。"

"比起处于开放空间，这种伤害令你更不舒服吗？"

"不舒服得多。"

"谢谢你对我解释这些，先生。"吉斯卡说。这时，根据贝莱的想象，在这个机器人毫无表情的脸孔上，出现了一个满意的神色（拟人化的倾向是人类压抑不了的）。

等到吉斯卡退下，法斯陀夫博士才终于开口："刚才这段很有趣，贝莱先生。吉斯卡需要适当的指引，才能充分了解该如何调整正子电位对三大法则的反应，或者说，才能让这些电位根据实际情况自行调整。现在，他知道该怎么做了。"

贝莱说："我注意到丹尼尔什么也没问。"

法斯陀夫说："丹尼尔了解你，他曾经在地球和索拉利上跟你合作过。好啦，可以走了吧？咱们走慢一点，四下多注意些。还有，无论什么时候，如果你想停一停，休息一下，甚至向后转，我都希望你立刻告诉我。"

"我答应你，但走这趟的用意为何呢？你已预见我可能不舒服，仍然建议我走一趟，不会是吃饱了没事干。"

"没错，"法斯陀夫说，"我认为你会想看看詹德的躯体。"

"形式上的确如此，但我认为不会有什么实际作用。"

"我完全赞成，不过，你或许能借着这个机会，问问詹德的那位临时主人。除了我之外，你当然会希望和其他人谈谈这件案子。"

22

法斯陀夫缓步向前走，经过一株灌木时，他摘下一片树叶，将它弯成两截，一口口慢慢嚼着。

贝莱好奇地望着他，感到十分纳闷：太空族一方面极怕受到感染，另一方面却能将这种未经高温处理，甚至未曾清洗的东西放进嘴里。他随即想起奥罗拉上并没有（完全没有吗？）致病的微生物，但仍觉得那是令人反感的举动。反感并不需要找一个理性的依据，他在心中如此自我辩护——就在这个时候，他突然觉得自己快要原谅太空族对地球人的态度了。

他立刻反悔！两者不能相提并论！无论如何，人类不该厌恶人类！

这时，吉斯卡走在右前方带路，丹尼尔则在左后方押阵。奥罗拉的橙色太阳（贝莱现在几乎已经习惯这个颜色）暖烘烘地照在他背后，一点也不像地球的夏季阳光那般火热。（不过，在奥罗拉这个角落，如今到底算是什么季节、什么气候呢？）

和他记忆中的地球草坪相比，脚下这些植物（总之看起来像草）比较坚硬，也比较有弹性，而土地则相当扎实，仿佛已有一阵子没下雨了。

他们一路朝着前方那栋房子走去，詹德的临时主人想必就住在那里。

不知不觉间，好些声音同时钻进贝莱耳中，包括右方草地里某种动物发出的窸窣声、背后一棵树上猛然传来的鸟叫，还有来自四面八方各个角落的虫鸣。他在心中告诉自己，这些动物的祖先当初都来自地球，但它们永远不会知道，它们所栖息的这块土地在很久很久以前并非这个样子。这里的一草一木也毫无例外，同样是某些地球植物的后代。

在这个世界上，只有人类知道自己并非土生土长，而是地球人的后裔——但太空族真的知道吗？或是刻意抛在脑后？若干时日之后，他们会不会完全忘掉这段历史，会不会记不得自己来自哪个世界，甚至不确定到底有没有一个起源世界？

或许是为了挣脱这一连串越来越沉重的联想，贝莱突然开口："法斯陀夫博士，"他说，"你还没告诉我毁掉詹德的动机。"

"对！我还没说！这样吧，贝莱先生，请你先想想看，我努力发展人形正子脑的理论基础，到底是为了什么？"

"我说不上来。"

"唉，动动脑筋。我的目标是要设计一个尽可能接近人类的正子脑，而这似乎牵涉到一点诗意的境界——"他顿了顿，然后从微笑突然变成了咧嘴大笑。"你可知道，每当我跟某些同行说，如果你的结论不像诗那般和谐，就不可能是科学上的真理，他们总是会大皱眉头，直截了当地告诉我，听不懂我在说些什么。"

贝莱说："只怕我也不懂。"

"可是我懂，虽然我无法用言语来解释，但我感觉得到其中的真意。或许正因为如此，我的成就远远超过那些同行。然而，我似乎越说越玄了，显然应该改用白话才对。这样讲吧，我对人脑的运作几乎一无所知，因此若想模拟人脑，必须有个直觉上的跃进——在我的感觉中，这就像是作诗一样。而这个直觉上的跃进，既然能帮助我发展人形机器人的正子脑，一定也能让我对人脑本身有更新的认识。这就是我的信念——通过研究人形机器人，我至少能朝刚才提到的心理史学迈开一小步。”

“我懂了。”

“而如果我成功发展出人形正子脑的理论结构，自然需要有个人形机器人来将它实现。你该了解，这样的正子脑无法单独存在，它必须和躯体随时保持互动。因此，若将人形正子脑放进一个非人形的躯体，就某个程度而言，根本无法模拟人类。”

“你确定吗？”

“相当确定。你只要比较丹尼尔和吉斯卡就知道了。”

“所以说，丹尼尔其实是个研究工具，好让你对人脑有更进一步的了解。”

“你想通了。我和萨顿在这上头花了二十年的光阴，淘汰了无数的失败设计。丹尼尔是第一个真正成功的，而我之所以把他留下来，当然是为了作进一步的研究，但另一方面——”他夸张地咧嘴一笑，仿佛承认做了一件傻事，“也是因为我喜欢他。毕竟，丹尼尔能掌握责任这样的概念，而吉斯卡虽然各方面都很强，在这件事情上却无能为力。这是你亲眼目睹的。”

“三年前，丹尼尔在地球上和我合作，就是他的第一项任务？”

“对，是他的第一项重要任务。为了调查萨顿之死，正需要像他这样的机器人，一来他不怕地球上的传染病，二来他外表又足够像人，得以避免地球人的反机器人偏见。”

“真是惊人的巧合，我是指丹尼尔及时派上用场。”

“哦？你相信这是巧合？在我的想象中，像人形机器人这样的革命性发明，无论何时问世，都会立刻出现非他莫属的需求。在丹尼尔诞生之前，或许类似的需求就经常出现——但由于没有丹尼尔，只好寻找其他的解决方案。”

“请问你的努力成功了吗，法斯陀夫博士？你现在对人脑的了解，是否比以前更深入了？”

法斯陀夫这一路上越走越慢，贝莱因此一直在调整自己的速度。现在他们则是完全停下了脚步，差不多刚好停在两座宅邸的正中央。对贝莱而言，这是最糟的地点，因为距离两个庇护所刚好同样遥远，但他决心不让吉斯卡起疑，尽力克制住了越来越不安的情绪。他可不希望由于某个动作，或是一声叫喊——甚至一个表情——触发了吉斯卡出手拯救他的冲动。否则自己马上会被抱起来，强行送到屋内。

法斯陀夫似乎并未察觉贝莱的困境，他径自说下去：“毫无疑问，心智学这方面因此有了一些进展。当然仍有许多未解的问题，它们或许永远无解，但进展确实是有的。话说回来……”

“话说回来？”

“话说回来，奥罗拉学界不甘于只对人脑作纯理论的研究。于是，有人开始将人形机器人用到了我不赞同的方向。”

“例如用在地球上。”

“不，我对那个简易的实验相当赞同，甚至很感兴趣。丹尼尔能否瞒过地球人？结果证明他办到了，不过，当然啦，地球人这方面的眼力并不敏锐。换成奥罗拉人，丹尼尔就过不了关，可是我敢说，人形机器人终将改良到过得了这一关的程度。然而，有人还提出了其他方面的用途。”

“比如说？”

法斯陀夫若有所思地凝视着远方。“我刚才说过，这是个驯服的世界。当我开始倡导新一波的探索与拓荒之际，我心目中的领导者，并非生活超级安逸的奥罗拉人——或任何太空族。其实在我想来，我们应该鼓励地球人领这个头。既然他们的世界那么糟——请见谅——寿命又那么短，实在没有什么好眷恋的。我认为他们一定会欢迎这样的机会，如果我们愿意提供科技上的协助，那么诱因就更大了。三年前我在地球上碰到你，就曾经跟你提过这件事，你还记得吗？”说到这里，他斜睨了贝莱一眼。

贝莱硬邦邦地说：“我记得相当清楚。事实上，你启发了我一连串的想法，结果是地球上的确出现了一个这方面的小型运动。”

“真的吗？我猜这可不容易。你们地球人都有幽闭癖，不喜欢走出你们的围墙。”

“我们正在努力克服，法斯陀夫博士，飞向太空是我们那个团体的目标。我儿子是这个运动的领导者之一，我希望有朝一日，他能率领一支远征军离开地球，移民到一个新的世界。如果我们真能获得你提到的科技协助……”贝莱故意只说到一半。

“你的意思是，如果我们提供太空船？”

“对，法斯陀夫博士，当然还有其他装备。”

“这件事有不少困难。很多奥罗拉人都不希望地球人离开母星，更遑论建立新世界。他们担心地球文化会迅速蔓延，把蜂窝般的大城和其中的混乱带到银河各处。”他突然有点手足无措，赶紧说，“奇怪，咱们站在这里干什么？继续走吧。”

他慢慢向前走了几步，又说：“我曾经辩称，事情并不会那样发展。我还特别指出，新一波的地球移民不会是传统的地球人，不会将自己锁在大城内。找到一个新世界之后，他们会表现得像奥罗拉人的祖先当初那样。他们会发展出一个管得住的生态平衡，而且在心态上，他们也会比较接近奥罗拉人。”

“可是，法斯陀夫博士，你曾强调太空族的文化有许多缺点，难道他们不会重蹈覆辙吗？”

“或许不会，他们会从我们的错误中学到教训——但这些都是学理罢了，有个最新的发展，使我的论据成了毫无意义的空谈。”

“什么发展？”

“嗯，就是人形机器人啊。你要知道，有些人认为最完美的拓荒者是人形机器人，应该由他们来建立新世界。”

贝莱说：“你的意思是，虽然你们早已拥有机器人，以前却从来没有人提出过这个想法？”

“喔，有的，但总是一眼就看得出行不通。那些不具人形的普通机器人，倘若没有人类在旁监督，他们建立的世界只会适合非人形机器人，可别指望他们所驯服的世界会适合人类居住，因为人类的身心要比他们更纤细，而且更多变。”

“把他们建立的世界当作一阶近似，我认为绝对合理。”

“绝对合理，贝莱先生。然而，从这里就看得出奥罗拉开始沉沦了，因为我们绝大多数的同胞都有一种强烈的感觉，那就是一阶近似虽然绝对合理，可惜绝对不够。另一方面，如果换成了无论身心都尽量模拟人类的人形机器人，他们所建立的世界只要适合他们自己，就一定能适合奥罗拉人。你明白其中的逻辑吧？”

“完全明白。”

“所以说，他们会建立一个很理想的世界，等到他们大功告成，而奥罗拉人终于愿意动身的时候，我们的同胞刚离开奥罗拉，便会踏上另一个奥罗拉。他们等于从未离开家园，只是换到一个较新却一模一样的家园，然后在那里继续沉沦下去。这其中的逻辑你也明白吧？”

“你的论点我懂了，但我想奥罗拉人并不懂。”

“或许吧。我想，如果我的对手没有利用詹德之死来摧毁我的政治人格，那么我的论点会更为强而有力。现在，你是否看出安在我身上的动机了？想必我暗中发起了一个毁灭人形机器人的计划，以免他们被用来开拓新世界。至少我的政敌是这么说的。”

现在轮到贝莱停下脚步，他若有深意地望着法斯陀夫，然后说：“你该了解，法斯陀夫博士，站在地球的立场，我们希望你的论点大获全胜。”

“站在你自己的立场也一样吧，贝莱先生。”

“好吧，我也一样。但如果我把自己暂时摆到一边，对我的世界地球而言，以下几件事还是万分重要。一是你们最好能够允许、鼓励并且协助我的同胞探索银河；二是放手让我们选择自己喜欢的生活方式；三是不要让我们永远被禁锢在地球上，否则我们只有死路一条。”

法斯陀夫说：“我想，你们其中会有些人坚持继续自我囚禁。”

“当然，也许我们绝大多数都这么想。然而，起码有几个人——我希望尽量多——一旦得到许可，就会尽快逃离地球。因此之故，不论你是否真的无辜，我的职责都是要还你清白——我这么做，并不算是反映一大半的人类所认同的法律，而是出于一个地球人的单纯动机。话又说回来，若想要我全心全意投入这项工作，我必须先确定事实上你是被冤枉的。”

“当然！这点我了解。”

“那么，你把那个‘动机’告诉了我，等于再次向我保证你确实是无辜的。”

法斯陀夫说：“贝莱先生，我完全了解你在这件事情上毫无选择余地。而且我相当清楚，即使我告诉你我罪有应得，但迫于你自己以及地球的需要，你还是不得不帮助我掩盖真相。老实说，假使我真的犯了罪，我会觉得无论如何要对你说实话，让你好歹心里有数，而你在充分掌握状况之后，所采取的营救行动也会更为有力——不只救我，也是救你自己。但我不能那么做，因为事实上我是无辜的。不论我表面上涉嫌多么重大，但我真的没有毁掉詹德，连想也从未那么想过。”

“从未想过？”

法斯陀夫挤出一抹苦笑。“喔，或许有那么一两次，我想到自己若是从未提出那些高明想法，导致人形正子脑的发展，奥罗拉的处境应该会更好——或者，如果能够证明这样的正子脑并不稳定，随时可能心智冻结，结果也会一样。但那只是胡思乱想罢了，我从未有一时一刻认真思考过要因此毁掉詹德。”

“那么，我们必须摧毁他们安在你身上的这个动机。”

“很好，如何进行？”

“我们可以证明这么做毫无用处。毁掉詹德又有什么用？没了詹德，还会有成千上万的人形机器人陆续问世。”

“只怕事实并非如此，贝莱先生，今后再也不会有了。能够设计人形机器人的人只有我一个，但只要机器人拓荒这个构想仍是选项之一，我就拒绝再制造任何人形机器人。詹德死了以后，就只剩下丹尼尔了。”

“别人也可能破解人形机器人的奥秘啊。”

法斯陀夫扬起下巴。“我倒很想看看有哪个机器人学家做得到。我的敌人成立了一个‘机器人学研究院’，唯一的宗旨就是要发展出人形机器人背后的理论，但他们是不会成功的。至少他们目前没有任何成果，而我确定他们永远不会成功。”

贝莱皱起了眉头。“如果只有你知晓人形机器人的奥秘，又如果你的敌人走投无路，难道他们不会打你的主意吗？”

“当然会。他们正在拿我的政治前途来威胁我，或许还打算以惩戒的名义禁止我继续从事这方面的研究，也就是还要埋葬我的学术前途，而目的是希望逼我就范，和他们分享这些机密。他们甚至会让立法局命令我同意这么做，否则就要查封我的财产，乃至将我下狱——天晓得还有些什么招数？然而我已经打定主意，无论他们使出任何手段——任何手段——我都会咬牙吞下去，总之绝不屈服。但我并不希望走到这一步，这点你了解吧。”

“他们知道你誓死不从的决心吗？”

“我希望他们知道，因为我已经明明白白告诉他们。我想他们认为我只是在唬人，只是说说罢了——但我是认真的。”

“可是如果他们真的相信你，也许就会采取更激烈的手段。”

“你这话什么意思？”

“例如偷窃你的文件，或是绑架你，甚至对你刑求。”

法斯陀夫随即纵声大笑，贝莱涨红了脸，赶紧解释道：“我也讨厌说得这么像超波剧的对白，但你到底有没有考虑过这种可能？”

法斯陀夫答道：“贝莱先生——一、我的机器人能够保护我。想要把我抓走，或是夺取我的研究成果，势必得发起一场正规的战争；二、那些和我敌对的机器人学家就算侥幸成功了，也绝不敢公开承认这是一窥人形正子脑奥秘的唯一途径，否则他们的学术声誉将瞬间化为乌有；三、这种事在奥罗拉是闻所未闻的。他们若想用这种下三滥的手段对付我，哪怕只要泄漏一点风声，那么立法局——以及所有的舆论——立刻会倒向我这边。”

“是这样的吗？”贝莱一面喃喃问，一面在心中咒骂造化弄人，令他不得不在一个陌生的文化背景中办案。

“是的，请相信我。我倒是希望他们会用这种耸动的手段，我真心希望他们愚蠢到了那种地步。事实上，贝莱先生，我希望自己能说服你投奔他们的阵营，取得他们的信任，诱骗他们对我的宅邸发动一场攻击，或者在空巷中偷袭我——或是任何诸如此类的手段，我猜在地球上，这些事都很普遍吧。”

贝莱硬邦邦地说：“我想，这并非我的行事风格。”

“我也这么想，所以我压根儿没打算实现这个愿望。但请相信我，这其实很糟糕，因为如果无法说服他们考虑自杀式攻击，他们便会继续施展那个更高明的手段——我是指从他们的观点而言——他们将用一堆谎言来毁掉我。”

“什么谎言？”

“他们替我罗织的罪名，不只是说我毁掉一个机器人而已，虽然那已经够糟，而且够充分了。他们还在暗中造谣——目前仍处于耳语阶段——说詹德之死只是我的实验，而且是个很危险但很成功的实验。他们放出风声，诬陷我正在研究一套系统，能够迅速有效地毁掉人形正子脑，这样一来，一旦我的敌人制造出他们自己的人形机器人，我和我的同党就有办法一举将他们摧毁，如此便能阻止奥罗拉开拓新的世界，把整个银河留给我的地球盟友们。”

“这里头肯定没半句实话。”

“当然没有，我已经告诉你那是谎言，而且还是荒谬的谎言。即使在理论上，那样的毁灭方法也不存在，而且，研究院的人也还根本造不出他们自己的人形机器人。就算我有心想要大开杀戒，我也办不到，绝对办不到。”

“那么，这样的谎言迟早不攻自破，不是吗？”

“不幸的是，时间上恐怕来不及。这个谣言虽然荒诞无稽，但仍有可能流传一阵子，足以左右舆论到一个临界点，导致立法局的表决刚好能将我击败。最后，大家终究会认清那是胡说八道，可是已经太迟了。还有请注意，在这个事件中，地球被当成了代罪羔羊。指控我为地球效力的那套说词强而有力，很多人会愿意毫不怀疑地照单全收，因为他们不喜欢地球和地球人，以致理性遭到了蒙蔽。”

贝莱说：“你是在告诉我，此地仇恨地球的情绪正在升高。”

法斯陀夫说：“完全正确，贝莱先生。我的处境一天比一天糟——地球也一样——我们的时间所剩无几了。”

“然而，不是有个简单的办法，能够把谣言一拳打倒吗？”贝莱在绝望之余，终于决定要回归丹尼尔的观点了。“如果你真的急于测试摧毁人形机器人的方法，为何要拿正在别人宅邸的机器人做实验？为什么要找这个麻烦呢？你身边有丹尼尔，他就在你的宅邸，随叫随到方便得很。若说那个谣言有一丝真实性，难道你不该拿他做实验吗？”

“不，不。”法斯陀夫说，“我无法说服任何人相信这个说法。丹尼尔是我的第一个成果，是我的里程碑。无论在任何情况下，我都不会毁掉他。我自然而然会选择詹德，这点大家都明白。除非我是傻瓜，才会希望别人相信牺牲丹尼尔是更合理的选择。”

他们又走了一阵子，眼看就要抵达目的地了。贝莱紧抿着嘴，久久未发一语。

法斯陀夫问：“你觉得怎么样，贝莱先生？”

贝莱低声说：“如果你是指置身户外这件事，我简直快忘了。但如果你是指我们所面临的困境，我想不必有什么人拿超声波脑融炉来威胁我，我也眼看就要放弃了。”然后，他改以激烈的口吻质问，“法斯陀夫博士，你为何要把我找来？你为何要把这个工作交给我？我到底哪里得罪你了？”

“实际上，”法斯陀夫说，“这主意并非我想到的，我只是病急乱投医罢了。”

“好，那么这是谁的主意？”

“最初提出这个建议的，是我们面前这座宅邸的主人——而我实在想不出更好的办法。”

“这座宅邸的主人？他为什么……”

“不，是她。”

“好吧，她为什么要作这样子的建议呢？”

“喔！我还没说明其实她认识你，对不对，贝莱先生？她就在那里，正在等我们呢。”

贝莱一头雾水地抬眼望去。

“耶和华啊。”他暗叹了一声。

第六章
嘉蒂雅

23

眼前那位年轻女子带着孱弱的笑容说：“我就知道，以利亚，再见到你的时候，这会是我听到的第一句话。”

贝莱凝视着她好一阵子。她变了，她的头发剪短了，她的面容比两年前更为忧郁，而且看起来，她似乎不只老了两岁而已。然而，毫无疑问她仍是嘉蒂雅，仍旧有着一张瓜子脸，配上高耸的颧骨和尖尖的下巴。还有她依然那么矮小，依然那么纤细，依然隐约有那么点孩子气。

当年回到地球之后，他经常会梦见她——不过并非那种赤裸裸的春梦。在梦中，她和他永远若即若离。她总是在那里，但距离有点远，说话并不方便；无论他怎样呼唤，她从未真正听见；无论他如何向她靠近，却从未真正拉近和她的距离。

这些梦境背后的逻辑其实不难解释。她是土生土长的索拉利人，因此很少有机会和其他人类面对面接触。

想当年，以利亚原本毫无机会站在她面前，除了因为他是人类，（当然）更重要的是他来自地球。不过，由于他所侦办的那件谋杀案遇到了瓶颈，逼得他们不得不碰面。等到他们真正面对面之际，为了避免实际接触，她全身上下裹得密不透风。然而，他们最后一次碰面的时候，她竟然不顾一切，直接用手掌迅速拂过他的脸颊。她不会不明白，这样做很可能令自己遭到感染。这太不可思议了，完全抵触她从小到大的教养，他因而对这个小插曲更加珍惜。

随着时光的流转，这些梦也逐渐消逝。

想到这里，贝莱有点支支吾吾地说："原来你就是那机器人的……"

他住了口，嘉蒂雅替他接了下去："临时主人。而两年前，我则是德拉玛先生的妻子。凡是跟我在一起的，都不会有好下场。"

贝莱不知不觉伸出手，摸了摸自己的脸颊，他自己并未察觉这个动作，嘉蒂雅也似乎没有注意到。

她说："上回多亏你拯救我，很抱歉，这次我不得不再把你找来——请进，以利亚，请进，法斯陀夫博士。"

法斯陀夫退了一步，让贝莱走在前面，自己才跟进去，丹尼尔和吉斯卡则走在最后面。进屋之后，两名机器人基于内建的退避特性，随即走向两个遥遥相对的壁凹，然后各自背对着墙壁，静静站在其中。

一开始的时候，嘉蒂雅似乎对他们视而不见，这正是人类对机器人的惯常态度。然而，瞥了丹尼尔一眼之后，她转过头来，以略带哽咽的声音对法斯陀夫说："那一个，拜托，请让他离开。"

法斯陀夫显得有点讶异，问道："丹尼尔？"

"他太……太像詹德了！"

法斯陀夫转头望了望丹尼尔，脸上掠过一抹明显的哀痛表情。“当然，亲爱的嘉蒂雅，请原谅我的疏忽，我没想到这一层——丹尼尔，你到隔壁房间去，一直待到我们离开为止。”

丹尼尔一言不发便走了。

嘉蒂雅瞪了吉斯卡一会儿，仿佛在判断他是不是也像詹德，结果只是微微耸了耸肩。

她转过头来，问道：“你们两位想不想喝点什么？我这里有绝佳的椰子汁，新鲜又冰凉。”

“不必了，嘉蒂雅。”法斯陀夫说，“我只是信守承诺，把贝莱先生带来这里，自己不会待太久。”

“我只要一杯水，”贝莱说，“这样就可以了。”

嘉蒂雅举起一只手来。毫无疑问，她的一举一动都有机器人看在眼里，因为没多久，就有一个机器人端着盘子悄悄走进来，盘子里除了一杯水，还有一碟像是饼干的点心，上头撒着些粉红色的碎屑。

虽然并不确定那是什么，贝莱还是忍不住拿起一片。反正它的原料一定源自地球，因为他不相信在这个世界上，包括他自己在内，有谁会吃到任何人工合成食品，或是奥罗拉的任何一点原生物种。话又说回来，地球的作物来到这里之后，还是会随着时间而改变——或是由于刻意的改良，或是由于环境的因素。而且，午餐时法斯陀夫还提到，大多数的奥罗拉食物都不是一下就吃得惯的。

结果令他相当惊喜，那点心的味道有点辛辣，但他觉得很好吃，几乎立刻拿起第二片。然后，贝莱对那个机器人（他并不介意永远站在那里）说了一声“谢谢”，随即一手接过碟子，一手举起那杯水。

机器人便离开了。

此时已经接近傍晚时分，红红的阳光从面西的窗户射进了屋内。在贝莱的感觉中，这栋房子虽然不像法斯陀夫的宅邸那么大，但住起来应该更舒服，只不过现在有个悲伤的嘉蒂雅站在中间，难免令人觉得死气沉沉。

当然，那可能只是贝莱的想象罢了。其实在他看来，如果一座建筑物和户外仅隔着一道墙，那么即使它被称为房子，即使它能遮风蔽雨，也绝不可能住得舒服。他认为每道墙的外面都找不到一丝人味，更遑论友谊或社区的温暖；无论上下左右、四面八方，任何一道外墙的外面一律毫无生气。除了寒冷，还是寒冷。

当贝莱再度想起如今所面临的困境，类似的寒意重新袭上心头。（刚才，嘉蒂雅所带来的震撼令他暂时忘却了这个烦恼。）

嘉蒂雅说："请坐吧，以利亚。你一定要原谅我有点魂不守舍，因为我再次成了全球注目的焦点——这种事只要一次就够受了。"

"我了解，嘉蒂雅，请别说抱歉。"贝莱答道。

"至于你，亲爱的博士，请别急着走。"

"嗯——"法斯陀夫望了望墙上的计时带，"我可以待一会儿，然后，亲爱的嘉蒂雅，虽说天快塌下来了，该做的工作还是得做。其实是更应该做，因为我必须有心理准备，不久的将来，我很可能什么工作都不能做了。"

嘉蒂雅猛眨眼睛，仿佛强忍住泪水。"我知道，法斯陀夫博士，由于这儿……这件事情，害你惹上了大麻烦，而我念念不忘的，却似乎只有自己的……伤痛。"

法斯陀夫说："我会尽力解决自己的问题，嘉蒂雅，对于这件事，你丝毫不必觉得内疚——或许，贝莱先生有办法帮你我脱困。"

听到这句话，贝莱用力抿了抿嘴，然后才以沉重的口吻说："嘉蒂雅，我不明白你怎么也卷进了这件案子。"

“否则还会有谁呢？”说完她还叹了一声。

“詹德·潘尼尔是……曾是你名下的财产？”

“不能算我的财产，他是我从法斯陀夫博士那儿借来的。”

“事发当时，你和他在一起吗？我是指当他……”贝莱不禁犹豫该怎么说才好。

“死的时候？难道这个字不能说吗？不，我并不在他身边。别急，我知道你要问什么，当时除了我，这栋房子里没有别人。我经常独处，几乎毫无例外。这是拜索拉利文化之赐，你该没忘吧。当然，我并不是非这样不可。比方说，现在你们两位来访，我就还好——勉强还好。”

“詹德死的时候，你百分之百确定没有旁人？不会搞错吗？”

“我已经对你说过了。”嘉蒂雅显得有点不耐烦，“算了，以利亚，我知道你一定要再三重复每一个问题。听好，没有旁人，千真万确。”

“不过，应该还有机器人吧。”

“当然，我所谓的‘没有旁人’，是指没有其他人类在场。”

“你有多少机器人，嘉蒂雅？我是说除了詹德之外。”

嘉蒂雅顿了顿，仿佛在心中默默计算，最后她终于说：“二十个。五个在屋内，十五个在外面。但无论是我的还是法斯陀夫博士的机器人，都可以在我们的两座宅邸间自由来去，所以如果某个机器人突然出现在眼前，有时并非一眼就能看出他是谁的。”

“啊，”贝莱说，“既然法斯陀夫博士的宅邸有五十七个机器人，那就意味着，如果我们把两边加起来，总共有七十七个机器人可供差遣。除此之外，还有没有哪座宅邸的机器人，会跟你们的机器人混淆不清？”

法斯陀夫说：“其他的宅邸都没有近到这种程度，况且共享机器人并非值得鼓励的一件事。我和嘉蒂雅的情况算是特例，一来她并非奥罗拉人，二来我对她——有照顾的责任。”

“即便如此，还是有七十七个机器人。”贝莱说。

“没错。”法斯陀夫说，“但你拿这点大做文章是什么意思？”

贝莱答道：“因为这就表示，你们身边有七十七个活动的物体，个个外形和人类相去不远，你们每天看惯了，根本不会特别留意。你说有没有可能，嘉蒂雅，万一有个真人潜入屋内，不论目的为何，你几乎会视而不见？他只是另一个活动的物体，外形和人类相去不远，所以你并不会在意。”

法斯陀夫呵呵轻笑了几声，嘉蒂雅则一本正经地摇了摇头。

“以利亚，”她说，“你果然是地球人。即使是法斯陀夫博士本人，如果接近这座宅邸，我的机器人也会立刻向我通报，你认为别人能够溜进来吗？我有可能对活动的物体视而不见，有可能假设他只是机器人，但机器人可不会这么粗心。刚才我之所以出门迎接你们，正是因为我的机器人向我报告说你们快来了。不，不，詹德死的时候，这栋房子里并没有别人。”

“你自己除外？”

“对，除了我自己，整栋房子里没有第二个人，正如当年我丈夫遇害时那样。”

法斯陀夫轻声打岔道：“还是有些差别，嘉蒂雅。你先生是遭钝器杀害，凶手必须亲临现场才办得到，因此，如果当时只有你一人在场，问题就很严重。如今这个案子，詹德是被巧妙的口述指令弄停摆的，凶手完全不必现身，虽然现场同样没有第二个人，这却没什么意义，更何况你并不懂得如何困阻人形机器人的心智。”

然后，两人不约而同望向贝莱，法斯陀夫带着嘲弄的表情，嘉蒂雅则一脸哀伤。（虽然法斯陀夫和贝莱一样前途难料，他却似乎甘之如饴，这点令贝莱有些恼火。如今这个情势，到底有哪点让人笑得出来，甚至笑得像个白痴？贝莱越想越郁闷。）

“所谓的不懂，”贝莱缓缓说道，“或许也没什么意义。一个人即使闭着眼睛乱走，仍有可能不知不觉抵达目的地。说不定她只是在和詹德讲话，在全然无意间，竟然触发了心智冻结的关键。”

法斯陀夫说：“机会有多大呢？”

“这方面你是专家，法斯陀夫博士，我想你会告诉我机会非常小。”

“小到简直难以想象。如果通往目的地的唯一途径，是一条拼命拐弯抹角的羊肠小道，那么一个人如果闭着眼睛乱走，他抵达目的地的机会有多少呢？”

嘉蒂雅的双手剧烈地颤抖，她紧握着拳头，仿佛力图恢复镇定，最后总算能将双手搁在膝盖上。“无论是不是意外，总之不是我做的。事发当时，我并不在他身边，真的。当天早上我和他说过话，那时他还很好，可以说完全正常。但几小时后，我再召唤他，他却始终没出现。而当我在他常待的地方找到了他，他就站在那里，看起来仍然相当正常。问题是，他没有反应，丝毫没有反应。从此以后，他就再也没有任何反应了。”

贝莱说：“有没有可能，你不经意对他说的一两句话，过了一段时间，例如一个钟头之后才发挥作用，导致他心智冻结？”

法斯陀夫猛然插嘴道：“十分不可能，贝莱先生。如果会发生心智冻结，就一定会立刻发生。请别用这种方式缠着嘉蒂雅不放。她并没有刻意引发心智冻结的能力，若要说她是无意间引发的，那就更不可思议了。”

“你一口咬定的随机正子漂移，不是同样不可思议吗？”

“没有那么不可思议。”

“既然都是极其不可能，这两个‘不可思议’又有什么差别呢？”

“差别大了。据我猜想，随机正子漂移导致心智冻结的几率或许有十的十二次方分之一，而无意间引发的几率只有十的一百次方分之一。这只是个估计，但应该相当合理。两者间的差别，超过了一个电子和整个宇宙的比例——随机正子漂移的机会大得多。”

接下来，三人都沉默了一阵子。

然后贝莱开口道：“法斯陀夫博士，你曾说自己不能待太久。”

“我已经待得太久了。”

“很好，那么可否请你先走一步？”

法斯陀夫正准备起身，突然问道：“为什么？”

“因为我想和嘉蒂雅单独谈谈。”

“以便继续纠缠她？”

“我必须在没有你干扰的情况下问她一些问题。我们的处境已经太危急，顾不得什么礼貌了。”

嘉蒂雅说：“亲爱的博士，我并不怕贝莱先生。”接着，她又刻意补了一句，“如果他无礼到太过分的程度，我的机器人一定会保护我。”

法斯陀夫笑了笑，然后说：“很好，嘉蒂雅。”他站了起来，对她伸出右手，她很快握了一下。

他又说：“我打算让吉斯卡留在这里，保护你们的安全——而如果你不介意，就让丹尼尔继续留在隔壁房间吧。你的机器人可否借我一个，由他护送我回自己的宅邸？”

“绝无问题。”嘉蒂雅一面说，一面举起双手，“我相信你认识潘迪昂。”

“当然认识！既强壮又可靠，最适合当保镖。”他随即离去，那个机器人紧跟在后。

贝莱并未立即开口，他只是望着嘉蒂雅，仔细打量着她。而她静静坐在那里，双手软绵绵地交叠在膝头，目光则停在那双手上。

贝莱肯定她还有许多话没说，至于怎样才能劝她说出来，他自己也毫无把握。但有一件事，他万分肯定：只要法斯陀夫留在这里，她绝不会将真相和盘托出。

24

嘉蒂雅终于抬起头来，表情变得和小女孩无异。她低声说道：“你好吗，以利亚？目前感觉如何？”

“相当好，嘉蒂雅。”

她解释道：“法斯陀夫博士说，他会带你走过这片露天空间，并会刻意在最糟的地点停留一阵子。”

“哦？为什么呢？要捉弄我吗？”

“不是的，以利亚。我曾经告诉他，你对露天空间有些什么反应。当年你曾昏倒并掉进池塘，应该还记得吧？”

以利亚连忙摇了摇头。他无法否认那件事，也无法否定自己的记忆，但这并不代表他愿意旧事重提。他粗声道：“我已经有进步，不再那么没用了。”

“可是法斯陀夫博士说过要测试你一番，一切还顺利吧？”

“十分顺利，我并没有昏倒。”他想起了太空船着陆前发生的那段插曲，不禁偷偷咬了咬牙。那另当别论，现在没必要讨论那件事。

他故意改变话题，问道：“如今在奥罗拉，我该怎么称呼你？”

“你一直都叫我嘉蒂雅啊。”

“这或许并不妥当。我可以叫你德拉玛太太，但你可能已经……”

她倒抽一口气，猛然打岔道：“自从来到这里，我就没有用过那个名字，拜托你别再提醒我。”

“那么，奥罗拉人怎么称呼你？”

“他们称我索拉利的嘉蒂雅，但那只是为了强调我并非本地人，因此我也不喜欢。我就是嘉蒂雅，就这么简单。这并非奥罗拉人的名字，我想这颗行星上不会还有另一个嘉蒂雅，所以这就足够了。而如果你不介意，我就继续叫你以利亚。”

“我不介意。”

嘉蒂雅说：“我想请你喝杯茶。”这并非问句，贝莱直接点了点头。

他说：“我不知道太空族也喝茶。”

“并非地球上那种茶。这是一种植物萃取物，口味很好，但一点害处也没有，我们就管它叫茶。”

她随即举起手来，贝莱注意到她的袖子不但紧贴手腕，而且和超薄的肉色手套紧密连接。在贝莱面前，她仍尽可能避免暴露肌肤，仍尽可能减少感染的机会。

她让手臂在半空中停了一会儿，不久之后，就有一个机器人端着盘子走进来。他显然比吉斯卡更为原始，却能有条不紊地将茶杯、三明治和小点心一一放好，而他倒茶的动作更是堪称优雅。

贝莱好奇地问："你是怎么做到的，嘉蒂雅？"

"做到什么，以利亚？"

"每当想要做一件事，你就会举起手来，而机器人总是知道你的心意。比方说，这个机器人怎么知道你要请我喝茶？"

"这没什么难的。屋里始终存在着微弱的电磁波，我一举手，它就会受到扰动。我的手掌和手指只要位置稍有不同，便会产生不同的扰动，而机器人能把这些扰动解读成指令。但我只用这种方法下达简单的命令：过来！奉茶！等等。"

"我在法斯陀夫博士的宅邸时，并未注意到他使用这种系统。"

"其实这是我们索拉利的系统，在奥罗拉并不流行，我是因为从小用惯了——况且，我总是在这个时候喝茶，波哥拉夫早就准备好了。"

"这就是波哥拉夫吗？"贝莱饶富兴味地端详那个机器人，这才想到之前只瞥了他一眼而已。正所谓习惯成自然，熟悉感很容易造成忽视。只要再过一天，这些机器人便会完全从他眼底消失，他会对这些忙碌的机器人视而不见，仿佛所有的杂活都是自动完成的。

话说回来，他并不想仅仅眼不见为净，他想要他们真正消失。于是他说："嘉蒂雅，我希望能和你独处一下，连机器人也别在场——吉斯卡，去丹尼尔那边，你可以在那里继续警戒。"

"遵命。"听到自己的名字，吉斯卡突然活了起来，并且立刻有所回应。

嘉蒂雅好像有点被逗乐了。"你们地球人真奇怪，我知道你们地球上有机器人，可是你们似乎不懂得怎么指挥。你把命令大声吼出来，仿佛他们都是聋子。"

她转向波哥拉夫，故意压低声音说："波哥拉夫，没有我的召唤，你们通通别再进来。除非有明显且紧急的状况，否则一律不准打扰我们。”

波哥拉夫说：“是的，夫人。”他退了一步，瞥了茶几一眼，仿佛在检查是否有任何遗漏，然后才转身走了出去。

这回轮到贝莱被逗乐了。没错，嘉蒂雅的确轻声细语，可是她的语气简洁有力，仿佛把自己当成正在对新兵训话的士官长。然而，他又有什么好惊讶的呢？别人的缺点总是比自己的短处来得明显，这是他早就知道的事。

嘉蒂雅说：“现在我们真正独处了，以利亚，连机器人也走光了。”

贝莱说：“你不怕跟我独处吗？”

她缓缓摇了摇头。“我有什么好怕的？只要举个手，做个动作，或是惊呼一声，马上会有好几个机器人赶过来。这里又不是地球，在太空族世界，任何人都没有理由怕另一个人。可是，你为何这么问呢？”

“因为除了有形的恐惧之外，还有无形的。我不会对你施展任何暴力，或用任何有形的方式虐待你。可是，难道你不怕我严词逼问，不怕你的隐私不保吗？别忘了，这里也并非索拉利。当初在索拉利，我的确同情你，一心一意想要证明你的清白。”

她低声问道：“现在你就不同情我了？”

“这回并非哪位配偶遇害，而你也并非杀人嫌犯。只不过是有个机器人被毁了，而且据我所知，你自己毫无嫌疑。另一方面，法斯陀夫博士才是我的烫手山芋。对我而言，最最重要的一件事——原因不必我细表——就是设法证明他是无辜的。如果办案过程会对你造成伤害，我也爱莫能助。我可不打算想方设法避免让你受苦，这个立场我必须先郑重声明。”

她扬起头来，傲慢地直视他的双眼。“有什么事会对我造成伤害呢？”

“既然没有法斯陀夫博士在这儿碍事了，”贝莱冷冷地说，“我们不妨现在就来找找看。”他用一根小叉子，将一个三明治从碟子拨到自己盘内（他不想用手抓，以免嘉蒂雅再也不敢碰那个碟子），随即丢进嘴里，然后呷了一口茶。

她有样学样，同样吃了一个三明治，呷了一口茶。如果他故作镇定，她显然乐意奉陪。

“嘉蒂雅，”贝莱说，“我需要明确知道你和法斯陀夫博士的关系，这点非常重要。你和他住得很近，而且，你们两人简直就是共享一组家用机器人。他显然很关心你——在此之前，他除了声称自己是无辜的，没有花更大的力气为自己辩解，可是一旦我开始逼问你，他立刻倾全力替你辩护。”

嘉蒂雅淡淡一笑。“你在怀疑什么，以利亚？”

贝莱答道：“别闪避问题。我不想怀疑什么，我想知道答案。”

“法斯陀夫博士有没有提到过范雅？”

“有的。”

“你有没有问过他，范雅是他的妻子呢，或者只是他的伴侣？还有，他有没有子女呢？”

贝莱不禁打了一个冷颤，当然，这些问题都是他该问的。然而，在拥挤不堪的地球上，正因为隐私几乎荡然无存，大家反而分外珍视。在地球上，想不知道别人家的点点滴滴几乎是不可能的事，所以大家一律装傻，绝不互问这方面的问题。这可以说是一种集体自我欺骗。

而在奥罗拉，当然不存在地球上的那种顾虑，但贝莱仍不知不觉自我设限，真是愚蠢！

他说：“我还没问，告诉我吧。”

嘉蒂雅说：“范雅是他的妻子。他结过好几次婚，当然是一段接着一段，虽说在奥罗拉上，一方或双方处于重婚状态并非什么奇闻。”说这句话时，她带着些许嫌恶的表情，而这也起着些许自我辩解的作用。“索拉利上从没听说有这种事。”她补充道。

“然而，法斯陀夫博士现在这段婚姻可能很快就要结束了。然后，双方便能自由地追寻下一段感情，不过，经常会有一方甚至双方都迫不及待，在离婚之前就另结新欢——我并不是说我了解这种随便的态度，以利亚，但奥罗拉人的男女关系就是这么建立的。就我所知，法斯陀夫博士在这方面律己甚严，他总是忠于每一段婚姻，从不发生婚外情。但是在奥罗拉，人们却认为这是古板而且相当愚蠢的作风。”

贝莱点了点头。“这方面，我从书中也读到过一些。根据我的了解，当他们打算生儿育女的时候，就需要结婚了。”

“理论上的确如此，可是我听说，如今几乎没什么人遵守了。法斯陀夫博士已经有两个孩子，不能再生了，但他还是继续结婚，并提出三度生育的申请。当然，申请没通过，他也早就预料到。甚至有些人根本就懒得申请了。”

“那为何不懒得结婚呢？”

“为了一些社会福利。不过内情相当复杂，我不是奥罗拉人，不敢说自己真正了解。”

“嗯，那就算了，跟我说说法斯陀夫博士的子女吧。”

“他没有儿子，只有两个同父异母的女儿，当然，她们的母亲都不是范雅。根据奥罗拉的传统，两个女儿都是在母亲子宫内孕育的。她们现在都成年了，拥有各自的宅邸。”

“他和这两个女儿亲近吗？”

“我不知道，他从未谈到过她们。其中一个是机器人学家，我想至少在工作上，他和这个女儿保持着联络。另一个应该正在某个城市竞选议员，或是已经选上了，我并不太清楚。”

“他们家人之间可有什么紧张关系，你知道吗？”

“这我倒是没听说过，也许没什么大不了的吧，以利亚。就我所知，他和几位前妻都好聚好散，没有一次离婚闹得不愉快。总归一句话，法斯陀夫博士不是那种人。无论碰到任何不如意，他都会默默承受，最激烈的反应顶多是斯斯文文地叹口气。他是那种临终还会开玩笑的人。”

贝莱心想，至少这点听来丝毫不假。他又问：“那么法斯陀夫博士和你的关系呢？拜托，请说实话。别为了避免尴尬而闪避问题，如今的情势不容你这么做。”

她扬着头直视他的双眼，然后说：“没什么尴尬不尴尬的，法斯陀夫博士是我的朋友，非常要好的朋友。”

“多么要好，嘉蒂雅？”

“如我所说——非常要好。”

“你是否正在等他离婚，以便成为他的下一任妻子？”

“不是。”她非常冷静地答道。

“那么，你们是情人吗？”

“不是。”

“曾经是吗？”

“不是——这令你惊讶吗？”

“我只是要知道实情。”贝莱说。

“那就让我一口气把答案通通告诉你，以利亚，别再那么凶巴巴地发问，好像我硬是不肯松口，而你非用这种方式震慑我不可。”她虽然这么说，但看不出真的生气，仿佛只是在开玩笑罢了。

贝莱有点脸红，原本想说自己完全没有这个意思，无奈事实正是如此，否认也无济于事。于是，他愤愤地轻声道："好吧，请开始。"

这时，他们早已用完茶点，有些残渣掉落在茶几上。贝莱不禁纳闷，若是在平时，她会不会举起手来轻轻做个手势，而那个机器人波哥拉夫会不会悄悄走进来，把桌面收拾干净。

那些残渣是否害得嘉蒂雅心烦意乱——会不会令她回答问题时比较容易冲动？如果真是这样，那么最好能够维持现状——但贝莱并未抱多大希望，因为他看不出嘉蒂雅的情绪受到任何干扰，她可能根本没注意到这件小事。

嘉蒂雅的目光再度垂到膝盖上，而她的表情似乎变得更深沉，甚至有点严厉，仿佛她正在翻搅一段很想遗忘的往事。

她终于开口："在索拉利的时候，你有机会一窥我当时的生活。那种日子谈不上快乐，但我原本一无所觉。直到有一天，我真正体会到一丝快乐，才突然明白——无论就深度或广度而言——自己以前的生活是多么不快乐。而这个启发来自于你，以利亚。"

"来自我？"贝莱吃了一惊。

"是的，以利亚。你离开索拉利之前，又和我见了一面——我希望你还记得，以利亚——那次见面教了我一件事。我碰触到你！当时我戴着一副类似这样的手套，我把它摘掉，然后碰了碰你的脸颊。时间并不长，我不知道你怎么看待这件事——不，别告诉我，那并不重要——可是对我而言，意义极为重大。"

她抬起头来，放胆迎向他的目光。"它对我的意义超过了一切，甚至改变了我的一生。记得吗，以利亚，我在童年结束之后，除了我的丈夫，再也没有真正碰触过任何人——而我碰触他的机会也少之又少。当然，我在三维显像中见过不少男子，对于男性躯体的外观十分熟悉。就那方面而言，没有什么是我不懂的。

“但我从来不曾想到，不同的男性会带来多么不同的触感。我的丈夫，我熟悉他的肌肤摸起来是什么感觉，我也熟悉他的手掌——当他愿意触摸我的时候——会带给我什么感觉，以及……关于他的一切。我没理由想象换成别的男人会有什么不同。没错，夫妻间的接触未曾给我任何快感，可是这又有什么不对吗？当我用手指碰触这张桌子，除了体会到它的滑润，还会带给我什么特别的快感吗？

“我们夫妻间的接触只是生活中偶一为之的仪式，我的丈夫可以说是在履行义务，因此，身为一位优秀的索拉利公民，他完全根据日历和时钟来做这件事，无论时间的长短或进行的方式，都做得非常有教养。只不过，换个角度来说，他这么做和教养刚好背道而驰，因为这样的定期接触虽然正是为了性交，他却从未提出生育申请，而且我相信，他对教养小孩毫无兴趣。而我对他又太过敬畏，不敢自己主动提出申请，虽说我的确有这个权利。

“如今回顾，我发觉当年的性经验不是公式化就是机械化。我从来没有高潮，一次都没有。性高潮这回事，我还是从书里读到的，可是我看得一头雾水——因为那些都是进口书，索拉利书籍从不谈论性爱——所以我简直无法相信，还以为只是一种异色的比喻。

“我也无法用自体性行为来做实验——至少没成功过。我想，自慰才是比较通俗的说法，至少我听过奥罗拉人使用这个说法。至于在索拉利，当然谁也不会谈论性的议题，而任何和性爱相关的词汇也从来不会在文明社会中出现——只不过在索拉利，也就只有那么一种社会而已。

“从某本书中，我学到了自慰是怎么一回事，于是有好几次，我根据书上的描述，姑且试试看，但没有一次成功。肌肤不相触的禁忌令我觉得自己的身体也碰不得，否则只会起反感。我可以用手搓揉腰部，可以交叠双腿，感觉大腿之间的压力，但这些都是不经意的碰触。而把碰触当作追求快感的手段，则又另当别论。我身上每根神经都知道不该这么做，而正因为我这么想，所以快感无从产生。

“我也从未想到其他情况下的碰触会带来快感，一次也没有。我为什么会想到呢？我又如何会想到呢？

“直到那次我摸到你，一切才改观了。至于我为何那么做，我自己也不知道。或许，因为你替我洗刷了谋杀犯的罪名，我打心底对你产生好感。此外，你也不完全算是禁忌。你并非索拉利人，你甚至——请原谅我这么说——不完全算是人类，只是地球上的一种生物罢了。你具有人类的外表，可是寿命很短，而且易受感染，顶多只能算半个人类。

“所以说，由于你拯救了我，而你又并非真正的人类，我才会有那样的举动。更重要的是，你望着我的眼神，既不像我丈夫那般带有敌意和反感，也不像某些人在三维显像中刻意表现出的矫揉冷漠。你就在我面前，伸手就能碰到，而你眼中充满了温暖和关怀。当我的手掌碰到你的脸颊，你也颤抖了一下，那是我亲眼见到的。

“为什么会这样，我也不知道。那次的接触是如此短暂，照理说，它所带给我的生理感受，应该和我碰触自己的丈夫或其他男性——甚至其他女性——并没有任何差别。但实际上，那不只是生理上的感受而已。你站在那里，你欣然接受，而你所表现出来的一切，我都视之为——为爱意。当我们的肌肤——我的手，你的脸颊——碰触之际，我仿佛摸到一股温柔的火焰，它瞬间蹿上我的手掌和手臂，令我全身开始燃烧。

“我不知道这种感觉持续了多久，顶多一眨眼的工夫吧，但对我而言，时间似乎静止了。我经历了一件过去从未经历过的事，很久以后，当我不再懵懂，再回顾这件事，我了解到当时的我几乎就是经历了一次性高潮。

“但我不动声色……”

（贝莱摇了摇头，却不敢接触她的目光。）

“嗯，所以，当时我不动声色，只是说，‘谢谢你，以利亚。’我之所以这样说，除了感谢你查明了我丈夫的死因，更重要的是，我要感谢你照亮了我的生命，而且在不知不觉间，让我了解到了生命的价值。你等于替我开了一扇门，帮我找到了一条路，为我指出了一个新的方向。那次的接触，本身算不上什么，但它却是一切的起点。”

她的声音越来越小，有那么一阵子，她还闭上了嘴巴，陷入回忆中。

然后，她忽然举起食指。“不，什么也别说，我还没讲完。

“在此之前，我也有过一些非常模糊的幻想。我想象自己和另一个男人，做着我们夫妻之间才会做的事，可是多少有点不同，虽然我根本不知道有什么不同——而且有些不一样的感受，但无论我怎么想，也想象不出具体的感觉来。我很有可能一辈子都在试图想象那些想不出来的事物，我也很可能会像许多索拉利女性——我想男性也一样——即使活了三四个世纪，死前仍然什么也不懂。什么也不懂！虽然曾经生儿育女，仍旧什么也不懂。

“而我只是轻触你的脸颊，以利亚，居然就开窍了。这是不是很神奇？你让我学会了该想象些什么，并非机械式的动作，也并非呆板的、勉强的身体接触，而是一种我从未梦想能够达到的境界。脸上的表情、眼中的火花、温柔感和亲切感，以及种种我甚至不知如何形容的感觉——或许是接纳，是解除了人与人之间的藩篱。我想那就是爱，这么简单的一个字，就能包含这一切的一切。

“我觉得自己爱上了你，以利亚，因为在我想来，你有能力爱上我。我并不是说你爱我，而是我认为你能这么做。我从未体会过爱情，虽然这个字眼在古典文学中经常出现，但我不明白那是什么意思，就如同我常常读到的‘荣誉’一样，虽然书中人物不惜为它牺牲性命，我却完全无法理解。我学到了‘爱情’这个字眼，但从来不明白它真正的意义，至今仍是如此。或许我碰触你的举动，就是心中有爱的表现。

“从此以后，我就能幻想那些事了。不久，我来到了奥罗拉，还一直想着你，一直怀念你，一直在心里不断和你说话，而且还幻想着，自己在奥罗拉能够遇到一百万个以利亚。”

她停了下来，陷入沉思片刻，突然又继续说：“结果事与愿违。没想到奥罗拉和索拉利殊途同归，情况一样糟。在索拉利，性爱是不对的事，大家痛恨它，避之唯恐不及。由于对性的憎恨，使我们的男女无法相爱。

“而在奥罗拉，性则是无聊的事。大家轻易接受它——把它当作呼吸一样稀松平常。如果某人性欲高涨，他会随便找个看来合适的人，只要双方并非忙得不可开交，两人便有可能以任何方式发生性行为。就像呼吸一样——但是呼吸能带来至高无上的欢愉吗？如果你窒息了，那么在获救之后，你猛吸的第一口空气或许甜美无比。可是，如果你从来不曾窒息呢？

“还有，如果人人变得无时无刻不需要性，那会如何呢？如果让性教育和阅读、写程序等课程平起平坐，那又会如何？如果大人认为孩子们从小就该亲身实验，还认为青少年可以从旁协助，那将是个什么样的社会？

“在奥罗拉，性就像清水一样唾手可得，所以和爱毫无关系；正如同在索拉利，性是一种禁忌和羞耻，同样和爱扯不上任何关系。这两个世界儿童都很少，而且若想生育下一代，必须正式提出申请。如果申请获准，就必须从事一段专为生育量身打造的性行为，那想必既无聊又难受。而若干时日之后，如果女方还没有怀孕，双方却已经大起反感，则会求助于人工受孕。

“总有一天，人工生殖会在奥罗拉流行起来，就像现在的索拉利一样，于是受精和胚胎发育的过程都会在基因室里完成，而性行为将会成为单纯的社交活动和游戏，如同太空马球一样和爱情毫无关系。

“我无法接受奥罗拉人这方面的态度，以利亚，这抵触了我从小到大的教养。我曾带着惶恐的心情，追求性的满足，结果没有人拒绝——但也没有人重视。每当我主动献身，无论事前事后，对方的眼神都相当空洞。他们一定想，只是又做了一次罢了，有什么大不了的？他们愿意做，但也只是愿意而已。

“而且，碰触他们的身体对我毫无意义，那和碰触我的丈夫没什么两样。我学着慢慢适应，学着跟随他们的动作，学着接受他们的指引——结果仍旧感到毫无意义。久而久之，我连自己解决的冲动都没有了。你让我体会到的感觉再也没有出现过，终于有一天，我放弃了。

“在此期间，法斯陀夫博士一直是我的朋友。在所有的奥罗拉人当中，只有他对索拉利上发生的事一清二楚。至少，我是这么想的。你也知道，完整的经过并未公之于世，更没有出现在那个可怕的超波剧里面——我只听说过那出戏，始终拒绝观看。

“此外，奥罗拉人非但不了解索拉利人，而且还蔑视我们，好在有法斯陀夫博士保护，我才未曾受到伤害。后来，我又陷入了绝望的深渊，也多亏他伸出援手。

“不，我们并不是情人。我可以对他献身，但是当我想到可以这样做的时候，我已经觉得，以利亚，你带给我的那种感觉再也不会出现了。我甚至怀疑，那可能只是记忆跟我开的一个玩笑，所以我放弃了。我并没有向他献身，他也没有向我求欢。我不知道他为何不那么做，也许因为他看出来，我之所以绝望，正是由于无法从性爱中找到任何慰藉，而他不想让我再经历一次失败，以免加深我的绝望。他在这方面对我设想如此周到，足以证明他是一个多么好心的人——所以说，我们并非情人，他只是在我最需要友谊的时候，适时出现的一个朋友。

“好了，以利亚，针对你的问题，我已经把答案通通告诉你了。你想知道我和法斯陀夫博士的关系，并强调你需要了解实情。听我说完后，你满意了吗？”

贝莱力图掩饰内心的伤痛。“没想到你的日子这么难过，嘉蒂雅，我感到很遗憾。我需要知道的，你都告诉我了。你告诉我的实情，或许比你想象中还要多。”

嘉蒂雅皱起眉头。“此话怎讲？”

贝莱并未直接回答这个问题，他说：“嘉蒂雅，我真的很高兴，自己在你心中竟然有那么重要的地位。当年在索拉利，我从未想到自己带给你那么大的影响，而即使想到了，我也不会试着……你明白我的意思。”

“我明白，以利亚。”她轻柔地说，“即使你试了也是徒然，我根本做不到。”

“这点我也明白——今天，我也不会把你这番话视为暗示。短暂的一下接触，令你一窥性的堂奥，这就足够了。这种感觉极可能不会有第二次，我们应当珍惜，不该强求重温，否则只会毁掉独一无二的珍贵记忆。这就是为什么我现在并不——不向你求欢。千万别把这件事视为你的另一次失败，何况——”

“请说。”

“正如我刚刚说的，你提供给我的资料，或许超过了你的想象。其实你等于已经告诉我，你的故事并未以绝望收场。”

“你这话什么意思？”

“刚才，当你在叙述我们的接触带给你的感觉时，曾经说了类似这样的话——‘很久以后，当我不再懵懂，再回顾这件事，我了解到当时的我几乎就是经历了一次性高潮。’可是接下来，你就开始阐述你和奥罗拉人的性行为皆以失败告终，我猜想，你并未从中体验过性高潮。可是后来你一定有过，嘉蒂雅，否则你不会体认到当初在索拉利有过极其类似的经验。除非你有过成功的性爱，否则根本无从回顾和比较。换句话说，后来你的确找到一个情人，有了一段真正的爱情。如果要我相信法斯陀夫博士始终不是你的情人，那么可想而知，一定另有其人。”

“如果真有又如何？那又关你什么事，以利亚？”

“我还不确定是否关我的事，嘉蒂雅。告诉我那人是谁，如果确实不关我的事，这个话题就到此为止。”

嘉蒂雅陷入沉默。

贝莱说：“如果你不告诉我，嘉蒂雅，那就必须由我告诉你。我已经有话在先，如今我身不由己，无法对你留情。”

嘉蒂雅仍旧一言不发，她紧抿着嘴，嘴角都开始泛白了。

“这个人一定存在，嘉蒂雅，而你对詹德之死的伤痛又太不寻常了——你把丹尼尔赶走，是因为你看到他的脸就会想起詹德，这令你无法承受。所以我几乎肯定，那个詹德·潘尼尔……”他顿了顿，然后厉声道，“那个机器人，詹德·潘尼尔，就是你的情人。如果我说错了，请立刻指正。”

嘉蒂雅悄声答道：“詹德·潘尼尔，那个机器人，并不是我的情人。”然后，她猛然提高音量，义正辞严地说，“他是我的丈夫！”

25

贝莱嚅动着嘴唇，虽然并未发出声音，但显然是在说他的口头禅。

“没错，”嘉蒂雅说，“耶和华啊！你万分惊讶，可是为什么呢？因为你不认同吗？”

贝莱硬邦邦地说：“我没资格说什么认不认同。”

“这就表示你不认同。”

“这就表示我只是在追查实情。在奥罗拉，情人和丈夫有什么区别？”

“如果两个人一起住在某座宅邸一段时间，就能互称‘丈夫’和‘妻子’，而不必再用‘情人’的称呼。”

“一段时间是多久呢？”

“据我所知，这点因地而异，因为各地民情不尽相同。比如说在厄俄斯城，一段时间是指三个月。”

“在这段时间内，双方是否还不得和其他人发生性关系？”

嘉蒂雅惊讶地扬起眉毛。“为什么？”

“我只是问问。”

“在奥罗拉，难以想象有谁会遵守这条游戏规则，不论丈夫或情人都一样。只要你高兴，爱跟谁做都行。”

“那么，跟詹德在一起的时候，你‘高兴’过吗？”

“事实上并没有，但那是我的选择。”

“有人曾向你求欢吗？”

“偶尔。”

“而你拒绝了？”

“我永远有拒绝的权利，这也是游戏规则的一部分。”

“但你有没有拒绝过呢？”

“有的。”

“那些遭你拒绝的人，知道你拒绝他们的原因吗？”

“你这话是什么意思？”

“他们是否知道你有个机器人丈夫？”

“他就是我的丈夫，请别叫他机器人丈夫，根本没有这种说法。”

“他们到底知不知道？”

她顿了顿。“我不知道他们知不知道。”

“你告诉过他们吗？”

“我有什么理由要告诉他们？”

“别拿问题来挡我的问题，你有没有告诉过他们？”

“没有。”

“你怎么回避得了呢？难道你不觉得，解释一下才顺理成章吗？”

“没人要求我解释。拒绝就是拒绝，对方一定会接受。我真搞不懂你。”

为了整理思绪，贝莱暂停了一下。嘉蒂雅并非故意和他唱反调，而是两人好像一对平行线，始终没有交集。

他再度开口：“换成在索拉利，找个机器人当丈夫是否顺理成章呢？”

“若是在索拉利，那会是不可思议的一件事，我绝对不会生出这种念头。其实在索拉利，任何事都是不可思议的——地球上也一样，以利亚，你的妻子可曾想过找个机器人当她的丈夫？”

“那是两码子事，嘉蒂雅。”

“也许吧，但你的表情已回答了我的问题。你我或许不是奥罗拉人，但我们目前置身于奥罗拉。我在这里住了两年，已经接受了它的道德观。”

“你的意思是，在奥罗拉上，人类和机器人的性关系是相当普通的事？”

“这我倒不清楚。我只知道大家一定会接受这件事，因为性是百无禁忌的——只要出于自愿，只要彼此满意，只要不造成肉体上的伤害即可。想想看，一个人或一群人如何找乐子，和其他不相干的人有一丝一毫关系吗？难道有人会担心我读什么书、吃什么食物、何时就寝何时起床、是否喜欢猫而讨厌玫瑰？在奥罗拉，性这档事也是同样的情形。”

“是啊，在奥罗拉。”贝莱特别强调，“但你并非生于奥罗拉，也不是受奥罗拉教育长大的。不久前你还告诉我，这种对性漠不在乎的态度令你无法适应，虽然你现在又赞美起它了。而更早一点的时候，你还表示过对于重婚和滥交的厌恶。若说你对吃你闭门羹的人从来不作任何解释，那或许是因为在你内心深处某个阴暗的角落，你耻于承认詹德是你的丈夫。你也许知道——或是怀疑，甚至只是假设——自己的行为反常，即使在奥罗拉也不例外——而你引以为耻。”

“不，以利亚，不论你说什么，我都不会感到羞耻。如果说，即使在奥罗拉把机器人当成丈夫也算反常，那是因为像詹德这样的机器人非比寻常。我们索拉利上那些机器人，或是地球上那些——

乃至于奥罗拉上除了詹德和丹尼尔之外的机器人——由于先天的限制，这些机器人顶多只能满足人类最原始的性欲。他们或许能当作机械式震动器之类的自慰工具，但仅止于此。然而，一旦新型的人形机器人开始普及，人机性爱也会随之普遍起来。”

贝莱又问：“嘉蒂雅，当初你是怎么得到詹德的？法斯陀夫博士明明只有两个而已，难道他那么大方，把其中的一半就这么给了你？”

“是的。”

“为什么？”

“因为他好心吧，我这么想。我是个寂寞、不幸而且幻想破灭的异乡异客，他让詹德来陪我作伴，我实在不知道怎么感激他才好。虽然前后只有半年，但这半年要比我的一生更精彩。”

“法斯陀夫博士知不知道詹德是你的丈夫？”

“他从未提过这件事，所以我不清楚。”

“你自己提过吗？”

“没有。”

“为什么？”

“我觉得没必要——不，并非因为我感到羞耻。”

“这到底是怎么回事？”

“我怎么会觉得没必要？”

“不，詹德怎么会成了你的丈夫？”

嘉蒂雅转趋强硬，用带着敌意的声音说：“我为什么要对你说明？”

贝莱说：“嘉蒂雅，时候不早了，别再处处跟我为难。你是不是因为詹德——走了，才会那么伤心？”

“这还需要问吗？”

“你想不想查明事实的真相？”

“仍是那句话，这还需要问吗？”

“那就帮助我。面对这个显然无解的难题，如果想要开始——仅仅是开始——有一点点进展，我就需要尽可能问出一切实情。詹德是怎么变成你丈夫的？”

嘉蒂雅上身靠向椅背，双眼突然盈满泪水。她推开原本装着小点心的盘子，然后哽咽地说：“普通的机器人并不穿衣服，但他们的外形看起来就像穿着衣服一样。我在索拉利土生土长，非常了解机器人，而且我又有些艺术天分……”

“我对你的光雕记忆犹新。”贝莱轻声说。

嘉蒂雅微微点头答礼。“于是，我设计了一些新造型，在我看来，无论就风格或趣味性而言，它们都超越了奥罗拉目前流行的款式。我还根据这些设计画了好些图画，其中几幅就挂在这间屋子里，其他的则挂在这座宅邸各个角落。”

贝莱遂将目光移到这几幅画上。其实他刚才就看到了，画中的主体无疑都是机器人。他们的模样不太自然，身体似乎拉长了，并且有些超现实的扭曲，但他现在改用另一个角度欣赏这些画，才发现这些失真都是故意的，目的则相当明显，当然是为了突显这些机器人的衣着。他曾经读过一本专门讨论中古维多利亚时代的书籍，书上那些英国仆佣好像就穿着类似的服装。嘉蒂雅也知道这段历史吗？或者两者的相似纯属偶然？也许这并非什么重要的问题，但是（也许）会令人留下深刻印象。

刚才，第一次注意到这些画的时候，他曾告诉自己，嘉蒂雅是为了模拟索拉利上的生活，才用这种方式令自己感到身边环绕着机器人。虽然她口口声声说痛恨那种生活，但这只能反映她的意识层面而已。索拉利是她唯一真正熟悉的地方，这可是不容易抛在脑后的——甚至或许她根本无法忘怀。说不定，这就是她作画的原因之一——虽说她的新职业提供了一个更说得过去的动机。

她继续说下去："我做得很成功。有几家机器人厂商出高价购买我的设计，此外，好些已经上市的机器人参考我的风格进行了换装。我从中得到些许成就感，填补了我感情生活的空虚。

"当詹德刚来我这里的时候，这个机器人当然穿着普通的衣服。法斯陀夫博士真是设想周到，还给了我好几套衣服让詹德换洗。

"那些衣服通通毫无创意，于是我心血来潮，打算替他买些更合适的服装。这就需要替他精确地量身，因为后来我决定，要以自己设计的款式来定做——而这就需要让他将衣服一件件脱去。

"他遵命照做——直到脱去所有的衣物，我才了解到他有多么酷似人类。该有的一样都不缺，而那个照理能够勃起的地方，居然真的会勃起。而且，借用人类的方式来说，它还能受意识的控制——詹德能够听我的命令，让它胀大或缩小——起初我只是随口问问，他的阴茎是否有这方面的功能，他就对我解说了一番。我觉得很好奇，他马上示范给我看。

"有一点你必须了解，虽然他看起来非常像真人，但我心知肚明他是机器人。我对于触摸男性身体总会有些迟疑——你应该很清楚了——这是我无法在奥罗拉上获得性满足的原因之一，这点我从不怀疑。但当时我面对的并非真正的男人，而且我从小就和机器人生活在一起，所以我能毫无顾忌地抚摸詹德。

"不久之后，我就发觉自己很喜欢抚摸他，与此同时，詹德也发觉到我喜欢那么做。他是个经过精密微调的机器人，服从三大法则到了巨细靡遗的程度。如果他有能力取悦我却没有做到，就等于是令我失望，而失望当然可以视为一种伤害，他却无论如何不得伤害人类。于是，他以无比的细心和耐心来取悦我，而我，由于看到了他发自内心的诚意，这是我在奥罗拉男性身上从未见到的，我真心感到了喜悦。终于有一天，我总算了解了——应该说，完全了解了什么是性高潮。”

贝莱问：“所以说，当时你感到十分快乐？”

“和詹德在一起的时候？当然，万分快乐。”

“你们从未起过争执？”

“和詹德吵架？怎么可能？他唯一的目标，他活在世上唯一的意义，就是为了取悦我。”

“难道你不觉得别扭吗？他取悦你只是因为他必须这么做。”

“任何人想要做任何事，不是都能解释为他必须做吗？”

“而你在体验了高潮之后，从未冒出想要和真……想要和奥罗拉人试试的冲动吗？”

“我只想要詹德，由他们取而代之，是无法令我满足的——现在，你可了解我失去的是什么了？”

不知不觉间，贝莱脸上的严肃表情变得倍加庄重了，他说：“现在我了解了，嘉蒂雅。如果我的问题刺痛了你，请务必原谅我，因为我原先并不完全了解实情。”

但她只是不停地啜泣。他无法再说下去了，也想不出什么好办法来安慰她，只好耐心地等待。

最后，她摇了摇头，用手背擦了擦眼睛，悄声道：“还有别的事吗？”

贝莱带着歉意答道：“还有几个另一方面的问题，然后我就不会再打扰你了。”说完，他又谨慎地补上一句，“暂时不会了。”

“什么问题？”她显得非常疲倦。

“你可知道，有些人似乎认为法斯陀夫博士就是杀害詹德的凶手？”

“知道。”

“你可知道，法斯陀夫博士自己也承认，照詹德的死因来分析，只有他自己拥有杀害他的专业技能。”

“知道，亲爱的博士自己告诉过我。”

“很好，嘉蒂雅，那么你认为真是法斯陀夫博士杀害了詹德吗？”

她猛然抬眼瞪着他，义愤填膺地说：“当然不是。他为何要那么做？詹德是他一手打造的机器人，他关心还来不及呢。你不像我那么了解亲爱的博士，以利亚。他是一位温文儒雅的绅士，不会伤害任何人，也绝不会伤害任何机器人。你若假设他是凶手，就如同假设岩石有可能向上坠落。”

“我没有其他问题了，嘉蒂雅，目前我只剩下最后一项工作，那就是去看看詹德——詹德的遗体——希望能获得你的允许。”

她又变得多疑且充满敌意了。“为什么？为什么？”

“嘉蒂雅！拜托！我并不指望看看他能起什么作用，但我必须亲眼见到詹德，才能确定真的没用。为了避免害你伤心，我会尽量约束自己的行为。”

嘉蒂雅站了起来。她今天所穿的这套简便礼服和紧身衣几乎无异，但贝莱注意到，这套衣服即使并非（地球上传统的）黑色，颜色仍然很素，上面没有任何亮点或光泽。虽说贝莱并非服饰专家，也了解这代表一种哀悼。

“跟我来吧。”她悄声道。

26

贝莱跟着嘉蒂雅走过几个房间，沿途一面面的墙壁都会微微发光。有那么一两次，他瞥见一些可疑的动静，但随即想到那是机器人在及时闪避，因为他们都接获了不得打扰主人的命令。

两人穿过一条走廊，爬上一道矮梯，最后来到一个小房间。在这间斗室里，某一面墙的一角射出强烈的光芒，好像聚光灯一样。

室内有一张便床和一把椅子——除此之外没有其他的家具。

“这就是他的房间。”说完之后，嘉蒂雅仿佛又猜到了贝莱心中的疑问，继续说道，“他所需要的就是这些了。我尽可能不来找他——甚至整天都不来，因为我不想很快便厌倦了他。”她摇了摇头，“如今，我却希望当初一分一秒都在他身边，我真的不知道美好时光只有那么短暂——这就是他了。”

詹德躺在那张便床上，贝莱神情严肃地向他望去，只见那机器人身上盖着一张柔软光亮的织品，那道源自墙上的光正好投射到他的头部——在一片安详中，他显得很平静，却有一点虚假。詹德的双眼睁得很大，但相当混浊且毫无光彩。他的确酷似丹尼尔，这充分说明了嘉蒂雅为何如此不愿和丹尼尔同处一室。他的颈部和肩膀则裸露在那床被单的外面。

贝莱问：“法斯陀夫博士检查过他吗？”

“彻底检查过。当时，我六神无主地去找他，他立刻冲了过来，如果你也在场，看到他那种关心，那种伤痛，还有那种慌乱，就绝不会认为他是凶手。没想到，他自己竟然也束手无策。”

“他现在没穿衣服吧？”

“对，为了进行彻底检查，法斯陀夫博士必须把他的衣服脱掉，后来就没有穿回去的必要了。”

“你能否允许我揭去被单，嘉蒂雅？”

“一定要吗？”

“我可不想遗漏任何明显的疑点，令我的调查遭到批评。”

“你又能找到什么法斯陀夫博士找不到的疑点呢？”

“的确不能，嘉蒂雅，但我必须确定自己什么也找不到，请和我合作。”

“好吧，就依你，但你检查完了，请把被单完全依照现在的方式盖好。”

她转过身去，将左手手臂贴在墙上，再将额头凑上去。虽然她并未发出声音——也没有任何动作——但贝莱却知道她又哭了。

这副躯体并不算足以乱真，例如肌肉的线条就有点简化和制式，但该有的都不缺，包括乳头、肚脐、阴茎、睾丸、阴毛等等。甚至，他还有着细微稀疏的胸毛。

詹德遇害至今已有多少天了？贝莱忽然惊觉自己并不知道，但可以肯定，绝对是在他起程前往奥罗拉之前。时间至少已经过了一个星期，可是不论看起来或闻起来，都丝毫没有腐败的迹象，这正是机器人有别于人类之处。

贝莱犹豫了一下，随即将一只手伸到詹德肩膀下面，并用另一只手捧起他的臀部，试着将他翻一个身。他从未考虑请嘉蒂雅帮忙——那是不可能的事。他用力一抬，费了一点工夫，总算平安地将詹德翻过去，并未失手将他推落床下。

便床嘎吱作响，嘉蒂雅一定晓得他在做什么，但是没有转过头来。虽然她并未出手帮忙，却也未曾出言阻止。

贝莱抽回了双手，手掌仍留存着詹德身上的余温。即使在正子脑停摆的情况下，想必电源仍会做些诸如维持体温这类简单的工作。此外，这副躯体依然结实而有弹性，想必永远不会经历类似尸体僵硬的过程。

现在，詹德一只手臂垂在床边，很像人类睡着时的模样。贝莱轻轻一拉那只手，它随即来回轻微摇摆，不久便又恢复静止。然后，贝莱弯起詹德的左小腿，检查他的脚掌，紧接着再换右小腿。他还注意到，这机器人臀部线条十分完美，甚至还有肛门。

贝莱一直无法挥去心头那种不安的感觉，他就是觉得自己好像侵犯了另一个人的隐私。假使这是一具人类的尸体，冰冷和僵硬反倒会令它不那么像人类。

机器人的尸体竟然比人类尸体更像人类，这个想法令他很不自在。

最后，他再把詹德推起来，翻回最初的姿势。

他尽可能把那床被单拉直，才按照原来的方式盖上去，并仔细抚平皱褶。他还退了几步，以便确定它的确恢复原状——或者说确定自己已经尽力而为。

“我完工了，嘉蒂雅。”他说。

她转过身来，泪汪汪地望向詹德，然后说：“那么，我们可以走了？”

“当然可以，可是嘉蒂雅……”

“什么？”

“你要一直这样保存他吗？我想他是不会腐烂的。”

“如果我真这么做，又有什么关系？”

“可以说有点关系。你必须给自己一个恢复正常的机会，往者已矣，你不能花上三个世纪来哀悼他。”（这番规劝在他自己听来都显得空洞，在她听来又如何呢？）

她答道：“我知道你是好意，以利亚。在调查结束之前，我有义务暂时保存詹德。事后，我会要求将他炬化。”

“炬化？”

“利用电浆火炬将他还原成化学元素，就像火化人类尸体那样。而我将保有他的全息像，以及我对他的回忆。这样你满意了吗？”

“当然。现在，我得回法斯陀夫博士的宅邸去了。”

“好的。你从詹德身上发现了任何线索吗？”

“我压根儿没抱希望，嘉蒂雅。”

她与他正面相对。“以利亚，我要你查出这事是谁干的，以及到底为了什么。我一定要弄清楚。”

“可是，嘉蒂雅……”

她猛力摇了摇头，仿佛要将她不想听到的话通通甩开。“我知道你做得到。”

第七章
法斯陀夫之二

27

贝莱走出嘉蒂雅的宅邸，投入落日余晖当中。他转身面向心目中的西方，很快便在地平线上找到了奥罗拉的太阳，在苹果绿的天空背景衬托之下，它是个深红色的圆盘，正上方还点缀着几片稀疏的红色云朵。

“耶和华啊。”他喃喃道。显然在这日落时分，相较于那颗孕育地球的恒星，奥罗拉的太阳显得温度更低、颜色更为橙黄，这都是因为阳光斜射而奥罗拉的大气层较厚的缘故。

丹尼尔跟在他身后，吉斯卡则照常走在很前面。

他耳畔忽然响起丹尼尔的声音：“你还好吗，以利亚伙伴？”

“相当好。”贝莱得意洋洋地说，“我把户外的挑战应付得很好，丹尼尔，我甚至能欣赏落日了。是不是每天都像这样呢？”

丹尼尔无动于衷地看了看西沉的太阳，然后说：“没错。但我们还是尽快回到法斯陀夫博士的宅邸吧。如今这个季节，黄昏并不会持续太久，以利亚伙伴，我希望你趁着还看得清楚的时候赶回去。”

“我随时可以出发，咱们走吧。”不过，贝莱口是心非地想，等到天黑再走会不会更好呢。没错，伸手不见五指绝非什么愉快的事，却能为他带来一种受到保护的幻象——虽然欣赏落日（请注意，是户外的落日）的确带给他难以形容的愉悦，但在内心深处，他还真不确定这种心情能持续多久。然而，这是一种懦弱的想法，他可不愿公开承认。

吉斯卡悄无声息地退到了他面前，问道：“你想等一等吗，先生？天黑了你会比较适应吗？我们两个都无所谓。”

这时，贝莱注意到远处有些机器人的踪迹，前后方都有。是不是嘉蒂雅派出她的户外机器人担任警戒工作？或者他们是法斯陀夫派出来的？

吉斯卡这番话突显了他们多么关心他，可是，他竟倔强地不肯承认自己这方面的弱点。他只说了一句：“不，我们现在就走。”随即迈开轻松的步伐，朝法斯陀夫的宅邸走去——它仍隐藏在远方的树林之后，仅仅隐约可见。

他放胆告诉自己，随便他们要不要跟过来，让这两个机器人自己决定吧。他心知肚明，如果放任自己思考这个问题，心中会出现一个怯懦的声音，提醒自己正置身于一颗行星的表皮上，只有空气替他隔绝巨大无边的虚空，可是，他绝对不会去想这件事。

远离恐惧不但令他心情愉快，甚至令他下巴不听使唤，牙齿拼命打颤。或者，这是傍晚的凉风所引起的——而这也能解释他的手背为何起了鸡皮疙瘩。

并不是置身户外的关系。

并不是。

他试着松开牙关，开口道："你对詹德有多么了解，丹尼尔？"

丹尼尔说："我们曾在一起一阵子。打从詹德好友出厂，到他前往嘉蒂雅小姐的宅邸为止，这段时间我们一直在一起。"

"詹德和你外形这么相似，丹尼尔，会带给你困扰吗？"

"不会的，以利亚伙伴。我和他都知道自己是谁，而法斯陀夫博士也不会把我们弄错。因此，我们是两个独立的个体。"

"你也能分辨他们两人吗，吉斯卡？"现在，或许因为有别的机器人接手远距离警戒，丹尼尔和吉斯卡都靠他比较近了。

吉斯卡说："就我记忆所及，从来没有真正需要这么做的时候。"

"假使真有呢，吉斯卡？"

"那么我一定能分辨。"

"你对詹德有什么看法，丹尼尔？"

丹尼尔说："我的看法吗，以利亚伙伴？你希望我说说对詹德哪方面的看法呢？"

"比方说，他在工作上的表现好吗？"

"当然好。"

"他在各方面都令人满意吗？"

"据我所知，的确如此。"

"你呢，吉斯卡？你的看法呢？"

吉斯卡说："我未曾像丹尼尔好友那样和詹德好友朝夕相处过，所以并不适合提出自己的看法。但我可以这么说，据我所知，法斯陀夫博士对詹德好友一向很满意，他对詹德好友和丹尼尔好友的满意程度似乎不相上下。然而，我认为我的程序并不足以让我对这种问题下定论。"

贝莱又问："詹德去了嘉蒂雅小姐家之后呢？你对他的表现还清楚吗，丹尼尔？"

"不清楚了，以利亚伙伴，嘉蒂雅小姐一直让他待在她的宅邸。在我的印象中，当她拜访法斯陀夫博士的时候，他没有一次跟来过。而当我陪法斯陀夫博士前往嘉蒂雅小姐的宅邸时，我也从未见过詹德好友。"

这个答案令贝莱有点惊讶。他随即转向吉斯卡，想对他重复同样的问题，但始终没有开口，最后耸了耸肩，打消了这个念头。他根本问不出什么来，正如法斯陀夫博士先前所说，盘问机器人其实并没有什么用。他们绝不会主动提供任何可能伤害人类的答案，而你也休想用任何威胁利诱的手段令他们就范。他们不会摆明了说谎，可是他们会一直顽固地——但还算礼貌地——重复着毫无用处的答案。

不过——或许——已经没什么关系了。

现在，他们终于走到法斯陀夫家门口，贝莱觉得自己的呼吸急促了起来。但他坚决相信，自己的双臂和下唇之所以发抖，只是因为凉风习习的关系。

太阳已经下山，星星开始逐渐露脸，天空则转成一种诡异的紫青色，好似瘀血一般。他跨出一步，走进了这栋会发光发热的建筑物。

他安全了。

法斯陀夫迎了上来。"你回来得正是时候，贝莱先生。你和嘉蒂雅的晤谈有收获吗？"

贝莱答道："相当有收获，法斯陀夫博士。甚至很有可能，我已经掌握了揭开谜底的钥匙。"

28

法斯陀夫只是礼貌地微微一笑，看不出他有任何惊讶、欣喜或是怀疑的意思。然后，他领头走向一间显然也是餐厅的房间，但和中午那间相较之下，现在这间比较小，也比较有亲切感。

“你和我，亲爱的贝莱先生，”法斯陀夫笑容可掬地说，“要单独吃一顿家常晚餐，就我们两个人而已。如果你喜欢的话，甚至可以叫机器人通通走开。而且，我们也不要谈什么正事，除非你真的很想谈。”

贝莱并未说什么，他只是站在那里，望着四周的墙壁，露出难以置信的表情。映入他眼中的是一片片摇曳生姿、闪闪发亮的绿色图案，由下往上，无论亮度或色调都逐渐递增，其中颜色较深且闪烁不定的部分，看起来有几分像海藻。一言以蔽之，这个房间活脱一座位于浅海海底的明亮洞穴。整体而言，这种效果令人头昏眼花——至少贝莱有这种感觉。

法斯陀夫一眼便看出贝莱的表情代表什么意思，他说：“我承认，贝莱先生，这并不是一下子就能习惯的——吉斯卡，把墙壁的亮度调暗一点——谢谢你。”

贝莱这才松了一口气。“谢谢你，法斯陀夫博士，我可否先去一趟卫生间？”

“当然可以。”

贝莱却有些迟疑。“能否请你……”

法斯陀夫呵呵笑了几声。“你别担心，它完全正常了，贝莱先生，不会带给你任何不便的。”

贝莱点头示意。“非常感谢你。”

一旦关掉令人难以忍受的幻象，这卫生间——他相信正是自己之前用过的那间——就是个单纯的卫生间，只不过即使在梦里，他也从未见过这么豪华、这么舒适的格局。它和地球上的卫生间——里面是一排又一排一望无际的小隔间，每间都标示着仅限一人使用——有着天壤之别。

它的洁净几乎达到光可鉴人的程度，仿佛你每次用过之后，都能撕下最外层的分子薄膜，重新贴上一层新膜。贝莱隐隐然觉得，如果自己在奥罗拉待得太久，回到地球后势必无法重新适应，因为地球人早已被迫将清洁和卫生之类的观念束之高阁——只能在心中顶礼膜拜，永远无法达到这样的理想。

此时，贝莱站在由象牙和黄金打造的卫浴设备之间（当然并非真的象牙，也并非真正的黄金，但触感和视觉效果足以乱真），突然间心头一凛，发觉自己已经开始畏惧那个细菌泛滥和感染频仍的地球了。难道太空族不是这么想吗？自己还能怪他们吗？

他一面若有所思地洗着手，一面在长条形控制带的小按键上按来按去，试图改变水温。说也奇怪，奥罗拉人为何要对室内装潢下那么多无谓的功夫，他们既然已经驯服并改造了大自然，为何还硬要假装自己仍旧生活在自然环境中——或者，法斯陀夫只是一个特例？

毕竟，嘉蒂雅的宅邸就朴素得多——或者，这只因为她原本是索拉利人？

接下来这顿晚餐，确实是个不折不扣的惊喜。正如午餐一样，令贝莱明显感到和自然界拉近了距离。菜色非常丰富，每盘都不同，而且分量都不多，其中有好几道菜，不难看出取材自动物或植物的一部分。贝莱开始学着将一些小小的不便——偶尔出现的软骨、小硬骨或纤维，这些原本会令他反胃的东西——视为一种挑战。

第一道菜是一条小鱼——因为太小了，必须连同内脏一起吞下去——起初，他觉得这是另一种逼人接受“大自然”的愚蠢方式。但他还是学着法斯陀夫，将那条小鱼丢进嘴里，下一瞬间，那种美味便改变了他的想法。他从未有过这样的经验，仿佛造物者前一秒钟才发明了味蕾，随即安装在他的舌头上。

每道菜的口味都不一样，有些极其古怪，不能算可口，但他已经不在乎了。真正值得品尝的并非食物本身，而是种种特殊口味所带来的刺激（他遵照法斯陀夫的指导，每吃完一道菜，就呷一小口带着淡淡香气的白开水）。

他尽量不狼吞虎咽，也避免把注意力完全放在食物上，更提醒自己不要舔盘子。问题是，他不得不一直观察并模仿法斯陀夫的动作，至于对方那显然被逗乐的友善眼神，他则装作完全没看到。

“我相信，”法斯陀夫说，“你发觉这一餐很对胃口。”

“相当好。”贝莱勉强开口答道。

“请别强迫自己遵守那些什么礼节，凡是你觉得古怪或难吃的东西，都不必硬着头皮吃。至于你真正喜欢吃的，我一定会多叫几份来。”

“没这个必要，法斯陀夫博士，每样东西都很好吃。”

“那就好。”

虽然法斯陀夫曾说这顿饭不必有机器人在场，服侍他们的仍是一个机器人。（或许法斯陀夫根本没注意到这件事，因为早就习以为常——贝莱心里这么想，但是并未提出来。）

不出所料，这个机器人的动作既轻巧又安静，毫无任何瑕疵。他身上穿着一件帅气的制服，仿佛是从贝莱常看的历史超波剧中借出来的。除非你贴近观察，否则绝对看不出这件制服只是一种光学幻象，而这个机器人的外壳是百分之百的金属，并没有任何其他成分。

贝莱问："这位'侍者'的外观是嘉蒂雅设计的吗？"

"是的。"法斯陀夫显然很高兴，"要是知道你一眼就认出她的风格，她会觉得这是最大的赞美。她很优秀，对不对？她的作品越来越受欢迎，为她自己在奥罗拉社会争得了一席之地。"

席间的交谈始终很愉快，可是都没有重点。贝莱非但不急着"谈正事"，而且在享受这顿美食之际，他其实宁愿尽可能保持沉默，至于他现在认定最核心的那个问题，则留给自己的潜意识——或任何取代正式思考的机制——来决定该如何切入。

最后却是由法斯陀夫打破这个僵局，他是这么说的："既然你提到了嘉蒂雅，贝莱先生，我能否请问一件事——你前往她的宅邸时一副绝望透顶的模样，为何回来的时候简直就是神采飞扬，而且还告诉我，或许已经掌握了解决整件事的钥匙？你在嘉蒂雅家中，是不是发现了什么新的——或许还是意想不到的线索？"

"的确如此。"贝莱心不在焉地说——他正将全副心思放在甜点上，虽然根本不知道那是什么东西，但这时（他渴望的眼神驱动了那位机器人侍者）第二盘刚刚端到他面前。其实他觉得很饱了。他这辈子从来没有如此享受过进食的过程，而且有生以来第一次，他竟然因为不能再吃下去而憎恨人类的肉体极限。但不久之后，他就对自己的这种感觉羞愧不已。

"这个新的，而且意想不到的发现是什么呢？"法斯陀夫耐着性子委婉地问，"想必是一件连我自己都不知道的事？"

"或许吧。嘉蒂雅告诉我，你在大约半年以前，把詹德送给了她。"

法斯陀夫点了点头。“这我知道，的确是这样。”

贝莱厉声问道：“为什么呢？”

法斯陀夫的和颜悦色慢慢消失了，然后他才说：“有何不可呢？”

贝莱说：“我并不知道有何不可，法斯陀夫博士，而我也不在乎。但我的问题是，为什么？”

法斯陀夫轻轻摇了摇头，并没有开口。

贝莱又说：“法斯陀夫博士，我来到奥罗拉，是为了厘清这个看似乱成一团的情况。而你的所作所为并没有——完全没有——帮上任何忙。你似乎反倒喜欢向我炫耀目前的情况到底有多糟，而且每当我提出任何推测或假设，你都乐于把它推翻。听着，我并不指望别人回答我的问题。在这个世界上，我不具有官方身份，也没有权利发问，更别说强迫对方回答。

“然而，你却不同。我是你找来的，我要拯救的是你我两人的前途，而且，根据你自己的说法，我这么做同时还能拯救奥罗拉和地球。因此，我指望你能完完整整、老老实实地回答我的问题。请别再玩这种幼稚的对峙游戏，例如我问你为什么，你就反问有何不可。听好，我再问一次——而且是最后一次，为什么？”

法斯陀夫努着嘴，面色相当凝重。“我向你郑重道歉，贝莱先生。如果我回答得不够干脆，那是因为在回顾一番之后，我竟然看不出什么非常显而易见的理由。嘉蒂雅·德拉玛——不，她不喜欢再用这个姓氏——嘉蒂雅在此地是个异乡人。你也知道，她在自己的世界上，曾有过一连串痛苦的经历；但你或许不知道，在这个世界上，她的痛苦经历同样不少……”

“我都知道，请回到正题。”

“嗯，好吧，我为她感到难过。她是那么孤单，于是我想，詹德应该能帮助她排遣寂寞。”

“为她感到难过？就因为这点？你们是情人吗？当时是吗？”

“不，绝对不是。我并没有向她求欢，她也没有向我献身——你为何这么问呢？她告诉你说我们是情人吗？”

“不，她没这么说，但无论如何，我需要从你口中证实这件事。你只管说就对了，如果出现任何矛盾，我会立刻告诉你。既然你是那么同情她——而根据嘉蒂雅的说法，她又是那么感激你——你们彼此竟然没有求欢求爱？据我所知，在奥罗拉这个社会，发生性关系就和聊天气一样稀松平常。”

法斯陀夫皱起眉头。“你对这方面一无所知，贝莱先生，所以请不要用你们地球的标准来评断我们。对我们而言，性这回事不是什么大不了的，但我们仍旧谨慎行事。没有任何人会轻易向人求欢或献身，虽然你很可能不这么想。嘉蒂雅或许是个例外，她或许会轻易——或者应该说，不顾一切这么做——那是因为她还不熟悉我们的习俗，而且她在索拉利曾经受过这方面的挫折。因此，她对结果十分不满意，也就没什么好奇怪的了。”

“你没有设法改善这种情况吗？”

“要我主动向她求欢？我并不适合她，而反过来说，她也不适合我。我为她感到难过，我喜欢她，我钦佩她的艺术才华，而且我希望她快乐——毕竟，贝莱先生，有件事你一定会同意：一个人同情另一个人，可以并不涉及性欲或其他因素，而纯粹出于人类的高贵情操。难道你从来没有同情过别人吗？从来没有想要对谁伸出援手，却不求快乐之外的任何回报吗？你到底是从哪个星球来的？”

贝莱说：“你讲的这些都有道理，法斯陀夫博士，我并不质疑你具有高贵情操这件事。话说回来，还是得请你容忍我一下。当我第一次问你为何把詹德送给嘉蒂雅，你并没有用刚才那番话来回答我——而且可以说，你还相当情绪化。你第一时间的反应是闪躲，是迟疑，是利用反问来争取时间。

“就算你最后的确说了真话，为何这个问题一开始令你那么尴尬？在你找到愿意承认的原因之前，有什么原因是你不愿承认的呢？请原谅我追根究底，但我必须知道——我可以向你保证，这并非为了满足我个人的好奇心。如果你告诉我的事情，和这件棘手的案件无关，大可当作你说的话都被丢进黑洞去了。”

法斯陀夫压低了声音说：“天地良心，我也不明白自己为何回避你的问题。你冷不防这么问我，令我面对一件或许根本不想面对的事，我才会这么不知所措。让我想想，贝莱先生。”

于是，两人静静地坐在那里。机器人侍者这时已将桌面收拾干净，离开了这个房间；丹尼尔和吉斯卡则待在别处（想必是在守护这栋房子）。贝莱和法斯陀夫总算处于一个没有机器人的环境里了。

最后法斯陀夫终于开口：“我不知道该告诉你些什么，但让我从几十年前说起吧。或许你已经知道，我有两个女儿，她们的母亲不是同一个人……”

“你比较希望生儿子吗，法斯陀夫博士？”

法斯陀夫显得十分惊讶。“不，绝无此事。我二女儿的母亲应该是想要个儿子，但我不同意用筛选过的精虫进行人工受孕——即使我自己的也不行——我坚持要用自然的方法来碰运气。我知道你要问为什么，答案很简单，因为我希望生命中有些随机性，也是因为整体而言，我应该是希望有生女儿的机会。如果是儿子我也能接受，你了解吧，但我不想放弃生一个女儿的机会。可以说，我就是比较喜欢女儿。好啦，结果第二胎果真又是个女儿，有可能正是这个缘故，导致她母亲在产后不久便结束了这段婚姻。但另一方面，其实产后离婚的比例相当高，所以我或许不必特别这么联想。”

“我猜，她把那女婴带走了。”

法斯陀夫满脸疑惑地瞥了贝莱一眼。“她为何要那么做？——我忘了，你是地球人——没有，当然没有。那女婴会在育幼院长大，在那里，她当然会受到良好的照料。不过事实上——”他皱了皱鼻子，仿佛想起一件令他难堪的往事，“她并没有被我送走，我决定自己把她养大。这么做完全合法，只是极不寻常。当然那时我仍很年轻，还没有过一世纪的生日，但在机器人学界已经崭露头角了。”

“你做到了吗？”

“你是指把她养大吗？那还用说，而且我越来越喜欢她。我替她取名瓦西莉娅，要知道，那是我母亲的名字。”他呵呵笑了笑，仿佛陷入美好的回忆，“我有些感情用事的怪癖——我那么钟爱我的机器人也是这个缘故。当然，我从来没见过我母亲，但我的记录里有她的名字。据我所知，她目前仍在人世，所以我大可去找她——可是我想，如果见到一个你曾在她肚子里待过的人，一定万分不自在——我刚才说到哪里了？”

“你把女儿取名为瓦西莉娅。”

“对——我的确把她养大了，而且真的越来越喜欢她，非常非常喜欢。我因此了解到了养儿育女的迷人之处，不过，当然，我也因此成了朋友之间的麻烦人物，每当我要和别人碰面，无论公事或私事，都得先把她藏起来。记得有一次……”他打住了。

“怎样？”

“我已经有好几十年没想起这件事了。当时，萨顿博士在我家，我们正在讨论人形机器人最早期的设计方案，她突然跑出来，一把鼻涕一把眼泪地扑到我怀里。我想，她当时应该只有七岁，为了安抚她，我当然是又抱又亲，完全忘了手头上的工作，这种失礼是很不可原谅的。萨顿干咳两声，拔腿就走——总之他气坏了。整整过了一个星期，我才重新和他取得联络，继续我们的学术讨论。我想，大人的确不该被小孩牵着鼻子走，但我们这儿小孩实在太少了，而且没什么机会碰得到。”

“而你的女儿——瓦西莉娅——也喜欢你吗？”

“那还用说，至少在……对，她非常喜欢我。我十分重视她的教育，一定要让她的心智有机会扩展到极限。”

“你说她喜欢你的时候，那句‘至少在’显然没讲完。所以说，后来她就不再喜欢你了。那是什么时候的事？”

“她长大之后，希望能拥有自己的宅邸，这是很自然的。”

“而你不想让她独立？”

“你这话是什么意思？我当然希望她独立。你一直在假设我是个怪物，贝莱先生。”

“那么我可否假设，一旦到了能够自立门户的年龄，她对你的感情自然比不上当初依偎在你身边、吃你喝你的时候那么深厚了？”

“并没有那么简单，事实上还相当复杂。你可知道……”他似乎难以启口，“她曾向我献身，而我拒绝了她。”

“她曾向你献身？”贝莱惊讶不已。

“这点倒是顺理成章。”法斯陀夫随口说道，“我是她最熟悉的人，我教导她性知识，鼓励她尝试，还带她参加‘厄俄斯爱神祭’，总之这方面我不遗余力。其实这是意料中的事情，是我自己太笨才没料到，以致一时之间不知所措。”

“但这不是乱伦吗？”

法斯陀夫说：“乱伦？喔，我懂了，那是地球上的观念。在奥罗拉根本没这回事，贝莱先生，没有几个奥罗拉人知道自己的近亲是谁。当你打算结婚并申请生育时，自然要作亲缘调查，可是这跟日常性行为又有什么关系呢？不，刚好相反，我拒绝了我女儿才是有违常理的事。”他脸红了——那双大耳朵红得尤其厉害。

“幸好你拒绝了。”贝莱喃喃道。

“但我这么做，并没有什么好的理由——至少没有任何能向瓦西莉娅解释的理由。我竟然不能防患于未然，真是罪无可赦。她是那么年轻、那么没经验，如果我能预先想到这件事，就能设法找个合理的借口来婉拒她，以免伤害她的心灵，令她受到可怕的羞辱。所以我实在是羞愧不已，我自告奋勇养大了一个小女孩，结果一不小心，就害她有了一段这么不愉快的经验。我本来还以为，我们可以继续维持父女关系，或者朋友的关系，可是她并未就此放弃。而我每拒绝她一回——不论我做得如何委婉——两人的关系便恶化几分。”

“终于——”

“终于，她提出要有自己宅邸的要求。起初我持反对立场，并非因为我不想支持她，而是我希望在她离开之前，设法将我们的关系恢复到原本那般亲密。但无论我做什么，一律徒劳无功。或许，这是我一生中最辛苦的一段时间。最后，她表明了要离开这个家，而且态度相当决绝，我就再也留不住她了。当时，她已经是学有专精的机器人学家——我很高兴她并未因为讨厌我而放弃这个志业——因此她有能力建造自己的宅邸，完全不需要我的协助。事实上，她真的这么做了，打从那时候起，我们父女就几乎没有再联络过。”

贝莱说：“法斯陀夫博士，她既然并未放弃机器人学，就有可能并不觉得真正和你疏远了。”

“和我毫无关系。那是她最得心应手也最有兴趣的工作。这点我很清楚，因为起初我的想法和你一样，我提出好些合作的提议，可是都石沉大海。”

“你想念她吗，法斯陀夫博士？”

“贝莱先生，我当然想念她——这就是万万不该自己抚养小孩的教训。你会注入一种非理性的冲动，一种重生的渴望，而那个幼小心灵便会因此对你产生最强烈的爱意，最后导致你自食恶果——这孩子很可能想把她的第一次献给你，你却不得不拒绝，于是在她心中永远留下一道伤疤。此外还有另一个恶果，就是当她离去后，你将感到一种全然非理性的遗憾。在此之前，我从未有过这种感觉，在此之后也没有了。总之，我和她都经历了不必要的痛苦，而这完全是我的错。”

法斯陀夫随即陷入了沉思，贝莱轻声问道：“这一切又和嘉蒂雅有什么关系呢？”

法斯陀夫猛然惊醒。“喔！我都忘了。嗯，接下来就相当简单了。关于嘉蒂雅的事，我所说的句句属实。我喜欢她，我同情她，我钦佩她的才华。可是，除此之外还有一点，她长得很像瓦西莉娅。当我在超波报道中，第一次看到她从索拉利抵达此地的消息时，便发现了这个巧合。这令我相当惊讶，也令我开始注意她。”他叹了一口气，“后来，当我了解到她和瓦西莉娅一样，也有过性方面的创伤，我就再也忍不住了。如你所见，我安排她住在我的附近，和她成了好朋友，并尽全力帮助她适应这个陌生的世界。”

“所以说，她是你女儿的替代品。”

“对，或多或少，我想你可以这么说，贝莱先生——但是你绝对想不到，最令我高兴的事，是她脑袋里从未冒出向我献身的念头。否则，如果拒绝了她，在我的感觉中，等于再拒绝了瓦西莉娅一次。另一方面，如果由于无法重演那一幕，我便接受了她，那我下半生良心都会受到煎熬——我会觉得，只因为她是我女儿的幻影，我就把一样不肯给自己亲生女儿的东西，轻易给了这个陌生人。无论哪种情况……不过，算了，现在你总该明白，一开始的时候，我为何对你的问题百般闪躲。每次回想起这件事，我就被迫重温一遍生命中的悲剧。”

“你的另一个女儿呢？”

“露曼？”法斯陀夫随口说道，“我从未和她有过任何接触，不过我时不时会听到她的消息。”

“据我了解，她正在竞选公职。”

“地方性选举，她是母星党的候选人。”

“那是什么？”

“母星党吗？他们心目中只有奥罗拉——只有我们这颗星球，你知道吧。他们主张由奥罗拉人领头开拓全银河，其他人尽可能排除在外，尤其是地球人。‘唤醒自身权益’是他们的口号。”

“当然，你不抱持这种观点。”

“当然不，我领导的是人道党，我们相信所有的人类都有共享银河的权利。每当我提到‘我的敌人’，我指的就是母星党。”

“所以说，露曼也是你的敌人之一。”

“其实瓦西莉娅也是。她是‘奥罗拉机器人学研究院’的一员，这个机构是几年前成立的，里面的机器人学家个个把我视为恶魔，不惜一切代价要打倒我。然而，据我所知，我的几位前妻都不关心政治，或许还支持人道党。”他挤出一抹苦笑，“好啦，贝莱先生，你想要问的问题，是不是都问完了？”

自从在太空船上换了奥罗拉服装之后，贝莱就养成一个习惯，双手经常在那条宽松柔滑的奥罗拉式长裤上摸来摸去，试图伸进并不存在的口袋里。这时，他又不知不觉做着这个徒劳的动作，最后照例采取折中之道，将双手交握在胸前。

他说：“事实上，法斯陀夫博士，我根本不确定你是否回答了我的第一个问题，在我的感觉中，你似乎一直不断在回避。你到底为什么把詹德送给嘉蒂雅？让我们开诚布公，把一切摊开来，也许就能在一团黑暗中瞥见一线光明。”

29

法斯陀夫再度涨红了脸，这回可能是因为生气了，但他的语气柔和依旧。

他说：“别威吓我，贝莱先生，我已经回答了你的问题。我为嘉蒂雅感到难过，而我认为詹德可以陪伴她。要是换另一个人问我，我绝不会这么坦白，一来是因为我目前处境特殊，二来则是因为你并非奥罗拉人。将心比心，请你也给我适度的尊重。”

贝莱咬了咬下唇。这里不是地球，并没有官方当他的后盾，而此时此刻，他最需要维护的并非自己的职业尊严。

于是他说：“如果害你心里不舒服，法斯陀夫博士，我正式向你致歉。我不是故意要暗指你不诚实或不合作，话说回来，除非掌握全盘真相，否则我无法展开行动。这样吧，我提出一个自认为可能的答案，然后你来告诉我，到底我是猜对了，猜错了，还是只猜对八成。实情有没有可能是这样——你把詹德送给嘉蒂雅，是为了让她的性冲动能找到一个出口，如此她就没有机会向你献身了？或许这个动机并不在你的意识层面，但请你赶紧想一想，这份礼物里有没有可能暗藏这样的情绪？”

法斯陀夫从餐桌上拿起一个透明的小巧摆饰，抓在手中转来转去，转来转去。除了这个动作之外，他整个人似乎都僵住了。最后，他终于开口：“是有这个可能，贝莱先生。确实如此，我把詹德借给她之后——顺便强调一下，我从未明说那是送她的礼物——就比较不那么担心她会向我献身了。”

“你是否确定嘉蒂雅拿詹德来满足自己的性欲？”

“你这么问过嘉蒂雅吗，贝莱先生？”

“这和我目前的问题无关，我是问你确不确定。你可曾目睹他们之间有明显的性行为？你的机器人有没有哪个向你打过这种报告？她自己有没有告诉过你？”

“这一连串的问题，贝莱先生，答案通通是否定的。如果真要我好好想一想，结论会是利用机器人满足自己的性欲没什么大不了的，无论男女皆然。一般的机器人并不特别适合做这种事，但人类在这方面充满了创意。至于詹德，他倒是很合适，因为我们尽可能让他酷似人类……”

“所以他能够从事性行为。”

“不，我们从未想过这一点。我和已故的萨顿博士绞尽脑汁所探讨的学术问题，只是如何制造一个百分之百乱真的人形机器人。”

“可是你们设计这种人形机器人，骨子里还是为了性，对不对？”

“我想是吧。现在，既然我愿意朝这方面想了——我承认，或许打从一开始，我就把这个想法藏在心底——嘉蒂雅很可能把詹德拿来这么用。如果真是这样，我希望她能从中得到快乐，而如果她真的快乐，我就会认为自己做了一件好事。”

“你做的好事有没有可能不止一件而已？”

“此话怎讲？”

“如果我告诉你，嘉蒂雅和詹德是一对夫妻，你会有什么反应？”

法斯陀夫的右手突然痉挛起来，那小摆饰仍被他紧紧握在手中好一会儿，然后才掉到了桌上。“什么？这简直荒唐，法律上根本行不通。他们不可能生小孩，所以想必不会提出什么申请。而不提出申请，就不会有婚姻关系。”

“这并不是法律问题，法斯陀夫博士。记得吗，嘉蒂雅是索拉利人，她的看法和奥罗拉人并不一样。这其实是情感问题，因为嘉蒂雅亲口告诉我，她把詹德视为自己的丈夫。我想，如今她则将自己视为他的遗孀，也就是说，她又经历了一次性方面的创伤——而且伤得非常深。如果，无论什么原因，这件事竟是你故意的……”

“众星在上，”法斯陀夫情绪异常激动，“绝无此事。就算我打破脑袋，也想不到嘉蒂雅居然会幻想和一个机器人结婚，不管他多么像真人。任何奥罗拉人都不会想到居然有这种事。”

贝莱点了点头，然后举起右手。“我相信你这番话。如果你是在演戏，你装出来的真诚也把我骗倒了，但我认为你绝非那么好的演员。可是我必须弄清楚真相，毕竟，还是有可能……”

“不，不可能。你是指我可能预见这种情况？我可能基于某些原因，故意害她成为寡妇？绝无可能。这种事根本难以想象，所以我从来没想过。贝莱先生，无论我是为了什么把詹德送到她的宅邸，总之是出于一番好意，并没有打这个歪主意。‘出于好意’是个拙劣的说词，这我知道，但我也只能这么自我辩护了。”

“法斯陀夫博士，我们把这件事搁下吧。”贝莱说，“我现在要针对这个谜团，提出一个可能的解答。”

法斯陀夫靠向椅背，并深深吸了一口气。“你从嘉蒂雅那儿回来后，就曾经这么暗示。”他望着贝莱，目光带着一丝蛮横。“难道你不能一开始就告诉我那个‘钥匙’是什么吗？我们真有必要绕这么一大圈吗？”

“很抱歉，法斯陀夫博士，想要让钥匙发挥作用，就必须先绕这么一大圈。”

“好啦，宣布答案吧。”

“我会的。你自己已经承认，即使你这位全银河最伟大的理论机器人学家，也未能预见詹德所扮演的角色。他让嘉蒂雅快乐无比，使她深深爱上他，还把他视为自己的丈夫。万一真正的情况是，他在带给她快乐的同时，也给她带来痛苦呢？”

“我不太了解你的意思。”

“嗯，听好了，法斯陀夫博士。她对这件事相当保密，但在奥罗拉上，我猜应该没必要不惜代价遮掩这种性事吧。”

“我们不会在超波上宣传这种事。”法斯陀夫冷冷地说，“但我们也不觉得它比其他隐私更为机密。我们一般都晓得谁最近和谁在一起，而且朋友们聊天时，大家也都会知道朋友的另一半或彼此有多么好、多么热情，或者恰恰相反的情形。这些都是茶余饭后的话题。”

“好的，但你对嘉蒂雅和詹德的关系却一无所知。”

“我曾怀疑……”

“那是两回事。她什么都没告诉你，你也什么都没见到，甚至没有任何机器人向你作过报告。你是她在奥罗拉最好的朋友，但她居然连你也瞒着。显然，她的机器人都接到了严格的指令，不准他们谈论有关詹德的事，而詹德自己一定也被严格要求不得泄漏半个字。”

“我想这是个合理的结论。”

“她为什么要这样做呢，法斯陀夫博士？”

“基于索拉利人对性的保守态度？”

“这不等于就是说，她对这件事感到羞愧吗？”

“她没道理感到羞愧，不过倘若硬要把詹德当成丈夫，她倒是会成为众人的笑柄。”

“如果她只想隐藏这一部分，而不在意其他事实公之于世，那实在太容易了。或许，她是以索拉利的角度看待这件事，因而感到羞愧。”

“嗯，所以呢？”

“谁也不喜欢感到羞愧，所以她可能会怪罪詹德——这是很常见的情形，一个人明明自己犯了错，却毫不讲理地找个代罪羔羊，把气出在别人头上。”

“然后呢？”

“嘉蒂雅有可能因此情绪不稳定，比方说，可能常常一面流泪，一面责骂詹德，还强调她的羞愧和痛苦都是他带来的。这种情绪也许来得急去得快，她也许很快就向他道歉，恢复亲密的关系，可是，难道詹德不会牢记在心，自己正是带给她羞愧和痛苦的罪魁祸首吗？”

“或许吧。”

“那么詹德是否会觉得，如果继续维持这种关系，将令她痛苦不堪，反之如果终止这种关系，同样会令她痛苦不堪。不论他怎么做，都会违背第一法则，既然根本找不到任何出路，他唯一的解脱之道就是什么也不做——于是他进入了心智冻结的状态——你记不记得，今天中午曾经给我讲过一个故事，一个拥有读心术的机器人，被机器人学先锋逼得走投无路，最后终于停摆了。”

“对，那是苏珊·凯文的故事。我懂了！你这番推理是以那个古老传说当蓝本。非常高明，贝莱先生，可是你白忙一场。”

“为什么？当你说只有你能导致詹德心智冻结的时候，你对他的遭遇一点也不清楚，不知道他已深陷完全意想不到的僵局中，这和苏珊·凯文的那场僵局刚好有着平行关系。”

“我们姑且假设，有关苏珊·凯文和那个读心机器人的故事并非纯属虚构，而是一个真实严肃的个案。可是我们仍不难发现，那个故事和詹德的情况并没有平行关系。在苏珊·凯文的故事里，我们面对的是个原始到难以形容的机器人，以今天的眼光来看，连个玩具都不如。它只能定性地处理那种问题，A会导致痛苦，非A也会导致痛苦，因此只好心智冻结。”

贝莱问：“那么詹德呢？”

“现代机器人——过去这一世纪出厂的任何一个机器人——都会定量地衡量这类的问题。A和非A这两种情况，何者会造成较多的痛苦？机器人会很快作出判断，并选择痛苦较少的做法。当然，他也有可能断定这两种互斥的方案会产生完全等量的痛苦，但机会实在太小了，即使真的出现这种情形，要知道现代机器人还拥有随机化的功能。如果根据他的判断，A和非A会导致恰好相等的痛苦，他将以完全无法预测的方式，选择其中一个方案，然后毫不犹豫地执行。总之，他不会进入心智冻结的状态。”

“你是说詹德绝不可能进入心智冻结的状态？但你曾口口声声说你做得到。”

“就人形正子脑而言，的确有办法避开那个随机化功能，具体做法则完全取决于正子脑的实际构造。但即使你了解基本理论，想要借着一连串高明的问题和指令，把机器人一步步引诱到心智冻结的边缘，也是一个非常困难而且冗长的过程。若说这是意外造成的，简直就是难以想象，除非是在最不寻常的情况下，借助于最精密的定量调节，否则光是爱恨交织所产生的那些肤浅矛盾，绝不可能具有这种神奇功效。于是只剩下一种可能了，那就是我一再强调的，毫无规律的几率是唯一可能的元凶。”

“但你的敌人会坚称你才是最有可能的元凶——我们能不能反守为攻，坚称是由于嘉蒂雅的爱恨交织造成了逻辑冲突，才导致詹德心智冻结的？难道这个说法不是更可信吗？难道它不会把舆论导向你这边吗？”

法斯陀夫皱了皱眉头。“贝莱先生，你太心急了。请你认真地想一想，如果我们用这种不光彩的方法替自己解围，将会招来怎样的后果？姑且不论会给嘉蒂雅带来多少羞辱和痛苦——如果她真的感到过并在詹德面前流露过羞愧之情，她将不只承受失去詹德的悲痛，还会觉得一切都是她自己一手造成的。我绝不希望那么做，但让我们姑且把这个问题放在一边。我要请你换个角度思考，我的敌人是否会指控说，我之所以把詹德借给她，目的正是要引发这件事。他们会说这是我精心策划的阴谋，一方面能发展出令人形机器人心智冻结的方法，另一方面自己又能完全置身事外。到那个时候，我们的处境会比现在更糟，非但我原来这个幕后首谋的罪名摘不下来，还会再被追加一条罪名，那就是我虚情假意地和一个无辜女子做朋友，骨子里却怀有邪恶无比的企图。”

贝莱大吃一惊。他觉得自己的下巴不听使唤了，只能结结巴巴地说：“他们绝不会……”

“不，他们会的。不久之前，你自己也至少有一半这样的倾向。”

“那只不过是虚无缥缈……”

“我的敌人不会觉得虚无缥缈，当他们公之于世时，更不会宣称它只是虚无缥缈。”

贝莱知道自己脸红了。他明显地感到两颊发烫，简直无法再直视着法斯陀夫。他清了清喉咙，然后说：“你说得对。我没好好想想就胡乱出主意，内心深感羞愧，现在我只能请求你的原谅。我想，只有找出真相，才是唯一的解决之道——但愿我们找得出来。”

法斯陀夫说：“千万别沮丧。你已经挖掘出关于詹德的大秘密，这是我做梦也想不到的。我相信你还能挖掘出更多的内幕，总有一天，我们会把如今令人费解的谜团一一解开，让真相大白。接下来你打算怎么做？”

但贝莱这时羞愧难当，脑袋简直一片空白。他答道：“老实讲，我不知道。”

“好吧，我不应该这么追问。你经历了既漫长又辛苦的一天，现在脑筋有点迟钝是理所当然的。何不休息一下，看看书，睡个觉？明天早上便会感到好多了。”

贝莱点了点头，咕哝道：“也许你说得对。”

可是此时此刻，他一点也不相信明天早上情况会有任何改善。

30

无论就温度或气氛而言，这间卧室都冷得很，难怪贝莱有些发抖。这么低的室温，令人不禁感到仿佛置身户外，感觉上很不舒服。四周墙壁泛着淡淡的灰白色，上面没有任何装饰（这在法斯陀夫的宅邸是很不寻常的事）。地板看起来似乎是光滑的象牙，但赤脚踩上去又觉得像地毯。床铺是纯白的，而被单的触感则是又柔又冷。

他坐在床边，但他的重量只压得床垫微微下陷。

他对陪他一起进来的丹尼尔说："丹尼尔，人类说谎的时候，会带给你困扰吗？"

"我了解人类偶尔会说谎，以利亚伙伴。有些时候，说谎或许相当有用，甚至是必要的。至于谎言带给我的感受，则不能一概而论，要看这谎是谁说的、为何要说，以及是在什么情况下说的。"

"当人类说谎时，你一定听得出来吗？"

"不一定，以利亚伙伴。"

"你觉得法斯陀夫博士常常说谎吗？"

"我从来不觉得法斯陀夫博士说过半句谎话。"

"即使是和詹德之死有关的事？"

"根据我的观察和判断，关于这件事，他各方面都说了实话。"

"或许是他命令你这么说的——万一我问起的话？"

"他没命令我，以利亚伙伴。"

"这句话，或许也是他命令你说的……"

他打住了。又来了，盘问一个机器人有什么用呢？而且现在这种情形，无异于正在制造一个无限递回。

他突然察觉到床垫正在慢慢凹陷，险些把自己的臀部吞进去。他猛然起身，问道："有没有办法让房间暖和一点，丹尼尔？"

"以利亚伙伴，你关上灯盖上被子，便会感到暖和些。"

"啊。"他狐疑地环顾四周，"可否请你把灯关上，丹尼尔，然后继续留在屋内？"

灯光几乎立刻熄灭，贝莱这才明白，自己假设这个房间毫无装饰，原来是完全搞错了。一旦陷入黑暗，他便感到有如置身户外。耳畔响起了树梢间的柔和风声，以及远方好些动物的慵懒鸣叫。此外，头顶上有着满天星斗的幻象，偶尔还会飘过一片勉强可见的云朵。

"灯再打开，丹尼尔！"

室内重新大放光明。

"丹尼尔，"贝莱说，"这些我通通不想要。我不要星星，不要云朵，不要树，不要风——也不要有任何声音或气味。我只要一片黑暗——无质无形的黑暗。你能替我办到吗？"

"当然可以，以利亚伙伴。"

"那就做吧。还有，请问当我准备睡觉的时候，该怎么把灯关掉？"

"我会留在这里保护你，以利亚伙伴。"

贝莱没好气地说："我确定你站在门外也能执行这项任务。而吉斯卡，我猜他应该会站在窗外，我是说，如果窗帘后面真有窗户的话。"

"的确有——而如果你跨过那道门槛，以利亚伙伴，就会发现后面是个供你专用的卫生间。那堵墙有一部分是无形的，你轻而易举便能穿过去。灯光会在你进去时自动开启，离开时自动关上——而且里面没有装饰。只要你喜欢，随时可以淋浴，或是做任何睡觉前或起床后的梳洗。”

贝莱朝那个方向转过身去，看不出墙上有任何裂缝，不过，该处的地板确实有个类似门槛的突起。

“我在黑暗中怎么摸过去，丹尼尔？”他问。

“那部分墙壁——其实不能算墙壁——本身会微微发亮。至于室内的照明，你的床头板上有个凹槽，你只要把一根指头放进去，亮着的灯就会关上——关着的灯则会打开。”

“谢谢你，现在你可以走了。”

半小时后，他用完了卫生间，整个人在被单下缩成一团。灯光早已熄灭，整个房间笼罩在一片温暖舒适的黑暗中。

正如法斯陀夫所说，这可真是漫长的一天。他几乎难以相信，今天早上自己才刚抵达奥罗拉。一天之中，他已经获悉许许多多的事实，可惜对他通通没帮助。

他躺在黑暗中，依据时间顺序，将今天发生的事默想了一遍，希望能把某个没意识到的环节想起来——但是白忙了一场。

真是愧对超波剧里那位心思细腻、目光敏锐、头脑灵光的以利亚·贝莱。

他再度陷入床垫里，好像投入一个温暖的怀抱。他稍微动了一下，床垫随即恢复原状，然后又开始慢慢变形，以配合他目前的姿势。

现在的他又累又困，不适宜再回想一整天的经过，但他还是忍不住又试了一次——从太空航站到法斯陀夫的宅邸，然后到嘉蒂雅家，然后再回到法斯陀夫的宅邸。他顺着自己的脚步，重温了他在奥罗拉的第一天。

嘉蒂雅——比他记忆中更美丽，但就是有点冷——说不上来哪里冷——或是她生出了一层保护膜——可怜的女人。他想起了她碰触自己脸颊后的反应，心中泛起一股暖流——若能留在她身边，他就可以教导她——愚蠢的奥罗拉人——对性的态度随便到令人作呕——百无禁忌——其实等于百无一用——毫无价值——愚蠢——去法斯陀夫家，去嘉蒂雅家，回到法斯陀夫家——回到法斯陀大的宅邸。

他又轻轻动了动，随即隐约觉得床垫又开始变形。回到法斯陀夫家——回到法斯陀夫家的路上发生了什么事？我说了什么话？我没说什么话？而在抵达奥罗拉之前，在那艘太空船上——另一件事正好吻合——

贝莱进入了半睡半醒的迷离境界，他的心灵完全解放，只遵循它自己的法则。就好像肉身挣脱了万有引力，腾空飞起，翱翔在半空之中。

它开始自行整理那些记忆——包括许多他未曾注意的细节——把它们放在一起——一个个加起来——像是拼图一样——形成一个网——一个脉络——

然后，他似乎听到一个声音，于是赶紧唤醒自己。他竖起耳朵，不过什么也没听见，只好再回到半睡半醒的状态，试图重拾刚才的思绪——它却溜走了。

就像是一件陷入泥沼的艺术品，仍看得到它的轮廓和色彩，虽然越来越模糊，但他依旧知道它就在那里。然而，即使他拼了命想抓住，最后它还是完全消失了——他什么也不记得，一点也想不起来了。

他真的想到什么重要的线索吗？或者只是个毫无意义的梦中杂

念，造成了这样一个虚假的记忆？实际上他根本没醒过来。

刚才，他曾在心中告诉自己，我有了一个想法，一个重要的想法。

可是现在，除了记得好像有那么回事，他什么也不记得了。

他凝视着无边的黑暗，维持了一阵子清醒。如果事实上，刚才他真的想到了什么，以后一定会再想起来。

但也可能不会！（耶和华啊！）

——他再度进入梦乡。

第八章

法斯陀夫与瓦西莉娅

31

贝莱猛然惊醒，机警地用力吸了一口气。空气中有一丝不明的气味，但很快就再也闻不到了。

丹尼尔一本正经地站在床边，说道：“以利亚伙伴，我相信你睡了一个好觉。”

贝莱四下望了望。窗帘并没有拉开，但户外显然已是白昼。吉斯卡已经换了一套完全不一样的服装，从鞋子到外套，都是贝莱从未见过的。

他说：“睡得相当好，丹尼尔，但我好像是被叫醒的？”

“我们在室内空调中加入了抗睡剂，以利亚伙伴，它能活化人类的醒觉系统。由于不确定你的反应会有多强，我们用的剂量刻意低于正常值。或许，应该把剂量调得更低一点。”

贝莱说：“的确像是在我屁股上打了一板。现在几点了？”

丹尼尔说："根据奥罗拉的算法，现在是0705时。就生理时钟而言，再过半小时就该吃早餐了。"他毫无语带诙谐的样子，如果换成人类说这句话，应该会伴着一抹微笑。

吉斯卡接着说："先生，如果你要使用卫生间，我和丹尼尔好友不能进去，所以请告诉我们你需要些什么，我们会立刻提供。"他的声音比丹尼尔生硬些，而且少了一点点抑扬顿挫。

"对，有道理。"贝莱坐起来，一转身便下了床。

吉斯卡立刻动手取下床单。"请把你的睡衣给我好吗，先生？"

贝莱仅仅犹豫了一下子。这只是机器人尽忠职守的表现，没有别的意思。他脱下整套睡衣递给他，吉斯卡接过去，并郑重其事地点头示意。

望着自己赤裸的身体，贝莱不禁起了一阵反感。他突然意识到自己已经步入中年，但相较于年龄几乎是自己三倍的法斯陀夫，很可能自己的身体状况还不如他。

然后，他下意识地开始寻找拖鞋，却怎么也找不到。想必他根本不需要，地板既温暖又柔软，大可光着脚踩在上面。

走进卫生间之后，他随即提高音量，询问使用的方法。从幻影墙壁的另一侧，吉斯卡郑而重之地开始解释如何使用刮胡器和牙膏供应器，以及如何把冲水装置设定成自动模式、如何控制淋浴的水温等等。

相较于地球的卫生间，这里面的一切都显得更豪华、更精巧，而且隔壁并非另一个卫生间，所以不会听到他人的动静或不经意发出的声音——在地球上，人们必须坚决地忽略这一切，才能维持一个隐私的假象。

贝莱一面进行着这个奢华的仪式，一面闷闷不乐地想：这意味着退化，但却是（他已经知道）自己能够习惯的一种退化。如果他在奥罗拉待久一点，一旦回到地球，将会受到极强烈的文化冲击，尤其是使用卫生间这回事。他希望调适期不会太长，但是他更衷心希望，当地球人建立新世界的时候，不会死守着公共卫生间这个传统。

贝莱想到，“退化”或许就该这么定义：让人很容易适应的事物。

贝莱走出了卫生间，该做的事都做完了；下巴刮得干净，牙齿洁白光亮，身体也已经洗净烘干。他随口问道：“吉斯卡，体香剂在哪里？”

吉斯卡说：“我不明白你的意思，先生。”

丹尼尔赶紧接口：“当你启动泡沫控制器的时候，以利亚伙伴，体香剂便释放出来了。请原谅吉斯卡好友不明白你的问题，他不像我，他从未去过地球。”

贝莱半信半疑地扬了扬眉，随即在吉斯卡的帮助下开始着装。

他说：“我注意到你和吉斯卡仍前脚后脚地跟着我。难道有任何迹象显示，有人想让我消失吗？”

丹尼尔说：“目前还没有，以利亚伙伴。话说回来，只要不算太勉强，还是让我和吉斯卡好友随时陪着你，那才是明智之举。”

“为什么呢，丹尼尔？”

“有两个原因，以利亚伙伴。第一，如果你对奥罗拉的风俗文化有任何不熟悉的地方，我们能够适时提供协助；第二，吉斯卡好友能够记录你所说的每一句话，事后可以原音重现，这对你可能会很有帮助。你应该记得，当你和法斯陀夫博士或嘉蒂雅小姐谈话时，我和吉斯卡好友有时距离你们很远，或在另一个房间……”

“所以那些对话没有被吉斯卡记录下来？”

“其实是有的，以利亚伙伴，只是逼真度较低——而且某些部分可能不如我们预期中那么清楚。所以，在不打扰你的前提下，最好让我们尽可能贴近你。”

贝莱说：“丹尼尔，你是不是认为，如果把你们视为导游手册和录音装置，而并非贴身保镖，我会觉得比较自在？那么何不干脆下个结论，说你们两人完全没必要担任保镖？既然目前为止，没有人对我有任何图谋，为何不能就此断言，类似的图谋将来也不会出现？”

“不，以利亚伙伴，不能妄下结论。法斯陀夫博士觉得，你在他的敌人眼中是个大麻烦。他们曾经试图说服主席，希望他别允许法斯陀夫博士把你找来，今后他们一定会继续试图说服他，希望他尽快命令你回地球去。”

“这种和平的手段，不必动用保镖来防范吧？”

“这话没错，但是，如果对方开始担心你能够还法斯陀夫博士清白，便有可能觉得非常手段势在必行了。毕竟你不是奥罗拉人，这个世界虽有反暴力的法令，用在你身上却会打折扣。”

贝莱沉着脸说：“我已经来了一整天，可是一事无成，这个事实应该能让他们大大松一口气，也大大降低了我自己的危险。”

“的确，这似乎有道理。”看来丹尼尔完全没察觉到贝莱这句话中的讽刺。

“另一方面，”贝莱说，“如果我似乎有些进展，那么我的危险便立刻增加了。”

丹尼尔默想了一下，然后说：“这似乎是个合乎逻辑的结论。”

“因此，不论我去哪里，你和吉斯卡都要跟着我，以防我突然有了什么进展。”

丹尼尔又默想了一下，然后说：“你这种说法把我搞糊涂了，以利亚伙伴，但你仍旧似乎没错。”

“既然如此，”贝莱说，“我准备要吃早餐了——虽然我的胃口难免打了折扣，因为我刚刚听说，我若不失败，就有可能遭到暗杀。”

32

法斯陀夫隔着餐桌对贝莱展现笑容。“你睡得好吗，贝莱先生？”

贝莱正入迷似的研究着面前那片火腿。它有着颗粒状的纹理，其中一侧还夹着一条油花，要吃这种食物，必须刀叉齐用才行。总之，这是未经处理的天然食物，因此吃起来更像火腿——或许可以这么说吧。

餐桌上还有几个煎蛋，其中的蛋黄都像是扁平的半球，周围则是一圈白色，令他联想到地球田野间（班指给他看的）那些雏菊。理论上来说，他知道生鸡蛋是什么样子，而且知道里面有蛋黄和蛋清两部分，但他从未在餐盘里见过两者仍旧分离的模样。即使是在前来此地的太空船上，乃至当初在索拉利，他所吃的也一律是炒蛋。

他猛然抬起头，望着法斯陀夫。“不好意思，你说什么？”

法斯陀夫又耐心地说了一遍：“你睡得好吗？”

“睡得相当好。如果不是那个什么抗睡剂，我现在可能还在睡呢。”

“是啊，那的确不是什么待客之道，但我觉得你也许想早些开工。”

“你说得完全正确，而且严格说来，我也不算是客人。”

法斯陀夫默默吃了一两分钟，然后呷了一口热饮，这才重新开口：“这一觉是否睡出任何灵感？你醒来之后，有没有什么新的看法，新的想法？”

贝莱狐疑地望着法斯陀夫，并未从对方表情中看到任何挖苦之意。于是，他一面将饮料举到嘴边，一面说：“只怕没有，我还是和昨晚一样束手无策。”他呷了一口饮料，不由自主做了一个鬼脸。

法斯陀夫说：“真抱歉，你觉得不好喝吗？”

贝莱咕哝了一声，然后小心翼翼地又尝了一口。

法斯陀夫说：“这就是咖啡啊，你知道吧，而且是无咖啡因的。”

贝莱皱了皱眉。“口感并不像咖啡啊——不好意思，法斯陀夫博士，我并不想表现得疑神疑鬼，可是，刚刚我和丹尼尔才半开玩笑地讨论我遭到攻击的可能性——当然，半开玩笑的人是我，不是丹尼尔——我因而想到，他们对付我的方法之一，就是……”

他的声音越来越小。

法斯陀夫双眉一扬，咕哝了一声抱歉，便拿起贝莱的咖啡闻了闻。然后，他又用汤匙舀了一点点，尝了尝味道。“完全正常，贝莱先生，没有人想要毒害你。”

贝莱说：“请原谅我有这种愚蠢的反应，我知道这些都是你的机器人所准备的——可是你确定吗？”

法斯陀夫笑了笑。“以前是有机器人给动了手脚的例子——然而，这回绝对没有。虽然咖啡在每个世界都一样受欢迎，可是品种各有不同。众所皆知，所有的人类都只喜欢母星世界的咖啡。很抱歉，贝莱先生，我没有地球咖啡可招待你。你想不想喝牛奶？这种饮料倒是每个世界都差不多。果汁如何？举世公认，奥罗拉的葡萄汁是太空族世界中的极品。有人还故意造谣，说我们设法让葡萄汁发酵，可是，那当然不是真的。或者喝水？”

“我来试试葡萄汁吧。”贝莱又犹豫不决地望着那杯咖啡，“我想自己应该试着习惯这种口味。”

“没那回事。”法斯陀夫说，“如果没必要，何必跟自己过不去呢？对了，所以说，”随着他言归正传，他的笑容也收敛了几分，“一夜好眠并未带给你什么有用的启示？”

“很抱歉。”然后，一个模糊的记忆令贝莱皱起了眉头，“不过——”

“怎样？”

“我记得昨晚快要入睡之际，在半睡半醒的浮想联翩中，我似乎想到了一件事。”

“真的？什么事？”

“我也不知道。那个想法把我惊醒了，却没有跟着我醒过来。也可能是我脑海中的声音令我分了神，总之我不记得了。我试着把那个想法抓回来，可是并未成功，它就那么消失了。我想，这种情况不算多么罕见吧。”

法斯陀夫显得若有所思。“这事你确定吗？”

“不算真的确定。那个想法很快就变得虚无缥缈，我甚至无法确定它是否真正存在过。即使它确实曾经浮现，也有可能只是因为我处于半睡状态，才觉得它很有道理。如果它在大白天再来找我，我可能会觉得它毫无意义。”

“可是，不论那是什么想法，也不论多么虚无缥缈，它还是留下了一点痕迹。”

“我想是吧，法斯陀夫博士。这么说的话，它就会再来找我，这点我有信心。”

“我们应该等吗？”

“除了等，我们还能做什么呢？”

“有一种东西，叫作心灵探测器。”

贝莱仰身靠向椅背，凝视了法斯陀夫一会儿，然后说：“我听说过这种装置，可是在地球上，它并未用于警方办案。”

“这里不是地球，贝莱先生。”法斯陀夫柔声说。

“它会造成脑部伤害，我说得对不对？”

“由专家操作，就不大可能。”

“即使由专家操作，也并非绝不可能。”贝莱说，“据我了解，除非是在严格规范的情况下，它在奥罗拉也禁止使用。接受心灵探测的人，必须是罪大恶极，或是……”

“没错，贝莱先生，但那是针对奥罗拉人的规定，而你并不是。”

“你的意思是，因为我是地球人，所以不把我当人？”

法斯陀夫微微一笑，同时摊开了双手。“别这样，贝莱先生，这只是个提议罢了。昨天晚上，你在情急之下，也曾建议牺牲嘉蒂雅——把她置于既可怕又悲惨的境地——来帮助我们脱困。既然你那么焦急，我很好奇你是否同样愿意牺牲自己？”

贝莱揉了揉眼睛，维持了约莫一分钟的沉默。然后，他换了一种口吻说：“我承认，昨晚是我错了。至于现在这个争议，首先，我在半睡状态中想到的事到底有没有用，都还根本无法确定。那有可能纯粹只是我的幻想——完全不合逻辑。也有可能，我压根儿没冒出什么想法，压根儿没有。既然你说要仰赖我的头脑解决这个难题，现在为了这么小的赢率，就要拿它来冒险，你认为这是明智的做法吗？”

法斯陀夫点了点头。“你这番话谁也无法反驳，别担心，我只是随口说说罢了。”

“谢谢你，法斯陀夫博士。”

“可是接下来要怎么做呢？”

“首先，我希望和嘉蒂雅再谈一次，还有几个疑点需要厘清。”

“你昨天就应该问清楚。”

“的确如此，但昨天我脑子里装进太多东西，来不及消化吸收，所以有些事疏忽了。我只是个探员，并非永不犯错的电脑。”

法斯陀夫说：“我并不是在责怪你，只是不愿见到嘉蒂雅受到不必要的骚扰。根据你昨晚告诉我的一切，我只能假设她正处于深沉的悲痛中。”

“毫无疑问。可是她也万分渴望找出真相——如果她心目中的‘丈夫’真是遭人杀害的，那么凶手到底是谁？那种心情同样是可以理解的。我确信她会愿意帮助我——此外，我还希望能和另一个人谈谈。”

“谁？”

“你的女儿瓦西莉娅。”

“瓦西莉娅？为什么？那样做有什么用？”

“她是机器人学家。除你之外，我希望能再请教一位机器人学家。”

“我不希望你那么做，贝莱先生。”

他们已经吃完早餐，贝莱索性站了起来。“法斯陀夫博士，我必须再次提醒你，我是应你之邀而来的。我并没有从事警务工作的官方身份，而且我和任何奥罗拉官方都没有正式关系。对于这件不幸的悲剧，想要我有机会查个水落石出，就必须指望人人都能自愿和我合作，诚恳回答我的问题。

“如果你阻止我作这样的努力，那么我显然只能原地踏步，不会有任何进展。这对你也会是极为不利的，而地球也会因此遭殃，所以我劝你千万别妨碍我。如果你让我想见谁就见谁，哪怕只是试着替我穿针引线，奥罗拉民众一定会认为这意味着你心中光明磊落。另一方面，如果你阻碍我的调查工作，那么他们除了认定你有罪和心虚，还会有第二个结论吗？”

法斯陀夫勉强压抑住不满的情绪，说道：“这我了解，贝莱先生。但为什么是瓦西莉娅呢？还有其他的机器人学家啊。”

“瓦西莉娅是你的女儿。她不但认识你，而且或许坚决相信你极有可能毁掉了一个机器人。既然她是机器人学研究院的一员，同时又是你的政敌之一，不管她提供任何有力证据，都会极具说服力。”

“万一她的证词对我不利呢？”

“那时我们再另作打算。麻烦你联络她，请她接见我好吗？”

法斯陀夫无可奈何地说：“我姑且答应你，但如果你认为我能轻易说服她，那就大错特错了。她也许很忙，或自认为很忙；她也许不在奥罗拉，或者，她也许就是不想卷入这件事。昨天晚上我试着向你解释，她对我抱持敌意是有原因的——至少她自己这么认为。如果由我出面，很可能适得其反，她光是为了表示对我的不满，就会一口回绝。”

“你愿意试试吗，法斯陀夫博士？”

法斯陀夫叹了一口气。“稍后你去找嘉蒂雅的时候，我会试试看——我猜你希望直接和她面对面是吗？请容我提醒你，三维显像能够达到同样的效果。影像的逼真度很高，你会觉得和亲临现场没有任何差别。”

"这点我了解，法斯陀夫博士，但嘉蒂雅是索拉利人，三维显像会勾起她不愉快的回忆。此外不管怎么说，我就是认为近在咫尺时会多一点无形的效率。目前的情势万分棘手，而且困难重重，既然有办法多一点效率，我就一定要把握。"

"好吧，我会通知嘉蒂雅。"他转过身去，犹豫了一下，随即又转回来，"可是，贝莱先生……"

"什么事，法斯陀夫博士？"

"昨晚你告诉我，由于情势太过危急，你无法顾及嘉蒂雅的感受。你特别指出，相较之下那根本不算什么。"

"的确如此，但请相信我，除非真有必要，我不会去打扰她。"

"我现在说的并不是嘉蒂雅。我只是提醒你，你这个态度基本上很正确，记得要一视同仁地用到我身上。如果你有机会见到瓦西莉娅，我绝不希望你担心我的感受或尊严。虽然我并不期盼你有什么收获，但如果你真的见到她，我就甘心忍受随之而来的任何难堪，而你一定不能对我留情。了解了吗？"

"老老实实告诉你，法斯陀夫博士，我压根儿没打算对你留情。如果我必须把你的难堪或羞辱放在天平一端，把你的政策以及地球的兴衰放在另一端，两相比较之下，我会毫不犹豫地羞辱你。"

"很好！还有，贝莱先生，这个态度也必须一视同仁用到你自己身上。你自己的感受同样不能对我们造成妨碍。"

"你问也没问我一声，便私自决定把我找来，我的感受还能碍着什么事？"

"我指的是另一件事。如果，过了一段时间——不是很长的时间，而是一段合理的时间——你仍然毫无进展，我们终究要考虑使用心灵探测器的可能性。我们的最后一线希望，或许就是在你心灵中找出连你自己都不知道的想法。”

“它也许一文不值，法斯陀夫博士。”

法斯陀夫感慨万千地望着贝莱。“同意。可是，正如你刚才讨论到瓦西莉娅可能成为敌意证人时所说的——那时我们再另作打算吧。”

他再度转身，走出了这个房间。

贝莱心事重重地望着他的背影。接下来的发展，看来只有两个可能：如果他有任何收获，迎接他的将是某种不明的——但可能很危险的——实质报复；而如果他毫无进展，等着伺候他的则是心灵探测器，那同样好不了多少。

“耶和华啊！”他暗自嘀咕了一声。

33

前往嘉蒂雅住处的路程似乎比昨天短了些。阳光再度普照大地，感觉上很舒服，但景色和昨天不太一样。当然，那是因为此时阳光来自另一个方向，而且颜色似乎有点不同。

可能正是这个缘故，植物在清晨和傍晚看起来，或说闻起来，就是有那么点差异。贝莱记得自己偶尔也会想到地球的植物同样如此。

丹尼尔和吉斯卡照例陪在他身边，但今天他们靠得比较近，而且似乎不再那么严阵以待。

贝莱随口问道：“这里是不是天天有大太阳？”

“不是的，以利亚伙伴。”丹尼尔说，“万一真是这样，植物就要遭殃了，而人类也将无法幸免。事实上，根据气象预报，今天一整天都是多云的天气。”

“那是什么？”贝莱突然问。原来有个棕灰色的小动物蹲在草地里，吓了他一跳。看到他们后，小动物便从容不迫地跳走了。

“先生，是一只兔子。”吉斯卡说。

贝莱松了一口气。他在地球的原野间，也曾看过这种动物。

嘉蒂雅这回并未在门口相迎，不过她显然正在等他们。等到他们被机器人引进屋内，她并没有起身，便直接以介于蛮横和厌倦之间的口气说：“法斯陀夫博士告诉我，你一定要和我再碰一次面，这是怎么回事？”

她穿着一件紧身的长袍，袍下显然没有任何衣物。她的脸色苍白，头发随随便便束到脑后。看起来她要比昨天更憔悴，显然她昨夜没睡多久。

丹尼尔牢记着昨天的情况，因此并未进屋去。然而，吉斯卡径自跟了进来，他敏锐地察看一番之后，便退到一个壁凹里。而另一个壁凹中，则站着嘉蒂雅家的一个机器人。

贝莱说：“真的很抱歉，嘉蒂雅，我不得不再打扰你一次。”

嘉蒂雅说：“昨天我忘了告诉你，等到詹德炬化之后，当然会被机器人工厂回收再利用。我想，知道这点也不错，这样一来，以后每当我看到一个新出厂的机器人，就会忍不住联想到他身上有好些詹德的原子。”

贝莱说：“我们自己死去后，同样会被大自然回收——谁知道现在你我身上有些什么人的原子，而我们的原子将来又会到谁身上。”

“你说得非常正确，以利亚。你提醒了我一件事，别人的哀痛总是容易被讲成人生哲理。”

“你这话也很正确，但我并不是来谈人生哲理的。”

“那么，该做什么你就做吧。”

“我必须再问你一些问题。”

“昨天还问得不够吗？你回去之后，是不是就一直在想新的问题？”

“这么说也可以，嘉蒂雅——昨天你曾经说，即便你和詹德在一起之后——我是指做了夫妻——还是有些男士向你求欢，而你一一拒绝了。关于这一点，我一定要问个清楚。”

“为什么？”

贝莱并未理会她的问题。“告诉我，”他说，“在你和詹德成为夫妻之后，曾有多少男士向你求欢？”

“我并未刻意记下来，以利亚，应该有三四个吧。”

“其中有没有人特别坚持？有没有人向你求欢不止一次？”

嘉蒂雅原本一直在回避贝莱的目光，这时突然正视着他，问道：“你和别人谈论过这件事吗？”

贝莱摇了摇头。“除了你，我没有和任何人谈论过。然而，既然你这么问，我猜至少有一个人特别坚持。”

“是有一个，他叫山提瑞克斯·格里迈尼斯。”她叹了一口气，“奥罗拉人有许多古怪的名字，他的名字却连奥罗拉人都觉得古怪。在这种事情上，我从未碰过像他这么越挫越勇的人。他总是彬彬有礼，总是带着微笑接受我的婉拒，还会郑重其事向我鞠个躬。然后，他很可能下周甚至隔天就会再试一次。这种越挫越勇的行为有点失礼，有教养的奥罗拉人都知道婉拒是无限期的，除非对方明白表示自己改变了心意，否则你就不该卷土重来。”

“请再告诉我一次——那些向你求欢的男士，是否知道你和詹德的关系？”

“我在聊天的时候，不会刻意提这件事。”

“好吧，那么，我们专门讨论一下这个格里迈尼斯。他知不知道詹德是你的丈夫？”

“我从来没告诉他。”

“别想这么敷衍过去，嘉蒂雅，这不是你有没有告诉他的问题。他和别人不同，他曾一试再试。对了，你印象中有几次？三次？四次？到底多少次？”

“我没算过。”嘉蒂雅不耐烦地说，“应该有十来次，也许更多。要不是他还算可爱，我会叫机器人将他拒于宅邸之外。”

“啊，但你并未这样做。而他求欢过那么多次，前前后后总有一段时间。他常常上门，常常和你见面，就有不少机会注意到詹德，以及你和这个机器人的互动。难道他不会猜到这层关系吗？”

嘉蒂雅摇了摇头。“我认为不会。当我接待客人的时候，詹德绝不会闯进来。”

“是你下的指令吗？根据我的推测，一定是这样的。”

“没错。但你别急着说是因为我羞于承认这层关系，我这么做，只是为了避免麻烦罢了。我并非奥罗拉人，对于性仍旧保有一些含蓄的本性。”

“你再想想，他会不会多少猜到些？他是个坠入爱河……”

“爱！”她几乎像是嗤之以鼻，“奥罗拉人懂得什么是爱？”

“好吧，他是个自认为坠入爱河的人，而你却对他相应不理。害单相思的人总是最敏感也是最多疑的，他怎么可能不猜呢？想想看！他有没有旁敲侧击提到过詹德？有没有任何蛛丝马迹令你起疑……”

“没有！没有！没听说过有哪个奥罗拉人会恶意批评别人的性癖好或性习惯。”

“不一定是恶意的，或许只是半开玩笑。总之，可有任何迹象显示他开始怀疑你们的关系？”

“没有！如果小格里迈尼斯曾经说过这种话，哪怕只有一个字，他便休想再进我的宅邸，而且我绝不会让他再接近我——但他不会做这种事的，在我心目中，他是那种最礼貌的典型。”

“你称他‘小格里迈尼斯’，这人到底多大年纪？”

“跟我差不多。我三十五岁，而他或许还要小一两岁。”

“还是个孩子嘛。”贝莱伤感地说，“甚至比我还小。但在这种年纪……假设他猜到你和詹德的关系，但嘴上不说，什么也不说。然而，他会不会吃醋呢？”

“吃醋？”

贝莱突然想到这种说法在奥罗拉或索拉利可能都毫无意义。“因为你选择了别人，而令他感到气愤。”

嘉蒂雅疾言厉色地说：“我知道‘吃醋’是什么意思，我之所以反问，只是因为难以相信你竟然认为奥罗拉人会吃醋。在奥罗拉，没有任何人会为了性而吃醋。其他原因当然有可能，但绝不会为了性。”她脸上挂着明显的冷笑，“即使他吃醋，又有什么关系？他又能做什么呢？”

“他有没有可能告诉詹德，说你和一个机器人产生那种关系，会危及你在奥罗拉的地位……”

“这是不可能发生的！”

“如果詹德听到这种说法，他很可能会相信——相信他自己正给你带来危机，带来伤害。这难道不可能是他心智冻结的原因吗？”

"詹德绝对不会相信这种说法。我常常告诉他，有他做我的丈夫，我每天都非常快乐。"

贝莱竭力保持冷静。她还没弄清楚重点，不过没关系，自己再讲明白些就行了。"我绝不怀疑他相信你，但如果有人告诉他完全相反的事，他也有可能觉得自己不得不相信。万一他陷入了无法承受的第一法则矛盾……"

嘉蒂雅面容扭曲，尖声叫道："这太疯狂了。你刚刚说的简直是神话，是苏珊·凯文和那个读心机器人的翻版。只有不到十岁的小孩，才会相信这种事情。"

"难道不可能……"

"不，就是不可能。我是索拉利人，我对机器人有足够的了解，所以我知道绝无可能。除非是超凡入圣的专家，才有办法用第一法则困住机器人。法斯陀夫博士或许有这个本事，可是山提瑞克斯·格里迈尼斯绝对没有。格里迈尼斯是个造型师，他替人修剪头发，设计服装。我的工作和他类似，但我的设计对象是机器人。格里迈尼斯从来不碰机器人，他对机器人一无所知，顶多只会命令他们做些关窗户之类的工作。你是否想要告诉我，是詹德和我——和我——"她用一根手指使劲戳着自己的胸口，但那娇小的胸部仍旧并不明显，"——之间的关系，导致他的死亡？"

"即使如此，也不是你故意的。"贝莱想要到此为止，又忍不住想要继续刺探，"万一格里迈尼斯从法斯陀夫博士那儿学到些……"

"格里迈尼斯并不认识法斯陀夫博士，而且，就算法斯陀夫博士倾囊相授，他也完全听不懂。"

"你无法断言格里迈尼斯听得懂或听不懂什么，也不能一口咬定他不认识法斯陀夫博士——既然追你追得那么勤，格里迈尼斯一定常来你这里……”

“但法斯陀夫博士几乎不曾来过我的宅邸。昨天他陪你来，仅仅是他第二次跨过我的门槛。他担心走得太近会把我吓跑，这点他曾经承认过。他认为，他的女儿就是这么失去的——虽然这是个愚蠢的想法。你瞧，以利亚，如果你有几个世纪好活，就会有太多的时间失去太多的事物。对于寿命短这回事，你要心存……心存感激，以利亚。”她再也控制不住自己的泪水。

贝莱显得（也觉得）爱莫能助。“今天实在很抱歉，嘉蒂雅，我没有别的问题了。要不要我叫个机器人来？你需要任何协助吗？”

她摇了摇头，并对他挥了挥手。“你走吧——走吧。”她以哽咽的声音说，“走吧。”

贝莱犹豫了一下，随即大步走出那个房间。当他跨出房门之际，还对她投以最后的、迟疑的一瞥。吉斯卡一直紧跟在他后面，等到他们来到户外，丹尼尔也凑了上来，而他几乎都未曾注意。不过，他倒是隐约浮现一个念头：自己逐渐接受了他们的随侍，把他们当成和影子或衣服一样，甚至快到了没有他们就觉得赤身裸体的地步。

他快步走回法斯陀夫的宅邸，一路上脑筋转个不停。他之所以想见瓦西莉娅，起初只是因为想不出什么调查对象，甚至可以说走投无路，可是现在情况不一样了。很有可能，他已在无意间撞见了一个重大线索。

34

贝莱进门时，法斯陀夫绷起了那张其貌不扬的脸孔。

“有任何进展吗？”他问。

“我把一个可能性排除了一半——或说也许吧。”

“排除了一半？另一半你又要怎么排除呢？还有，你是怎么认定有这个可能性的？”

贝莱答道：“我发觉到不可能排除某个可能性，然后就一步步认定了它。”

“这个被你故弄玄虚的可能性，万一你发现它的另一半也无法排除，那该怎么办？”

贝莱耸了耸肩。“我们先别把时间浪费在这上面，听好，我一定要见你的女儿。”

法斯陀夫显得有些沮丧。“这个嘛，贝莱先生，我照你的要求试着联络她，结果我不得不把她叫醒。”

“你的意思是她住在这个世界的另一个角落，而那里正是黑夜？这点我并未想到。”贝莱觉得相当懊恼，“只怕是我太傻了，以为自己仍在地球上。在那些地底大城里面，昼夜已经失去意义，大家都使用统一的时间。”

“并没有那么糟。厄俄斯城是奥罗拉的机器人学中心，几乎所有的机器人学家都住在这里。她只是正在睡觉而已，但既然是被叫醒的，她不可能有什么好脾气。总之，她不肯跟我说话。”

“再试一次。”贝莱急切地催促。

“我通过她的秘书机器人沟通过，那种传话方式令我很不舒服。她摆明了不会以任何方式和我说话，但是愿意对你稍加通融。那机器人宣称，她可以在她的私人显像频道上，给你五分钟的时间，不过你得——”法斯陀夫看了看墙上的计时带，“半小时内打过去。无论在任何情况下，她都不会和你面对面交谈。”

“那种交谈方式没用，时间也太短了。我必须和她面对面，而且要给我充分的时间。你可曾对她解释过其中的重要性，法斯陀夫博士？”

“我试过，她根本不在乎。”

“你是她的父亲，不用说……”

“我对她的影响力还比不上街头任何一个陌生人，她不太可能会为我改变任何决定。这点我很清楚，所以我用上了吉斯卡。”

“吉斯卡？”

“是啊，吉斯卡是她最宠爱的机器人。当年她在大学攻读机器人学的时候，曾经自作主张，对他的程序作了轻微的调整——人类和机器人的关系，再也没有比这更亲密的了——当然，嘉蒂雅的方式又另当别论。几乎可以说，吉斯卡就像是安德鲁·马丁。”

“安德鲁·马丁是谁？”

“他是个历史人物。”法斯陀夫说，“你从来没有听说过他吗？”

“没有！”

“多奇怪啊！我们这些古老传说一律以地球为场景，你们地球人却通通没听过——安德鲁·马丁是个机器人，据说，他一步步逐渐拥有了足以乱真的人形。事实上，在丹尼尔之前，早就出现过人形机器人，但他们全都是简单的玩具，比发条机器人强不了多少。虽然如此，关于安德鲁·马丁的本事却被描述得相当惊人——充分显示这只是传说而已。在这个传说中有个女性角色，通常称为小小姐。他们之间的关系太复杂了，一时之间讲不清楚，但我想可以这么说，奥罗拉每个小女孩都曾梦想自己是小小姐，拥有一个像安德鲁·马丁那样的机器人。瓦西莉娅也不例外——而吉斯卡就是她的安德鲁·马丁。”

“好，所以呢？”

“我要她的机器人告诉她，吉斯卡会陪你一起去。她已经有很多年没见到他，因此我想这可能会诱使她答应见你。”

“但我猜并未奏效。”

“没错。”

“那么我们必须想想别的办法，一定有其他方法能让她愿意见我。”

法斯陀夫说：“或许你能想到。不久之后，你便会透过三维显像见到她，然后你有五分钟的时间，说服她相信自己应该跟你碰面。”

“五分钟！五分钟能做什么？”

“我也不知道。无论如何，总比没有的好。”

35

十五分钟后，贝莱站在三维显像屏幕前，准备好和瓦西莉娅·法斯陀夫相见。

法斯陀夫博士早已离去，他走开的时候曾带着苦笑说，如果自己在场，一定会让他的女儿态度更加强硬。丹尼尔也不在了，只有吉斯卡留下来陪伴贝莱。

吉斯卡说："瓦西莉娅博士的显像频道已经开通，你准备好了吗，先生？"

"完全准备好了。"贝莱绷着脸说。他坚持不肯坐下，因为他觉得站着会显得更有气势。（但一个地球人又能有多少气势呢？）

这时室内逐渐变暗，屏幕则显得越来越亮，一名女子随即出现其中——一开始的时候，画面相当不稳定。只见她站在那里面对着他，右手放在一个摆满图表的实验桌上（毫无疑问，她也打算要有气势）。

随着画面越来越清晰，屏幕边缘似乎逐渐融化了，而瓦西莉娅的影像（假设那就是她）慢慢加深，最后变成一个立体图像。她置身的那个房间在各方面皆真实无比，只不过它的装潢和贝莱这个房间并不相同，两者相交之处显得很不协调。

她穿着一件深褐色裤裙，宽大的裤脚是半透明的材质，膝盖以下和半个大腿皆隐约可见。她的上身穿着一件无袖的紧身罩衫，整条手臂裸露在外。此外，她的领口开得很低，一头美丽的金发则烫得很卷。

她丝毫没有遗传到父亲的平庸长相，更没有一对招风耳。因此贝莱只能假设她的母亲很漂亮，而她幸运地完全继承了母系的基因。

她个子不高，而贝莱很快看出她的容貌和嘉蒂雅确实极其相似。只不过相较之下，她的神情冷酷许多，并隐隐透出一股支配欲。

她猛然开口，劈头就说："你就是那个来帮我父亲消灾解难的地球人？"

"是的，法斯陀夫博士。"贝莱以同样干脆的方式回答。

"你可以叫我瓦西莉娅博士，我不希望和我父亲混淆不清。"

"瓦西莉娅博士，我必须和你面对面谈一谈，而且要有足够的时间。"

"显然你很希望这么做。但你当然是地球人，所以肯定是个感染源。"

"我已经接受过消毒杀菌处理，现在的我相当安全，你父亲和我在一起已经超过一天了。"

"我父亲喜欢假扮理想主义者，有时必须做些蠢事来证明这个假象，我可不想学他。"

"我想你并不希望他受到伤害，如果你拒绝见我，就一定会伤害到他。"

"你是在浪费时间。除了显像，我不会以任何方式见你，而我给你的时间已经过了一半。如果你觉得不满意，我们不妨现在就提早结束。"

"吉斯卡也在这里，瓦西莉娅博士，他想劝你当面见我。"

吉斯卡走进了显像范围。"早安，小小姐。"他低声道。

一时之间，瓦西莉娅显得有些尴尬，等到终于开口时，她的语气变得轻柔了些。“我很高兴见到你，吉斯卡，也欢迎你随时来找我。可是我不会接见这个地球人，即使你劝也没用。”

“既然如此，”贝莱决定要孤注一掷了，“我不得不在未曾和你商议的情况下，便将山提瑞克斯·格里迈尼斯的事公之于世。”

瓦西莉娅张大了眼睛，她举起放在桌上的手并紧握成拳。“格里迈尼斯的什么事情？”

“没什么大不了的，只不过他是个英俊的年轻人，而且和你很熟罢了。我是否不必听你说什么，就可以自行处理了？”

“我现在就可以告诉你……”

“不。”贝莱大声说，“除非让我和你面对面，否则什么也不必说。”

她的嘴角微微抽动。“那么我答应见你，但我说完就会走人，不会多陪你一秒钟，这点我有言在先——还有，带着吉斯卡。”

三维显像联线毫无预警地猛然中断。面对着突变的背景，贝莱觉得一阵天旋地转，他慢慢走到椅子前面，然后坐了下来。

吉斯卡一直扶着他的手肘，确保他一路平安无事。“我能帮你什么吗，先生？”他问。

“我很好，”贝莱说，“我只是需要喘口气。”

这时，法斯陀夫博士来到他面前。“身为主人的我再次失职了，为此我郑重向你道歉。你们刚才的对话，我在一个只收不发的分机上全程监听了。即使她不想见我，我还是想看看我女儿。”

“我了解。”贝莱一面说，一面微微喘息，“如果基于礼貌，你必须为这件事道歉，那么我愿意接受。”

“可是那个山提瑞克斯·格里迈尼斯到底是怎么回事？这名字听来很陌生。”

贝莱抬起头，望着法斯陀夫说：“法斯陀夫博士，我也是今天早上，才从嘉蒂雅口中听到这个名字的。我对他知道得非常少，但我还是放手一搏，跟你女儿说了那番话。我的胜算小得可怜，虽然如此，结果却正好如我所愿。你都看到了，就算掌握的讯息少之又少，我还是可以作出有用的推论，所以你最好放手让我继续这么做。从今以后，拜托了，请百分之百和我合作，再也别提什么心灵探测器了。”

法斯陀夫陷入了沉默，贝莱则感到一种冷酷的成就感，短短几分钟，他已一前一后将自己的意志加诸一对父女身上。

至于这种情势能持续多久，他并不知道。

第九章
瓦西莉娅

36

贝莱在气翼车的门边停下脚步，语气坚定地说：“吉斯卡，我不希望把车窗调成不透明，也不希望坐到后面。我想要坐在前座，观看户外的风景。既然我一定会坐在你和丹尼尔之间，除非整部车遭到摧毁，我的安全应该不成问题。而如果真发生那种事，我们通通无法幸免，我坐哪里并没有任何差别。”

面对如此强而有力的声明，吉斯卡采取更恭敬的态度来回应。“先生，万一你觉得不舒服……”

“那么你就把车停下来，让我爬到后座，你还可以把后车窗调成不透明。或者你根本不必停车，即使车子仍在前进，我还是能从前座爬到后面去。我要强调的是，吉斯卡，我非常需要尽可能熟悉奥罗拉，而且无论如何，我也非常需要熟悉户外的环境。我把这句话当成命令来说，吉斯卡。”

丹尼尔轻声说："吉斯卡好友，以利亚伙伴的要求相当合理，他会很安全的。"

吉斯卡让步了（或许有点勉强，但由于他的脸孔似人非人，贝莱无法准确解读他的表情），径自坐到驾驶座上。贝莱跟着进去，随即从透明的挡风玻璃向外望，不禁感到有些心虚，自己似乎把话说得太满了。然而，左右两侧各坐一个机器人，的确让他心安不少。

借着压缩空气形成的喷流，气翼车微微腾空，然后稍稍摇晃了一下，仿佛正在寻找立足点。贝莱觉得腹部有一种翻腾的感觉，忍不住对刚才的豪情壮志有点后悔。虽说丹尼尔和吉斯卡丝毫没有惧色，他却无法借此鼓励自己，他们是机器人，根本不懂得什么叫恐惧。

然后，车子突然向前冲，贝莱便觉得自己紧紧粘在椅背上。不到一分钟，他们就加速到了大城捷运的速度，只见一条宽广且长满青草的路径不断向前迅速延伸。

由于两侧全是绿油油的不规则地形，并没有任何熟悉的灯光或建筑物，因此在感觉上，目前的速度甚至超过大城的捷运。

贝莱努力维持呼吸的均匀，说话时也尽量像是在闲话家常。

他说："我们似乎并未经过任何农地，丹尼尔，这些好像都是原野。"

丹尼尔答道："这里仍是这座大城市的一部分，以利亚伙伴，这些都是私人的属地。"

"大城？"贝莱无法接受这个说法，他知道大城是什么样子。

"厄俄斯城是奥罗拉上最大且最重要的城市，也是历史最悠久的。奥罗拉世界立法局就设在此地，立法局主席的属地也在这里，不久我们就会经过。"

它居然不只是城市，还是最大的一个。贝莱左顾右盼了一番，又说："我有个印象，法斯陀夫和嘉蒂雅的宅邸都在厄俄斯城的郊区，所以我想，现在我们已经离开厄俄斯城的范围了。”

“还早得很，以利亚伙伴，我们刚通过城中心而已。城市的界线在七公里之外，从那里再往前走将近四十公里，才是我们的目的地。”

“城中心？我没看见任何建筑啊。”

“在路上当然看不见，这是故意的。不过你从这些树丛望出去，还是勉强看得到一栋，那是名作家弗德·拉博的宅邸。”

“这些宅邸你通通一眼就能认出来吗？”

“它们都在我的记忆库里。”丹尼尔严肃地说。

“一路上都没有其他车辆，又是什么原因呢？”

“长途交通工具主要是飞车和地下磁车，而三维影像……”

“索拉利人称为显像。”贝莱说。

“我们口语也这么说，但三维影像联线是比较正式的说法，大多数的通讯靠它就行了。久而久之，奥罗拉人都变得喜欢散步，只要不赶时间，无论访友或洽谈公事，经常会有人一走就是几公里。”

“而我们要去的地方，徒步太远，飞车又太近，可是我又不想用三维显像——所以我们开这辆地面车。”

“严格来说是气翼车，以利亚伙伴，不过我想，它可以算是一种地面车。”

“开到瓦西莉娅的宅邸要多少时间？”

“要不了多久，以利亚伙伴。或许你知道，她住在机器人学研究院。”

沉默了一阵子之后，贝莱又说：“那边的地平线看起来乌云密布。”

这时吉斯卡正以高速开过一个弯道，气翼车倾斜了大约三十度。贝莱险些发出一声呻吟，身体则紧贴着丹尼尔。丹尼尔先伸出左手抱住贝莱的肩头，随即双手将他的双肩紧紧抓牢。直到气翼车恢复正常姿势，贝莱才慢慢吁了一口气。

丹尼尔说："是的，根据气象预报，那些云稍后就会化为雨水。"

贝莱皱起了眉头。他曾经淋过一次雨——一次而已——那是他们在地球户外的田野实习的时候。那种感觉很像穿着衣服站在淋浴下面，可是当他突然想到，根本没有任何办法关掉这个冷水浴，一时之间不禁惊慌失措——这场雨可能永远下不停！然后，众人纷纷拔腿飞奔，而他也不落人后，大家一起冲向既干爽又受人掌控的大城。

但这里是奥罗拉，他不晓得一旦下雨该怎么应变，至少没有大城可以躲进去。跑到最近的一座宅邸吗？主人一定欢迎这些落汤鸡吗？

等到又转了一个小弯之后，吉斯卡开口道："先生，我们已经抵达机器人学研究院的停车场。下车后，我们就能走去瓦西莉娅博士建在研究院里的宅邸。"

贝莱点了点头。这趟旅程大约花了十五到二十分钟（这是他的判断，并且是用地球时间），而他很高兴总算结束了。他有点气喘吁吁地说："在我和法斯陀夫博士的女儿见面之前，我想对她多做点了解。你不认识她吧，丹尼尔？"

丹尼尔说："当我出厂的时候，法斯陀夫博士和他女儿已经分开好一阵子了。我从来没有见过她。"

"不过，吉斯卡，你倒是和她彼此很熟吧，对不对？"

"是的，先生。"吉斯卡硬邦邦地说。

"而且你们彼此很有好感？"

"先生，我相信，"吉斯卡说，"只要和我在一起，法斯陀夫博士的女儿就会感到快乐。"

“你和她在一起的时候也快乐吗？”

“我和任何人类在一起都会有这样的感觉，而我认为那就是人类所谓的‘快乐’。”吉斯卡似乎是在字斟句酌。

“但是和瓦西莉娅在一起的时候特别有感觉，我猜得对吗？”

“她和我在一起所感受到的快乐，”吉斯卡说，“似乎的确刺激了我的正子电位，使我产生等同于人类的快乐反应。至少，法斯陀夫博士是这么告诉我的。”

贝莱突如其来地问道：“瓦西莉娅为何离开她的父亲？”

吉斯卡却没有回答。

贝莱忽然以地球人教训机器人的蛮横口吻说：“我在问你问题，小子。”

吉斯卡转过头来凝视着他，贝莱一时之间不禁担心，自己说话这么不客气，搞不好会让这个机器人双眼喷出愤恨的火光。

然而，吉斯卡不但口气很温和，也并未流露出任何眼神。他说：“我很想回答，先生，可是关于她搬出去这件事，瓦西莉娅小姐当时便命令我什么也不能说。”

“可是现在我命令你照实回答，如果觉得有必要，我还可以用万分坚决的方式命令你。”

吉斯卡说：“很抱歉，早在那个时候，瓦西莉娅小姐已经精通机器人学了，所以不管你现在说什么，先生，她给我的命令仍旧屹立不摇。”

贝莱又说：“对，想必她精通机器人学，因为法斯陀夫博士告诉过我，她偶尔会改写你的程序。”

“这样做并没有危险，先生。若有任何差错，法斯陀夫博士自己总是可以修正过来。”

“他有必要这么做吗？”

"从来没有，先生。"

"那些改写属于什么性质？"

"都是无关紧要的，先生。"

"或许吧，但请你帮个忙，她到底对你做了些什么？"

吉斯卡迟疑了一下，贝莱立刻知道那代表什么意思。然后这机器人便说："关于这些改写的问题，只怕我一律无法回答。"

"你有什么禁令吗？"

"没有，先生，可是在改写过程中，以前的种种都被自动消除了。因此，如果真有什么改变，我就不再保有改变之前的记忆，于是在我自己看来，就好像我始终都是如此。"

"那么你又如何知道那些改写无关紧要呢？"

"因为，法斯陀夫博士从不认为瓦西莉娅小姐的改写需要作任何修正——至少他是这么告诉我的——所以我只能假设那些改写通通无关紧要。你可以当面问问瓦西莉娅小姐，先生。"

"我会的。"贝莱说。

"然而，先生，只怕她是不会回答的。"

贝莱心一沉。目前为止，他只侦讯过法斯陀夫博士、嘉蒂雅，以及两名机器人，他们全都有百分之两百的理由和他合作。而现在，他将首次面对一个并不友善的侦讯对象。

37

贝莱走出停在一块草坪上的气翼车，脚底重新有了踏实的感觉，这点令他颇为高兴。

他四下张望一番，不禁有些惊讶，因为周遭的建筑竟然相当拥挤。其中，要数他右边那座特别高大，但它看起来很朴实，几乎就像一个由金属和玻璃组成的巨大方块。

"那就是机器人学研究院？"

丹尼尔答道："整个建筑群都是这所研究院，以利亚伙伴，你现在只看到一部分而已。由于是个自给自足的行政区，所以房舍的密度远超过奥罗拉的一般标准。它们包括了宅邸、实验室、图书馆、社区体育馆等等，最大的那一栋则是行政中心。"

"一眼就能看到这么多建筑，真不像奥罗拉——根据我对厄俄斯城的了解，我至少敢这么说——我相信应该有不少反对声浪吧。"

"我也相信确实如此，以利亚伙伴，但研究院的首长和主席很熟，而主席又很有影响力，因此据我所知，他们以研究需要的理由获得了特许。"丹尼尔若有所思地环顾四周，"的确比我想象中还要拥挤。"

"比你想象中？你以前从来没有到过这里吗，丹尼尔？"

"没有，以利亚伙伴。"

“你呢，吉斯卡？”

“也没有，先生。”吉斯卡答道。

贝莱说：“但你们毫无困难就找到这里来——而且对此地似乎相当熟悉。”

“既然我们必须陪你来，以利亚伙伴，”丹尼尔说，“我们事先掌握了充分的资料。”

贝莱若有所悟地点了点头，然后说：“法斯陀夫博士为何不跟我们一起来呢？”但他随即再一次说服自己，这种冷不防的伎俩用在机器人身上毫无意义。无论多么迅速——或多么出其不意——对机器人发问，他们仍会等到将问题消化吸收之后才作出回答。他们永远没有冷不防的时候。

丹尼尔答道：“正如法斯陀夫博士所说，他自己并不是研究院的一员，所以觉得并不适合不请自来。”

“但他为什么不是呢？”

“他从来没有告诉我个中原因，以利亚伙伴。”

贝莱将目光转向吉斯卡，后者立刻回答：“我也不知道，先生。”

真的不知道？还是奉命这么说？贝莱耸了耸肩——真相如何并不重要。正如人类能够说谎，机器人也能奉命不说实话。

当然，如果侦讯的手段足够高明或足够凶残，人类就可能由于疏忽或恐惧而吐露实情；同理，如果侦讯的手段足够高明或不择手段，同样有可能骗得机器人不再谨守命令——可是，这两种侦讯方式并不相同，而贝莱对后者一窍不通。

他问：“我们要到哪里去找瓦西莉娅·法斯陀夫博士？”

丹尼尔答道：“她的宅邸就在正前方。”

“所以说，你们已经获悉它的位置？”

“早就印记在我们的记忆库中，以利亚伙伴。”

“好吧，那就由你带路。”

这时橙色的太阳正高挂天空，显然已经快到正午时分了。他们在接近瓦西莉娅的宅邸之际，不知不觉走进了厂房的阴影中，贝莱立刻感到温度下降，不由自主打了一个冷颤。

不久的将来，地球人也得去占领并开拓那些没有大城的世界——非但温度完全不受控制，还会出现种种难以逆料的愚蠢变化，想到这里，他不禁紧紧抿起嘴来。与此同时，他还惴惴不安地注意到，地平线那端的乌云有迫近的趋势。说不定什么时候就会开始下雨，而且雨水会像瀑布般倾泄而下。

地球啊！他多么怀念那些大城。

吉斯卡率先走进那座宅邸，丹尼尔则伸出手臂，不让贝莱跟上去。

当然啦！吉斯卡得先侦察一番。

其实，丹尼尔也没闲着。他正以人类望尘莫及的注意力，仔细扫描周遭的环境。贝莱确信，他们的机器眼必定万无一失。（但他也不禁纳闷，为何不能在机器人的脑袋上前后左右各装一只眼睛——或者索性安装一整圈的感光环。当然，丹尼尔不能那么做，因为他的外表必须人模人样，可是吉斯卡有何不可呢？莫非那样便会增加视觉的复杂度，使得正子径路无法负荷？有那么片刻，贝莱隐约体会到了机器人学家终日所面对的复杂难题。）

吉斯卡走了出来，在门口点了点头。丹尼尔恭谨地用手臂轻触贝莱一下，两人随即迈开脚步。

房门半开着。瓦西莉娅的宅邸并没有装设门锁，不过（贝莱突然忆起）嘉蒂雅和法斯陀夫博士的宅邸同样没有。稀疏的人口以及分散的居住方式皆有助于保障隐私，而在这方面，奥罗拉人彼此互不干扰的风俗无疑也有帮助。此外仔细想想，无所不在的机器仆佣要比任何门锁更加有效。

丹尼尔在贝莱的上臂轻轻施压，示意贝莱停下脚步。这时，走在前面的吉斯卡正和两个外形很像他的机器人低声交谈。

贝莱突然觉得腹部蹿出一股寒意。万一有人偷偷将吉斯卡换成另一个机器人，那会怎么样？自己能够看出他遭到掉包吗？能够分辨两者的差异吗？还是会任由一个并未接受特别命令的机器人保护自己，一旦出现状况，他势必无法迅速回应，致使自己置身险境？

贝莱努力控制自己的口气，冷静地问丹尼尔说："这些机器人看起来还真像，丹尼尔，你分得出来吗？"

"当然分得出来，以利亚伙伴。他们的服饰不太一样，他们的编号也各不相同。"

"在我眼中没什么两样。"

"你还不习惯留意那些细节。"

贝莱再度凝视一番。"哪有什么编号？"

"其实显而易见，以利亚伙伴，不过一来你要知道该往哪里看，二来你的眼睛对红外线的敏感度必须超过人眼。"

"好吧，所以说，当我必须分辨的时候，其实根本办不到，对不对？"

"没那回事，以利亚伙伴。任何机器人，只要你询问他的全名和序号，他都会告诉你。"

"即使他奉命提供假资料给我？"

"怎么会有机器人奉命做这种事？"

这点，贝莱决定不予解释。

吉斯卡总算沟通完毕，回身对贝莱说："先生，她准备接见你了，请走这边。"

于是，原先那两个机器人开始带路。贝莱和丹尼尔尾随在后，为了保险起见，丹尼尔的手一直没有离开贝莱。

吉斯卡则走在最后面。

在一道双扇门之前，那两个机器人停了下来，那道门随即左右开启，显然是自动操作的。门后的空间弥漫着一种灰暗的光线——那是穿透了厚重窗帘的阳光。

虽然不算非常清楚，贝莱仍看得出屋内有个娇小的人形，此人半坐在一个高脚凳上面，一只手肘放在一张横跨整个房间的长桌上。

贝莱和丹尼尔走了进去，吉斯卡紧跟在他俩后面。房门自动关了起来，使得室内更加昏暗。

一个女性声音猛然响起："别再靠近！就待在那里！"

下一瞬间，室内注满了明亮的阳光。

38

贝莱眨了眨眼，抬头向上望去。透过玻璃材质的天花板，他可以直接看到太阳。然而奇怪的是，虽然射入室内的阳光好像没有任何异样，太阳却似乎暗得出奇，而且还可以直视。想必是那些玻璃（总之是某种透明材质）虽然不吸收阳光，却会令光线充分漫射。

他收回视线，转而望向那位仍端坐在高凳上的女子，问道："瓦西莉娅·法斯陀夫博士吗？"

"我不借用别人的姓氏，如果你想称呼我的全名，那么我是瓦西莉娅·茱露博士。但你可以叫我瓦西莉娅博士，这是我在研究院里最常使用的名字。”然后，她一改先前的严厉口吻，柔声说道，“我的老友吉斯卡，你好吗？”

吉斯卡答道：“我向你……”他顿了顿，然后又说，“我向你问好，小小姐。”他的语气听起来跟平常很不一样。

瓦西莉娅微微一笑。“而这位，我猜，就是我久仰大名的人形机器人——丹尼尔·奥利瓦？”

“是的，瓦西莉娅博士。”丹尼尔答得很干脆。

“最后，还有这个——地球人。”

“以利亚·贝莱，博士。”贝莱硬邦邦地说。

“对，我晓得地球人个个也有名字，例如你叫以利亚·贝莱。”她冷冷地说，“你一根汗毛也不像超波剧里扮演你的那名演员。”

“这点我晓得，博士。”

“然而，扮演丹尼尔的人倒是十分像，不过我想，你们并不是来讨论那出戏的。”

“没错。”

“我猜，地球人，你们来找我的目的，是要谈谈你所谓的那个关于山提瑞克斯·格里迈尼斯的问题，而且要当下作个了结，对吗？”

“并不尽然，”贝莱说，“虽然我想我们会谈到这件事，但它并非我登门造访的主要原因。”

“是吗？难道你认为无论你选择什么话题，我都愿意和你进行繁复而冗长的讨论？”

“我想，瓦西莉娅博士，你的上上之策，应该是允许我照自己的意思主导这场晤谈。”

“这是威胁吗？”

“不是。”

“好吧，我从未遇见过任何地球人，有兴趣见识一下你和那个演员到底有多像——我的意思是，除了长相之外。你本人当真和戏里一样出色吗？”

“那出戏，”贝莱的语气带着明显的嫌恶，“实在太过戏剧化，而且把我的个性在各方面都夸大扭曲了。我宁愿你接受我的本来面目，并且完全根据你现在对我的观感来评断我这个人。”

瓦西莉娅笑了几声。“至少你似乎并不怎么怕我，这点对你有利。或者你认为，你心中那件关于格里迈尼斯的事，足以让你对我颐指气使？”

“我来此地只有一个目的，就是调查那个人形机器人詹德·潘尼尔死亡的真相。”

“死亡？这么说，他曾经是活的？”

“我用‘死亡’代替‘被动终止运作’之类的说法，这么说会造成你的困扰吗？”

瓦西莉娅说：“你很会辩解——德伯瑞，帮这个地球人拿张椅子。如果这段对话没完没了，他会越站越累的。然后就回到你的壁凹去，而你，丹尼尔，自己也选一个待着——吉斯卡，站到我身边来。”

贝莱坐了下来。“谢谢你，德伯瑞——瓦西莉娅博士，我不具备侦讯你的官方身份，我也没有什么合法的方式能强迫你回答我的问题。然而，詹德·潘尼尔之死已经令你的父亲陷入某种困境……”

“令谁陷入某种困境？”

“你的父亲。”

“地球人，有时我会将某人称为我的父亲，但别人可不能这么做，请改用适当的称呼。”

“汉·法斯陀夫博士，他是你的父亲，难道这并非事实吗？没有记录可查吗？”

瓦西莉娅说：“你这是生物学的说法。我和他确实拥有共同的基因，在你们地球上，就会把这种关系称为父女。可是在奥罗拉，除非涉及医疗和遗传上的问题，我们一点也不重视这种关系。我可以想象如果我的新陈代谢不正常，那么我大可声称，就生理学和生物化学而言，和我拥有共同基因的人——父母、手足、子女等人同样不能幸免。除此之外，在文明的奥罗拉社会，一般是不会谈论这种关系的。因为你是地球人，我才对你解释这一点。”

“如果我触犯了什么禁忌，”贝莱说，“那纯属无心之失，我愿郑重道歉。刚才提到的那位男士，我可以用名字称呼他吗？”

“当然可以。”

“那么，就是詹德之死已经令汉·法斯陀夫博士陷入某种困境，而我假设你仍然很关心他，愿意对他伸出援手。”

“你这么假设吗？为什么？”

“他是你的……他把你养大，他照顾你多年，你们彼此曾有很深的感情。直到今天，他对你仍有很深的感情。”

“这是他告诉你的？”

“我们交谈之际，很多小地方都让我明显有这种感觉——甚至那个索拉利女子嘉蒂雅·德拉玛也是迹象之一，他之所以对她关怀备至，只是因为她长得很像你。”

“这是他告诉你的？”

“是的，但即便他没说，谁也看得出你俩长得很像。”

“虽然如此，地球人，我对法斯陀夫博士却毫无亏欠。你可以取消这个假设了。”

贝莱清了清喉咙。“姑且不论你对他有没有什么私人感情，这件事还牵涉到了银河的未来。法斯陀夫博士一直希望由人类来探索和开拓新世界，万一詹德之死所引发的政治效应导致这项任务由机器人取而代之，法斯陀夫博士相信那将带给奥罗拉和全人类万劫不复的灾难。这件事，你绝不会想成为帮凶吧。”

瓦西莉娅紧盯着对方，以漠不关心的口吻说：“如果我同意法斯陀夫博士的看法，那么我当然不会。但事实并非如此，我看不出让人形机器人开拓银河有什么害处。事实上，我加入这所研究院，就是为了实现这个理想。我是一名母星党员，而法斯陀夫博士属于人道党，所以他是我的政敌。”

她的回答既简洁又直接，半个字也没多讲。每说完一句话，她总会明确地闭上嘴巴，仿佛是在兴味盎然地等着下一个问题。而贝莱则觉得，自己一来令她感到好奇，二来也勾起了她的兴趣——下一个问题会是什么呢？她似乎在心中和自己打赌。因此她打定主意不多透露半点口风，以迫使他必须继续发问。

他接着问的是：“你加入这所研究院已经很久了吗？”

“我是创始成员之一。”

“你有很多同事吗？”

“我敢说，奥罗拉的机器人学家约有三分之一都是我的同事，不过，其中大约只有一半真正在院内工作和居住。”

“关于利用机器人探索新世界这回事，研究院其他成员也都认同你的观点吗？他们是否一致反对法斯陀夫博士的观点？”

“我猜他们大多数都是母星党员，但关于这件事，据我所知我们并未作过表决，甚至未曾正式讨论过。你最好逐一询问他们的意见。”

“法斯陀夫博士也是研究院的成员吗？”

“不是。”

贝莱等了一下，但除了“不是”两字，她并未进一步加以说明。

他说：“这难道不奇怪吗？我会认为他比任何人都更有资格成为你们的一员。”

“偏偏我们不想要他，而他也不想要我们，后者或许是比较次要的原因。”

“这不就更奇怪了吗？”

“我可不这么想。”然后，仿佛心中有股怒火令她不吐不快，她又说，“他住在厄俄斯城，我想你应该知道这个地名的典故吧，地球人？”

贝莱点了点头，答道：“厄俄斯是古希腊的曙光女神，正如奥罗拉是古罗马的曙光女神。”

“完全正确。汉·法斯陀夫博士住在曙光世界中的曙光之城，但他自己却对曙光欠缺信仰。例如，我们得用什么方式才能扩展到全银河，将太空族的曙光提升为整个银河的白昼，他就完全不了解。要完成这项壮举，唯一实际可行的办法就是利用机器人来探索银河，他不接受这个理念，就等于不接受我们。”

贝莱慢条斯理地说：“它为什么是唯一实际可行的办法呢？比方说，探索和开拓奥罗拉以及其他太空族世界的都是人类，而并非机器人。”

“不，不是人类，而是地球人。但那是个既没效率又浪费资源的过程，所以我们绝不会再让地球人担任拓荒者。我们已经蜕变成太空族，不但自己健康长寿，我们的机器人也极为先进，相较于当年参与开拓太空族世界的机器人，无论就功能或灵活度各方面而言，我们的机器人都不知优秀了多少倍。物换星移，时代完全不同了——如今唯有以机器人探索新世界，才是可行之道。”

“我们姑且假设真理站在你这边，而不在法斯陀夫博士那儿，但即便如此，他的观点仍相当理性。他和研究院为何就不能彼此接纳呢？仅仅因为这一点点的歧见吗？”

“不，相较之下，这点歧见不算什么。双方的观点，其实还有更基本的冲突。”

贝莱照例等了一下，而她照例未作任何补充。他觉得此时不宜表现出任何不满，因此心平气和、近乎试探般地问：“更基本的冲突又是什么呢？”

“我想，除非有人对你说明，否则你是猜不出来的。”瓦西莉娅的声音忠实反映出她所感受到的乐趣，就连她的表情都变得柔和不少，而且有那么片刻，她看起来更像嘉蒂雅了。

“我之所以发问，正是这个缘故，瓦西莉娅博士。”

“好吧，地球人，我听说你们的同胞都相当短命。这件事，我应该没搞错吧？”

贝莱耸了耸肩。“我们有些人能活到一百岁，我是指地球时间。”他稍微想了想，“大概是一百三十个公制年吧。”

“你今年几岁？”

“标准年四十五岁，公制年六十岁。”

“我今年六十六公制岁，我预期至少还能再活三个公制世纪——只要我足够小心。”

贝莱双手一摊。“恭喜你。”

“这样也有缺点。”

“今天早上有人告诉我，在这三四个世纪当中，你有机会失去很多很多东西。”

“只怕正是如此，”瓦西莉娅说，“可是，也有机会获得很多很多东西。整体而言，算是扯平了。”

“那么，所谓的缺点又是什么呢？”

“你一定不是科学家吧。”

“我是一名便衣刑警——其实也就是警察。”

“但你或许认识一些地球上的科学家。”

“我遇见过几个。”贝莱谨慎地回答。

“你知道他们的工作模式吗？据说基于需要，地球科学家总是互相合作。在他们短暂的生命中，顶多只有半个世纪能全力投入工作。算起来还不到七十个公制年，这么一点时间，做不了太多事情。”

“我们有些科学家，根本没花多少时间，就得到了相当丰硕的收获。”

“那是因为他们不但受惠于前人的成果，还懂得利用同辈的成果助自己一臂之力，你说对不对？”

“当然对。我们有个超越时间和空间的科学社群，大家各尽所能，各取所需。”

“完全正确，这是唯一的办法了。每个科学家都明白，仅凭一己之力不太可能有太大的收获，于是不得不加入那个社群，不得不和他人交换情报。唯有这样做，科学才能突飞猛进。”

“奥罗拉和其他太空族世界难道不也是这样吗？”贝莱问。

“理论上如此，实际上却几乎没有。在一个长寿的社会中，压力相对小得多。我们的科学家能用三到三个半世纪的时间，专心研究一个问题，因此逐渐有人认为，自己即使单打独斗，也有机会得到重大的进展。久而久之，就滋生出一种学术性的贪婪——想要自己独力完成某项研究，将科学进展的某个方面视为私产，宁愿眼睁睁看着整体发展慢下来，也不愿舍弃自己心目中的禁脔。结果，太空族世界的整体科学发展就真的变慢了，甚至到了难以超越地球的地步，虽说我们掌握了极大的优势。”

“我想，你若不是觉得汉·法斯陀夫博士就是这样的人，绝不会对我说这些。”

“他当然是这样的人。人形机器人之所以诞生，主要归功于他对正子脑所作的理论分析。他就是利用这个理论，在已故的萨顿博士协助之下，造出了你的机器人朋友丹尼尔。可是其中的重要细节，他非但没有正式发表，甚至不肯和任何人分享。就这样，他——他一个人——钳制住了人形机器人的发展命运。”

贝莱皱起眉头。“而机器人学研究院则致力于推动科学家之间的合作？”

“完全正确。这所研究院由上百位背景各异的一流机器人学家组成，而且我们希望将来能在其他世界设立分院，让它成为一个星际组织。我们每一位成员都乐于将各自的发现或发明贡献出来，累积成共同的资产——为了大我的福祉，我们自愿这么做，不像你们地球人，是因为短命而不得不然。

“然而，汉·法斯陀夫博士却不愿这么做。我很清楚，你认为汉·法斯陀夫博士是个怀有崇高理想的忠贞人士，可是他不愿将那些被他视为己有的智慧财富，贡献到共同资产中，因此我才说，他不想要我们。而正因为他把科学发现视为个人的财产，我们也不想要他。我想，你该不会再觉得我们的互相排斥有什么神秘的了。”

贝莱点了点头，然后说：“这种自愿放弃个人荣耀的做法，你认为会成功吗？”

“非成功不可。”瓦西莉娅绷着脸说。

“而借着群策群力，贵院是否已经赶上法斯陀夫博士的个人成就，自行发现了人形正子脑的理论？”

"假以时日，我们一定做得到。"

"你们从未试图说服法斯陀夫博士别再保密，以缩短这个时程？"

"我想我们正准备这么做。"

"利用詹德一案的丑闻吗？"

"我认为你实在没必要提出这个问题——好啦，你想知道的事，我是不是通通告诉你了，地球人？"

贝莱说："你还告诉我好些我不知道的事。"

"那么现在，轮到你跟我讲讲格里迈尼斯的事了，你为何要把这个理发匠的名字跟我扯在一起？"

"理发匠？"

"他自认为是艺术家，什么发型设计师之类的，但讲来讲去他就是理发匠。跟我说说他这个人，否则我们就结束这场晤谈吧。"

贝莱觉得疲惫不堪。他明显感到瓦西莉娅喜欢这种言词交锋——她三言两语便吊足他的胃口，而现在，他不得不拿自己的情报来换取更多的讯息。问题是他并没有什么情报，顶多只有一些猜测罢了。只要他猜错一件事，而且大错特错，那他就完了。

因此他决定主动出击。"你应该了解，瓦西莉娅博士，关于你自己和格里迈尼斯之间的纠葛，并非你假装那只是笑话就能躲过的。"

"有何不可？明明就是笑话。"

"喔，绝对不是。如果真是笑话，你当场就会嘲笑我一番，然后切断三维显像。光是你愿意放弃原先的坚持，同意我拜访你——光是你跟我谈了那么久，还主动告诉我那么多——就代表你明白承认，你觉得我可能已经拿刀架到你的咽喉上了。"

瓦西莉娅紧绷着下巴，用低沉而愤怒的声音说："听好了，小小地球人，我在此的地位并不稳固，这点或许你也知道。我是法斯陀夫博士的女儿，因而研究院里有些极为愚蠢——或极为狡诈的人——便对我怀有疑虑。我并不清楚你听到了——或编造了什么样的故事，反正我确定它多少是个笑话。可是话说回来，不管多么可笑，有心人士还是能用它来对付我，所以我愿意跟你做这笔交易。我已经告诉你一些事，甚至可以说得更多，但你必须先告诉我到底你掌握了什么资料，并说服我相信你所说的句句属实。所以赶紧开始吧。

“如果你想跟我玩什么花样，我会立刻把你踢出去——我的处境不会因此变得更糟，但至少可以开心一下。此外，我会动用一切关系对主席下工夫，让他取消对你的邀请，尽快把你送回地球。目前已有许多压力要求他这么做，你绝不会希望我再加把劲。

“说吧！赶快！”

39

贝莱有个冲动，想要直接切入问题的核心，看看自己到底猜得对不对。可是，他觉得那样行不通。她绝不笨，马上会看出他在做什么，然后出言制止。他知道，自己已经摸对了方向，可不想因此前功尽弃。她刚才说由于那一重父女关系，她的地位并不稳固，这或许是实情，可是，她竟然怕到了愿意接见他的程度，就表示她担心他心中所想的并非纯然只是笑话。

他必须透露一点口风，而且分量要足够，这样才能一举夺回主导权。因此——这是一场豪赌。

他开口便说：“山提瑞克斯·格里迈尼斯曾经对你求欢。”然后，他赶在瓦西莉娅作出回应之前，又用更严厉的口吻加码，“不只一次，而是很多次。”

瓦西莉娅先是双手紧扣放在膝头，然后，仿佛想要坐得舒服些，她向后挪了挪身子，整个人坐上了高凳。她还看了吉斯卡一眼，只见他仍一动不动、面无表情地站在她身边。

然后她望着贝莱说：“好吧，那个白痴见到任何人都会求欢，年龄性别通通不拘。如果他没注意到我，那我可就异于常人了。”

贝莱挥挥手，做了一个不予置评的手势。（她并没有发笑，也没有打算结束这场晤谈，甚至没有表现出一丝愠怒。她等着看这句话能让他如何借题发挥，由此可知，他的确在某方面制住了她。）

他说：“这么讲也太夸张了，瓦西莉娅博士。一个人无论多不挑剔，也不会完全没有选择，而就这个格里迈尼斯而言，他的选择就是你。虽然你拒绝接受，他却置奥罗拉习俗于不顾，继续不断向你求欢。”

瓦西莉娅说：“我很高兴你知道我拒绝了他。有些人觉得基于礼貌，无论任何人向你求欢，你都应该一律——或尽可能接纳，但我并不这么想。对于那些只会浪费时间的无聊行为，我看不出为何必须委曲自己。我的话有没有引起你任何反感，地球人？”

“关于奥罗拉的习俗，我没有任何正面或负面的意见。”（她仍在等待，所以听得很专心。到底她在等什么呢？难道就是他想说却不确定自己敢不敢说的那句话？）

她故作轻松地说：“你到底还有没有什么想说的——或是我们讲完了？”

“还没完。”贝莱现在不得不再赌一把，“你看出格里迈尼斯具有那种越挫越勇的反奥罗拉作风，于是你想到可以好好利用一番。”

“真的吗？多疯狂啊！我又能怎样好好利用呢？”

“既然他对你的迷恋显然非常强烈，只要略施小计，不难让他迷恋上另一个非常像你的人。你在背后怂恿他，或许还对他作出承诺：如果他又遭到拒绝，你就会接纳他。”

“那个非常像我的倒霉女子是谁呢？”

“你不知道吗？得了吧，别装天真了，瓦西莉娅博士。我指的当然就是那个索拉利女子嘉蒂雅，我已经说过，她之所以受到法斯陀夫博士的照顾和保护，正是因为她长得像你。刚才我提到这点的时候，你并未表现出任何惊讶，现在再想装糊涂，恐怕太迟了吧。”

瓦西莉娅狠狠地瞪着他。“就因为你知道他喜欢她，于是推论出他一定先喜欢我？你是根据这个瞎猜的结果找上我的吗？”

“不全然是瞎猜，另外还有好些佐证。你完全否认这件事吗？”

她忽然若有所思地在身边那张长桌上画来画去，贝莱不禁好奇桌上那些文件都是些什么内容。从他所在的位置，他只看得出上面全是复杂的图样，而他心知肚明，不论自己多么仔细、多么努力地研读，也不可能看懂一丝一毫。

瓦西莉娅说：“我有点烦了。你告诉我说，那个格里迈尼斯先喜欢上我，然后才喜欢上那个像我的索拉利人，而现在你又要我否认这件事。我为何要花那个力气否认呢？这又有什么大不了的呢？即使这是实情，对我又能有什么杀伤力？你只是在说我曾经巧妙地摆脱一个无谓的困扰。所以呢？”

贝莱说："问题不在于你怎么做，而是为何那么做。你知道格里迈尼斯是那种越挫越勇的人，他曾经一而再、再而三向你求欢，因此也会对嘉蒂雅一而再、再而三那么做。"

"前提是她会拒绝他。"

"她是索拉利人，在性这方面有过挫折，所以不会接纳任何人。我敢说这些你都知道，因为我可以想象，尽管你和你的父……和法斯陀夫博士早已疏远，但血浓于水，对于替代你的人，你仍会忍不住多加留意。"

"好吧，算她做得对。如果她拒绝了格里迈尼斯，代表她的品位不错。"

"你早就知道这件事没有什么'如果'，你早就知道她会拒绝。"

"再问一遍——所以呢？"

"既然格里迈尼斯会一再向她求欢，就意味着他会经常出入嘉蒂雅的宅邸，意味着他会粘着她。"

"最后一次——所以呢？"

"嘉蒂雅的宅邸里有个非比寻常的对象，那就是詹德·潘尼尔，当世仅有的两个人形机器人之一。"

瓦西莉娅迟疑了一下，然后问道："你这话是什么意思？"

"我认为你曾经灵机一动，想到那个人形机器人如果遇害，令法斯陀夫博士受到牵连，就能把这件事当成武器，用来迫使他吐露人形正子脑的秘密。至于格里迈尼斯，他一来有机会持续出入嘉蒂雅的宅邸，二来却又不断遭到嘉蒂雅的拒绝，所谓由爱生恨，他很容易听人教唆，杀掉那个机器人作为报复。"

瓦西莉娅拼命眨眼。"那个可怜的理发匠，他或许有二十个动机，再加上二十个机会犯下这个案子，但这么说毫无意义。他甚至几乎不懂如何命令一个机器人握手，怎么可能有一丁点机会让一个机器人心智冻结呢？”

“借着这个问题，”贝莱轻声说道，“我们终于能够讲到重点了，我想你等的也正是这一刻，你一直按捺住轰我出去的冲动，就是因为你必须确定我到底有没有想到这一点。我要说的是，格里迈尼斯背后有机器人学研究院的协助，而你就是那个穿针引线的人。”

第十章
瓦西莉娅之二

40

转瞬间，仿佛一场超波剧来到一个全息静止时刻。

在场的机器人当然个个一动不动，但贝莱和瓦西莉娅·茱露博士竟然也跟他们一样。几秒钟之后——每一秒都漫长到难以想象——瓦西莉娅才吁了一口气，并以非常缓慢的动作站了起来。

她紧绷的脸孔上挂着一个皮笑肉不笑的表情，她的声音则相当低沉。“你的意思是，地球人，我是毁坏那个人形机器人的共犯？”

贝莱说：“我的确有过这方面的想法，博士。”

“谢谢你的想法。现在晤谈结束，你可以回去了。”她指了指门口。

贝莱说：“只怕我还不想走。”

“我可没问你想不想，地球人。”

“那你就错了，如果我不想走，你又能怎么样？”

“我有许多机器人，只要我一声令下，他们就会礼貌地但坚决地把你赶走，唯一可能遭到伤害的只有你的自尊——如果你还有的话。”

“但眼前你只有一个机器人，而我却有两个，他们绝不会坐视这种事。”

“我随时能召来二十个。”

贝莱说：“瓦西莉娅博士，请务必听清楚！刚才你乍见丹尼尔的时候相当惊讶，所以我猜，虽然你任职于这个机器人学研究院，而贵院的首要任务就是研发人形机器人，你却从未真正见过像他这样运作自如的成品。因此，你的机器人同样没见过。瞧瞧这个丹尼尔，他多么像真人，除了已经死去的詹德，再也没有其他机器人像他这么酷似人类。在你的机器人眼中，丹尼尔当然就是人。而且他懂得怎样让机器人优先接受他的命令，或许能把你都给比下去。”

瓦西莉娅说：“有必要的话，我也能在研究院内召唤二十个真人，请他们把你赶走，或许还会让你挂点彩，而你带来的机器人很难干预他们的作为，就连丹尼尔也不能。”

“我的机器人具有极其迅速的反应能力，如果他们不让你有所行动，你又要怎样找来帮手？”

瓦西莉娅咧开嘴，做了一个算不上笑容的表情。“虽然我不能替丹尼尔发言，但我从小就认识了吉斯卡。我认为他绝不会阻止我的行动，而且我猜，他也不会容许丹尼尔干涉我。”

贝莱心知肚明，此时的处境如履薄冰，但他竭力避免声音打颤。“在你采取任何行动之前，或许该问问吉斯卡，如果你我的命令彼此冲突，他会怎么做。”

“吉斯卡？”瓦西莉娅带着无比的信心问道。

吉斯卡正视着瓦西莉娅，答道："小小姐，我不得不保护贝莱先生，他有优先权。"他的声音透着一种莫名的古怪。

"真的吗？谁下的命令？这个地球人吗？这个陌生人吗？"

吉斯卡说："是汉·法斯陀夫博士下的命令。"

瓦西莉娅的双眼几乎喷出火来，她慢慢坐回高凳上，双手摆在膝头。"他连你也抢走了。"当她低声说出这句话的时候，双手兀自颤抖不已。

"如果这还不足以说服你，瓦西莉娅博士，"丹尼尔突然自行发言，"那么请注意，我同样会把以利亚伙伴的权益放在你前面。"

瓦西莉娅带着一脸苦涩的疑惑凝望着丹尼尔。"以利亚伙伴？你是这么叫他的吗？"

"是的，瓦西莉娅博士。我之所以这样选择——将这个地球人置于你之上——除了因为这是法斯陀夫博士的命令，也是因为在这次的调查中，我和这个地球人的确是搭档，而且——"丹尼尔顿了顿，仿佛对即将脱口而出的那句话有些疑惑，但还是不管三七二十一说了出来，"我们还是好朋友。"

瓦西莉娅说："好朋友？一个地球人和一个人形机器人？嗯，果然相配，都是半吊子的人类。"

贝莱厉声道："无论如何，我们的友谊十分牢固。为了你自己着想，千万不要测试我们——"这时轮到他顿了一顿，"这种友情的力量。"他能顺利说完这句话，连他自己都万分惊讶。

瓦西莉娅转向贝莱。"你到底想要什么？"

"实情。我被请到奥罗拉——这个曙光世界——是来厘清一个似乎不易解开的谜团，那就是法斯陀夫博士蒙受了不白之冤，而你我的世界也有可能受到可怕的牵连。丹尼尔和吉斯卡对这个情势有充分的了解，在他们心目中，除非有迫在眉睫而且百分之百违背第一法则的情况，否则我的办案行动永远是第一优先。既然他们已经听到我刚才那番话，知道了你可能是这件案子的共犯，所以他们很清楚，绝不能让这场晤谈就此结束。因此之故，我再说一遍，如果你拒绝回答我的问题，他们将被迫采取行动，所以千万别冒这个险。我在指控你是谋杀詹德·潘尼尔的共犯，你否认这项指控吗？这个问题你非答不可。”

瓦西莉娅气急败坏地说：“我会回答的，我才不怕呢！谋杀？一个机器人被解除了功能，这叫作谋杀吗？好，不管是谋杀还是其他罪名，反正我通通否认，不遗余力地否认到底。我并没有为了要让格里迈尼斯去终结詹德，而教导他任何机器人学的知识。就这件事而言，我自己的学识根本不够，而且我猜这所研究院里谁也没有这个学识。”

贝莱道：“我不敢说你到底有没有这方面的足够知识，或是这所研究院里哪位成员有没有。然而，我们还是可以讨论你的动机。我首先想到的是，或许你对这个格里迈尼斯感到心软。不管你如何坚拒他的求欢——不管你觉得他多么不配成为你的情人——可是，若说你被他的坚持所打动，这又有什么奇怪的吗？所以，如果他诚心诚意向你求助，而事情又和性爱无关，难道你不会对他伸出援手吗？”

“你的意思是，也许他曾经对我说：‘亲爱的瓦西莉娅，我想把一个机器人解除功能，请告诉我该怎么做，我会对你感激涕零。’于是我说：‘啊，亲爱的，当然没问题，我万分乐意协助你犯这个罪。’荒谬之极！唯有对奥罗拉一无所知的地球人，才有可能相信真会发生这种事。而且，还必须是个特别愚蠢的地球人。”

“或许吧，可是各种可能性我都必须考虑。比方说，底下是第二种可能，你看有没有道理：格里迈尼斯移情别恋这件事令你醋劲大发，你之所以帮助他，可能并非心软这么抽象的原因，而是基于一个非常具体的渴望，就是想把他赢回来？”

“醋劲大发？那是地球人才有的反应。如果我自己不想要格里迈尼斯，又怎么会在乎他是否向其他女子求欢，以及是否成功，或者倒过来，是否有其他女子成功地对他献身？”

“之前我就听说过，奥罗拉上没有吃醋这回事，我也愿意相信理论上的确如此。可是，这样的理论很难通过现实的考验，总会有若干例外的情形。此外，吃醋几乎都是非理性的反应，光靠逻辑是不能排除的。不过，我们暂且搁下这个问题，先来讨论第三种可能性：即使你毫不在乎格里迈尼斯这个人，你仍有可能吃嘉蒂雅的醋，因而想要伤害她。”

“吃嘉蒂雅的醋？我几乎从未见过她，只有她刚到奥罗拉之际，在超波电视上看过她一眼。虽然每隔好一阵子，偶尔会有人提到她和我长得很像，但这并未造成我的困扰。”

“可是，她和法斯陀夫博士关系非比寻常，不只受到他的照顾和宠爱，甚至取代了你的地位，几乎成了他的女儿，这点有没有造成你的困扰呢？”

“那是她的自由，我一点也不在乎。”

“即使他俩是情人？”

瓦西莉娅瞪着贝莱，看得出她越来越气愤，发际冒出了许多细小的汗珠。

她说：“我们没必要讨论这一点。你声称我是你所谓的那个谋杀案的共犯，然后又要我否认，我已经这么做了。我已明白表示，自己一来没有能力，二来欠缺动机。你大可把这个指控公之于世，就算给我安上一个愚蠢的动机，并坚称我有那个能力，你也得不到任何支持，绝对得不到。”

虽然这时她气得发抖，贝莱却听得出她的声音充满自信。

她并不怕这个指控。

既然她同意见他，代表他确实猜对了一点——她在害怕什么事，或许还怕得要死。

可是她并不怕这件事。

所以说，到底哪里搞错了呢？

41

贝莱（心慌意乱地急着寻找出路）说道：“假设我接受你的说法，瓦西莉娅博士；假设我同意根本不该怀疑你是这桩——机杀案——的共犯。即便如此，并不代表你就不可能帮我。”

“我为什么要帮你？”

贝莱答道：“因为人类的高贵情操。汉·法斯陀夫博士向我们保证，他并没有做那件事，他并不是机器人杀手，他并未将那个十分特别的机器人詹德弄得停摆。而大家都会认为，你对法斯陀夫博士的了解超过任何人。曾有许多年的时间，你是他最宠爱的孩子，在他的照顾下逐渐长大，这种关系极其亲密。从来没有人像你那样，几乎在任何时间、任何情况下都见过他。无论你现在对他有什么感觉，都改变不了过去那些事实。既然你这么了解他，一定能够替他的人格作证——他不可能伤害一个机器人，更何况那机器人是他登峰造极的成就。你是否愿意公开作证？对所有的世界？那会有极大的帮助。”

瓦西莉娅的表情似乎更严峻了。“给我听清楚，”她一字一顿地说，“我不想给牵扯进去。”

“你不想也不行。”

“为什么？”

“难道你不觉得你的父亲对你有恩吗？他是你的父亲啊。不论这个称谓对你有没有意义，你们两人总有血缘上的关联。除此之外——不管父亲不父亲——他花了许多年的时间把你养大，尽心尽力照顾你、教育你。光是这一点，他就对你有恩。”

瓦西莉娅开始发抖。这回她抖得很明显，连牙齿都格格作响。她试着开口，可是办不到，只好接连做了两个深呼吸，然后再试一次。“吉斯卡，这些对话你都听到了吗？”

吉斯卡颔首答道：“听到了，小小姐。”

“你呢，那个人形机器人——丹尼尔？”

“请说，瓦西莉娅博士。”

“你也都听到了？”

“是的，瓦西莉娅博士。”

“所以你们都了解了，这个地球人坚持要我为法斯陀夫博士的人格作证？”

两个机器人点了点头。

“那我就说了——虽然这有违我的意愿，而且令我气愤。在此之前，我之所以没有出来作证，正是因为我觉得我的这个父亲——他给了我一半的基因，而且勉强可以说把我养大——对我至少有那么点恩情。可是现在我改变主意了。地球人，你给我听好，这个和我有血缘关系的汉·法斯陀夫博士，并没有把我——我！我！——

当作一个独立的人类来养育。对他而言，我只不过是个实验品，是个观察对象。”

贝莱摇了摇头。“我不是要你说这个。”

她却得理不饶人地步步紧逼。“既然你坚持要我说，我就照办，而且会给你一个答案。汉·法斯陀夫博士只对一件事感兴趣，只有一件事，一件事而已，那就是人脑的运作。他希望能将它化约成方程式，并且画出图解，以便破解这个迷宫，进而建立一套研究人类行为的数理科学，好让他得以预测人类的未来。他将这门科学称为‘心理史学’。我相信你只要跟他谈上一个钟头，他就一定会提到这件事，这股狂热正是他的原动力。”

瓦西莉娅仔细端详贝莱的表情，然后兴高采烈地叫道：“我看得出来！他跟你提过了。那么他必定告诉过你，他之所以对机器人感兴趣，只是想要通过他们来研究人类的大脑。而他之所以对人形机器人感兴趣，只是想要通过他们更进一步研究人类的大脑——没错，这点他也跟你说了。

“我相当确定，正是由于他试图了解人类的大脑，才会发展出人形机器人的基本理论，而他将这套理论视为禁脔，不让任何人看一眼，因为他想在长达约两世纪的余生中，完全独力地解开人脑之谜。其他的一切都是次要的，我当然也绝对包括在内。”

贝莱一面勇敢迎向对方的怒火，一面低声道：“请问为什么说你也包括在内，瓦西莉娅博士？”

“我出生后，原本应当和其他婴儿生活在一起，由专业人士负责照顾；不该让我独自成长，更不该让一个外行来照顾我——无论他是不是我的父亲，是不是科学家。法斯陀夫博士不该获准把一个小孩置于那样的环境下，他如果不是汉·法斯陀夫，就绝对做不到。为了实现这件事，他动用所有的名望，兑现了所有的人情，尽可能说服每一个关键人士，最后终于得到了我。”

“那是因为他爱你。”贝莱喃喃道。

“爱我？任何一个婴儿都能取代我，偏偏他一个也找不到。他想要有个小孩在他身边成长，有个大脑在他的观察下发育。他想要仔细研究人脑的生长模式和发展方式，所以希望先有个简单的大脑，随着它越长越复杂，他就有机会研究其中的细节。为了这个目的，他强迫我接受一个不正常的环境，以及稀奇古怪的实验，完全不把我当人看。”

“这点我无法相信。即使他拿你当实验对象，仍然能把你当成人类来关心和照顾。”

“不，你这是地球人的说法。或许在地球上，血缘的关联还受到某种重视，此地则完全不会。对他而言，我只是个实验对象，如此而已。”

“即使起初是这样安排的，可是一旦成了你的监护人，法斯陀夫博士便忍不住开始爱你——你这无助的小东西。即使完全没有血缘的关联，即使我们姑且假设你只是小动物，他还是会开始爱你。”

“喔，他现在会了吗？”她以苦涩的口吻说，“像法斯陀夫博士这种人，你不会知道他的心肠有多硬。如果杀了我能令他知识增长，他会毫不犹豫地这么做。”

“这太荒谬了，瓦西莉娅博士。他对你那么亲切、那么体贴，甚至令你对他产生爱意。这事我知道，你……你曾对他献身。”

“他告诉你的，是吗？对，他会这么做。直到今天，他都未曾静下心来想想，公开这种事会不会令我难堪。没错，我曾对他献身，但这又有何不对？当时，他是我唯一真正认识的人类。表面上他一直对我很温柔，而我那时还不了解他的真正意图，所以，他是我最自然的选择。此外，他还刻意要我在受控的情况下接触到性刺激——而且是由他一手安排的。于是，我无可避免地终将投向他的怀抱。我不得不这么做，因为根本没有其他选择——而他竟然拒绝我。”

“所以你开始恨他？”

“不，起初并没有，最初几年都没有。虽说我在性这方面的发展受到了阻碍和扭曲，直到今天心中还有阴影，但我并未立刻怪罪到他头上，因为我知道得太少了。我替他找了不少借口，例如他太忙、他有别的对象、他需要比较成熟的女人。我竟然有本事替他想到那么多理由，你也不得不佩服吧。直到好些年后，我察觉到事情有点不对劲，才设法把问题当面摊开来。‘你为什么拒绝我？’我问，‘如果你答应我，也许就能帮助我回到正轨，一举解决所有的问题。’”

她顿了顿，咽了一下口水，还把双眼遮住一阵子。贝莱觉得很尴尬，只好一动不动地耐心等待，而那些机器人仍旧个个面无表情（据贝莱了解，正子径路中各式各样的电位平衡或不平衡，一律无法产生类似尴尬这样的情绪）。

她比较平静了，又说：“他尽可能拖延这个问题，但我一而再、再而三当面追问他。‘你为什么拒绝我？’‘你为什么拒绝我？’他对性爱活动毫不排斥，我见识过好几次——我记得自己还怀疑过他是否只喜欢男性。只要不牵涉到生儿育女，性倾向如何一点也不重要，而且有些男性的确不喜欢女性，反之亦然。然而，你称之为我父亲的这个人，却不属于这一类。他喜欢女性——有时还是年轻的女性——她们和我当年向他献身时一样年轻。‘你为什么拒绝我？’最后他终于回答了——你不妨猜猜他给我的答案是什么。”

她带着嘲讽的意味暂且打住，等待对方开口。

贝莱感到坐立不安，含含糊糊地说："他不想和自己的女儿做爱？"

"喔，别傻了。这又有什么差别呢——别忘了奥罗拉男性几乎都不知道谁是自己的女儿，而且他们和比自己小好几十岁的女性做爱是家常便饭。不过别管了，这种事不言而喻。他的回答是——唉，我记得一清二楚，他竟然说：'你这大傻瓜！如果我和你有了那种关系，今后怎能再保持客观——我继续研究你还有什么用呢？'

"要知道，在那个时候，我已经明白他对人脑十分着迷。我甚至追随他的脚步，自己也成了一位机器人学家。我拿吉斯卡当实验品，尝试修改他的程序。我做得非常好，对不对，吉斯卡？"

吉斯卡说："的确非常好，小小姐。"

"但我终究看出来，这个你称之为我父亲的人，其实并不把我当人看。为了避免影响自己的客观性，他宁愿眼睁睁看着我的人生遭到扭曲。对他而言，他的观察要比我的正常人生更为重要。从那时候起，我总算认清了自己的身份以及他的真面目——于是我离开了他。"

沉重的寂静开始凝结在空气中。

贝莱感觉到脑部血管在微微悸动。他很想问些问题：一个伟大的科学家，免不了有自我中心的倾向，更何况他研究的问题是那么重要，难道你完全不能体谅吗？你再三逼迫他讨论那件他不想讨论的事，或许他因此说了些气话，难道你完全无法容忍吗？瓦西莉娅，你刚才火冒三丈的时候，情况不也很类似吗？你为了彻底坚持自己的"正常"（姑且不论你如何定义），忽视了或许是人类所面对的最重要的两个课题——人脑的本质和银河系的开拓——这难道不是同样严重的自我中心，而且更站不住脚吗？

可是，这些问题他通通说不出口。他不知道该怎么说，才能让这个女人真正听进去，而如果她愿意回答，他也不确定自己是否听得懂。

他在这个世界上到底是在做什么？不论这些奥罗拉人如何解释，他也无法了解他们的行事作风，反之，他们也不了解他。

他以疲惫的口吻说："很抱歉，瓦西莉娅博士，我知道你在气头上，但如果你能暂时消消气，心平气和地想想法斯陀夫博士和那个遇害的机器人，你能否看出这两件事其实并没有关系？法斯陀夫博士或许是想以超然和客观的方式观察你，甚至不惜为此牺牲你的幸福，可是这和他会忍心毁掉一个先进的人形机器人，两者相差了无数光年。"

瓦西莉娅涨红了脸，咆哮道："你真的听不懂我说的话吗，地球人？难道你认为我刚才对你说那些话，是由于我认为你——或任何人——会对我的悲惨遭遇感兴趣吗？另一方面，你真的认为我喜欢用这种方式暴露自己的隐私吗？

"我告诉你这些，只是为了要向你说明，汉·法斯陀夫博士——如你不厌其烦一再强调的，也就是我的亲生父亲——确确实实毁掉了詹德。这事当然是他干的。我一直没这么说，是因为在你之前，没有任何人愚蠢到了问我这个问题，此外也是因为我自己太傻，对那个人多少还有些牵挂。但你既然问了我，那我可就不客气了，我向奥罗拉发誓，从今以后，我会对每个人都这么说。若有必要，我还会作公开说明。

"毁掉詹德·潘尼尔的就是汉·法斯陀夫博士，这点我万分确定，你满意了吗？"

42

贝莱骇然地瞪着这个发了狂的女人。

他结巴了一阵子，然后再度开口："这些我全都不了解，瓦西莉娅博士。请你冷静下来，好好考虑一番。法斯陀夫博士为何要毁掉那个机器人？这和他对待你的方式又有什么关系？莫非在你的想象中，这是他对你进行的一种报复？"

瓦西莉娅呼吸急促（贝莱竟在不知不觉间注意到，瓦西莉娅虽然和嘉蒂雅一样身材娇小，她的胸部却比较大），她似乎要花很大的力气，才能控制住自己的声音。

她说："地球人，我是不是已经告诉你，汉·法斯陀夫对于观察人脑十分着迷？他会毫不犹豫地对人脑施压，以便观察它的反应。而且，他特别喜欢不寻常的人脑——比方说婴儿的——因为可以观察它的发育过程。反之，他对普通人的大脑则兴趣缺缺。"

"可是这又和……"

"先问问你自己，他对那个外星女子为何那么感兴趣。"

"嘉蒂雅？我问过他，他也回答了。她令他想起了你，这点毫无疑问，你们两人长得还真像。"

"刚才，当你告诉我这件事的时候，我觉得很好笑，还反问你是否相信他。现在我再问一遍，你真相信他吗？"

"我为何不该相信他？"

"因为那并非事实。她长得像我，顶多只会引起他的注意，可是他对她感兴趣的真正原因，则是由于那个外星女子——来自外星。她是在索拉利长大的，那个世界的习俗和社会规范都有异于奥罗拉。她的大脑就像是用另一个模子铸出来的，因此能提供他不同的观点和启发。现在你还不明白吗？——另一方面，他为什么对你感兴趣呢，地球人？难道他那么笨，认为对奥罗拉一无所知的你真有办法解开奥罗拉上的谜？"

这时丹尼尔突然加入讨论，他的声音令贝莱吓了一跳。丹尼尔这么说："瓦西莉娅博士，以利亚伙伴当初对索拉利也一无所知，却侦破了索拉利上的一件奇案。"

"是啊，"瓦西莉娅酸酸地说，"那出超波剧红遍了每个世界。闪电总有可能打到人，但我并不觉得汉·法斯陀夫会坚信连续两个闪电能打到同一个地方。不，地球人，他之所以对你感兴趣，首要原因正是你的地球人身份。你能提供另一个非比寻常的大脑，供他研究和操弄。"

"但你绝不会真心相信，瓦西莉娅博士，他仅仅为了研究一个不寻常的人脑，就会不顾奥罗拉所面临的重大难题，找来一个他明明知道没用的人。"

"他当然会。我跟你讲这么多，不就是在强调这一点吗？无论奥罗拉面对什么样的危机，在他看来，都远远比不上解决人脑之谜来得重要。如果你问他，我能百分之百猜到他会如何回答。奥罗拉或许有兴有衰，有荣有枯，但相较于人脑之谜，通通显得微不足道，因为人类如果真正了解大脑，他心目中的'心理史学'就会梦想成真，而在这个学说的指导之下，只要短短十年的努力，便能修正和弥补过去一千年之间所有的错误和遗憾。他会用这样的论述把一切合理化——包括谎言、残酷的手段、一切的一切——只要说他的所作所为，都是为了增进有关人脑的知识即可。”

“我难以想象法斯陀夫博士会有残酷的一面，他这个人再温和不过了。”

“是吗？你和他相处过多久？”

贝莱答道：“三年前在地球上，和他谈过几小时。如今在奥罗拉，和他处了一整天。”

“一整天，一整天。我曾经和他在一起三十年，可以说是朝夕相处，然后，我虽然离开了他，仍不时注意他的学术动态。而你仅仅和他处了一整天，地球人？好吧，在那一天当中，他有没有做过任何吓唬你或羞辱你的事？”

贝莱陷入沉默。他想起了自己差点被调味瓶打破脑袋，好在有丹尼尔及时相救；想起了昨天在卫生间，曾经因为自然界的假象而寸步难行；还想起了他在户外多待了好些时间，目的只是为了测试他对开放空间的适应力。

瓦西莉娅说：“我看出来了。你的这张脸，地球人，并不如你所想象的那么会掩饰。他有没有想用心灵探测器伺候你？”

贝莱答道：“曾经提到过。”

“只不过一天——就已经提到了。我猜这令你感到很不安？”

“没错。”

“而且，他这个提议根本没来由？”

“喔，那倒是有的。”贝莱迅速回应，“我曾告诉他，自己有过一个一闪即逝的想法，所以他建议用心灵探测器帮我找回来，这当然是合情合理的。”

瓦西莉娅说：“不，不对。心灵探测器在这方面的精巧度还不够，如果轻易尝试，很有可能对大脑造成永久性伤害。”

“由专家操作就一定不会——比方说，由法斯陀夫博士亲自动手。”

“他？他连心灵探测器的前后都分不清。他是理论家，不是技术员。”

“那么一定能找到适当的人。事实上，他并没有说要亲自动手。”

“不，地球人，找不到的。想想！想想！如果心灵探测器能够安全地用在人类身上，又如果汉·法斯陀夫如此看重机器人无故停摆这件事，那么他何不自告奋勇，自愿接受心灵探测器的检查呢？”

“自告奋勇？”

“别说你没有想到这一点。只要不是白痴，谁都会得出法斯陀夫有罪的结论。唯一对他有利的事，就是他坚持自己是无辜的。所以说，为了证明自己的清白，他何不干脆接受心灵探测器的检查，示范一下在他的大脑深处挖不出一丁点罪恶的痕迹。他提过这种建议吗，地球人？”

“没有，至少没对我提过。”

“因为他非常了解，那样做有致命的危险。然而，他却毫不犹豫地对你作这种建议，只因为他想观察你对恐惧的反应，以及你的大脑在压力下如何运作。也或许是他想到，无论心灵探测器会带给你多大的风险，但你的大脑既然是在地球上塑造的，还是有可能提供他一些有趣的数据。所以请告诉我，这算不算残酷？”

贝莱硬生生挥了挥右臂，将这个问题扫到一边。“这和真正的案情——那个机杀案——又有什么关系？”

“那个索拉利女子，嘉蒂雅，吸引了曾是我父亲的那个人的注意。对他而言，她拥有一个有趣的大脑。因此他给了她一个机器人，也就是詹德，想要看看一个并非在奥罗拉长大的女子，面对在各方面都酷似真人的机器人，到底会做出什么事。他知道，换成了奥罗拉女性，极有可能立刻把机器人当性伴侣，丝毫没有心理障碍。我承认，我自己会有些这方面的障碍，因为我并非以正常方式养大的，但奥罗拉女性一般都不会。另一方面，那个索拉利女子则会出现极大的心理障碍，因为她是在一个极度机器人化的世界长大的，对机器人怀着非常僵硬的心态。你瞧，对我父亲而言，这个差异可能极具启发性，而从这些个别差异中，他就能试着建立人脑运作的理论。汉·法斯陀夫耐心等了半年，时机终于成熟了，那个索拉利女子或许已经能尝试跨出第一步……”

贝莱突然插嘴：“关于嘉蒂雅和詹德的特殊关系，你父亲完全不知情。”

“这是谁告诉你的，地球人？我父亲？嘉蒂雅？如果是前者，他自然是在说谎；如果是后者，那只是因为她很可能不知道。你大可相信法斯陀夫确实清楚内情，他非清楚不可，因为在他的研究中，一定包括了‘索拉利人的大脑是怎样扭曲的’这样的问题。

“然后他又想到——这件事，我像是能看穿他的心思那般确定——现在这个女人刚开始依恋詹德，如果这时候，在毫无来由的情况下，她突然又失去他，会导致什么情况呢？他知道换成奥罗拉女性会怎么做，她们会觉得有些失望，然后就开始寻找替代品，可是索拉利女子又会如何呢？于是他下手解除了詹德的功能……”

“只为了满足一时的好奇，竟然毁掉一个极具价值的机器人？”

“骇人听闻，对不对？但汉·法斯陀夫就是会做这种事的人。所以请你回去告诉他，地球人，就说他的小把戏玩不下去了。如果目前为止，这个世界普遍还不相信他是凶手，那么在我和盘托出之后，大家肯定就会相信了。”

43

接下来有好长一段时间，贝莱目瞪口呆地坐在那里，瓦西莉娅则带着幸灾乐祸的表情望着他。这时，她看起来一脸的冷酷，和嘉蒂雅没有半分相似之处。

似乎再也无能为力了……

贝莱站起来，觉得自己突然老了——虽然他只有四十五标准岁（对奥罗拉人而言，这只是小孩子的年龄），感觉上却老得多。目前为止，他所做的每一件事都毫无收获。不，其实更糟，因为他每走一步，拴在法斯陀夫身上的绳索就收得更紧一点。

他抬头望向透明的天花板，看见太阳仍高挂天际，不时有一两排稀疏的云朵遮住它的光芒。但它不如之前那么明亮，或许是已经通过天顶了。

他的这个举动似乎令瓦西莉娅想到了什么，她的手臂在面前的长桌上滑了一下，天花板立刻转为不透明。与此同时，一道明亮的光线迅速扩散至整个房间，其中还带着阳光里特有的淡橙色。

她说："这次晤谈我想该结束了。我不会再有任何理由想见你，地球人，反之你也一样。或许你最好尽快离开奥罗拉，你已经——"她冷冷一笑，然后近乎凶残地说，"对我父亲造成不少伤害，虽然他应得的报应要比这还多得多。"

贝莱朝门口走出一步，两个机器人随即来到他身边。吉斯卡低声说:“你还好吗，先生?”

贝莱耸了耸肩，这该怎么回答是好呢?只听瓦西莉娅叫道:“吉斯卡!等到法斯陀夫博士不再需要你的时候，来我这边好吗?”

吉斯卡平静地望着她。“只要法斯陀夫博士允许，小小姐，我就会来。”

她笑得更亲切了。“一定要来，吉斯卡，我一直都很想念你。”

“我也经常想到你，小小姐。”

贝莱在门口转过头来。“瓦西莉娅博士，我可否借用一下你的卫生间?”

瓦西莉娅双眼圆睁。“当然不行，地球人。研究院里各处都有公共卫生间，你的机器人应该知道怎么带你去。”

他一面瞪着她，一面摇了摇头。显然她不希望地球人污染她的房间，这并没有什么好意外的，但他仍旧气愤难平。

他说:“瓦西莉娅博士，如果我是你，绝不会宣称法斯陀夫博士有罪。”这句话纯粹出于义愤，并非任何理智的决定。

“有什么能阻止我呢?”

“如果你和格里迈尼斯之间的勾当被全盘揭露，会给你带来危险。”

“别胡扯了。你已经承认，我和格里迈尼斯之间没有什么同谋关系。”

“不完全正确。我同意表面上看来，应该能断定你和格里迈尼斯并未直接同谋要毁掉詹德。不过，间接的同谋还是有可能的。”

“你疯了，什么是间接的同谋?”

“如今我还不想在法斯陀夫博士的机器人面前讨论这件事——除非你坚持。但你又何必这么做呢?我这番话的意思，你自己心知肚明。”至于她会不会被唬到，贝莱自己毫无把握。这般虚张声势的结果，可能只会令情势更加恶化。

可是它奏效了！瓦西莉娅似乎全身缩了起来，而且双眉紧锁。

贝莱心想：所以说，不管内情如何，这个间接的同谋还真的存在，因此在被她看穿虚张声势之前，我至少还能制住她一阵子。

贝莱精神振奋了些，说道：“我再次强调，关于法斯陀夫博士的事，请你保持沉默。”

可是，当然啦，他并不知道自己争取到了多少时间——或许只有很少很少。

第十一章
格里迈尼斯

44

他们再次坐进气翼车——三人都坐在前面，贝莱照例坐在中间，左右两侧都感到被紧紧夹着。虽然他俩只是不能违背命令的机器，但对于他们无微不至的照顾，贝莱心中仍充满感激。

但他随即想到：为什么要拿“机器”这两个字来贬损他们呢？在这个好坏无常的宇宙里，他们即使是机器，也是两台好机器。我并没有权利把“机器和人类的区分”置于“好与坏的区分”之上。而且，至少就丹尼尔而言，我无法将他想成机器。

只听吉斯卡说：“我必须再问一遍，先生，你觉得还好吗？”

贝莱点了点头。“相当好，吉斯卡，我很高兴有你俩陪着我。”

此时天空几乎全是一片白色——更正确地说是灰白色。微风阵阵吹拂，带来相当的凉意，直到上了车才暖和起来。

丹尼尔说："以利亚伙伴，刚才我一直在仔细聆听你和瓦西莉娅博士的对话。我并不希望驳斥瓦西莉娅博士的言论，但我必须告诉你，根据我自己的观察，法斯陀夫博士是个既亲切又有礼貌的人。据我所知，他从未有过任何残酷的作为，而且无论我怎么想，也想不到他曾经牺牲别人来满足自己的好奇心。"

贝莱仿佛在丹尼尔脸上看到了无比的真诚，他忍不住问道："即使法斯陀夫博士其实既残酷又自私，你能对他作出负面评价吗？"

"我至少能保持沉默。"

"但你会这么做吗？"

"在瓦西莉娅博士完全诚实的前提下，我如果说谎，就是对她提出不当的质疑，因而会对她造成伤害；而如果我保持沉默，则会伤害到法斯陀夫博士，因为他所受到的正确指控将更加坐实。上述这两种伤害，如果在我看来强度大致相等，我就必须保持沉默。一般而言，在所有的条件大致相等的情况下，主动作为所导致的伤害，总是超过了被动的不作为。"

贝莱说："所以，即便第一法则宣称'机器人不得伤害人类，或因不作为而使人类受到伤害。'它前后两部分其实地位并不相等？根据你的说法，采取或不采取行动，导致的错误总是前者比较大？"

"这些字句只是大概的描述而已，以利亚伙伴，真正的三大法则其实是正子径路中那些'正子电动势'的恒常变化。我没有足够的知识用数学来描述这件事，但我很清楚自己会怎么选择。"

"如果几乎会造成相等的伤害，那么在采取与不采取行动之间，你总是会选择后者？"

"一般而言是这样的。此外，如果几乎会造成相等的伤害，那么在说实话和说谎之间，我总是会选择说实话。同样的，这也是一般而言。"

“而现在这个情况，既然你已开口驳斥瓦西莉娅博士，造成了她的伤害，唯一的解释就是你在说实话，所以第一法则没有足够的力量阻止你？”

“正是这样，以利亚伙伴。”

“然而事实上，即使刚才那番话是不折不扣的谎言，你还是可能一字不漏地说出来——只要法斯陀夫博士事先对你下了一道足够强的命令，要求你在必要时那么说，而且拒绝承认你曾接到这样的命令。”

丹尼尔顿了顿，然后才说：“正是这样，以利亚伙伴。”

“情况可真是复杂，丹尼尔——但你还是相信法斯陀夫博士并没有谋杀詹德·潘尼尔？”

“根据我和他相处的经验，以利亚伙伴，我判断他是个诚实的人，绝对不会伤害詹德好友。”

“然而，针对他是凶手的指控，法斯陀夫博士自己竟然提出一个强而有力的动机，另一方面，瓦西莉娅博士则提出一个完全不同的动机，不但同样强而有力，而且甚至比前者更可耻。”贝莱沉思了一下，“这两个动机，无论哪个公之于世，普天下都会相信法斯陀夫博士确实有罪。”

贝莱突然转向吉斯卡。“你怎么说呢，吉斯卡？你认识法斯陀夫博士的时间要比丹尼尔来得长，根据你对博士人格的了解，你是否也同意法斯陀夫博士不可能犯下这个案子，不可能毁掉詹德？”

“我同意，先生。”

贝莱凝视着这个机器人，心中难免有几分怀疑。他不如丹尼尔那么先进，所以他的证词能有多么可信呢？他会不会身不由己，被迫对丹尼尔所作的选择照单全收呢？

他又问：“你也认识瓦西莉娅博士，对不对？”

“我和她非常熟。”吉斯卡答道。

“我猜，你还很喜欢她。”

“我照顾了她许多年，她从来没有带给我任何麻烦。”

“即使她曾任意修改你的程序。”

“她的技术很高明。”

“她会不会说谎诬陷她的父亲——我是指法斯陀夫博士？”

吉斯卡迟疑了一下。“不会的，先生，她不会这样做。”

“那么你是说，她所讲的都是实话。”

“也不完全是这样，先生，我只是说她相信自己是在说实话。”

“可是，如果事实上，她父亲的为人真是丹尼尔所说的那样，她又为何要相信他做过那些邪恶的事呢？”

吉斯卡慢条斯理地说：“她年轻的时候受过不少委屈，而她将问题通通归咎于法斯陀夫博士，况且，在某种程度上，这些不幸确实是他的无心之失。在我看来，会有那样的结果根本不是他的本意。然而，人类不像机器人，并非几个直截了当的法则就能规范。因此大多数的时候，人类各种动机的复杂性都是很难判断的。”

“有道理。”贝莱喃喃道。

吉斯卡问：“你是否认为，想证明法斯陀夫博士是无辜的，已经没希望了？”

贝莱双眉紧锁。“有可能。目前为止，我看不到任何希望——如果瓦西莉娅博士照原定计划，公开说出那些话……”

“但你已经命令她别说。你已经对她说明，那会给她带来危险。”

贝莱摇了摇头。“我是在吓唬她，当时我也只能那么讲。”

“所以说，你打算放弃了？”

贝莱慷慨激昂地说：“不！此事若只牵涉到法斯陀夫，我也许会放弃。毕竟，他会受到什么实质伤害呢？杀害机器人顶多只是民事案件，显然不算什么重罪。最坏的结果，也只不过是令他失去政治影响力，此外，他也许会有一段时间无法从事科学研究。我很不愿意见到这种事，但如果我无能为力，那就真的无能为力了。

“另一方面，此事若只牵涉到我自己，我也可能会放弃。无功而返虽说有损我的声誉，但我碰到的情况，正应了巧妇难为无米之炊这句话。我将会灰头土脸地回到地球，会开始过着遭到解雇的悲惨日子，但每个地球人都有可能遇到这种坏运气。许多比我优秀的人，同样碰到过这么不公平的事。

“问题是，这件事还关系到了地球。如果我失败，除了会让我自己和法斯陀夫博士遭到难以承受的打击，还会把地球人离开地球、走向银河的希望彻底葬送掉。基于这个原因，我一定不能失败，只要我没有被逐出这个世界，就一定要继续努力下去。”

他近乎耳语般讲完最后几句话之后，突然抬起头来，用发牢骚的口吻说：“我们干嘛停在这里，吉斯卡？你让发动机空转着好玩吗？”

“恕我直言，先生，”吉斯卡说，“你还没告诉我要去哪里。”

“对！——很抱歉，吉斯卡。首先，瓦西莉娅博士提到此地有不少公共卫生间，带我去最近的一处。你们两人或许没这个问题，但我的膀胱可得清一清了。然后，在附近找个吃饭的地方，我的肚子也得填一填了。再然后……”

“怎样，以利亚伙伴？”丹尼尔问。

“实话告诉你，丹尼尔，我也不知道。然而，等照顾完这些生理需求，我一定能想到下一步。”

贝莱衷心希望自己也能相信这句话。

45

这回，气翼车并未贴地飞行太久。它很快就停止前进，开始轻微摇晃，而贝莱又照常出现腹部抽紧的感觉。他原本觉得车身好像墙壁，自己则安全地夹在两个机器人之间，可是由于这种轻微的摇晃，他记起自己正置身于一辆交通工具之内。透过前方和两侧的玻璃窗（以及后方的，但他看不到），他能望见白色的天空和绿色的景致——这些加在一起就等于户外，也就是无边的空旷。他不安地咽了一下口水。

他们停在一栋小型建筑旁边。

贝莱说："这就是公共卫生间吗？"

丹尼尔说："在研究院范围内，这是最近的一间了，以利亚伙伴。"

"你们效率真高。灌入你们记忆库中的地图，也包括这些建筑吗？"

"是的，以利亚伙伴。"

"这间现在有人用吗？"

"或许吧，以利亚伙伴，但它可供三四个人同时使用。"

"还有我的空位吗？"

"很有可能，以利亚伙伴。"

"很好，那就让我出去，我要去碰碰……"

两个机器人并未有所行动。吉斯卡说："先生，我们不能陪你进去。"

"对，这点我很清楚，吉斯卡。"

"所以我们无法好好保护你，先生。"

贝莱皱起了眉头。构造越简单的机器人，心智自然越僵硬。贝莱惊觉大事不妙，他们势必会禁止自己离开他们的视线，换句话说，不准自己进卫生间去。于是，他改用急迫的口吻说："我忍不住了，吉斯卡——丹尼尔，这种事由不得我，让我下车。"他对丹尼尔比较抱希望，因为他想必较为了解人类的需要。

吉斯卡只是望着贝莱，并未采取任何行动。一时之间，贝莱冒出一个可怕的想法：这机器人该不会要自己像动物一样，在附近找个地方，公然解决吧。

好在丹尼尔及时道："在这件事情上，我想我们必须遵从以利亚伙伴的意思。"

于是吉斯卡对贝莱说："那么请你稍等一会儿，先生，让我先过去看看。"

贝莱做了一个鬼脸。吉斯卡随即下车，慢慢走向那栋建筑，然后刻意绕着它走一圈。贝莱早已有预感，一旦吉斯卡在眼前消失，自己的急迫感便会升高。

为了分散注意力，他开始瞭望四周的景物。经过一番审视，他察觉到半空中零星散布着许多细线——像是白色的天幕上挂着好些黑色发丝。起初，他根本没看见什么线，最先进入他眼中的，是一个滑行在云层下方的卵形物体。他很快就明白那是个交通工具，并且想通了它并非飘浮在半空中，而是挂在一条很长的水平线上。他用目光来来回回追踪那条长线，不久便发现了更多类似的线条。然后，在较远的地方，他看到另一个同类型的交通工具——随即在更远处又看到一个。最远的那个看起来只是个小黑点，他是根据其他两个，才推断出它是什么东西。

毫无疑问，这是穿梭于机器人学研究院内的交通缆车。

贝莱忍不住想到，这所研究院范围有多大，浪费了多少空间啊。

然而，正因为如此，它并未吞噬这片土地。建筑物彼此都相隔甚远，因此这里似乎依旧是绿油油的一片，而动植物（根据贝莱的想象）继续照常生长。

贝莱一直记得索拉利十分空旷，现在则确定太空族世界一律如此。原因很简单，奥罗拉是人口最稠密的太空族世界，既然奥罗拉上最密集的区域都那么空旷，其他世界可想而知。事实上，就连地球也算是个空旷的世界，只有大城里面例外。

可是地球上好歹有那些大城，想到这里，贝莱感到一阵锥心之痛，赶紧设法将这股乡愁抛在脑后。

丹尼尔说："啊，吉斯卡好友侦察完毕了。"

吉斯卡刚走回来，贝莱便尖酸刻薄地说："怎么样？可否请你恩准我……"他突然打住了。机器人在这方面明明百邪不侵，又有什么好挖苦的呢？

吉斯卡说："几乎可以确定这个卫生间是空的。"

"太好了！那就快给我让开。"贝莱用力推开车门，一脚踏到了碎石小径上。他随即快步向前走去，丹尼尔则紧跟在后。

他们来到了那栋建筑的门口，丹尼尔默默地指着门上的开关，并未贸然伸手按下去。贝莱推测，想必是在没有明确指令的情况下，如果主动那么做，会显得他有打算进去的意图——机器人连这种意图都不能有。

贝莱按下开关，走了进去，让两个机器人留在外面。

直到他置身这个卫生间，才想到吉斯卡绝不可能进来巡视过——那机器人说里面没有人，一定只是从外面观察所得的结论，而这种结论并不算可靠。

然后，贝莱又有点不自在地想到，这是自己头一回身边没有任何保镖——如果突然出现状况，门外那两名保镖并不容易进来。所以说，万一此时此刻，这里面还有别人，那该怎么办？万一敌人通过瓦西莉娅获悉了他的行踪，知道他正在找卫生间；万一敌人此时正躲在这栋建筑内？

突然间，贝莱又惊觉自己竟手无寸铁（这是在地球上不可能发生的事）。

46

事实上，这栋建筑并不算大。里面共有六个小便斗，以及六个小洗脸台，两者皆是一字排开。但是并没有淋浴间，也没有衣物清洗机或刮脸装置。

不过倒是还有六个隔间，每间都附有一扇小门。会不会某间里面正藏着一个人呢——

由于隔间门和地板之间有些空隙，他轻轻弯下腰来，从那些空隙望进去，看看会不会瞥见一双脚。然后他又走近每扇门，如临大敌般一一打开，而且心中早有准备，只要发现一丝不对劲，立刻用力把门关上，拔腿冲向通往户外那扇门。

结果，每个隔间都是空的。

他又四下望了望，以确定并没有其他可供藏身之处。

最后，他检查了一下那扇外门，发觉竟然无法将它锁上。这时他才想到，那是理所当然的事。这个卫生间显然是供多人同时使用，必须让其他人随时能够进来。

但他不能轻易离开这里，去找另一个卫生间，因为任何一间都有同样的危险——此外，他也不能再憋了。

一时之间，他无法决定该用哪个小便斗。他可以任选一个，问题是别人也能这么做。

他终于强迫自己作出选择，但由于四周毫无遮拦，他羞得连膀胱都使不出力气。虽说他尿急，可是在那股担心有人闯进来的情绪慢慢消退之前，他却什么也做不了。

他不再害怕敌人闯进来，他现在担心任何人闯进来。

然后他想到，如果有人走近，两个机器人至少会挡一阵子。

有了这个想法之后，他勉强宽心了——

他总算解完小便，感到无比轻松，正准备要转向洗脸台，忽然听到有人以音调颇高、带点紧张的声音说："你是以利亚·贝莱吗？"

贝莱僵住了。他担了那么多心，作了那么多预防，结果还是未曾察觉有人进来。想必刚才在最后关头，他完全专注于清空膀胱这个简单的动作。可是这种事，不该令他有一丝一毫分神才对。（他是不是老了？）

其实，他听到的那个声音似乎并未带有任何威胁，更没有一丝敌意。贝莱之所以错愕，只是因为他很有把握——甚至内心万分肯定——就算吉斯卡办不到，丹尼尔也一定会替他挡住所有的威胁。

令贝莱难以接受的，是凭空冒出一个人这回事。他活到这么大，从未碰过有人在卫生间里靠他那么近——更遑论和他说话。在地球上，那是最严重的禁忌；而在索拉利（以及直到现在在奥罗拉），他一律使用单人卫生间。

那声音又出现了，而且听起来很不耐烦。“好了！你一定就是以利亚·贝莱。”

贝莱慢慢转过头去，见到一个中等身高的男子，穿着一件剪裁合宜的服装，整套衣服都是深浅不同的蓝色。他的肤色和发色都很淡，两小撇八字胡的颜色则比较深。贝莱不禁望着对方的小胡子出了神，这还是他头一回见到蓄八字胡的太空族。

贝莱（声音中充满在卫生间说话的羞愧）答道：“我就是以利亚·贝莱。”即使在他自己听来，这句话也轻声细语到毫无说服力的程度。

当然，那名太空族也觉得这个回答没什么说服力。他眯起眼瞧了瞧，说道：“外面的机器人说以利亚·贝莱就在这里，可是你和超波剧里面的你根本不像，一点都不像。”

贝莱咬牙切齿地想，又是那个愚蠢的超波剧，真是没完没了！他所碰到的陌生人，无不因为剧中那个绝不忠于原型的角色，对他有个先入为主的错误印象。因而一开始的时候，谁也无法接受他是个普普通通的人类，是个也会犯错的凡人——等到发现他竟然会犯错，他们失望之余，便会开始把他当成笨蛋。

想到这里，他愤愤地来到洗脸台，把水龙头开到最大，然后一面在半空中微微甩手，一面寻找热风机在哪里。那太空族按下一个开关，手中便凭空出现一小团能吸水的松软物质。

“谢谢你。”贝莱伸手接了过来，“超波剧中那个人不是我，是个演员。”

“我知道，但他们应该找个更像你的人来演，对不对？”他对这件事似乎颇为不满，“我想跟你谈谈。”

“我的机器人怎么会让你进来？”

他对这件事显然同样不满。“我差点进不来了。”那太空族说，“他们试图阻拦我，而我身边只带了一个机器人。我必须装作急得不得了、非进来不可的样子，没想到他们竟然对我搜身。他们真的把双手放到我身上，确认我是否带有危险物品。如果你不是地球人，我一定会告你。你不能对机器人下那种羞辱他人的命令。”

“我很抱歉。”贝莱硬邦邦地说，“不过这个命令并不是我下的。我能帮你什么吗？”

“我想跟你谈谈。”

“你已经在这么做了——请问你是谁？”

对方似乎迟疑了一下，然后说：“格里迈尼斯。”

“山提瑞克斯·格里迈尼斯？”

“没错。”

“你为什么想要跟我谈谈呢？”

格里迈尼斯显得有点尴尬，他凝视贝莱片刻，然后含糊地说：“嗯，既然我进来了……希望你别介意……我不妨也……”说着，他便朝那排小便斗走去。

贝莱立刻了解格里迈尼斯要做什么，忍不住感到一阵恶心。他连忙转身，说道：“我在外面等你。”

“不不，别走。”格里迈尼斯急得几乎像在尖叫，“一下就好，拜托！”

正巧贝莱现在也急着要跟格里迈尼斯谈谈，不想因为任何小事得罪对方，惹得对方不愿开口，否则他可不愿答应这个请求。

他一直背对着小便斗，由于惊吓引发的反射动作，他的眼睛几乎眯成了一条线。直到格里迈尼斯转到他面前，手上同样捏着一团蓬松的纸巾，贝莱才再次有了宽心的感觉。

“你为什么想要跟我谈谈？”他又问了一次。

“嘉蒂雅——那个索拉利女子——”格里迈尼斯显得有些犹豫，没有再说下去。

“我认识嘉蒂雅。”贝莱淡淡地说。

“嘉蒂雅用显像和我联络——你知道，就是三维影像——告诉我说你在打听我。而且，她还问我有没有用任何方式欺负她的机器人——那是个外表酷似人类的机器人，和外面那个很像……”

“究竟有没有呢，格里迈尼斯先生？”

“没有！我甚至不知道她有个那样的机器人，直到——难道你告诉她是我做的吗？”

“我只是问了她一些问题，格里迈尼斯先生。”

格里迈尼斯右手握拳，按在左手手掌上不停地磨蹭。“我可不想遭到任何不实指控——尤其是那种会影响到我和嘉蒂雅关系的诬陷。”他紧张兮兮地说。

贝莱问：“你是怎么找到我的？”

格里迈尼斯说：“她先问我有没有欺负她的机器人，然后又说你在打听我。我本来就知道你是被法斯陀夫博士找来奥罗拉，来帮忙解开关于那个机器人的——谜团。这些事超波新闻都报道过，而……”他一句句说得很辛苦，仿佛对他而言，说出这些实情有着天大的困难。

“请继续。”贝莱说。

“我觉得必须向你解释清楚，我和那个机器人没有任何瓜葛，绝对没有！嘉蒂雅并不知道你在哪里，但我猜法斯陀夫博士应该知道。”

“所以你联络了他？”

“喔，不，我——我自己并没有这个胆子——他是那么伟大的科学家。但嘉蒂雅替我问了他，她这个人——就是那么热心。他告诉她，你去找他的女儿瓦西莉娅·茱露博士去了，这对我是好消息，因为我也认识她。”

“对，这我知道。”贝莱说。

格里迈尼斯显得局促不安。“你是怎么——你也跟她打听了我？”他的不安似乎很快转化成悲哀，“等到我终于和瓦西莉娅博士取得联络，她说你刚离开，但我或许能在某个公共卫生间找到你——而这间离她的宅邸最近。我确定你没有理由舍近求远，耽搁更多的时间。我的意思是，你何必那么做呢？”

“你的推理相当正确，但你怎么会来得这么快？”

“我在机器人学研究院工作，我的宅邸就在研究院里面。骑机板车几分钟就到这儿了。”

“你一个人来的吗？”

“对！只带了一个机器人。要知道，机板车是双座的。”

“而你的机器人等在外面？”

“是的。”

“请再讲一遍，你为什么想要见我。”

“我必须说服你相信我和那个机器人毫无瓜葛，在这件事爆成大新闻之前，我甚至从未听说过他。所以我能跟你谈谈了吗？”

“可以，但不是在这里。”贝莱坚决地说，“我们先出去。”

贝莱心想，说来也真奇怪，自己竟然那么渴望走出这几堵墙，投向户外的怀抱。在这个卫生间里，他遇到一件完全陌生的事物，可以说是他在奥罗拉或索拉利都从未见识过的。在这种场所，竟然有人公然地、若无其事地跟他说话——将这个特殊场所和其他场所一视同仁——这要比公开谈论卫生间更加令他惊讶。

关于这件事，他所读过的胶卷书都只字未提。显然，正如法斯陀夫所强调的，那些书并非为了地球人而写，作者心目中的读者主要是奥罗拉人，其次则是来自其他四十九个太空族世界的观光客。毕竟，地球人几乎永远不可能前往太空族世界，其中又以奥罗拉最不可能。这里根本不欢迎地球人，所以说，又何必替他们写什么书呢？

更何况，对于众所周知的事，那些胶卷书又何必详加说明？难道书中还要不厌其烦地强调奥罗拉世界是球形的，或者水是湿的，或者男性在卫生间可以自由交谈？

但这样一来，岂不是亵渎了“卫生间”这三个字吗？然而，贝莱又不免想到地球上的女用卫生间，正如洁西经常提到的，女性在里面总是喋喋不休，从来不觉得有什么不妥。为何女性可以，男性却不行？在此之前，贝莱只是将它当作习俗——牢不可破的习俗——从未认真思考过这个问题。但既然女性可以，男性为何不行？

当然可以。不过，这个想法只停留在他的理智层面，并未影响他的内心，因此他对这种事还是有着根深蒂固的强烈反感。于是他再度强调：“我们先出去。”

格里迈尼斯表示反对。“但你的机器人就在外面。”

“完全正确，那又怎样？”

“可是这件事，我想跟你私下谈，所谓仅限人类和人……人类之间。”最后半句话，他说得有点结巴。

“我想你的意思是，太空族和地球人之间。”

“这么说也行。”

“我的机器人一定要在场，他们是我查案的工作伙伴。”

“但我要说的话和你的查案毫无关系，我试图说服你的正是这一点。”

“有没有关系，由我来决定。”贝莱说得十分坚决，随即走出了卫生间。

格里迈尼斯迟疑片刻，然后才跟上去。

47

丹尼尔和吉斯卡仍旧耐心地等在外面——他们面无表情，仿佛漠不关心。不过贝莱觉得，至少能在丹尼尔脸上看到一丝挂念，但另一方面，他也有可能只是把情绪投射到了这个足以乱真的机器脸孔上。至于比较不像人的吉斯卡，即使再有想象力的人，也无法对他作出拟人化的联想。

此外还有另一个机器人等在门外——想必就是格里迈尼斯带来的。他的外观甚至比吉斯卡更简单，而且看起来有点破旧感，显然格里迈尼斯并不怎么富裕。

丹尼尔说："很高兴看到你安然无事，以利亚伙伴。"贝莱自然而然把这句话解释成丹尼尔大大松了一口气。

"完全没事。然而，有件事令我感到好奇，如果听见我在里面大声呼救，你们会闯进去吗？"

"会立刻行动，先生。"吉斯卡说。

"即使你们的程序禁止你们进卫生间？"

"保护人类——尤其是你——是至高无上的要求，先生。"

"的确没错，以利亚伙伴。"丹尼尔说。

"我很高兴听到这句话。"贝莱说，"这个人就是山提瑞克斯·格里迈尼斯。格里迈尼斯先生，这是丹尼尔，这是吉斯卡。"

两个机器人都庄重地点头行礼。格里迈尼斯只是瞥了他们一眼，然后随便挥了挥手。他也根本懒得介绍他自己的机器人。

贝莱四下望了望。太阳已经完全躲进云层里面，天色明显地暗了下来，凉风则吹得更起劲，把空气吹得更冷了。不过，这种阴暗的天气似乎并未影响贝莱的心情，他仍在暗自庆幸总算逃出了卫生间。当他察觉自己对户外真的有了好感，精神不禁大为振奋。他知道这只能算是特例，但这一小步得来不易，他还是忍不住视之为丰功伟绩。

贝莱正准备转向格里迈尼斯，和他继续谈下去，却无意间望见一些动静——一名女子正带着一个随行的机器人跨过那片草地，一路朝他们走来，可是似乎对他们完全视而不见。显然，她的目的地是这个卫生间。

虽然女子距离他们还有三十米，贝莱仍朝她举起手来，仿佛要阻止她继续前进。与此同时，他还低声抱怨："难道她不知道这是男用卫生间？"

"什么？"格里迈尼斯说。

那女子继续前进，贝莱越看越觉得一头雾水。最后，她的机器人在门口站定，女子则走进了那栋建筑。

贝莱莫可奈何地说："可是她不能进去啊。"

格里迈尼斯回应道："有何不可？这是公用的。"

"但却是男用的。"

"不，大家都可以用。"格里迈尼斯似乎完全摸不着头脑了。

"男女通用吗？你不可能是那个意思吧。"

"凡是人类皆可使用，我就是这个意思！不然你希望怎么样？我真搞不懂。"

贝莱转过身去。几分钟之前，他还认为在卫生间公开交谈是最糟的一件事，再也没有比这更糟的了。

就算要他尽力设想更糟的情况，他也无论如何想不到有可能在卫生间遇到女性。根据地球上的惯例，只要进入大型的公共卫生间，他就必须装作其他人都不存在，但即使所有的惯例加在一起，也不能阻止他察觉迎面而来的人是男是女。

万一，当他还在卫生间的时候，有个女子若无其事地走了进来——就像刚才那位一样——那该怎么办？或者更糟的情况，万一他走进卫生间，发现已经有个异性在里面，那又该怎么办？

他无法推估自己会有什么反应。他从未估量过这种可能性，更遑论遇到过这种情形，但即使想一想，他也觉得完全难以忍受。

而胶卷书中，对这件事同样只字未提。

当初他之所以阅览那些书，是为了避免在进行调查之际，对奥罗拉人的生活习惯一无所知——结果读完之后，他对所有的重要环节仍旧一无所知。

这种一无所知的情形，几乎令他寸步难行，所以说，对于詹德之死这个谜中谜，他又要如何破解呢？

不久前，他还因为稍微克服了户外恐惧而沾沾自喜，可是现在，他却发现自己对身边的事物全都不够明白，甚至不明白自己为何这么不明白。

他竭力避免想象有个女子正走在自己刚刚站立的位置，但他发觉自己眼看就要完全绝望了。

48

吉斯卡又说（从他的遣词用字，不难察觉出关怀之意——虽说从口吻中听不出来）："你不舒服吗，先生？需要协助吗？"

贝莱喃喃道："不，不，我很好——但我们赶紧走吧，我们挡住了通往卫生间的路。"

他迅速朝气翼车的方向走去。刚才他们将气翼车停在碎石小径旁的空地，现在空地的另一侧还停了一辆小型双轮车——共有一前一后两个座位。贝莱假设那就是格里迈尼斯的机板车。

贝莱心里很清楚，由于饥肠辘辘，他心中的沮丧和难过更加严重了。现在显然已经过了午餐时间，而他尚未填饱肚子。

他转向格里迈尼斯。"我们继续谈吧——但如果你不介意，让我们边吃边谈。我是说，如果你还没吃午饭，而且不介意和我一起用餐的话。"

"你要去哪里吃？"

"我不知道。研究院哪里有卖吃的？"

格里迈尼斯说："不能去公共餐厅，那里不方便说话。"

"还有别的选择吗？"

"去我的宅邸吧。"格里迈尼斯立刻答道，"它并非那种高级住宅，我可不是这里的高阶主管。话说回来，我还是有几个仆佣机器人，可以弄一顿像样的午餐——我看这么做吧，我仍骑车载着布朗迪吉——你知道，就是我的机器人——而你们跟在我后面。你们得开慢点，不过只有一公里多的路程，两三分钟就到了。”

他小跑步离去，一副迫不及待的样子。贝莱望着他瘦长的背影，觉得他似乎散发着一种青春气息。当然，想要准确判断他的年龄并不简单，太空族的外表不会显露年龄，所以格里迈尼斯很可能已经五十岁了。但他的言行令他看起来很年轻，几乎可以说就是地球人心目中的青少年。至于他怎么会给人这种印象，贝莱自己也说不准。

贝莱突然转向丹尼尔。“你认识格里迈尼斯吗，丹尼尔？”

“我以前从未见过他，以利亚伙伴。”

“你呢，吉斯卡？”

“我见过他一次，先生，但只是擦肩而过。”

“你对他有任何了解吗，吉斯卡？”

“全都是很浮面的，先生。”

“他的年龄？他的个性？”

“都不知道，先生。”

只听格里迈尼斯喊道：“准备好了？”他的机板车随即发出刺耳的噪音。显然这辆车并不具备喷射辅助动力，因为它的轮子一直未曾离开地表。这时，布朗迪吉已端坐在格里迈尼斯后面。

吉斯卡、丹尼尔和贝莱迅速钻进气翼车。

格里迈尼斯沿着一条弧线骑出去，只见他的头发飞扬在半空中。贝莱忍不住想象，骑着像这样的开放式交通工具，风吹在身上是什么感觉？他很庆幸自己坐在完全封闭的气翼车内——而且他突然觉得，这是一种文明得多的旅行方式。

机板车开始走直线了，并在一声闷响之后猛然向前冲。格里迈尼斯挥了挥手，做了一个跟我来的手势。坐在他后面的机器人并未搂着他的腰，却能轻轻松松地保持平衡，贝莱确定换成人类绝对做不到。

气翼车跟了上去。虽然机板车一路畅行无阻，似乎在高速前进，但那显然是它的大小所造成的假象。气翼车必须尽可能放慢速度，才不至于把它撞倒。

“还有一件事，”贝莱若有所思地说，“令我百思不解。”

“什么事，以利亚伙伴？”丹尼尔问。

“瓦西莉娅提到格里迈尼斯的时候，曾不屑地说他只是个‘理发匠’。显然，他的工作不外是替人设计发型、服装，以及各种随身饰品。所以说，他的宅邸怎么会在机器人学研究院里面呢？”

第十二章
格里迈尼斯之二

49

只不过短短几分钟，贝莱已经置身格里迈尼斯的住处，这是自从他一天半前抵达奥罗拉之后，所造访的第四个宅邸，前三个分别属于法斯陀夫、嘉蒂雅，以及瓦西莉娅。

虽然贝莱不算熟悉奥罗拉的事物，也看得出格里迈尼斯的宅邸是个新房子，只是相较之下，它显得比较小，也比较简单朴素。然而，奥罗拉宅邸的一大特色——机器人栖身的壁凹——当然少不了。大伙儿刚进去，吉斯卡和丹尼尔便迅速走进两个空置的壁凹，面向墙壁一动不动地静静待着。格里迈尼斯的机器人布朗迪吉也几乎同样迅速地进了另一个壁凹。

尽管动作那么快，却看不出他们在选择壁凹之际出现任何困难，更看不出有两个机器人想要走进同一个壁凹。贝莱十分好奇他们是如何避免冲突的，最后他断定，他们彼此之间一定在互通讯息，其中的过程类似人类的潜意识运作。诸如此类的问题，他或许会找个机会请教丹尼尔（只要他没忘记）。

贝莱还注意到，格里迈尼斯也在端详那些壁凹。

格里迈尼斯将手举到上唇，伸出食指摸了一下他的小八字胡。然后，他以不太确定的口吻说："你的那个机器人，外表像人类那个，似乎不该待在壁凹里。他就是丹尼尔·奥利瓦吧？法斯陀夫博士的机器人，对不对？"

"没错。"贝莱说，"他在那出超波剧中也有戏分。不，并不是他自己演的，但扮演他的演员还算称职。"

"对，我记得。"

贝莱注意到格里迈尼斯就像瓦西莉娅——甚至嘉蒂雅以及法斯陀夫一样，和自己保持着一定的距离。在贝莱周围，似乎有一个看不见、摸不着，而且无论如何感知不到的"排斥场"，令这些太空族无法靠他太近，甚至每当他们经过他身边，也会受到排斥而改走有弧度的路径。

贝莱有点纳闷，格里迈尼斯是刻意这么做呢，还是这纯属下意识的行为。既然这样，那么他在这些宅邸所坐过的椅子，用过的碗盘，擦过的毛巾，他们又会怎么处理呢？普通的清洗就足够了吗？还是要经过特殊的杀菌程序？他们会不会把那些东西通通丢弃，一一换新？一旦他离开这个世界，那些宅邸会不会被整个消毒一遍？或是每晚已经在这么做？而他用过的那个公共卫生间呢？他们会不会把它拆了，重新建造一个？刚才在他之后使用卫生间的那个不知情女子，她又要怎么办？或者有没有可能，她就是前来消毒的工作人员？

他发觉自己冒出的疑问越来越蠢了。

把这些问号丢到外层空间吧。奥罗拉人到底会怎么做，以及他们如何处理自己的问题，都是他们自己的事，他再也懒得动这个脑筋了。耶和华啊！他早已自顾不暇了，而现在，他手头上的问题是这个格里迈尼斯——而他打算午餐后再来处理。

这顿午餐相当简单，主要都是素食，但他遇到一个前所未见的小问题。每道菜的口味都太有自己的特色了，比方说，胡萝卜吃起来太像胡萝卜，豌豆太有豌豆味等等。

或许，有点过了头了。

他硬着头皮一口口吃下去，尽量不让逐渐泛起的恶心感显露出来。

而在这个过程中，他发觉自己慢慢习惯了这种吃法——仿佛他的味蕾成熟了，能够轻易处理更多的味觉。贝莱（相当无可奈何地）顿悟一件事：如果让他继续接触奥罗拉的食物，那么一旦回到地球，他将十分怀念这些各具特色的菜肴，再也吃不惯地球上的大杂烩口味。

甚至那些分外酥脆的食物——起初令他吓一大跳，因为每嚼一下，似乎就会出现一声（他认为必定会）干扰到谈话的噪音——现在也摇身一变，成了帮他确定自己正在据案大嚼的明证。这也会是一件令他怀念的事，因为相较之下，地球的食物显得太安静了。

他开始把心思放在食物上，仔细品尝这些美味。或许，当地球人移民到其他世界时，这类太空族食物会是一种新的饮食标准，尤其是在没有机器人、全靠人类自己下厨和上菜的情况下。

然后，他又不安地想到，并不是“当地球人移民到其他世界”，而是“如果地球人移民到其他世界”。至于这个“如果”能否实现，将完全取决于他——便衣刑警以利亚·贝莱的表现。这个重担令他感到不胜负荷。

这一餐终于吃完了。两个机器人送来热呼呼的湿毛巾，想必是擦手用的。不过，那并不是普通的毛巾，因为当贝莱用毕、放回盘子之后，它似乎微微动了动，而且逐渐消融，变得像一团蜘蛛网。然后，它在毫无预警的情况下飘了起来，被吸进天花板的一个通风口。贝莱吓得轻跳了一下，目光随之上扬，张大嘴巴望着它在眼前消失。

格里迈尼斯说："这是我刚开始试用的新东西。你瞧，即用即丢，但我还不确定自己会不会喜欢。有些人说它用久了会阻塞废气管，还有人担心污染问题，因为他们认为它的分解物多少还是会进入你的肺部。制造商说不会，但……"

贝莱突然想起来，刚才吃饭时对方一个字也没说，而且，他们在饭前谈了几句丹尼尔的事情之后，两人就谁也没有再开口——可是拿餐巾当话题一点用也没有。

贝莱相当突兀地说："你是理发师吗，格里迈尼斯先生？"

格里迈尼斯立刻涨红了脸，一路红到他的发际。他用像是快要窒息的声音说："谁告诉你的？"

贝莱说："如果用这三个字称呼你的职业并不礼貌，我向你郑重道歉。我们在地球上一般都这么讲，没有任何侮辱之意。"

格里迈尼斯说："我是发型设计师兼服装设计师，这是一门公认的艺术。事实上，我可以说是一位人体艺术家。"他再次摸了摸自己的八字胡。

贝莱严肃地说："我注意到你的八字胡了，它在奥罗拉普遍吗？"

"不，并不普遍，但我希望能流行起来。你的脸型足够阳刚——不过，许多男士的脸孔能通过胡须艺术设计来增强或改善。任何事物都可以设计一番——这就是我的专业。当然，有时可能会过了头。比方说在帕勒斯这个世界，蓄须是相当普遍的，但他们耽溺于分色染法，每根胡子染上不同颜色，营造出混色的效果——唉，那样做很愚蠢，不可能持久，一段时间后就会变色，看起来便很可怕。但即便如此，总比脸上光溜溜来得好。‘脸部沙漠’可以说是最没有吸引力的了——这是我自己的用语，我在开发新顾客时常会这么说，效果非常好。女性则没有这个需要，因为她们用别的方法来装饰脸部。在史密瑟司——”

他在说这番话的时候，无论是轻声而迅疾的言词，或是热切的表情，都带来一种近乎催眠的效果，更遑论他还瞪大眼睛，极其诚恳地紧盯着贝莱不放。贝莱需要用力摇摇头，才能够保持清醒。

他问：“你是机器人学家吗，格里迈尼斯先生？”

被硬生生打断发言的格里迈尼斯不但显得惊讶，而且有点困惑。“机器人学家？”

“对，机器人学家。”

“不，完全不是。我和大家一样天天使用机器人，但我可不知道他们肚子里有些什么——老实说一点也不关心。”

“可是你住在机器人学研究院里面，这是怎么回事？”

“有何不可呢？”格里迈尼斯的声音透出了更明显的敌意。

“如果你不是机器人学家……”

格里迈尼斯做了个鬼脸。“多蠢的问题啊！当年这所研究院在设计之初，就被规划成一个自给自足的社区。我们有自己的交通工具修理厂，有自己的个人机器人维修厂，还有我们自己的医生和自己的建筑师。我们的员工通通住在这里，如果有谁需要人体艺术家，他们就会找山提瑞克斯·格里迈尼斯，而我当然也住在此地——你说我不该住这儿，是指我的专业有什么问题吗？”

“我可没这么说。”

虽然贝莱赶紧撇清，但于事无补，格里迈尼斯仍余怒未消地别过头去。他按下一个钮，接着又花些时间，审视一条五颜六色的长方形带子，最后做了一连串很像是用手指打鼓的动作。

一个圆球从天花板轻轻落下，停在他们头顶上方大约一米之处。然后，圆球像橘子般一瓣瓣剥开来，里面随即出现色彩的变化，同时伴随着一连串轻柔的声音。两者结合得十分巧妙，贝莱不但看得目瞪口呆，不久后还发现，由于融合得天衣无缝，声光竟然彼此难以分辨。

这时窗户已变作不透明，一瓣瓣的“橘子皮”更加明亮了。

“太亮了吗？”格里迈尼斯问。

“不会。”贝莱迟疑了一下才说。

“这是用来当作声光背景的，我挑了一个能缓和情绪的组合，要知道，这样我们比较能够以文明的方式交谈。”然后他很干脆地说，“我们进入正题好吗？”

贝莱费了些力气，总算将注意力从那个不知道是什么的东西上移开（格里迈尼斯并未介绍它的名称），然后说：“请便，我很乐意。”

“你是否指控我涉嫌把那个名叫詹德的机器人弄坏了？”

“我只是在调查这个案子的相关背景。”

“但是你曾提到我和那个案子有些牵连——事实上，几分钟前，你还问我是不是机器人学家。我知道你心里打什么主意，你试图让我自己承认懂得一点机器人学，这样你就可以正式指控我——指控我是——那个机器人的终结者。”

“你可以用‘凶手’两字。”

“凶手？谁也不可能杀害机器人——总之，我并没有终结它，杀害它，或是对它做任何事。我告诉你，我并不是机器人学家。我对机器人学一窍不通，你究竟怎么会想到……”

“我必须调查所有可能的关联，格里迈尼斯先生。詹德隶属于嘉蒂雅——那个索拉利女子——而她是你的朋友，这就是关联。”

“她的朋友可能不计其数，这算不上什么关联。”

“你可愿意声明，当你在嘉蒂雅家的时候，从来没有见过詹德？”

“从来没有！一次也没有！”

“你从不知道她有个人形机器人？”

“对！”

“她也从未提过他？”

“她那儿到处都是机器人，通通是普通货色，她从没说过拥有其他类型的机器人。”

贝莱耸了耸肩。“很好。我没理由怀疑你未说实话——至少目前为止。”

“那你就对嘉蒂雅这么说吧。这正是我想要见你的原因，我要请你那么做，不，我坚持。”

“嘉蒂雅有任何理由不相信你吗？”

“当然，她受了你的蛊惑。你朝那个方向跟她打听我，于是她假设——总之她起疑了——事实上，她今天早上联络我，就是要问我和那件事有没有任何瓜葛。这点我已经对你说了。”

“你否认了吗？”

“我当然否认，而且坚决否认，因为我和那件事真的毫无瓜葛。但如果由我自己来否认，不会有什么说服力。我要你帮我出头，我要你告诉她，在你看来，我和整件事情没有任何关系。你刚刚已经这么说了，而且在完全没有证据的情况下，你不能诋毁我的名誉，否则我可以告发你。”

“向谁告发？”

"人身保障委员会，或是立法局。这所研究院的院长和主席本人有很好的私交，而我已经针对这件事，送了一份完整的报告给他。我并非消极等待，你了解吧，我已经在采取行动了。"

格里迈尼斯使劲摇了摇头，像是打算表现出一副凶狠的模样，可惜他的长相实在太温和了，以致完全欠缺说服力。"听好，"他说，"这里可不是地球，在这儿我们受到了完善的保护。你们的世界人口过剩，所以你们地球人必须住在一个又一个蜂窝和蚁穴里头。你们彼此推挤，彼此逼到窒息——这都没什么关系。一条命或一百万条命，都没什么差别。"

贝莱竭力避免声音中出现轻蔑之意："你爱看历史小说吧？"

"我当然爱看——那些内容都是写实的。你让几十亿人挤在一个世界里，一定会发生那种情形——而在奥罗拉，每个人的生命都很珍贵。我们的机器人把每一个人都保护得很好，所以在奥罗拉，绝不会出现暴力事件，更遑论谋杀案了。"

"唯独詹德一案例外。"

"那并不算谋杀，他只是个机器人。至于不像暴力攻击那么具体的伤害，则由立法局负责保护我们。凡是有危害公民的名誉或社会地位之类的行为，人身保障委员会都会采取广义解释——非常广义的解释。若有奥罗拉人像你刚才那样，就会惹上大麻烦。至于地球人嘛——嗯——"

贝莱说："我想，我是受到立法局的邀请，前来进行这项调查的。如果没有立法局的许可，我不信法斯陀夫博士能把我弄到这里来。"

"也许吧，但即使这样，你也无权超越正当调查的底线。"

"所以说，你打算把这件事提到立法局？"

"我打算请研究院院长……"

“对了，他叫什么名字？”

“凯顿·阿玛狄洛。我打算请他替我做这件事——要知道，他也是立法局的一员，而且还是母星党的领袖之一。所以我说你最好向嘉蒂雅解释清楚，我是百分之百无辜的。”

“我很愿意这么做，格里迈尼斯先生，因为我也猜你是无辜的。可是，除非你允许我问些问题，否则我如何把猜测变成肯定呢？”

格里迈尼斯犹豫了一阵子。然后，他带着不以为然的神情，将上身靠向椅背，双手放到脖子后面，想表现得轻松自在却适得其反。他开口道：“问吧，我没什么好隐瞒的。问完后，你得立刻联络嘉蒂雅，就直接用你背后那个三维发射器，然后把话说明白——否则，你会惹上难以想象的麻烦。”

“我了解了。但首先——格里迈尼斯先生，你认识瓦西莉娅·法斯陀夫博士有多久了？或是你称呼她瓦西莉娅·茉露博士？”

格里迈尼斯又犹豫了一下，才以紧绷的声音说：“你问这个做什么？这和那件案子有何干系？”

贝莱叹了一口气，那张苦瓜脸显得更苦了。“我要提醒你，格里迈尼斯先生，一来你没有什么好隐瞒的，二来你希望说服我相信你的清白，这样我才能替你说服嘉蒂雅。干干脆脆告诉我，你到底认识她多久了。如果你并不认识她，不妨就说一声——但如果你想那么做，基于职责我得先告诉你，瓦西莉娅博士已经声明你和她很熟——至少，熟到了会向她求欢的程度。”

格里迈尼斯显得很苦恼，他用颤抖的声音说：“我不懂为什么会有人拿这种事大做文章。求欢是完全自然的社交行为，不干他人任何事——当然，你是地球人，所以才会大惊小怪。”

“据我了解，她并未接受你的求欢。”

格里迈尼斯把双手移到膝盖上，并握起了拳头。“接受或婉拒，完全是她的自由。我也婉拒过一些异性，这没什么大不了的。”

“好吧。你到底认识她多久了？”

“好些年了，大约十五年吧。”

“你是否在她和法斯陀夫博士仍住一起的时候，就认识她了？”

“那时我还小。”他红着脸答道。

“你是怎么认识她的？”

“完成人体艺术家的训练之后，我被找去替她设计一套服装。她很喜欢我的作品，从此以后，凡是这方面的工作，她一律找我替她服务。”

“所以，你是否多亏她的推荐，才获得如今这个职位——或许可以称为——机器人学研究院员工专属的人体艺术家？”

“她只是认为我够资格。我凭自己的实力，和其他人一起参加考试，最后赢得了这个职位。”

“但她到底有没有推荐你？”

格里迈尼斯没好气地简短回答：“有。”

“而你觉得，唯有向她求欢，才算是对她作出够体面的回报？”

格里迈尼斯做了一个鬼脸，还吐出了舌头，仿佛尝到什么难吃的东西。“那么讲——实在——恶心！我想只有地球人会作这种假设。我之所以向她求欢，只是因为我喜欢这么做。”

“因为她长相迷人，而且生性热情？”

格里迈尼斯再次显得犹豫。“嗯，我并不会说她生性热情，”他说得很谨慎，“但她的确十分迷人。”

“我还听说你会向任何人求欢——不作任何筛选。”

“那是天大的谎言。”

“哪部分是谎言？是你会向任何人求欢，还是我听说？”

“是我会向任何人求欢这件事。究竟是谁告诉你的？”

“我想不通你为何要我回答这个问题。如果你提供我一些令人难堪的情报，会不会希望我暴露你的身份？如果你认为我会那么做，还会不会对我知无不言？”

“好吧，不管是谁说的，反正他在说谎。”

“或许只是过分夸大吧。在你向瓦西莉娅博士求欢之前，有过向别人求欢的经验吗？”

格里迈尼斯别过头去。“有过一两次，并不认真。”

“可是你对瓦西莉娅博士很认真？”

“这……”

“据我了解，你曾一再向她求欢，这相当有违奥罗拉习俗。”

“喔，奥罗拉习俗……”格里迈尼斯气得讲不下去了，他紧紧抿起嘴，额头也皱成一团，“听好了，贝莱先生，你能否替我保密？”

“可以。我提出这些问题，全都是为了让我相信你和詹德之死毫无牵连。一旦我说服了自己，你大可放心，我一定会替你保密。”

“那就好。这没什么不对——请你了解，我没什么好羞愧的。这只能代表我有很强的隐私感，而这是我的权利，对不对？”

“一点也没错。”贝莱以抚慰的口吻说。

“你要知道，我觉得双方之间必须存在深厚的情感，性爱活动才会完美。”

“我想这点也非常正确。”

"所以不关其他人任何事，你说对不对？"

"这听来——也有道理。"

"我一直梦想找到那个完美的伴侣，从此不必再找其他任何人了。听说这叫单偶制，虽然在奥罗拉见不到，但在某些世界还有——地球就采用这种制度对不对，贝莱先生？"

"理论上如此，格里迈尼斯先生。"

"这正是我要的，我已寻觅了许多年。当我偶尔尝试性爱活动，我能感觉到确实少了些什么。然后我遇到了瓦西莉娅博士，而她告诉我——嗯，人们常会对自己的人体艺术家吐露心中的秘密，因为工作的关系，我们和客户非常亲近——这就是绝对要保密的部分——"

"好，请继续。"

格里迈尼斯舔了舔嘴唇。"如果我说的这些话给泄漏出去，那我就完了。她会想尽办法让我再也接不到客户。你确定这件事和你的调查有关吗？"

"我全力向你保证，格里迈尼斯先生，此事很可能重要无比。"

"嗯，好吧。"看来格里迈尼斯并未完全被说服，"我根据瓦西莉娅博士告诉我的事，一点一点拼凑，最后得到一个结论，她事实上——"他的声音压低到有如耳语，"还是处女。"

"我懂了。"贝莱轻声答道（与此同时，他想到瓦西莉娅曾一口咬定她父亲毁了她一生，因而更加了解她为何那么痛恨她父亲）。

"这令我很兴奋。我觉得自己能够完全拥有她，而她一生中也将只有我一个人。我难以解释这对我而言意义多么重大。总之，这使得她在我眼中美丽无比，我实在太想得到她了。"

“于是你向她求欢？”

“是的。”

“而且接二连三。她的拒绝并未令你气馁？”

“或许可以说，那反倒更加突显她是处女，令我更想要得到她。越困难的事物越会令人心痒，但我不太会解释，也不指望你能了解。”

“其实，格里迈尼斯先生，我还真的了解——可是后来，你忽然不再向瓦西莉娅博士求欢了？”

“嗯，没错。”

“转而开始向嘉蒂雅求欢？”

“嗯，没错。”

“同样接二连三？”

“嗯，没错。”

“为什么？为什么转换目标？”

格里迈尼斯答道：“瓦西莉娅博士后来明白告诉我，她绝不会给我任何机会，不久之后，嘉蒂雅就出现了，她长得很像瓦西莉娅博士，而……而……一切就这么开始了。”

贝莱说：“可是嘉蒂雅并非处女。她在索拉利结过婚，而且我听说，她来到奥罗拉之后，变得相当狂放。”

“这些我都晓得，可是她——后来不了。要知道，她并非奥罗拉人，而是土生土长的索拉利人，况且她不太了解奥罗拉的风俗。可是她后来不那么做了，因为她不喜欢她所谓的‘滥交’这回事。”

“这是她告诉你的吗？”

“对，索拉利的风俗习惯是单偶制。她的婚姻并不美满，但她还是习惯这种制度，所以她从未真正喜欢过奥罗拉的开放作风——

而单偶制也是我想要的。你懂了吗？”

“我懂了。但你最初是怎么遇到她的？”

“就是那么遇到的。她刚从索拉利来到奥罗拉时，超波新闻曾报道过，把她塑造成一个充满传奇性的难民。而且，那出超波剧里面也有她这个人。”

“对对，但应该还有其他原因，是不是？”

“我不明白你还要打听些什么。”

“好吧，我来猜猜。是不是曾有那么一天，瓦西莉娅博士声明她永远不会接受你——并且建议你换个目标？”

格里迈尼斯突然火冒三丈，嘶吼道：“这是瓦西莉娅博士告诉你的？”

“她没说那么多，但即便如此，我想我还是猜得出来。她是不是告诉你，最好去找一个来自索拉利的年轻女子，她刚抵达这个世界，而目前负责照护她的人是法斯陀夫博士——也就是瓦西莉娅博士的父亲？瓦西莉娅博士或许还告诉你，大家都觉得这个名叫嘉蒂雅的女子长得跟她自己很像，但比她更年轻，而且生性更热情？总而言之，瓦西莉娅博士有没有鼓励你把注意力从她自己转移到嘉蒂雅身上？”

格里迈尼斯显得痛苦不堪。他的目光和贝莱的双眼作了短暂接触，随即便转开了。贝莱还是头一回在一个太空族眼中看到恐惧——或说是敬畏？（贝莱轻轻摇了摇头。虽然他终于吓倒一个太空族，但他提醒自己不可沾沾自喜，否则会影响到他的客观性。）

他说：“怎样？我到底说对了，还是说错了？”

格里迈尼斯压低声音说：“所以，那出超波剧一点也不夸张——你真有读心术吗？”

50

贝莱以平静的口吻说："我只是在问问题——你还没直截了当回答我，我到底说对了，还是说错了？"

格里迈尼斯说："事情的经过不尽然是这样，不仅仅是这样。她的确提到过嘉蒂雅，可是——"他咬了咬下唇，然后继续说，"好吧，事情的结果确实如你所说，这点你的描述八九不离十。"

"但你并不失望？你发觉嘉蒂雅的确很像瓦西莉娅博士？"

"可以说很像。"格里迈尼斯的眼睛亮了起来，"但其实不然。如果她们站在一起，一眼就能看出差异。相较之下，嘉蒂雅要灵巧和优雅得多，而且更……更活泼开朗。"

"你认识嘉蒂雅之后，还有没有再向瓦西莉娅求欢？"

"你疯了吗？当然没有。"

"但你曾经向嘉蒂雅求欢？"

"没错。"

"而她拒绝了你？"

"这也没错，但你必须了解，她得先仔细确认过，正如我也得先确认过一样。想想看，如果当初我真的打动了瓦西莉娅博士，那会是多大的错误啊。嘉蒂雅不想犯那样的错误，而我一点也不怪她。"

"不过你却认为，她若接受你，绝不会是什么错误，所以你就一而再、再而三向她求欢，求个没完没了。”

格里迈尼斯茫然地望了贝莱一会儿，然后似乎打了个冷战。他还故意努出下唇，好像一个不服管教的小孩。“你这种说法太侮辱人了……”

“很抱歉，我并没有侮辱你的意思。请回答我的问题。”

“好吧，有这回事。”

“你总共向她求欢过多少次？”

“我没细算。四次吧，不，五次，也许更多。”

“而她每次都拒绝你。”

“是的，否则我就不必继续求了，对不对？”

“她凶巴巴地拒绝你吗？”

“喔不，嘉蒂雅不是那种人，她每次都非常客气。”

“你是否因此转向其他人求欢？”

“什么？”

“很简单，嘉蒂雅拒绝了你，面对这个结果，你很可能转向其他人求欢。有何不可呢？既然嘉蒂雅不想要你……”

“不，我不想要别人。”

“你可明白自己是怎么想的？”

格里迈尼斯激动地说：“我怎么知道自己是怎么想的？我想要嘉蒂雅，那是——那是一种疯狂，不过我认为那是最甜美的疯狂。如果不能体会那种疯狂，我才真的发疯了——但我并不指望你会了解。”

“你有没有试着向嘉蒂雅说明？她或许会了解。”

“从来没有。我怕令她苦恼，我怕令她尴尬。这种事是不能说出口的，我应该去看心灵治疗师。”

“你去了吗？”

“没有。”

“为什么？”

格里迈尼斯皱起眉头。“地球人，你总有办法提出最无礼的问题。”

“或许正因为我是地球人，所以不知道还有更好的办法。但我同时也是本案的调查员，我必须把答案找出来。你为什么没去看心灵治疗师？”

万万没想到，格里迈尼斯竟然哈哈大笑起来。“我告诉你吧，他们治病的方法要比疯病本身更疯狂。我宁愿在嘉蒂雅身边一直被她拒绝，也不要和另一个接受我的女人在一起——想想看，我明明可以解脱却偏偏不想解脱，任何心灵治疗师都会把我关起来，彻底治疗一番。”

贝莱想了一下，然后说：“请问你知不知道，瓦西莉娅博士是否也能算心灵治疗师？”

“她是机器人学家，有人说这两种工作最接近了。如果你知道机器人如何运作，你对人脑的运作也会多少有些了解，至少他们是这么说的。”

“你可曾想到过，你对嘉蒂雅的奇特情感，瓦西莉娅通通知道？”

格里迈尼斯态度转趋强硬。“我从未告诉过她——我的意思是，没说那么多。”

“她有没有可能根本不必问，就能了解你的情感？她晓不晓得你一再向嘉蒂雅求欢？”

“这——她会问我最近好不好。你知道的，就是那种老朋友之间的问候。我会说说自己的近况，但绝非向她交心。”

“你确定从未向她交心吗？她一定鼓励过你继续求欢。”

“你知道吗——经你这么一提，我对这件事似乎有了全新的看法。我不太清楚你是怎么把这个想法装进我脑子里的，我想，应该是你问的那些问题。但我现在真的觉得，她的确一直鼓励我和嘉蒂雅交往。这件事，她可以说是积极地支持。”他显得非常不安，“以前我从未有过这种想法，我根本没有真正想过这件事。”

“那你怎么会认为她曾经鼓励你向嘉蒂雅求欢呢？”

格里迈尼斯显得有些难过，他的眉毛不停地抽动，而且食指又放到了八字胡上。“我想，有人会猜那是因为她想摆脱我，想要确保我不会再骚扰她。”他轻声笑了笑，“这算不上对我的恭维，对不对？”

“瓦西莉娅博士是否开始疏远你了？”

“完全没有。若说她对我有何改变，就是变得更友善了。”

“她有没有试着告诉你，怎样才能赢得嘉蒂雅的好感？比方说，对嘉蒂雅的工作表现得更感兴趣？”

“这不必她来说。我和嘉蒂雅的工作性质非常类似，虽然我的对象是人类，而她的对象是机器人，但我们都是设计师——都是艺术家——这的确拉近了我们的距离，你知道吧。我们有时还会互相帮忙。一旦忘掉求欢这回事，我们就是好朋友——每当想到这一点，我就觉得很有意义。”

“瓦西莉娅博士可曾建议你对法斯陀夫博士的工作也表现出兴趣？”

“她为何要作那种建议？我对法斯陀夫博士的工作一无所知。”

“对于自己恩人的工作，嘉蒂雅也许会感兴趣，而你或许能借此赢得她的好感。”

瞪着眼睛的格里迈尼斯猛然跳了起来，他快步走到房间另一头，然后立刻折返，在贝莱面前站定，说道：“你——给我——听好！我并非这个世界上智商最高的人，当然也排不上第二名，但我绝对不是什么白痴。你要知道，我已经看出你在打什么主意了。”

“哦？”

“你问这些问题，目的不外是引诱我承认瓦西莉娅博士令我坠入情网——对啊——”他很突兀地停了一下，“我坠入了情网，就像历史小说写的那样。”他带着幽然神往的眼神想了一会儿，然后火气又回来了，“她令我坠入情网，不能自拔，这样一来，我就会替她打探法斯陀夫博士的研究，学到怎样弄坏那个名叫詹德的机器人。”

“你认为并不是这样吗？”

“不，绝对不是！”格里迈尼斯咆哮道，“我对机器人学一点也不了解，一点也不。凡是有关机器人学的问题，无论你多么仔细地对我解释，我还是完全听不懂，而我认为嘉蒂雅同样不懂。况且，我从未向任何人请教过机器人学的问题。从来没有人——包括法斯陀夫博士在内——教过我任何关于机器人学的知识。另一方面，也未曾有人建议我接触机器人学，包括瓦西莉娅博士在内。你这套烂理论根本说不通。”他将双臂向两旁一伸，“说不通的，趁早放弃吧。”

他坐了回去，将双臂僵硬地抱在胸前。他的嘴唇紧紧抿成一条线，八字胡因而翘了起来。

贝莱抬头望了望那个“剥开的橘子”，它仍在一面微幅摆动，一面发出变幻不定的低沉音调和轻柔光彩。

就算自己的攻击策略真被格里迈尼斯的激烈反应打乱了，贝莱也丝毫不形于色。他说：“我了解你在说些什么，但事实上，你的确经常见到嘉蒂雅，对不对？”

“对。”

“虽然你一再求欢，她并不觉得讨厌——虽然她一再拒绝，你也并不生气？”

格里迈尼斯耸了耸肩。“我求得很礼貌，她拒绝得很客气。有什么好讨厌和生气的？”

“但你们在一起的时候，都做些什么呢？性爱显然排除在外，你们又不讨论机器人学，那你们到底做些什么？”

“性和机器人——友谊只能建立在这些上面吗？我们在一起有许多事可做。比方说，我们常常聊天。她对奥罗拉非常好奇，所以我会花很多时间介绍这个世界。要知道，她和这个世界的接触非常少。而她会花很多时间为我介绍索拉利，强调那是个多么可怕的地方。相较之下，我宁愿住到地球上——请原谅我这么比喻。她还会谈到逝去的丈夫，他真是个悲剧人物。嘉蒂雅是个可怜的女人，她当年的日子很不好过。

“我们会去听音乐会，我还带她去过几次艺术学院，此外我们还会一起工作，这点我刚才提到过。我们会一起研究我的设计——或是她的设计。老老实实告诉你，我并不觉得机器人艺术有什么价值，但你也知道，每个人有每个人的理念。另一方面，她却很有兴趣听我解释发型的重要性——你知道吗，她自己的头发就剪得不怎么样。但绝大多数的时候，我们都在散步。”

“散步？在哪里散步？”

“没有什么固定地点，只是随便走走罢了。那是她的习惯——因为她是土生土长的索拉利人。你去过索拉利吗？——抱歉，你当然去过——在索拉利，有好些广大的属地，里面只有一两个人类，其他通通是机器人。你可以走上好几里路，完全碰不到其他人，嘉蒂雅常说，那会令你觉得整个世界仿佛都是你一个人的。当然，机器人总是在附近，以便随时留意你，照顾你，不过，当然都待在看不见的地方。来到奥罗拉后，嘉蒂雅经常怀念那种拥有整个世界的感觉。”

“你的意思是她想拥有全世界？”

“你是指某种权力欲？嘉蒂雅吗？你简直疯了。她只不过是指很怀念那种和大自然独处的感觉。我自己没什么体会，你了解吧，但我乐意迁就她。当然，索拉利那种特有的感觉不太可能在奥罗拉感受得到。你一定会碰到其他人，尤其是在厄俄斯这个都会区，而且机器人也不懂得回避人类。事实上，奥罗拉人散步的时候，通常都会有机器人陪伴——话说回来，我知道几条路，不但风景优美，而且不太拥挤，嘉蒂雅果然喜欢。”

“你自己也喜欢吗？”

“嗯，我之所以喜欢，只是因为能和嘉蒂雅在一起。一般来说，奥罗拉人都爱散步，但我必须承认自己是例外。刚开始的时候，我的肌肉叫苦连天，瓦西莉娅还因此嘲笑我。”

“她知道你去散步了，是吗？”

“嗯，有一次我跛着脚去找她，膝盖还吱吱作响，不得不解释一番。她大笑几声，然后告诉我，这是个好主意，想要向爱散步的人求欢，最好的办法就是陪她散步。‘继续努力，’她说，‘保证你还来不及再向她求欢，她就已经不再拒绝你，而且主动向你献身。’事实上，嘉蒂雅并没有那么做，但我最后还是爱上了散步，非常喜爱。”

现在他似乎已将愤怒抛到脑后，变得非常自在了。贝莱心想，他或许正在回忆散步的光景，脸上才会挂着似有若无的笑容。当他的心思飘回到不知哪次散步的不知哪段对话之际，他看起来相当可爱——而且相当脆弱——贝莱差点回报他一个微笑。

“所以说，瓦西莉娅知道你在持续这个活动。”

“我想是吧。我开始改休周三和周六，以便配合嘉蒂雅的时间表。后来，当我将草图交给瓦西莉娅的时候，她还偶尔会拿我的‘三六散步日’开些玩笑。”

“瓦西莉娅博士参加过这个活动吗？”

“当然没有。”

贝莱换了一下坐姿，然后一面凝视着自己的指尖，一面说：“我想你们散步的时候，都有机器人陪着。”

“绝无例外。一个我的，一个她的，不过，他们都离得相当远，并没有用嘉蒂雅所谓的奥罗拉方式紧跟着我们。她说，她希望享受索拉利式的遗世独立，于是我只好配合，虽然一开始的时候，我总是转头寻找布朗迪吉的踪迹，把脖子都扭伤了。”

“陪伴嘉蒂雅的又是哪个机器人？”

“并非总是同一个。但不论是哪个，他都不会靠近，我没机会和他说话。”

“詹德呢？”

格里迈尼斯的表情立刻阴沉了几分。

“他怎样？”他反问。

“他有没有陪过你们？如果有，你就会知道，对不对？”

“那个人形机器人詹德？我当然会知道。但他从未陪过我们散步——一次也没有。”

“你确定吗？”

“百分之百确定。”格里迈尼斯面露不悦，“我猜是因为她觉得他太珍贵了，不该浪费在这种任何机器人都能执行的任务上。”

“你似乎不太高兴。你自己也这么想吗？”

“他是她的机器人，不必我来操心。”

“而你去嘉蒂雅家的时候，也从未见过他？”

“从来没有。”

“她有没有提过他？和你讨论过他？”

“我记得是没有。”

“你不觉得这有点奇怪吗？”

格里迈尼斯摇了摇头。“不觉得。我们为何要讨论机器人？”

贝莱用严峻的目光盯着对方的脸孔。“关于嘉蒂雅和詹德的关系，在此之前你有任何概念吗？”

格里迈尼斯说：“你要告诉我，他们之间有性关系？”

贝莱问：“我若这么说，你会惊讶吗？”

格里迈尼斯木然道：“是有这种事，并不算罕见。只要你喜欢，偶尔用用机器人无妨。至于人形机器人——我相信他应该惟妙惟肖——”

“百分之百惟妙惟肖。”贝莱比了一个夸张的手势。

格里迈尼斯的嘴角垮了下来。“那么，女主人将难以拒绝。”

“但她拒绝了你。嘉蒂雅宁可喜欢机器人，这会不会令你恼怒？”

“嗯，如果真是这样——我还不确定自己是否相信这件事——但若是真的，我也觉得没什么好担心的。机器人就是机器人，无论是女人和机器人，或者男人和机器人，都只不过是自慰罢了。”

“你当真从不知道这层关系，格里迈尼斯先生？你从未怀疑过？”

“我从没那么想过。”格里迈尼斯强调。

“你真不知道？或是你知道，但没往心里去？”

格里迈尼斯满脸怒意。“你又在逼我了。你到底想要我说什么？你把这个想法塞到我脑子里，然后又这么逼我，如今我再回想这件事，还真觉得自己或许起过疑心。话说回来，在你问我这些问题之前，我从来不觉得有什么不对。”

“你确定吗？”

“是的，我确定，别再纠缠我了。”

“我并不是在纠缠你，我只是好奇有没有下面这种可能：一来你的确知道嘉蒂雅和詹德有固定的性关系，二来你也知道，只要这种关系继续存在，你永远不会成为她的情人，可是你实在太想得到她，所以你不择手段地毁掉了詹德。总而言之，由于你醋劲大发……”

就在这个时候，格里迈尼斯——仿佛一个强力弹簧，在绷紧好一阵子之后，突然挣脱了束缚——一面语无伦次地大喊大叫，一面猛然冲向贝莱。由于猝不及防，贝莱本能地向后一仰，椅子立刻倒了下去。

51

一双强壮的臂膀立刻向他伸过去。贝莱觉得自己被抬起来，椅子也给扶正了，便明白一定是有机器人及时出手。当他们静静地站在壁凹里的时候，是多么容易被人类遗忘啊。

然而，前来救他的既不是丹尼尔，也不是吉斯卡，而是格里迈尼斯的机器人布朗迪吉。

“先生，”布朗迪吉的声音只有一点点不自然，“希望你没有受伤。”

丹尼尔和吉斯卡到哪里去了？

他的问题很快有了答案。这三个机器人的分工可以说是既迅速又明快——事发瞬间，丹尼尔和吉斯卡已作出评估，认为对贝莱而言，发狂的格里迈尼斯要比翻倒的椅子更加危险，因此两人尽快向这位主人冲过去。布朗迪吉立刻看出那头不需要自己帮忙，于是赶紧出手拯救客人。

在贝莱的两个机器人钳制之下，格里迈尼斯丝毫动弹不得，只能站在原地大口喘气。

他用接近耳语的音量说："放开我，我已经恢复理智了。"

"是的，先生。"吉斯卡说。

"当然没问题，格里迈尼斯先生。"丹尼尔以近乎平和的口吻说。

不过，他们虽然松开手，仍在原地待了一阵子。格里迈尼斯望了望站在自己两侧的机器人，整理了一下衣衫，然后刻意坐了下来。他的呼吸依旧很快，他的头发也或多或少有些凌乱。

贝莱则站在那里，一只手搭在自己那张椅子的椅背上。

格里迈尼斯说："贝莱先生，很抱歉我刚才失控了。自从我长大后，从来没有出现过这种情形。你指责我醋……醋劲大发，有教养的奥罗拉人绝不会用这几个字批评别人，但我不该忘了你是地球人。我们只有在历史小说中才会读到这个成语，而且即使在书里，通常也会写成醋×××。当然，你们的世界没有这个禁忌，这点我了解。"

"我也很抱歉，格里迈尼斯先生，"贝莱神情严肃地说，"我对奥罗拉的习俗记得不够熟，以致表现得这么荒腔走板。我向你保证，今后再也不会出现这种疏失。"他坐了下来，又说，"我想大概没有什么需要讨论的了……”

格里迈尼斯似乎没听到那句话。“我小的时候，”他自顾自地说，“有时会跟其他小孩推来推去。机器人总是先等一阵子，然后才会试着把我们分开，当然……”

丹尼尔说：“请让我来解释一下，以利亚伙伴。众所皆知，如果幼童的侵略性完全遭到抑制，将会导致不良的后果。只要不会造成实质伤害，是可以允许小孩玩些体能竞争的游戏——甚至应该鼓励。那些负责照顾小孩的机器人拥有特殊的程序，能够分辨伤害发生的几率以及可能的程度。拿我自己来说，我就未曾接受过这方面的设定，所以没有资格担任保姆——吉斯卡跟我一样——紧急状况下暂代则不在此限。”

贝莱说：“我想，一旦迈入青少年阶段，这样的攻击行为就会被制止了。”

“随着伤害的严重程度逐渐升高，以及自制能力越来越强，”丹尼尔说，“就会逐渐制止了。”

格里迈尼斯说：“当我准备接受中等教育时，我就像所有的奥罗拉人一样，已经相当明白，一切的竞争本质上都是智力和天资的较量……”

“没有体能的较量了？”贝莱问。

“当然有，可是在过程中，绝不能出现蓄意伤人的碰触。”

“而你在成为青少年之后……”

“我就没有再攻击过任何人，当然没有了。老实说，我曾有过几次这样的冲动。我想，这反而代表我是正常人，可是在此之前，我总是能够控制住自己。话说回来，以前从来没有人拿——那几个字骂我。”

贝莱说：“反正机器人一定会阻止你，你发动攻击又有什么用呢，对不对？在我想来，双方至少都会有一个机器人在附近吧。”

“当然——所以对于刚才的失控，我觉得格外羞愧。我相信这件事不必写进你的报告吧。”

“我向你保证，我不会泄漏此事给任何人，它和这件案子毫无关系。”

“谢谢你。你刚才是不是说，我们的晤谈已经结束了？”

“我想是吧。”

“这样的话，是否代表你答应了我的请求？”

“什么请求？”

“告诉嘉蒂雅，詹德的停摆和我一点关系也没有。”

贝莱犹豫了一下。“我会告诉她，这是我的看法。”

格里迈尼斯说：“请你说得更肯定些。我要她绝对相信我和这件事没有关系，如果那个机器人对她真有性爱吸引力，这点就更重要了。我绝不能让她以为我醋……醋×××。她既然是索拉利人，就有可能那么想。”

“对，是有可能。”贝莱若有所思地说。

“你听好了，”格里迈尼斯说得又快又急切，“我对机器人一窍不通，而且谁也没有——不论瓦西莉娅博士或其他任何人——跟我讲过任何关于机器人的事——我是指他们的运作原理。所以，我根本就不可能毁掉詹德。”

一时之间，贝莱似乎陷入了沉思，然后，他显然有几分勉强地说：“我不得不相信你。老实说，我可不是无所不知。有可能——我只是就事论事，没别的意思——你和瓦西莉娅博士其中一人——甚至两人都在说谎。对于奥罗拉社会骨子里的本质，我知道得少之又少，所以或许很容易受骗。但是，我仍然不得不相信你。话又说回来，我还是顶多只能告诉嘉蒂雅，在我看来，你是完全清白的。总之，我必须说‘在我看来’，我相信她会觉得这已足够肯定了。”

格里迈尼斯愁眉不展地说：“那我只好接受了——不过，我还是想再强调一遍，我以奥罗拉公民的身份向你保证，我是清白的。”

贝莱轻轻一笑。“我做梦也不会怀疑你这句话，但我所受的训练，要求我只能信赖客观的证据。”

他站了起来，严肃地凝视着格里迈尼斯好一会儿，然后说：“我还有几句话要讲，但你千万别误会了，格里迈尼斯先生。我认为，你这么想要我向嘉蒂雅作出保证，是因为你希望继续和她交往。”

“我非常希望，贝莱先生。”

“而且你打算，在某个适当时机，再试着向她求欢？”

格里迈尼斯涨红了脸，大动作吞了一下口水，然后说：“是的，没错。”

“那么，老兄，我可否给你一个忠告？别那么做。”

“如果这就是你要对我讲的话，那就省省吧，我绝不会放弃的。”

“我的意思是，别再用正规方式进行。你不妨考虑——”贝莱别过脸去，觉得尴尬到难以形容的程度，“直接搂住她，然后亲吻她。”

“不行。”格里迈尼斯一本正经地说，“拜托，奥罗拉女性不会容许那种事，就连奥罗拉男性也无法容忍。”

“格里迈尼斯先生，难道你忘了嘉蒂雅并不是奥罗拉人吗？她是索拉利人，他们拥有不同的习俗，不同的传统。如果我是你，就会试试看。”

贝莱直勾勾的目光掩盖了内心蹿起的怒火。格里迈尼斯是他的什么人，他为何提供这样的忠告？这明明是他自己渴望已久的事，为什么要建议别人去做呢？

第十三章
阿玛狄洛

52

贝莱回到了正题："格里迈尼斯先生，你先前提到过机器人学研究院院长的名字，可否请你再说一次？"他的声音比平常低沉若干。

"凯顿·阿玛狄洛。"

"从你这里有没有办法联络到他？"

格里迈尼斯答道："嗯，这么说好了，你可以联络到他的接待员或助理。但我相信你联络不到他本人。我听说，他这个人相当冷漠。当然，我并不认识他本人。我偶尔会见到他，但从未跟他说过话。"

"那么，我想，他并未请你替他设计衣服或造型？"

"我不知道他有没有请设计师，然而根据我仅有的几次观察，我可以告诉你，他有这个需要。不过，我希望你别转述这句话。"

"我相信你说得对，但我会保密的。"贝莱郑重其事地说，

“虽然你说他是出了名的冷漠，我还是要试着联络他。如果你这儿有显像机座，可否借我一用？”

“布朗迪吉可以帮你联络。”

“不，我想应该让我的伙伴丹尼尔来做——我是说，如果你不介意的话。”

“我完全不介意。”格里迈尼斯说，“机座在那里，你们跟我来吧，丹尼尔，你要使用的组合码是七五——三〇——上——二〇。”

丹尼尔点头致意。“谢谢你，先生。”

安置显像机座的房间几乎空无一物，只在一侧有一根高度齐腰的细柱子，顶端摆放着一个相当复杂的操作台。淡绿色的地板上画有两个灰色的圆圈，那根柱子就竖立在其中一个圆圈的圆心。旁边那个圆圈虽然大小和颜色完全一样，但里面并没有任何东西。

丹尼尔朝那根柱子走去，与此同时，围着柱子的圆圈开始发出淡淡的白光。他将一只手放到操作台上，五根手指飞快地运作，贝莱根本看不清楚他在做些什么。一会儿之后，另外那个圆圈发出同样的光芒，一个机器人随即出现其中——看起来相当立体，但是身上有着非常细微的闪烁，透露出那只是全息影像的事实。他旁边也有个操作台，和丹尼尔身旁那台几乎一样，但它也在微微闪烁，因此当然也是影像而已。

丹尼尔说：“我是机·丹尼尔·奥利瓦，”他稍微强调了“机”这个字，以免那个机器人将他误认为人类，“我代表我的伙伴，来自地球的便衣刑警以利亚·贝莱发言。我的伙伴想要和首席机器人学家凯顿·阿玛狄洛通话。”

那机器人答道：“首席机器人学家阿玛狄洛正在开会，可否由机器人学家西希斯代为答话？”

丹尼尔迅速望向贝莱，贝莱点了点头，于是丹尼尔说：“我们愿意这么做。”

那机器人说：“请你让便衣刑警贝莱站到你的位置，我这就开始寻找机器人学家西希斯。”

丹尼尔毫不考虑地说：“或许最好请你先找……”

贝莱却喊道：“没关系，丹尼尔，我不介意等一会儿。”

丹尼尔说：“以利亚伙伴，身为机器人学大师汉·法斯陀夫的私人代表，你拥有他的社会地位，至少暂时如此，所以不该由你来等……”

“没关系的，丹尼尔。”为了终止这个讨论，贝莱特别加重了语气，“我不希望为了这些虚礼而造成任何延误。”

丹尼尔走出那个圆圈，贝莱随即走了进去。刚进去的时候，他感到一阵轻微的刺痛（或许纯粹是他的想象），但那种感觉一闪即逝。

站在另一个圆圈中的机器人在他眼前慢慢消失。贝莱耐着性子等待，终于等到另一个影像出现——由浅而深，最后成了明显的三维影像。

“我是机器人学家马龙·西希斯。”那人以尖锐且清晰的声音说。他有一头铜色的短发，光是这点就让贝莱觉得他是个典型的太空族，不过他也有不像太空族的地方，因为他的鼻子有点不对称。

贝莱轻声细语道：“我是来自地球的便衣刑警以利亚·贝莱，希望能和首席机器人学家凯顿·阿玛狄洛通话。”

“你有没有预约，便衣刑警？”

“抱歉，没有。”

“如果你想见他，就必须先预约——但这两周他都没有空当了。”

“我是来自地球的便衣刑警以利亚·贝莱……”

“这点我已经了解，可是于事无补。”

贝莱说：“我是应汉·法斯陀夫博士之邀，在奥罗拉世界立法局的许可下，前来调查机器人詹德·潘尼尔的谋杀案……”

“机器人詹德·潘尼尔的谋杀案？”西希斯故意问得分外客气，以透出轻蔑之意。

“你想称之为机杀案也行。在地球上，毁掉一个机器人没什么大不了的，但在奥罗拉，机器人或多或少被视为另一种人类，因此我觉得可以用‘谋杀’这两个字。”

西希斯说：“话虽如此，但无论是谋杀、机杀还是什么杀，都不可能让你见到首席机器人学家阿玛狄洛。”

“我可否留个口信给他？”

“可以。”

“你会尽快转给他吗？立刻？”

“我可以试试，但显然无法保证。”

“够好了。我将分成几点，依照顺序来说，或许你要大致写下来。”

西希斯淡淡一笑。“我想我应该记得住。”

“第一点，只要有谋杀，一定有凶手，因此我想给阿玛狄洛博士一个自清的机会……”

“什么！”西希斯叫道。

（站在房间另一角的格里迈尼斯，这时猛然张大嘴巴，再也阖不拢了。）

挂在对方嘴角的淡淡微笑瞬间消失，随即转移到了贝莱脸上。“我是否说得太快了，阁下？你是不是打算写下来了？”

“你是在指控首席机器人学家和这个詹德·潘尼尔的案子有什么牵连？”

“恰好相反，阁下。正是因为我不想作那种指控，所以我必须见他。我可不希望根据不完整的情报，随便推断那个机器人的停摆和他这位首席有任何关系，只要他说一句话，就能澄清这一切。”

“你疯了！”

“很好，那就请你告诉首席机器人学家，有个疯子想要他说句话，好让他不至于被指控为凶手，这就是我要说的第一点。我这儿还有第二点，可否请你告诉他，这个疯子刚刚完成对人体艺术家山提瑞克斯·格里迈尼斯的详尽侦讯，此时正从格里迈尼斯的宅邸和你们联络。然后第三点——你是否觉得我说得太快了？”

“没有！赶快说完吧！”

“第三点如下，想必首席机器人学家日理万机，或许不记得人体艺术家山提瑞克斯·格里迈尼斯到底是谁。这样的话，请指出他这个人就住在研究院里面，而过去一年间，他和目前住在奥罗拉的索拉利女子嘉蒂雅经常散步出游。”

“地球人，我不能传达这么荒谬、这么唐突的口信。”

“这样的话，可否请你转告他，我会直接到立法局，当众宣称我的调查无法继续下去，因为有个叫马龙·西希斯的人自作主张向我保证，首席机器人学家凯顿·阿玛狄洛绝对不会协助我调查詹德·潘尼尔被毁的案子，而且即使遭到指控，他也绝对不会挺身而出替自己辩解。”

西希斯涨红了脸。“我谅你不敢说这种话。”

“是吗？我又会有什么损失？另一方面，公众听到这些话又会作何感想呢？毕竟，奥罗拉人都万分清楚，在机器人学这个领域，阿玛狄洛博士的水平仅次于法斯陀夫博士，所以，如果法斯陀夫和这桩机杀案无关——我有必要继续说下去吗？”

“地球人，你也许还不知道，奥罗拉法律对诽谤罪是绝不宽贷的。”

“这点我毫不怀疑，但如果阿玛狄洛博士为诽谤所苦，他的下场很可能比我更惨。你何不干脆替我传个口信呢？只要他对这几点作出解释，那些什么诽谤、指控之类的问题都能避免了。”

西希斯沉下脸，硬邦邦地说：“我会把口信传给阿玛狄洛博士，但我会极力建议他拒绝见你。”说完他立刻消失了。

贝莱又开始耐心等待，就在这个时候，格里迈尼斯做了一个激烈的手势，并压低声音说：“你不能这么做，贝莱，你不能这么做。”贝莱并未回答，只是挥手要他闭嘴。

大约过了五分钟（在贝莱的感觉中却要长得多），西希斯怒气冲天地再度出现，说道：“几分钟后，阿玛狄洛博士会站在我这个位置和你说话，好好等着！”

贝莱立刻答道：“这样空等毫无意义。我会直接去阿玛狄洛博士的办公室，在那里和他碰面。”

他走出灰色圆圈，对丹尼尔做了一个切割的手势，丹尼尔随即中断了联线。

格里迈尼斯像是掐着脖子说：“地球人，你不能对阿玛狄洛博士的手下那么说话。”

“来不及了。”贝莱说。

“他能在十二小时内把你赶出这个世界。”

“如果我在厘清案情上无法取得任何进展，同样会在十二小时内被赶出这个世界。”

丹尼尔说：“以利亚伙伴，只怕格里迈尼斯先生的警告自有道理。由于你并非奥罗拉公民，奥罗拉世界立法局顶多只能把你驱逐出境。话说回来，他们却能坚决要求地球当局对你施以严惩，而他们会如愿以偿的。在这件事情上，地球当局无法拒绝奥罗拉的要求。我可不希望你因此遭到惩处，以利亚伙伴。”

贝莱以沉重的口吻说：“我也不希望遭到惩处，丹尼尔，但我必须冒这个险——格里迈尼斯先生，很抱歉，我不得不说我是从你家跟他们联络的。我必须设法说服他见我，而我觉得这项事实或许会有影响力。况且，我说的毕竟都是实情。”

格里迈尼斯摇了摇头。“如果早知道你打算怎么做，贝莱先生，我绝不会允许你在我家通话。我觉得自己在这里的职位势必难保了，而——”他的声音充满悲痛，“你又能做些什么来补偿我呢？”

“我会尽力设法帮你保住这份工作，格里迈尼斯先生，不会给你惹麻烦的，这点我有信心。然而，如果我失败了，你大可把我形容成一个疯子，说我胡乱指控你，而且还威胁要污蔑你，所以你只好让我使用你的显像机。我确信阿玛狄洛博士会相信你的，毕竟，你已经向他提交一份报告，投诉我对你进行污蔑，对不对？”

说到这里，贝莱挥了挥手。“告辞了，格里迈尼斯先生，让我再谢你一次。你不用担心，还有——那个关于嘉蒂雅的建议，你可别忘了。”

在丹尼尔和吉斯卡一前一后的护送下，贝莱走出了格里迈尼斯的宅邸，几乎未曾意识到自己再度走进了开放空间。

53

一旦来到户外的开放空间，情况就完全不同了。贝莱停下了脚步，抬头向上望去。

“怪了，”他说，“我并不觉得已经那么晚了，虽然我也知道奥罗拉的一天要比标准日短一点。”

“怎么回事，以利亚伙伴？”丹尼尔的关切溢于言表。

“我完全没想到，太阳已经下山了。”

“太阳还没有下山，先生，”吉斯卡插嘴道，“距离日落还有两小时。”

丹尼尔说：“是因为暴风雨快来了，以利亚伙伴。云层越来越厚了，但还要一阵子，暴风雨才会真正出现。”

贝莱打了个哆嗦。黑暗本身并不会对他造成困扰。事实上，置身户外之际，夜晚要比白天更令人心安，因为黑夜会造成暗室的假象，白昼则会任由地平线和开放空间向四面八方延伸。

糟的是，此时既非白天也并非黑夜。

他再度试着回忆那次在户外淋雨的情景。

但他忽然想起来，自己从未在下雪的时候待在户外，甚至不确定从天而降的“固态水结晶”是什么模样，而光看文字的描述是绝对不够的。年轻人有时会出去滑雪或玩雪橇——或诸如此类的活动——回来后经常兴奋得尖叫——但总是很高兴能再度回到大城里。有一次，班根据某本古书上的说明，自己试着做了一对滑雪板，结果差点被白茫茫的积雪活埋了。不过，就连自己儿子亲口所作的描述，无论是雪的外观或触感，在他听来也是模模糊糊，完全无法令人满意。

而且，谁也不会在真正下雪时到户外去，天上的雪花和地下的积雪是很不一样的。这时，贝莱在心中告诉自己，至少大家都同意一件事，那就是只有在非常冷的时候才会下雪。现在并不算非常冷，只是很凉而已。那些云层并不代表即将下雪——不过，这样的自我安慰成效不彰。

根据他的亲身经验，地球的阴天并不是这个样子。在地球上，云层的颜色比较淡，这点他很肯定——即使已经达到铺天盖地的程度，看起来也只是灰白色而已。而在这里，天色（姑且用这个说法）令人很不舒服，是一种死气沉沉的黄灰色。

是不是因为和地球的太阳相较之下，奥罗拉太阳的颜色偏橙一点?

他问:“这种颜色的天空——算是异常吗?”

丹尼尔抬头望了望。“不算异常，以利亚伙伴，是暴风雨快来了。”

“你们这儿常有这种暴风雨吗?”

“每年这个时候，答案都是肯定的，有时还是雷雨呢。这没什么好惊讶的，昨天气象预报就已经提到，今天早上又报了一次。明早破晓前它就会结束了，最近我们的降雨有点不足，这些雨水刚好能够滋润田野。”

“气温也总是这么低吗?这也算正常吗?”

“是啊，没错——我们赶紧进气翼车去吧，以利亚伙伴，里面可以调高温度。”

贝莱点了点头，走向午餐期间一直停在草地上的气翼车。

他忽然半途停下来。“慢着，我忘了问格里迈尼斯该怎么去阿玛狄洛的宅邸——或他的办公室。”

“没这必要，以利亚伙伴。”丹尼尔随口答道，与此同时，他将一只手按在贝莱的手肘，轻柔但坚决地向前推，“在吉斯卡好友的记忆库中，存有研究院的详尽地图，他会直接把我们带到行政大楼，阿玛狄洛博士的办公室很可能就在那里。”

吉斯卡说：“我掌握的资料只说阿玛狄洛博士的办公室在行政大楼里面。万一他不在办公室，而在自己的宅邸，也一定不会太远。”

于是，贝莱再度坐上前座，挤在两个机器人之间。由于快要冻僵了，贝莱特别喜欢贴近具有真人体温的丹尼尔。至于吉斯卡，他的外壳虽然并非冷冰冰的金属，而是不会导热的类织品，但此时对贝莱的吸引力却略逊一筹。

为了想跟丹尼尔靠得更近，贝莱差点伸手搂向他的肩膀。但他及时收回了手臂，有点不知所措地放到膝盖上。

他说：“我不喜欢外面现在的样子。”

丹尼尔或许是想转移贝莱对户外景观的注意力，故意问道：“以利亚伙伴，你怎么知道瓦西莉娅博士曾经鼓励格里迈尼斯先生把目标转移到嘉蒂雅小姐身上？我没见到你获得了这方面的任何证据。”

“的确没有。”贝莱说，“我当时几乎走投无路了，只好孤注一掷——也就是说，搏一把赢面很小的赌局。嘉蒂雅告诉我，格里迈尼斯对她很感兴趣，曾经一再向她求欢。因此我想到，他有可能由于吃醋而杀害詹德。问题是，我认为他的机器人学知识不足以让他做到这件事，但我随即又听说法斯陀夫的女儿瓦西莉娅是个机器人学家，而且长得很像嘉蒂雅。我开始怀疑，格里迈尼斯之所以对嘉蒂雅那么着迷，会不会是因为他原本迷恋的对象是瓦西莉娅——而这个凶案有没有可能是他们两人共同策划的阴谋。于是我迂回地暗示这个共谋的可能性，这才说服了瓦西莉娅接见我。”

丹尼尔说：“但至少就詹德被毁这件事而言，并不存在所谓的阴谋，以利亚伙伴。即使瓦西莉娅和格里迈尼斯有同事关系，也不可能策划出这样的行动。”

“同意——但我稍加暗示她和格里迈尼斯的关系，没想到瓦西莉娅就紧张起来，这是为什么呢？等到格里迈尼斯告诉我们他受瓦西莉娅吸引在先，我又开始怀疑，是否这两件事的关联其实比较间接，是否瓦西莉娅劝他转移目标的原因和詹德之死的关联并非那么大——但仍多少有一点。毕竟，这两件事一定有些关联，瓦西莉娅当初的紧张反应就是明证。

“我的怀疑果然正确，瓦西莉娅确实一手策划了格里迈尼斯转移目标这件事。我对此事的了解曾令格里迈尼斯十分惊讶，而这点也很有帮助，因为如果这件事情完全正当，就没有理由把它当成秘密——事实上它显然是个秘密。你该记得，瓦西莉娅从未提到她力劝格里迈尼斯转移目标。当我告诉她格里迈尼斯曾向嘉蒂雅求欢，她表现得仿佛头一回听到一样。”

“可是，以利亚伙伴，这又有什么重要性呢？”

“或许我们能找出来。我现在觉得，无论对格里迈尼斯或瓦西莉娅而言，这都没什么大不了的。因此之故，如果真有什么重要性，很可能和另一个人有关。又如果这件事和詹德之死有着任何牵连，那人理应是个比瓦西莉娅更高明的机器人学家——而他很可能就是阿玛狄洛。所以我故意指出，我已经讯问过格里迈尼斯，而且现在就在他家，正是要暗示我认为有桩阴谋——而这招奏效了。”

“但我还是不明白这一切有什么意义，以利亚伙伴。”

“我也一样——目前只有些臆测而已，但我们或许能在阿玛狄洛那儿找到答案。要知道，我们的处境奇差无比，猜一猜或赌两把，对我们都没什么损失。”

在这段对话进行之际，气翼车已借着喷射气流飘了起来，并且升到适当的高度。它掠过一排矮树丛，再度奔驰在草地和碎石路的正上方。贝莱注意到，每当经过比较高的草坪，那些草都被吹得倒向一侧——仿佛有个无形的（而且大得多的）气翼一路扫过去。

贝莱问：“吉斯卡，只要你在场，所有的对话你都录了音，是吗？”

“是的，先生。”

“若有需要，随时能够播放？”

“是的，先生。”

“而且，任何人说的任何一段话，都很容易找到——然后播出来？”

“是的，先生，你不必把录音从头到尾听一遍。”

“而若有需要，你能上法庭作证吗？”

“我吗，先生？不行的。”吉斯卡的双眼紧盯着路面，“只要下达足够高明的指令，你就可以命令机器人说谎，不论法官如何规劝、如何威胁都无济于事，因此法律明智地规定机器人不得作证。”

“可是，这样的话，你的录音又有什么用呢？”

“先生，这是两码子事。一段录音完成之后，要删除固然容易，却不是普通指令能随便篡改的。因此，这样的录音确实可以当作证据。然而，由于没有扎实的前例，不同的法官和不同的案件会有不同的考虑。”

贝莱说不上来，究竟是这番话本身令他感到沮丧，还是外面那种惨白的天色带来了不良的影响。他问："视线清楚吗，吉斯卡？"

"当然清楚，先生，但其实没必要。气翼车配备了电脑化雷达，就算我毫无来由地失职了，它也能自行闪避障碍物。正是因为有这个装置，昨天上午虽然我们把车窗调成不透明，车子仍旧安然行驶。"

"以利亚伙伴，"丹尼尔再次转移话题，以免贝莱一直在担心即将来临的暴风雨，"你是否希望阿玛狄洛博士真能帮上忙？"

吉斯卡正在将气翼车停在一大片草坪上。草坪后方是一座宽阔但并不很高的建筑物，正面刻着好些繁复的图样——虽然明明是一座很新的建筑，却给人一种刻意仿古的感觉。

贝莱无须别人告知，便能确定这正是行政大楼。他说："不，丹尼尔，只怕这个阿玛狄洛精明得很，不会让我们抓到什么把柄。"

"如果真是这样，下一步你打算怎么做？"

"我不知道。"贝莱忽然有一种似曾相识的不祥感觉，"但我会试着想出办法的。"

54

走进行政大楼之后，总算摆脱了户外那种不自然的天色，贝莱首先感到的是心头一阵轻松。而紧接着，他又体验到了一种荒谬的趣味。

在奥罗拉这个世界，所有的宅邸——亦即私人住宅——都是百分之百的奥罗拉风格。当初不论是在嘉蒂雅家的起居室端坐，在法斯陀夫家的餐厅进餐，在瓦西莉娅的工作室谈话，或是在使用格里迈尼斯家的三维显像仪，他未曾有任何一刻觉得自己身在地球。这四座宅邸彼此虽然大异其趣，仍属于同一种类型，和地球上的地底公寓非常不一样。

然而，这座行政大楼处处散发着官僚气息，显然超越了普通人的品位。它和那些奥罗拉宅邸并不属于同一类，其差异有如地球上的官方建筑之于住宅区的公寓——虽然这两个世界有着天壤之别，两者的官方建筑竟然出奇地相似。

自从抵达奥罗拉之后，贝莱头一回有机会假想自己回到了地球。在这座建筑内，同样有着空旷冷清的长廊，同样有着能让最多人接受的装潢和室内设计——例如每个光源都是根据所打扰和所取悦的人皆越少越好这个原则所设计的。

不过，这里仍然有些地球上见不到的特色——比方说，不时会出现悬吊的盆栽，旁边不但有着充足的照明，还装设有（贝莱猜测）自动控制的浇水装置。这样的自然风是地球上所没有的，可是贝莱不怎么喜欢。他担心这些盆栽会不会掉下来，会不会招引昆虫，还有会不会滴水。

除此之外，这里还欠缺了一些东西。在地球上，只要身处大城之内，总是能听到来自人群和机械的嗡嗡声——音量很大，却令人感到温暖——即使是在最冷峻的公家建筑里面也不例外。借用地球上政治人物和新闻记者的说法，这就是所谓的“同胞忙碌的声息”。

反之，这里就太安静了。在此之前，贝莱并未特别注意他所造访的几个宅邸有多么安静，那是因为这两天几乎件件事都新奇，他根本来不及一一留意。事实上，相较于听不见持续不断的“人籁”

（另一个地球惯用语），他反倒比较注意户外的昆虫低语，以及微风吹过树梢的声音。

所以，这里虽然有些类似地球之处，可是欠缺“人籁”这件事，就像人工照明中掺有明显的橙色一样令人不舒服——相较于奥罗拉宅邸的缤纷装饰，此地单调的灰白色墙壁令橙色特别显眼。

贝莱的神游并未持续多久。他们刚刚跨过大门，丹尼尔便举起手臂挡住其他两人。直到过了三十秒左右，贝莱才忍不住问道：“我们等在这儿做什么？”由于四周一片静寂，他自然而然把声音压得很低。

“因为这样做才不会后悔，以利亚伙伴。”丹尼尔说，“前面有个刺痛场。”

“有个什么？”

“刺痛场，以利亚伙伴。其实，这是个很委婉的说法。它会刺激神经末梢，导致相当剧烈的痛感。机器人可以通过，但人类不行。当然，不论人类或机器人，只要强行通过，一律会触发警报器。”

贝莱问：“你怎能断定这里有刺痛场？”

“如果你知道诀窍，以利亚伙伴，其实就不难看见。一来空气会因而有点闪烁，二来相较之下，刺痛场后方的墙壁会稍稍发绿。”

“我并不确定自己看不看得到。”贝莱忿忿不平地说，“有没有什么机制，能够防止我——或任何无辜的外人——不小心闯进去，因而痛不欲生？”

丹尼尔答道：“研究院的成员会随身带着一个中和装置；至于访客，几乎都会由一两个机器人陪同，那些机器人当然能侦测刺痛场。”

这时，有个机器人从刺痛场对面的长廊慢慢走过来。（在他的光滑金属表面衬托下，空气中的闪烁变得更明显了。）他似乎对吉斯卡视而不见，但有那么片刻，他轮流望向贝莱和丹尼尔，显得犹豫不决。然后，他终于作出了决定，以贝莱作为询问对象。（贝莱心想，或许丹尼尔太像人类，看起来反倒不真实。）

那机器人问："尊姓大名，先生？"

贝莱说："我是来自地球的便衣刑警以利亚·贝莱，陪同我的是汉·法斯陀夫博士宅邸的两个机器人——丹尼尔·奥利瓦和吉斯卡·瑞文特洛夫。"

"有身份证件吗，先生？"

吉斯卡的左胸突然发出柔和的磷光，显现了他的序号。"机友，我替他们两位担保。"他说。

机器人花了点时间审视那个序号，仿佛是在核对他记忆库中的某个档案。然后他点了点头，说道："序号无误，你们可以通行了。"

丹尼尔和吉斯卡立刻迈开脚步，但贝莱只敢慢慢向前移动。他还伸出一只手，以便测试会不会产生剧痛。

丹尼尔说："刺痛场解除了，以利亚伙伴，等我们通过后才会恢复。"

小心点绝对错不了，贝莱这么想。于是，在刺痛场可能存在的范围内，他始终步步为营慢慢前进。

三个机器人站在远方等着贝莱，丝毫没有不耐烦或怪罪的意思。

然后，他们走上一个仅有两人宽的螺旋斜坡。那机器人在前方带路，贝莱和丹尼尔并肩站在他后面（丹尼尔的手轻轻地但近乎攫住猎物般放在贝莱手肘上），吉斯卡则负责殿后。

贝莱觉得这个斜坡未免太陡，爬上去只怕不轻松，比方说，此时鞋子的角度就让他觉得不太舒服，而且为了避免滑跤，身体还得刻意向前倾。真要爬这种坡的话，他的鞋底或斜坡的表面应该具备防滑纹路——最好两者都有，而事实刚好相反。

只听带路的机器人叫了一声："贝莱先生。"仿佛在提醒什么事，而他原本放在栏杆上的手则突然用力一抓。

下一刻，整条斜坡仿佛柔肠寸断，随即重组成一级级的台阶。紧接着，整个斜坡便开始向上升。转了整整一圈之后，它已穿过裂开一条缝的天花板，而在达到静止之际，他们已经（想必）升到了二楼。阶梯随即消失无踪，一行四人踏上了地板。

贝莱好奇地回头望了望。"我想它也能用来下楼吧，可是万一有段时间想上楼的人超过想下楼的呢？那样的话，它势必要向天空延伸半公里，反之则是往地下钻五百米。"

"这是上螺旋。"丹尼尔压低声音说，"还有另一个下螺旋。"

"可是，它终究要下去的，不是吗？"

"以利亚伙伴，它会在最高处——而下螺旋则会在最低处——折叠起来，等到没人使用的时候，它又会展开来。现在，这个上螺旋正在降下去。"

贝莱回头一看。它的平滑表面或许正在向下溜，但由于上面没有任何突起或标志，根本看不出是否正在滑动。

"万一有人想要用的时候，它却正在最高处呢？"

"那就必须等它展开来，前后要不了一分钟——此外，当然还有普通的楼梯，以利亚伙伴，大多数的奥罗拉人都不排斥，机器人则几乎一律走那些楼梯。由于你是访客，才特别以螺旋梯礼遇你。"

他们正沿着一条长廊向前走，尽头处是一扇装饰得特别华丽的房门。“所以说，他们刻意对我礼遇。”贝莱道，“是个好兆头。”

就在这个时候，华丽的房门刚好打开，一名奥罗拉人出现在门口——这或许是另一个好兆头。他个子很高，至少比丹尼尔高八公分，而丹尼尔又比贝莱高了五公分。而且他还相当壮，几乎称得上魁梧。走近一看，此人有着一张圆脸，一个蒜头鼻，一头鬈曲的黑发，一身黝黑的皮肤，而且脸上带着笑容。

其中最显眼的莫过他的笑容了，他笑得很开怀，丝毫不显得勉强，自然而然地露出两排整齐洁白的牙齿。

他开口道：“啊，这位就是来自地球的神探贝莱先生，你来到我们这个小小的星球，就是为了证明我是个可怕的坏蛋。请进，请进，欢迎之至。真抱歉，我那位能干的助理——机器人学家马龙·西希斯——可能让你误以为我没空见你。请包涵他是个谨慎的家伙，比我自己还要加倍珍惜我的时间。”

当贝莱走进去的时候，他站到了一旁，用手掌在贝莱的肩膀轻轻拍了一下。这似乎是个友善的表示，不过在此之前，从来没有奥罗拉人对贝莱做过这个动作。

贝莱谨慎地说（他或许太多虑了）：“我想你就是首席机器人学家凯顿·阿玛狄洛吧？”

“完全正确，完全正确，我正是那个打算摧毁汉·法斯陀夫博士政治势力的人——但我希望能说服你，别因为这件事就把我和坏蛋画上等号。毕竟，我不会仅仅因为法斯陀夫做了那件傻事——毁了他自己的心血结晶，那个可怜的詹德——就试图证明他才是坏蛋。让我们这么说吧，我只是想证明法斯陀夫——犯了一个错误。”

他轻轻做个手势，那个带路的机器人立刻走进一个壁凹。

房门关上之后，阿玛狄洛很客气地招呼贝莱坐到一张精致的扶手椅上，与此同时，他丝毫不浪费时间，用另一只手告诉丹尼尔和吉斯卡该去哪两个壁凹。

贝莱注意到，阿玛狄洛曾对丹尼尔露出饥渴的眼神，有那么片刻，他脸上的笑容消失殆尽，取而代之的是近乎垂涎的表情。可是转瞬之间，他又恢复了原本的笑容。贝莱甚至怀疑，那个倏来倏去的诡异表情会不会只是自己的幻想。

阿玛狄洛说："看来马上要变天了，我们索性把阴暗的天色遮起来吧。"

一扇扇窗户随即变成不透明（贝莱没看清楚阿玛狄洛究竟是如何操作书桌上的控制盘），而墙壁则开始发出柔和的日光。

阿玛狄洛似乎笑得更灿烂了。"你我两人，贝莱先生，其实没有太多话要说。在你赶来这里的时候，我为了有所准备，先和格里迈尼斯先生通了一次话。而他所转述的事实，让我决定也和瓦西莉娅博士先沟通一下。显然，贝莱先生，你针对詹德被毁这件事，或多或少指控他俩有共谋的关系，而如果我没误会的话，你同时也指控了我。"

"我只是问了他们一些问题，阿玛狄洛博士，而我现在也正打算这么做。"

"这点毫无疑问，但你是地球人，才会不知道自己有多么罪大恶极。我真的很遗憾，但你必须为自己的所作所为付出代价——或许你已经知道，格里迈尼斯针对你污蔑他这件事，送了一个报告给我。"

"他告诉过我，可是他误解了，我并非在污蔑他。"

阿玛狄洛努着嘴，仿佛正在考虑这个说法。"我敢说，贝莱先生，根据你自己的观点，你做得很正确，但你并不了解奥罗拉人对‘污蔑’的定义。我不得不将格里迈尼斯的报告转呈给主席，因此，你很可能明天一早就会被逐出这个世界。当然我万分遗憾，但我必须告诉你，只怕你的调查工作眼看就要结束了。”

第十四章
阿玛狄洛之二

55

贝莱大吃一惊，不知该如何评断阿玛狄洛才好。在此之前，他从未料到自己会陷入这种困境。格里迈尼斯曾用“冷漠”两个字来形容他，而根据西希斯的描述，贝莱以为阿玛狄洛这个人相当专横。然而，他本人却显得相当开朗、直率，甚至可以说友善。但若阿玛狄洛所言句句属实，他就是正在不动声色地封杀这项调查。他的手段冷酷——偏偏脸上还带着同情般的笑容。

他究竟是什么样的人?

贝莱下意识地望向吉斯卡和丹尼尔栖身的壁凹，造型原始的吉斯卡当然面无表情，较为先进的丹尼尔则是一脸平静。丹尼尔刚问世不久，由此可知，他不可能见过阿玛狄洛。另一方面，吉斯卡已有好几十年的寿命（到底多少年呢？），在此之前很可能遇见过他。

想着想着，贝莱不禁抿起嘴来，他觉得在此之前，自己应该先问问吉斯卡对这个阿玛狄洛的看法。这样的话，他现在就比较容易判断这位机器人学家的表现到底有多少是真实的，又有多少是精密算计的结果。

贝莱不禁纳闷，这些储存在机器人脑中的资料，自己究竟为什么不懂得善加利用？或者说，吉斯卡为什么不主动提供这些资料——不，这么想并不公平。贝莱想到，吉斯卡显然缺乏这种独立运作的能力；他会奉命提供资料，但并不会采取主动。

阿玛狄洛注意到贝莱的视线飘忽了一下，于是说："我想，我是以一敌三。你看得出来，我的机器人都不在这间办公室里——但我得承认，只要一声召唤，要多少有多少——而你却只带了法斯陀夫的两个机器人，忠实可靠的老吉斯卡，以及新奇的丹尼尔。"

"原来两个你都认识。"贝莱说。

"只是久仰大名。这是我第一次亲眼见到——我，一个机器人学家，居然差点要说'他们本人'了——这是我第一次亲眼见到他们两位。不过，我倒是在超波剧里，看过由演员扮演的丹尼尔。"

"显然太空族世界每一个人都看过那出超波剧，"贝莱埋怨道，"让我的日子很不好过，其实我只是个很平凡的人。"

"不能一概而论。"阿玛狄洛的笑意更浓了，"我向你保证，我可从未认真看待故事中的那个你。我早就想到，真实的你应该相当平凡。结果的确没错——否则你也不会在奥罗拉肆无忌惮地进行不实指控。"

"阿玛狄洛博士，"贝莱说，"我向你保证，我尚未提出任何正式指控。我只是在进行调查，只是在考虑各种可能而已。"

"可别误会我，"阿玛狄洛突然极其认真地说，"我并没有责怪你。我相信倘若根据地球的标准，你的做法完美无缺。问题是，奥罗拉的标准却不容许你这么做。我们对名誉的重视程度，恐怕令你难以置信。”

“果真如此的话，阿玛狄洛博士，那么你和其他母星党人对法斯陀夫博士的怀疑，岂不也是诽谤了他——而且严重程度远超过我所做的这些芝麻小事？”

“相当正确，”阿玛狄洛表示同意，“但我是奥罗拉上的名人，具有一定的影响力，而你是个地球人，影响力又等于零。我承认这是极不公平的事，连我自己也深恶痛绝，但现实世界就是这个样子，我们又能怎么办呢？何况，我们对法斯陀夫的指控是站得住脚的——一定站得住——而一旦得到证实，诽谤也就不再是诽谤了。你所犯的错误，在于你的指控根本站不住脚。我相信你必须承认，不论是格里迈尼斯先生或瓦西莉娅·茱露博士——甚至两人联手——都不可能害得了可怜的詹德。”

“我并没有正式指控他们。”

“或许吧，但在奥罗拉，你可不能躲在‘正式’这两个字后面。法斯陀夫邀请你来进行调查的时候，万万不该忘了警告你这件事，如今，只怕你的调查工作已经凶多吉少。”

贝莱的嘴角不禁微微抽动，他想到法斯陀夫的确不该忘记警告自己这件事。

他说：“我能争取到听证吗？还是一切都定案了？”

“奥罗拉又不是野蛮国度，当然要先召开听证会，然后才能定你的罪。主席会好好研究我转给他的报告，以及我自己对这件事的看法。他也许还会把法斯陀夫视为重要关系人来征询意见，然后或许就在明天，他将安排和我们三人碰个面。那时——也可能晚些——应该就会达成一个结论，再交由立法局正式通过。我向你保证，一切都会遵循法定程序。”

“毫无疑问，一切都会依法行事。可是，万一主席已经有所决定，万一无论我说什么都没用，万一立法局只是橡皮图章？有此可能吗？”

听到这句话，阿玛狄洛并未真正展露笑容，但似乎还是被逗乐了。“你是个现实主义者，贝莱先生，这点让我很高兴。那些对于正义充满梦想的人，是很容易失望的——他们通常都是优秀人物，令人看了很不忍。”

阿玛狄洛的目光又粘在丹尼尔身上了。“真是个杰作，这个人形机器人。”他说，“难以想象法斯陀夫的保密工作那么到家。真可惜詹德就这么没了，法斯陀夫做了一件不可饶恕的事。”

“阁下，法斯陀夫博士否认他和这件事有任何牵连。”

“是啊，贝莱先生，他当然会否认。但他可曾说过我反倒有牵连？或者那全然是你自己的想法？”

贝莱从容不迫地说：“我并没有那么想。我只是希望针对这件事，请教你几个问题。至于法斯陀夫博士，如果你要提出诽谤的指控，不该把他也列在里面。他早就肯定你和詹德一案毫无关系，因为他相当确定，你的学识和你的能耐都无法令一个人形机器人停摆。”

倘若贝莱希望借此激怒对方，那么他显然失败了。阿玛狄洛坦然接受了这个嘲讽，心情丝毫未受影响。“就这点而言，他说得很对，贝莱先生。除了法斯陀夫自己，再也没有第二个机器人学家——不论现在或过去——拥有这样的能力。我们那位大师中的大师，是不是曾经谦虚地这么说？”

“对，他的确说过。”

“那么我很好奇，在他看来，詹德身上到底发生了什么事？”

“一个随机事件，纯属偶然。”

阿玛狄洛哈哈大笑。“他有没有计算过这种随机事件的几率？”

“有的，首席机器人学家。但即使几率小到不能再小，还是有发生的可能，尤其是，如果还有其他因素增加了它的可能性。”

“比方说什么？”

“那正是我希望查出的真相。既然你已经安排好，要把我逐出这个世界，你是打算拒绝接受侦讯吗——还是我可以继续调查下去，直到我的活动被依法终止那一刻？——在你回答这个问题之前，阿玛狄洛博士，请务必想想，目前我的调查尚未依法终止，所以，如果你坚持现在就要结束这场晤谈，等到举行听证会的时候，不论是明天或后天，我都能指控你拒绝回答我的问题。这样一来，很可能就会影响主席的决定。”

“不会的，亲爱的贝莱先生。千万别以为你有办法左右我——然而，我们的晤谈还是可以继续下去，你要谈多久都行。即使只是为了参与法斯陀夫的困兽之斗，享受其中的乐趣，也值得我充分和你合作。我并不是那种复仇心切的人，贝莱先生，但就算詹德是法斯陀夫的心血结晶，他也没有权利毁掉它。”

贝莱说：“目前尚未依法认定这件事就是他做的，所以你刚才这番话，或多或少有诽谤的嫌疑。因此，姑且把这点摆到一边，继续我们的晤谈吧。我需要知道实情。我的问题会尽量直接而简短，如果你的回答也一样，我们很快就能结束这番问答。”

“不，贝莱先生，问答的规则不该由你来定。”阿玛狄洛说，“我想，你带来的两个机器人，至少有一个能把我们的对话通通录下来。”

“应该没错。”

“我就知道。我自己也有录音装置，所以亲爱的贝莱先生，别以为你能借着一大堆简短的问题，从我嘴里套出对法斯陀夫有利的说词。我会根据自己的意思回答，还要确保我的答案并未遭到误解——我自己的录音能帮助我做到这一点。”此时，在友善的羊皮底下，阿玛狄洛首次露出一丝恶狼的嘴脸。

“很好，但如果你的回答故意啰哩啰唆或闪烁其辞，同样会显示在录音里。”

“这当然。”

“取得这个共识之后，我可否先喝杯水再开始？”

“绝无问题——吉斯卡，请你替贝莱先生服务好吗？”

吉斯卡立刻走出壁凹，位于房间一角的吧台随即传来冰块撞击声，不久便有一大杯冰水放到贝莱面前。

贝莱说了一句：“谢谢你，吉斯卡。”然后静待他回到自己的壁凹。

这时他才开口：“阿玛狄洛博士，我想你就是机器人学研究院的院长，没错吧？”

“是的，没错。”

“也是创办人？”

“同样正确——你看，我答得很简短。”

“研究院有多久历史了？”

“它的理念——酝酿了几十年。我至少花了十五年的时间，寻找志同道合的人。十二年前，它通过了立法局的许可，九年前开始动工兴建，六年前展开实际运作。至于目前这种完整规模，则只有两年的历史，此外还有一些远程扩充计划尚待实现——这个问题无法简短回答，阁下，但我还是尽量精简字句。”

“当初，你为何觉得有必要设立这所研究院？”

“啊，贝莱先生，这回你绝对不会希望我简短回答了。”

“随你的意思吧，阁下。”

这时，有个机器人端来一个盘子，上面放了一些小三明治，以及几块更小的点心，不过没有任何一样是贝莱熟悉的。他尝了一个三明治，发觉相当酥脆，但是并不可口，得硬着头皮才能吃完。然后，他把杯中的水一饮而尽，才将它送进肚子里。

从头到尾，阿玛狄洛似乎看得津津有味。“你必须了解，贝莱先生，我们奥罗拉同胞可不是普通人。所有的太空族都不是，但我现在主要是在说奥罗拉人。我们的祖先虽然来自地球——这是绝大多数人不愿想到的一件事——但我们却是‘自择’的产物。”

“这话是什么意思，阁下？”

“长久以来，地球人生存在一个越来越拥挤的世界上，而且彼此互相吸引，形成了一个个更加拥挤的城市，最后，那些蜂窝和蚁穴终于变成你们所谓的‘大城’。所以说，什么样的地球人会愿意离开地球，前往空无一人而且环境恶劣的其他世界，以便从零开始建造新社会，却注定在有生之年无法享受努力的成果——比方说，当他们去世时，连树苗都还没有长大？”

“我想，都是相当不平凡的人。”

“必须很不平凡。尤其是，他们不能过度依赖群居生活，以致无力面对无人的环境。他们甚至要喜欢无人的环境，要喜欢自力更生，以及独力面对问题——而绝非躲在人群中，以分摊的方式解除自己身上的负担。个人主义者，贝莱先生，他们是个人主义者！”

“这我懂。”

“而我们的社会就是这样建立的。太空族世界所发展的每个方向都在强化我们的个人主义。我们是堂堂生活在奥罗拉上的人类，而不是在地球上挤成一团的绵羊。请注意，贝莱先生，我这么比喻并不是要嘲笑地球——只是你们的社会让我实在不敢恭维，而你们，我想，你们却觉得它既理想又舒适。”

“这和你建立这所研究院又有什么关系呢，阿玛狄洛博士？”

“即使是最健全、最令人自豪的个人主义，仍然难免有些缺点。不论多么伟大的学者，如果他拒绝分享学术成果，往往会单独工作数个世纪，也没有什么明显的进展。一位科学家有可能被一道难题困住一百年，而另一方面，他的同僚或许早已掌握解决方案，却不知道它派得上用场——这所研究院，至少在机器人学这个狭窄的领域，要试着引进学术社群的制度。”

“你们试图解决的难题，会不会刚好就是如何建造人形机器人？”

阿玛狄洛眼睛亮了起来。“对，这点显而易见，不是吗？二十六年前，法斯陀夫发展出一套崭新的数学体系，他称之为‘交叉分析’，使得人形机器人不再只是梦想——可是他并未公开这个理论。许多年后，他克服了所有的技术性难题，开始和萨顿博士合作，利用他的理论设计出丹尼尔。后来，法斯陀夫又独力做出了詹德，可是所有的细节他仍旧秘而不宣。

“大多数机器人学家只是耸耸肩，觉得这是很自然的事。他们唯一能够做的，就是各自尝试自行导出那些细节。而我则不同，我想到了成立研究院以及群策群力的可能性。这可不是简单的事，一来要说服其他机器人学家相信这是可行的，二来要在法斯陀夫的强烈反对下，说服立法局拨款资助，三来还要努力不懈坚持许多年，但我们做到了。”

贝莱问：“法斯陀夫博士为什么反对？”

“他最初的动机是很普通的自恋心态——我并不觉得那有什么不对，你了解吧。我们每个人都有非常自然的自恋心态，它和个人主义是平行发展的。问题是，法斯陀夫把自己视为有史以来最伟大的机器人学家，并将人形机器人视为自己的特殊成就。他希望这项成就永远是他自己的，不希望另一群名不见经传的机器人学家也做得出来。我猜在他眼中，那只是我们这些三流货色的阴谋，目的是要抢夺和混淆他个人的丰功伟绩。”

“你说那是‘他最初的动机’，这就意味着还有其他的反对动机，那又是什么呢？”

“我们规划的几项人形机器人的应用，他同样反对。”

“什么样的应用，阿玛狄洛博士？”

“好了，别装得那么天真。法斯陀夫博士一定告诉过你母星党开拓银河的计划吧？”

“他的确说过，而在这个问题上，瓦西莉娅博士也曾提到个人主义者在科学发展上所遭遇的困难。然而，我还是很想听听你对这些事情的看法，而你同样很想告诉我吧。比方说，你是否希望我相信法斯陀夫博士对贵党计划的理解既客观又公平——你是否愿意把这句话记录在案？或者，你想不想用自己的话来描述一下这个计划？”

“换句话说，贝莱先生，你不打算给我任何余地。”

“没错，阿玛狄洛博士。”

“很好。我——不，应该说我们，因为研究院的成员对此事的看法一致——我们展望未来，希望能够看到人类开发出更多而且更新的世界。然而，我们不希望这种‘自择’的过程会毁掉原有的那些世界，或让它们一蹶不振，就好像——不好意思——地球那样。我们不希望新世界把我们的精华吸尽，最后只留下糟粕。这点你了解吧？”

“请继续。”

“就任何一个机器人导向的社会，例如我们自己而言，最简单的解决方案就是派机器人担任拓荒者。等到机器人把整个社会，甚至整个世界建立起来之后，我们只要去接收成果即可，无需再作任何挑选——因为新世界一定会像原有的世界那么舒服、那么适合我们，所以我们一旦抵达新世界，几乎就等于回到家了。”

“谁说机器人一定会建立人类的世界，而不会创造出机器人的世界？”

“如果我们仅仅派出普通的机器人，你这句话就完全正确。然而，我们有机会派出像丹尼尔这样的人形机器人，他们在创造自己的世界之际，自然而然会创造出我们的世界。可是，法斯陀夫博士却反对。在他的想象中，由人类自己把陌生险恶的行星改造成一个新世界，似乎存在着不少优点，那是因为他并未预见，这样做不但会损失许多宝贵生命，还会因为过程中所出现的天灾人祸，使得结果和我们所熟悉的世界完全不同。”

“正如当今各个太空族世界，不但都和地球不同，而且彼此也不一样？”

接下来几秒钟，阿玛狄洛收起开朗的笑容，显得心事重重。“实际上，贝莱先生，你说到了一个重点。我刚刚讨论的仅限于奥罗拉，太空族世界确实各有各的不同，而且绝大多数我都不太喜欢。我心知肚明——虽然这或许是我的偏见——奥罗拉这个最古老的太空族世界，就是最好而且最成功的一个。我不希望在开拓出一堆五花八门的新世界之后，其中却只有几个真正有价值。我希望能够制造许多的奥罗拉——无数个奥罗拉——因此之故，我希望在人类抵达之前，那些新世界已经被塑造成奥罗拉。对了，这正是我们自称‘母星党’的原因，我们只认同自己这颗母星——奥罗拉——其他都不屑一顾。”

“你认为五花八门并没有价值吗，阿玛狄洛博士？”

“如果那些五花八门同样优秀，或许就有价值，但如果某些——或大多数——是劣等货，对人类又有什么好处呢？”

“你准备何时展开工作？”

“等到我们有了堪用的人形机器人之后。目前为止，只有两个人形机器人问世，其中一个还被法斯陀夫自己毁掉了，剩下丹尼尔成了唯一的样本。”他不知不觉又瞥了丹尼尔一眼。

“你们何时能造出人形机器人？”

“这很难说，我们尚未赶上法斯陀夫博士的水准。”

“虽然他只有一个人，而你们群策群力，阿玛狄洛博士？”

阿玛狄洛的肩头微微抽动。“你的讽刺对我无效，贝莱先生。打从一开始，法斯陀夫就远远超越了我们，而且，虽然研究院已经成立很长一段时间，我们全力展开工作才只有两年而已。此外，我们的目标不但是要赶上法斯陀夫，而且还要超越他。丹尼尔是个优秀的成品，但他只是原型，还不算尽善尽美。”

“像丹尼尔这样的人形机器人，还需要作哪方面的改进？”

“显然必须更像真人才行。他们必须有两种性别，而且还需要有孩童的类型。如果要在新世界建立一个以假乱真的人类社会，必须有两三个世代生活其中。”

“我想我看出其中的困难了，阿玛狄洛博士。”

“毫无疑问，困难重重。你预见了哪些困难，贝莱先生？”

“如果你制造出一批人形机器人，他们酷似人类的程度到了足以建立一个人类社会，而且他们还有性别和世代之分，那么你要如何辨别他们究竟是不是真人？”

“有什么关系吗？”

“或许有。如果这种机器人太像人类，他们便有可能融入奥罗拉社会，变成人类家族的一分子——就可能不适宜担任开路先锋。”

阿玛狄洛哈哈大笑。“显然是因为嘉蒂雅·德拉玛对詹德的迷恋，让你脑袋里出现这种想法。你瞧，我从格里迈尼斯以及瓦西莉娅博士口中，多少知道了些你对那女子的调查结果。我要提醒你，嘉蒂雅来自索拉利，她对‘丈夫’两字的认定和奥罗拉人不一定相同。”

“我并没有特别想到她。我是想到奥罗拉人对性爱一向采取广义解释，即使在今天，把机器人当性伴侣也是社会能够接受的事，而那些机器人只是粗具人形罢了。如果有一天，你真的无法分辨人类和机器人……”

“别忘了还得有孩童，机器人绝对无法生儿育女。”

“但这就引发了另一个问题。机器人的寿命必须够长，因为建立一个社会可能需要好几个世纪。”

“既然各方面都得像奥罗拉人，他们无论如何必须长寿。”

“而孩童呢——也要很长寿？”

阿玛狄洛默然不语。

贝莱说：“他们会是一批刻意制造的机器人孩童，而且永远长不大——永远不会变老变成熟。这必定会形成一个相当违反人性的因素，使得这种社会的本质充满了疑虑。”

阿玛狄洛叹了一口气。“你可真是一针见血，贝莱先生。我们的确想到过要设计一些机制，使得机器人能够生育下一代，而这些子女也能够以某种方式长大成人——至少要能撑到建立起我们想要的社会。”

“然后，当人类抵达时，这些机器人的行为模式就能回归正常。”

“或许吧——如果这样比较合适的话。”

“那么生儿育女的功能呢？显然，这个机器人社会最好尽量贴近人类，对不对？”

“有可能。”

“性交，受孕，生产？”

“有可能。”

“但如果那些足以乱真的机器人，形成了一个无异于人类的社会，那么，等到真正的人类抵达之际，机器人难道不会讨厌这些新移民，甚至试图把他们赶走吗？换句话说，那些机器人对奥罗拉人的态度，会不会就像你们对地球人一样？”

“贝莱先生，那些机器人仍然会受到三大法则的约束。”

“三大法则要求的是机器人不得伤害人类，以及必须服从人类的命令。”

“完全正确。”

“万一那些机器人太像人类，把自己视为应当保护和服从的对象呢？他们有可能——非常理直气壮地——把自己的地位放在那些新移民之上。”

“亲爱的贝莱先生，你为何对这类事情那么关心呢？这些问题都还远在天边呢。随着时代不断进步，以及我们对问题的本质越来越了解，一定能找到解决之道的。”

“但也有可能，阿玛狄洛博士，一旦奥罗拉人了解了这些前因后果，就不再万分认同你的计划了。他们或许会转而支持法斯陀夫博士的观点。”

“是吗？法斯陀夫认为，如果奥罗拉人没有机器人帮助，就不可能自己直接开拓新世界，而在这个前提下，我们应该鼓励地球人放手去做。”

贝莱说：“我觉得这很有道理。”

“因为你是地球人，我的好贝莱。我向你保证，奥罗拉人不会乐见地球人蜂拥到一个个新世界，建立一个又一个新蜂窝，因为那样一来，数以兆计的地球人便会逐渐形成一个银河帝国，而我们太空族世界则会遭到打压——至于结果呢，最好的情况是变得弱小不堪，最坏的情况是彻底灭绝。”

“但另一个可能的结果，则是由人形机器人开拓新世界，建立起一个个以假乱真的人类社会，而真正的人类却被摒于门外。他们会逐渐建立一个机器人银河帝国，而你们太空族世界则会遭到打压，最好的情况是变得弱小不堪，最坏的情况是彻底灭绝。相较之下，奥罗拉人一定会选择由人类建立的银河帝国。”

“你怎么会那么有把握，贝莱先生？”

“我的把握来自你们这个社会的现况。我在前来奥罗拉的途中，听说你们这个世界对人类和机器人一视同仁，不作任何区分，但这个说法显然是错的。那可能只是奥罗拉人自我陶醉的一种理想状况，实际上并不存在。”

“你来这里才——多久？——不到两天吧，而你已经这么肯定？”

“没错，阿玛狄洛博士。或许正因为我是外人，所以看得很清楚，我并未受到习俗和理想的蒙蔽。比方说，机器人不得进入卫生间，就是一项明文规定的人机区分，让人类能够找到一个独立于机器人的地方。此外，你我安坐在这里，可是你看，我的机器人却在壁凹中罚站——”贝莱朝丹尼尔的方向挥挥手，“这又是另一个区分。类似这样的区分，我认为人类——甚至包括奥罗拉人——永远会乐此不疲，以保障自己的特殊性。”

“难以置信，贝莱先生。”

“一点都不难以置信，阿玛狄洛博士。你已经输了。就算你设法让奥罗拉人普遍相信詹德是法斯陀夫博士毁掉的，就算你削弱了法斯陀夫博士的政治实力，就算你的机器人殖民计划赢得立法局和奥罗拉民众的支持，你也只是争取到一点时间而已。一旦奥罗拉人看清这个计划背后的本质，他们就会转而反对你。所以说，你最好赶紧终止和法斯陀夫博士的对立，两人碰个面，谈出一个折中之道，让地球人能够着手开拓新世界，又不会对奥罗拉人或太空族世界带来任何威胁。”

“难以置信，贝莱先生。”阿玛狄洛又说了一遍。

“你别无选择。”贝莱硬生生地说。

可是，阿玛狄洛却以既从容又戏谑的口吻答道：“当我说难以置信的时候，我指的并不是你的言论，而是你居然能滔滔不绝讲那么一大串——而且认为会起作用。”

56

在贝莱的注视下，阿玛狄洛抓起最后一个小点心，一口便咬掉半块，显然吃得很开心。

“非常可口，”阿玛狄洛说，“但我未免有点太贪吃了。我刚才说到哪里？喔，对了。贝莱先生，你以为自己发现了什么秘密吗？以为我把世人还不知道的事告诉了你吗？以为我的计划虽然危险，我却泄漏给每个陌生人吗？我猜你大概会认为，只要我跟你聊得够久，就一定会说些傻话，能够让你大做文章。千万记住，我可不是那种人。我的那些计划，无论是更完美的人形机器人、机器人家庭，或是尽可能模仿人类文明，通通有案可查。凡是有兴趣的人，都能在立法局找到完整的资料。”

贝莱问：“一般大众知道吗？”

“或许不知道。一般大众对下个世纪或下个千年不会太关心，相较之下，他们对于下一餐吃什么，下一出超波剧演什么，以及下一场太空足球的赛事反而更有兴趣。话说回来，一般大众将会乐于接受我的这些计划，正如那些对它已有通盘了解的有识之士。即使有人反对，为数也不会太多，没什么关系的。”

“你能肯定吗？”

“信不信，我还真能肯定。奥罗拉人——以及整个太空族——对于地球人的强烈情绪，只怕你是难以了解的。请注意，我自己并没有这样的情绪，我能从容和你相处就是现成的例子。我对传染病没有与生俱来的恐惧，我不会妄想你身上带有恶臭，我不觉得你散发着种种令我讨厌的人格特质，我也不认为你和你的同胞正在密谋要抢夺我们的财产或谋害我们的性命——可是绝大多数的奥罗拉人都有这种倾向。或许表面上并不明显，因为面对似乎无害的个别地球人，奥罗拉人都会非常客气，可是一旦面临考验，他们的憎恨和疑虑就会浮现出来。如果告诉他们，地球人会蜂拥至一个个新世界，进而占领整个银河，他们便会大声疾呼把地球给毁掉。”

“即使另一条路是通往机器人社会？”

“毫无疑问。我们对于机器人的看法，我想你并不了解。我们对他们很熟悉，而且和他们相处融洽。”

“不。他们是你们的仆人，你们觉得高高在上。只有在这件事不受威胁的情况下，你们才会和他们相处融洽。如果你们面临被取而代之的威胁，如果有可能变成他们高高在上，你们就会出现恐惧的反应。”

"你会这么说，只是因为地球人会有那种反应。"

"不。你们不让他们进卫生间，就是一个征兆。"

"他们没有必要进去。他们不必大小便，而且他们有自己的盥洗场所——当然，也是因为他们并未具有真正的人形，否则，我们或许就不会作这种区分。"

"到时候你们只会更怕他们。"

"真的吗？"阿玛狄洛问，"那太愚蠢了。你怕丹尼尔吗？如果我能相信那出超波剧的内容——我承认其实我做不到——你对丹尼尔有着相当深厚的感情。你自己也感觉到了，对不对？"

贝莱以沉默代替回答，阿玛狄洛立刻乘胜追击。

"此时此刻，"他说，"对于吉斯卡静静站在壁凹这个事实，你可以说是无动于衷，但我能够根据你的小幅肢体语言，看出你对丹尼尔的相同处境却感到不安。你觉得他外表太像人，不该被当作机器人看待。反之，你并不会因为他酷似人类而感到害怕。"

"我是地球人。我们地球上虽然有机器人，"贝莱说，"可是并没有机器人文化。你不能拿我的例子以偏概全。"

"而嘉蒂雅，她宁愿和机器人詹德在一起……"

"她是索拉利人，你同样不能拿她的例子以偏概全。"

"那么，什么例子才不算以偏概全呢？你只是在瞎猜罢了。对我而言，如果一个机器人足够像人，就该被视为人类，这似乎是天经地义的事。你会要求我证明自己不是机器人吗？光是我貌似人类就够了。如果最后再也没有人能够分辨人机之别，我们就不会再担心开拓新世界的奥罗拉人到底是真正的人类，或者只是外表酷似人类而已。然而——不论是人类或机器人——总之那些拓荒者是奥罗拉人，而不是地球人。"

贝莱的信心动摇了，他有点心虚地问："万一你永远造不出人形机器人呢？”

“你为什么认定我们造不出来呢？请注意我说‘我们’，因为有很多人牵涉其中。”

“不管多少庸才加在一起，恐怕也抵不上一个天才。”

阿玛狄洛回嘴道：“我们并不是庸才，法斯陀夫或许还会希望和我们合作呢。”

“我可不这么想。”

“我却相当肯定。他不会乐见自己在立法局中失势，只要我们的银河殖民计划有了进展，他看出来无法阻止我们，就会加入我们的。他会这么做，乃是人之常情。”

“我认为你无法获胜。”贝莱说。

“因为你相信你的调查结果能替法斯陀夫洗刷冤屈，然后，或许还能把嫌疑指向某人，例如我自己。”

“或许吧。”贝莱硬着头皮说。

阿玛狄洛摇了摇头。“朋友，我若认为你的行动有可能破坏我的计划，还会端坐在这里静待一切发生吗？”

“你当然不会。你正在穷尽一切手段，设法令我的调查半途夭折。如果你确信我无论如何也妨碍不了你，又何必这么做呢？”

“嗯，”阿玛狄洛说，“如果研究院某些成员的士气遭到打击，就等于妨碍了我。你不会构成危险，却会带来困扰——这也是我无法容忍的。所以，只要我有能力，一定会消灭这个困扰——但我会用合理的方式，甚至温和的方式。如果你这个人真的危险……”

“那样的话，你会怎么做呢，阿玛狄洛博士？”

“我能设法逮捕你，把你关起来，直到你被逐出这个世界为止。我想，不管我用什么手段对付一个地球人，一般奥罗拉人都不会在意的。”

贝莱说：“你在试图恐吓我，但这起不了作用。你也非常清楚，只要有我的机器人在场，你就无法动我一根汗毛。”

阿玛狄洛说：“你有没有想到我随时能召来上百个机器人？你的机器人要怎样对付他们？”

“那上百个机器人通通不敢碰我。他们无法区分地球人和奥罗拉人，对他们而言，我就是三大法则所定义的人类。”

“他们能限制你的行动——并不伤害你——然后毁掉你的机器人。”

“休想。”贝莱说，“吉斯卡听得到你的声音，如果你打算召唤机器人，他就会限制你的行动。吉斯卡的动作非常迅速，一旦动起手来，你的机器人将会无用武之地。哪怕你真的把他们叫进来，他们也会了解到，无论对我采取任何行动，都会令你受到伤害。”

“你的意思是吉斯卡会伤害我？”

“以免我受到伤害？一定会的。若有绝对必要，他还会杀了你。”

“你当然是在开玩笑。”

“绝对不是。”贝莱说，“丹尼尔和吉斯卡奉命保护我。为了这个目的，法斯陀夫博士想尽一切办法提高第一法则的强度——并指定以我为对象。他并未对我多作解释，但我相当确定一切不假。如果我的机器人必须在你我的伤害之间作出选择，那么虽然我是地球人，他们仍会毫不犹豫地选择牺牲你。我想你应该很清楚，法斯陀夫博士不会多么渴望保障你的身家性命。”

阿玛狄洛咧开嘴巴呵呵大笑。“我确信你说的每一点都正确，贝莱先生，但我很高兴你说了出来。你记得吧，亲爱的阁下，这段对话我自己也正在录音——一开始的时候我就对你说了——我真有先见之明。法斯陀夫博士可能会删掉最后这一部分对话，但我向你保证我可不会。根据你的说法，显然他已经准备好了要利用机器人来伤害我——甚至杀掉我，只要做得到的话。可是根据这段对话录音——或其他任何证据，都无法证明我打算以任何暴力手段对付他，或是对付你。我和他到底谁是坏蛋呢，贝莱先生？我想你心中已经有了答案，所以我想，我们的晤谈到此应该正式结束了。”

他站了起来，脸上依旧挂着笑容。贝莱用力吞了一下口水，几乎下意识地跟着他起身。

阿玛狄洛说：“然而，我还有一件事想跟你讲。它无关乎这个发生在奥罗拉的小小遗憾——我是指法斯陀夫和我的纷争。而是你自己的问题，贝莱先生。”

“我的问题？”

“或许我应该说是地球的问题。我猜，你会那么积极地协助法斯陀夫脱离这个自找的困境，是因为你相信这么一来，你们地球就能获得扩展的机会。千万别这么想，贝莱先生。你大错特错了，如果借用我从地球历史小说里学到的说法，你这么做就是弄巧反拙。”

“我并不熟悉这句成语。”贝莱硬邦邦地说。

“我的意思是，你正在帮倒忙。要知道，等到我的观点在立法局大获全胜——请注意我说‘等到’而非‘如果’——我必须承认，那时地球人便会被迫待在自己的太阳系内，但实际上这对你们是有好处的。奥罗拉人将会开始扩展疆域，建立一个无边无际的帝国。而如果我们知道地球将永远只是地球，还会对它操什么心呢？既然整个银河都在我们掌握之中，我们不会吝惜把地球留给地球人。我们甚至会愿意在可行的范围内，尽可能把地球改造成一个宜人的世界。

“另一方面，贝莱先生，如果奥罗拉人接受法斯陀夫的观点，允许地球派出许多殖民队伍，那么不久之后，我们的同胞便会有越来越多人想到，地球人终将占领整个银河，把我们团团包围起来，而我们只有坐以待毙的份。如果到了那种地步，我可就无能为力了。我自己对地球人的好感，势必无法抵御奥罗拉上普遍燃起的疑虑和偏见，而结果将对地球非常不利。

“所以，贝莱先生，如果你真正关心自己的同胞，就该积极阻止法斯陀夫，别让他用那个错得离谱的计划迷惑奥罗拉人。换句话说，你应该当我的忠实盟友。考虑一下吧，我向你保证，我这番话是出于真诚的友谊，以及对你和对地球的好感。”

阿玛狄洛再度展现灿烂的笑容，但狼子野心已表露无遗。

57

贝莱和他带来的两个机器人，一起跟着阿玛狄洛走出那个房间，沿着长廊一路走下去。

经过一扇不显眼的房门之际，阿玛狄洛停下了脚步，问道：“走以前，你要不要用用化妆室？”

贝莱并未听懂这句话，不禁皱起了眉头，显得相当困惑。好在他自己也爱读历史小说，很快便想到了阿玛狄洛喜欢卖弄古老词汇这回事。

他答道：“古时候有一位将军，我忘了叫什么名字，他有鉴于军事行动瞬息万变，所以曾说，‘千万别放弃撒尿的机会。’”

阿玛狄洛露出开怀的笑容。“绝佳的建议。就像我建议你认真想想我刚才那番话，同样是肺腑之言——但我注意到，你还是有些犹豫不决，你总不会以为我设了什么陷阱害你吧。请相信，我并非野蛮人。既然你来到这里，就是我的客人，光凭这一点，你就绝对安全。”

贝莱小心谨慎地回应：“若说我在犹豫，那是因为我在考虑，使用你的——呃——化妆室是否得体，毕竟我并非奥罗拉人。”

“没那回事，我亲爱的贝莱。你还有其他选择吗？所谓人有三急，请你放心用吧。希望你能因此感受到，我自己并没有一般奥罗拉人的偏见，我是真心为你和地球着想。”

“你能更上一层楼吗？”

“上哪层楼，贝莱先生？”

“可否请你向我证明，你也并不认同这个世界对机器人的偏见——”

“我们对机器人没有任何偏见。”阿玛狄洛抢着更正。

贝莱严肃地点点头，像是接受了这一点，同时继续把话说完：“——很简单，只要准许他们跟我进卫生间即可。我越来越觉得，没有他们跟着，我就坐立不安。”

阿玛狄洛似乎吃了一惊，但他几乎立刻恢复镇定，却几乎是沉着脸说：“没问题，贝莱先生。”

“但如果现在里面有人，他可能会强烈反对，我可不希望出丑。”

“里面没有人。这是单人卫生间，如果正有人用，灯号会显示出来。”

“谢谢你，阿玛狄洛博士。”贝莱一面说，一面推开门。“吉斯卡，请进来。”

吉斯卡显然迟疑了一下，但还是不发一语便走了进去。而在贝莱的示意下，丹尼尔紧跟在吉斯卡后面，不过在经过门口之际，他抓住贝莱的手肘，将他也拉了进去。

门快关上的时候，贝莱说：“我很快就会出来，谢谢你允许我这么做。”

他尽可能怀着轻松的心情走进去，但腹部还是有一阵抽紧的感觉。会不会出现什么意想不到的变故呢？

58

然而，贝莱发现卫生间内空无一人。它比法斯陀夫家的卫生间还要小，所以他甚至不必怎么搜查。

最后，他才注意到丹尼尔和吉斯卡静静地并排站在门口，背部紧贴着门，仿佛他们还是尽量不要走进这个房间。

贝莱想以平常的方式开口说话，发出的声音却有些沙哑。他大力清了清喉咙，又说：“你们可以走进来一点——而你，丹尼尔，不必刻意保持沉默。”（丹尼尔曾经到过地球，知道在卫生间内说话是地球上的一大禁忌。）

丹尼尔果然记得很清楚，他立刻举起食指放到嘴巴上。

贝莱说：“我知道，我知道，可是别管了。如果阿玛狄洛能够放弃机器人不得进入卫生间的禁忌，我这个地球人同样能放弃不得说话的禁忌。”

“这样会不会令你不自在，以利亚伙伴？”丹尼尔低声问。

“一点也不会。”贝莱以普通的口吻回答。（实际上，跟丹尼尔这个机器人说话，感觉就是有点不一样。在卫生间这样的房间里，当没有其他人类在场的时候，说话的声音听起来并没有那么可怕。而且老实讲，当只有机器人在场的时候，不论他是不是人形机器人，这种经验根本一点都不可怕。当然，这种事贝莱说不出口。虽然丹尼尔并没有情感，不至于受到伤害，可是贝莱自己却有。）

然后，贝莱又想到另外一件事，猛然惊觉自己实在太笨太笨了。

“或者，”他突然把声音压得非常低，对丹尼尔说，“你建议别出声，是因为这间屋子有鬼？”最后两个字，他只是做出嘴形而已。

“以利亚伙伴，如果你的意思是，屋外的人能利用某种窃听装置听到屋内的对话，那是很不可能的事。”

“为什么不可能？”

这时，便器以极佳的效率开始自动冲水，贝莱则向洗脸台走去。

丹尼尔说：“在地球上，每一座大城都极为拥挤，使得隐私荡然无存。别人的交谈传到你耳中是理所当然的，而利用某种设备增强这个效果，也似乎是很自然的一件事。如果你不希望自己说的话传到他人耳中，只要不开口就行了，正因为如此，在那些假装有隐私的地方，例如你们所谓的卫生间，才会强制要求人人保持沉默。

“另一方面，无论在奥罗拉，乃至所有的太空族世界，隐私是生活中真正存在的事实，而且极度受到重视。你该记得索拉利，以及他们那些病态的极端习俗吧。但即使奥罗拉并非索拉利，人与人之间仍被极大的空间阻绝，这是地球人所难以想象的，何况还加上了机器人组成的围篱。想要打破隐私，根本是不可能的事。”

贝莱问：“你的意思是，窃听是一种犯法的行为？”

“比犯法还糟得多，以利亚伙伴。一个有教养的奥罗拉绅士，绝对不会做这种事。”

贝莱四下望了望，丹尼尔误会了他的意思，以为这个地球人一时找不到纸巾供应器，便随手抽了一张给他。

贝莱接过纸巾，不过那并非他真正在找的东西。他之所以四下张望，当然是想找找有没有窃听器，因为他实在难以相信，仅仅因为那是没教养的行为，对方就会放弃这样的大好机会。然而，这么做只是白费力气，贝莱虽然相当沮丧，还是接受了这个事实。即使屋内有奥罗拉窃听器，他也没本事找出来，这点他心知肚明。在这个陌生的文化环境中，他根本不知道该找的是什么。

想到这里，他开始追究起心中另一个疑团。“丹尼尔，既然你比我更了解奥罗拉人，我问你，你认为阿玛狄洛为什么不厌其烦地招呼我？他和我侃侃而谈，他亲自送我出来，还主动劝我使用卫生间——这是瓦西莉娅绝对不会做的事情。他在我身上似乎花多少时间都无所谓，这是出于礼貌吗？”

“许多奥罗拉人都对好礼的教养感到自豪。或许阿玛狄洛也是这样，他曾不止一次强调自己并非野蛮人。”

“另一个问题，你认为他为什么愿意让我带你和吉斯卡进来这里？”

“我觉得那是为了消除你的疑虑，以免你怀疑这里头设了陷阱。”

“他何必操这个心呢？因为他不希望我承受毫无必要的焦虑？”

“我猜，为了更加突显他是有教养的奥罗拉绅士吧。”

贝莱摇了摇头。“嗯，如果这个房间有鬼，阿玛狄洛能窃听到我这番话，那就让他听吧。我并不认为他是个有教养的奥罗拉绅士。他已经说得很明白，如果我不放弃调查，他保证会让整个地球跟着遭殃。这是有教养的绅士该有的行为吗？还是残酷至于极点的勒索呢？”

丹尼尔说：“必要的时候，有教养的奥罗拉绅士也会威胁他人，但即便如此，他也会用相当绅士的方式。”

“正如阿玛狄洛这样。所以，某人到底算不算绅士，取决于他的谈吐态度，而并非他的言论内容。可是，丹尼尔，你是机器人，因此并不能真正批判人类，对不对？”

丹尼尔说：“我很难这么做。不过，我可否问个问题，以利亚伙伴？你为何要求把我和吉斯卡好友带进这个卫生间呢？在我看来，你原本不大相信自己身处险境。难道你现在断定，如果我们不在身边，你的安全便失去保障？”

“不，一点也不会，丹尼尔。我相当确定自始至终我都没有危险。”

“可是刚进来的时候，你的行为充分显示了你的疑虑，以利亚伙伴，你搜查了这个房间。”

贝莱答道：“当然要搜！我只是说我自己没危险，并没有说危险不存在。”

“我觉得自己无法分辨其中的差别，以利亚伙伴。”丹尼尔说。

“这点我们稍后再讨论吧，丹尼尔。我仍不确定这个房间到底有没有遭到窃听。”

这时，贝莱已经梳洗完毕。他换个话题说：“好啦，丹尼尔，我故意慢条斯理，一点也不赶时间。现在我要出去了，不知道阿玛狄洛是否还在耐心等着我们，还是他早已离开，委派手下送我们出研究院。毕竟，阿玛狄洛是大忙人，不可能整天陪着我们。你怎么想呢，丹尼尔？”

“相较之下，阿玛狄洛博士委派他人代劳，比较合乎逻辑。”

“你呢，吉斯卡？你又怎么想？”

“我同意丹尼尔好友的看法——虽然经验告诉我，人类并非总是作出合乎逻辑的反应。”

贝莱说：“至于我自己，我猜阿玛狄洛仍在相当耐心地等着我们。如果真有什么原因，驱使他在我们身上花费那么多时间，我觉得这个驱动力——不论原因为何——目前仍未消失。”

“我实在想不出你所谓的驱动力究竟是什么，以利亚伙伴。”丹尼尔说。

“我也想不出来，丹尼尔，”贝莱说，“所以我极为不安。但我们还是赶紧打开门，揭晓谜底吧。”

59

结果阿玛狄洛仍在等待他们，而且仍旧站在原来的位置。他对他们笑了笑，丝毫没有不耐烦的神情。贝莱忍不住向丹尼尔抛了一个“我说对了吧”的眼神，丹尼尔坦然接受。

阿玛狄洛说：“你没有把吉斯卡留在外面，贝莱先生，这点令我相当遗憾。很久以前，当我和法斯陀夫关系还不错的时候，我应该有机会认识他，可惜总是失之交臂。你可知道，法斯陀夫曾经是我的老师。”

“是吗？”贝莱说，“事实上，我并不知道。”

“除非有人告诉你，你会知道才奇怪呢——不过我想，你来到这个世界只有短短几天，几乎没时间对这类琐事多做了解——来吧，我刚刚想到，如果不借着你光临研究院的机会，带你好好逛一逛，你很可能会觉得我未尽地主之谊。”

“老实说，”贝莱的口气有点硬，“我必须……”

“我坚持。”阿玛狄洛带着一点专横的口吻说，“你昨天上午才抵达奥罗拉，但我担心你在这个世界待不了太久。如果你想瞧瞧尖端的机器人学实验室，这也许是唯一的机会了。”

他索性挽起贝莱的手臂，继续用老友般的口吻说下去。（大感意外的贝莱不禁想到“没话找话”这种说法。）

“你已经洗过脸，”阿玛狄洛说，“也已经方便过了。现在，或许你还想再找几位机器人学家问问话，我很欢迎你这么做，因为我已决心向你证明，在你仍能进行调查的这段短短时间内，我绝不会从中作梗。事实上，你大可和我们共进晚餐。”

吉斯卡说：“先生，我能否插个嘴……”

“不行！”阿玛狄洛说得坚决无比，吉斯卡立刻闭上嘴巴。

阿玛狄洛说：“亲爱的贝莱先生，我了解这些机器人。还有谁比我更了解他们呢？——当然，那位令人遗憾的法斯陀夫是个例外。我相当确定，吉斯卡是要提醒你还有别的事，例如另有行程、另有承诺或是另有公务——不过这些都不重要了。既然你的调查工作即将终止，我向你保证，无论他要提醒你什么事，都没有任何意义了。让我们把那些无聊的事通通抛在脑后，暂时交个朋友吧。

“你一定要了解，亲爱的贝莱先生，”他继续说，“我对你们地球以及它的文化相当狂热。在奥罗拉，这并非多么流行的东西，但我却觉得十分迷人。我特别感兴趣的是地球古代史，当时你们有上百种语言，而星际标准语则尚未成形——对了，我可否赞美一下你所说的星际语？

“走这边，走这边。”他一面说，一面拐了个弯。“我们会经过径路模拟室，它本身就具有奇特的美感，或许我们有个原型正在运作当中，事实上，那简直就像交响乐——不过，我刚才正在讲你说得一口流利的星际语。奥罗拉人对地球有许多迷信，其中之一就是地球人说的星际语我们几乎听不懂。那出关于你的超波剧播出时，很多人都说那些演员不可能是地球人，因为他们的口音并不难懂。可是，我就听得懂你说的每句话。”说到这里，他微微一笑。

“我曾试着阅读莎士比亚，”他继续交心似的说，“可是，我当然无法阅读原文，偏偏译文读起来味同嚼蜡。我不得不相信问题出在翻译，绝不在莎士比亚。狄更斯和托尔斯泰的作品给我的感觉就好得多，或许因为并非韵文的关系，虽然其中每个人物的名字我几乎都念不出来。

“我想要说的是，贝莱先生，我是地球的朋友，此事千真万确。我希望替地球作出最好的安排，你了解吗？”他望向贝莱，闪烁的目光中又透出了狼子野心。

贝莱提高了音量，在对方的喋喋不休中，硬生生插进一句话：“只怕我难以从命，阿玛狄洛博士。我在此地的访谈已经结束，没有什么问题需要问你或其他人了。但我还另有要务，可否请你……”

贝莱突然住口，因为空中隐隐传来一阵古怪的隆隆声。他抬起头，大惊小怪地问：“那是什么？”

“什么是什么？”阿玛狄洛反问，“我觉得什么也没有。”他转过头去，望向那两个默默跟在后面的机器人。“什么也没有！”他强而有力地说，“什么也没有。”

贝莱听得出来，他这么说等于是在下命令。现在，两个机器人都不能再声称曾经听到隆隆声，否则就是和人类唱反调——除非贝莱自己施以相反的压力，以抵消那道命令，但他相当确定，自己可没本事和阿玛狄洛这位专家一较高下。

话说回来，那也无所谓。他自己听到了那个声音，而他并非机器人，不是对方三言两语就能打发的。他说："根据你自己的说法，阿玛狄洛博士，我的时间所剩无几，所以我更应该……"

隆隆声再度传来，这回更响了。

贝莱改以极其尖锐的口吻说："我想，这正是你不论刚才或现在都听不到的那种声音。让我走，院长，否则我要向我的机器人求救了。"

阿玛狄洛立刻松开贝莱的手臂。"好朋友，你怎么不早说呢。来吧！我这就带你去最近的出口。虽然机会微乎其微，但如果你能再来奥罗拉，请务必旧地重游，我一定信守承诺，担任你的向导。"

他们开始加快脚步，先走下螺旋梯，又一路走过长廊，来到了那间宽敞的前厅。刚才贝莱就是从这里进来的，可是现在此处已空无一人。

每扇窗户都黑漆漆的，难道已经入夜了吗？

其实并没有。阿玛狄洛喃喃自语："烂天气！他们把窗户都转不透明了。"

他转向贝莱，又说："我猜现在正在下雨。气象预报早就说了，而他们通常都报得很准——坏天气更是一向准。"

门一打开，一股冷风猛然袭来，贝莱倒抽一口气，同时向后跳了一大步。外面的天色虽然不算漆黑，也好不了多少，而衬着这个灰暗的背景，一枝枝的树梢都在拼命摇摆。

户外正下着倾盆大雨，像是凭空出现了许多瀑布。当贝莱心惊胆战地向外望去，一道无比耀眼的闪电正划过天空，不久隆隆声便随之而至，这次还伴随着巨大的爆裂声，仿佛那道闪电撕裂了天空，因而带起一声巨响。

贝莱赶紧转身逃进屋内，不知不觉哭了起来。

第十五章
丹尼尔与吉斯卡之二

60

贝莱感觉到丹尼尔将手伸到自己腋下，紧紧抓住自己的臂膀。他停下脚步，明显地感到全身发抖，但已经能强忍住婴儿般的啜泣。

丹尼尔以无比恭敬的口吻说：“以利亚伙伴，这只是一场雷雨——很正常——早已预测到——早在预料中。”

“我知道。”贝莱低声说。

他真的知道。在他的阅读经验中，不论小说或非小说，有数不清的书籍描述过这种雷雨。此外，他也在全息照片和超波剧中看过——而且声光效果俱佳。

然而，真正的雷雨，真正的雷鸣和闪电，却从来未曾钻进大城之内。因此在他一生中，从未有过这种真实的体验。

尽管在理智上，他对雷雨有相当的认识，可是内心深处，他仍旧无法面对这样的真实场景。虽然他读过那么多的文字描述，看过那么多的照片和影像，听过那么多的实况录音，纵使如此，他从未想到闪电会那么明亮、那么壮观，也从未想到破空而来的雷声会引起那么强的震荡，他更没想到两者都来得那么突然，还有，雨水竟然真像脸盆被打翻般下个不停。

他绝望地低声道：“这种天气，我出不去。”

“你不必出去。”丹尼尔赶紧安慰他，“吉斯卡会把气翼车开过来，会直接开到门口来接你，你一滴雨也淋不到。”

“为什么不等雨停了再走？”

“那绝非好主意，以利亚伙伴。这种雨，有时会一直下到半夜还不停，如果阿玛狄洛博士并未唬人，主席的确明天上午就会抵达，你今晚最好和法斯陀夫博士商讨一下对策。”

贝莱强迫自己转过身来，面对着他想逃离的方向，并直视着丹尼尔的眼睛。那双眼睛似乎显露出深切的关怀，可是贝莱悲观地想到，那只是他自己对这样的眼神所作的解读。机器人根本没有感情，有的只是模拟人类感情的正子突波罢了。（或许人类同样没有感情，有的只是被解读为感情的神经突波而已。）

他忽然察觉阿玛狄洛已经离去，于是说：“阿玛狄洛想尽办法拖延我——又劝我用卫生间，又跟我言不及义说个没完，还不让你或吉斯卡插嘴提醒我快变天了。他甚至试图说服我参观这座大楼，并且和他共进晚餐。直到雷声响起，他才终于罢手，因为他等的就是这场雷雨。”

“似乎正是如此。如果雷雨真能把你困在这里，那么他等的应该就是这一刻。”

贝莱深深吸了一口气。“你说得对。我必须——无论如何也得走。”

他颇为勉强地向门口走去，那扇大门依旧敞开，外面依旧是狂风暴雨所交织的一片昏暗。他倚在丹尼尔身上，跨出沉重的一步又一步。

吉斯卡则默默等在门口。

贝莱半途停下脚步，将眼睛闭上一会儿。然后他低声（其实是对自己而非丹尼尔）说："我非做到不可。"随即继续向前走。

61

"你还好吗，先生？"吉斯卡问。

真是个蠢问题，贝莱心想，这机器人是受到了程序的指挥，才不得不这么问。不过，人类有时也会受到礼节的指挥，问出种种极不合宜的问题，愚蠢的程度可谓不相上下。

"还好。"贝莱想要大声回答，偏偏力不从心，只能发出嘶哑的低语。这样的回答其实毫无意义，因为即使吉斯卡是机器人，也一定看得出贝莱状况不佳，所以这个答案显然是个谎言。

然而，经过这轮虚伪的问答之后，吉斯卡总算能采取下一步行动了。他说："我现在就去把气翼车开到这儿来。"

"这种天气——简直像在倒水——车还能开吗，吉斯卡？"

"没问题，先生，雨势其实还算普通。"

说完他随即离去，在倾盆大雨中稳健地向前走。闪电一个接一个，几乎没有停过，轰隆隆的闷雷则是每几分钟就拔一次尖。

有生以来第一次，贝莱觉得自己羡慕起机器人来。想想看，能够在这种天气中大步前进，能够毫不在意雨水、闪电和雷声，能够无视于周遭的环境，能够拥有勇气十足的虚拟生命，更重要的是，对痛苦和死亡能够无所畏惧，因为他们根本没有痛苦和死亡。

但另一方面，则是无法拥有原创性的思想，无法产生意料之外的直觉或灵感——

人类为这些天赋所付出的代价，是否真的值得？

此时此刻，贝莱心中并没有答案。他只知道，只要不再感到恐惧，那么为了身为人类，付出任何代价都算不了什么。可是现在，他所感受到的只有心脏的猛烈跳动，以及意志的全盘崩溃，他因而不得不怀疑，倘若无法克服这些内心深处的恐惧——这个强烈的空旷恐惧症——身为人类又有什么用呢？

但过去这两天，他大部分时间都待在户外，几乎没有什么不适。

可是现在他终于明白了，自己并未真正克服恐惧。他一直刻意想些别的事情，借此转移注意力，但雷雨终究击败了他的意志。

他绝对不能允许这种事。如果其他一切通通失守——包括思想、自尊、意志——那么剩下的就只有羞耻心了。他绝不能在机器人眼前崩溃，让他们看人类的笑话。羞耻心一定要胜过恐惧才行。

他突然觉得丹尼尔紧紧搂住自己的腰际，此时此刻，他最想做的一件事，就是转一个身，将自己的脸埋进机器人的胸膛，但羞耻心不准许他这么做。假如丹尼尔是真人，他或许就无法抑制这个冲动了。

他的意识早已脱离了现实，因而觉得丹尼尔的声音仿佛来自很远的地方。丹尼尔的口气似乎透出类似惊慌的感觉。“以利亚伙伴，你听到我说话吗？”

吉斯卡的声音则从另一个遥远的方向传来：“我们必须抱他走。”

“不，”贝莱咕哝道，“让我自己走。”

或许他们并未听见这句话，也或许他只是自以为说了，而事实并非如此。他随即觉得自己被抬了起来。于是，他使尽全身的力气，想要举起孱弱无力的左手，想要搭到某人的肩膀，想要撑起自己的上半身，还想将双脚踩到地板上，以便重新站起来。

但他的左臂仍旧无力地垂挂在肩头，他的一切努力都徒劳无功。

他似乎察觉到自己正在前进，而且有一股水花喷到脸上。那并非真正的雨水，只能算是分外潮湿的空气。然后，他感到一个硬物压向自己的左侧，右侧则同时感到一股较为柔软的压力。

他已经进了气翼车，再度夹在吉斯卡和丹尼尔之间。而他最清楚的感觉，就是吉斯卡身上非常湿。

接着，他觉得有一股温暖的气流，将自己从头到脚包裹起来。在近乎黑夜的户外和车窗上的一层薄雾之间，那些玻璃若能变不透明就好了——或说贝莱先这么想，不久之后便如愿以偿，车内真正成了一片漆黑。而当气翼车从草地上缓缓升起、摇摇晃晃之际，轻柔的噪音压过了雷声，雷雨似乎就不再那么可怕了。

吉斯卡说：“真抱歉，我身上的雨水让你很不舒服，先生，但我很快就会干了。我们可以先等一等，等你恢复了再出发。”

贝莱的呼吸比较顺畅了，密闭空间令他感到无比安心舒适。他不禁想到，把大城还给我吧。整个宇宙关我何事，让太空族去殖民吧，我们只要地球就好了。

不过，即使在这样想的时候，他也明白这只是个疯狂念头，自己其实并不相信。

他体认到不能让脑筋闲下来。

他以虚弱的声音唤道：“丹尼尔。”

“什么事，以利亚伙伴？”

"是关于那位主席。阿玛狄洛明白指出主席会下令终止调查，你认为这个判断正确吗，或者只是他一厢情愿的想法？"

"以利亚伙伴，主席或许的确会就这件事，和法斯陀夫博士以及阿玛狄洛博士晤谈一番。要解决诸如此类的纷争，这是标准的程序，而这有许多先例可循。"

"可是为什么呢？"贝莱有气无力地问，"如果阿玛狄洛这么有说服力，主席何不直接下令终止调查？"

"那位主席，"丹尼尔说，"目前的政治处境十分艰难。当初，在法斯陀夫博士力促之下，他答应了把你请到奥罗拉来，如果这么快就做一百八十度的转变，势必显得他懦弱和优柔寡断——而且一定会触怒法斯陀夫博士，博士在立法局仍是非常有影响力的人物。"

"那么他何不干脆拒绝阿玛狄洛的要求？"

"阿玛狄洛博士的影响力也很大，以利亚伙伴，而且可能会越来越大。为了两不得罪，主席必须先听取双方的意见，而且至少要表现得经过一番深思熟虑，才能够作出决定。"

"根据什么来决定？"

"我们必须假设，会根据本案成立与否。"

"所以明天早上，我必须拿出些东西来说服主席支持法斯陀夫，而不是跟他唱反调。如果我做到了，就代表我们赢了吗？"

丹尼尔说："主席的权力并非至高无上，但是他的影响力确实很大。如果他表明了坚决站在法斯陀夫博士这边，那么，在当今这种政治情势下，法斯陀夫博士确有可能赢得立法局的支持。"

贝莱发觉自己的思路又变得顺畅了。"这似乎就足以解释阿玛狄洛为何试图耽搁我们的行程。想必他推测到，目前我还没有什么能提供给主席的，他只需要把我所剩无几的时间耗尽，就立于不败之地了。”

“似乎就是这样，以利亚伙伴。”

“直到他认为这场雷雨能困住我，他才肯让我走。”

“或许吧，以利亚伙伴。”

“既然这样，绝不能让这场雷雨阻挡我们。”

吉斯卡平心静气地说：“你想去哪里，先生？”

“回法斯陀夫博士的宅邸。”

丹尼尔说：“我们要不要再等一下，以利亚伙伴？你是否打算告诉法斯陀夫博士，你不能继续进行调查了？”

贝莱厉声问道：“你为何这么说？”这句话，无论是音量或其中的火气，都充分显示他已恢复正常。

丹尼尔答道：“我只不过是担心，你忽然忘了那只是阿玛狄洛博士拿地球的福祉当幌子，怂恿你那么做的。”

“我没忘，”贝莱绷着脸说，“可是我很惊讶，丹尼尔，你居然认为我会受到他的影响。我一定要替法斯陀夫平冤，也一定要让地球展开银河殖民。如果这么做会激怒母星党，我们也不得不冒这个险。”

“可是，既然这样，以利亚伙伴，我们为何要回去找法斯陀夫博士呢？在我看来，我们还没有什么重要的结果要向他报告。难道再也没有其他方向，能让我们在向他报告之前，再作些进一步调查吗？”

贝莱挺直腰杆，将左手放在吉斯卡已经烘干的身上。“我对目前的进展相当满意，丹尼尔。我们走吧，吉斯卡，向法斯陀夫的宅邸出发。”他以稀松平常的口吻说。

然后，他攥起拳头，绷紧全身的肌肉，又补了一句：“还有，吉斯卡，把窗户转成透明，我要亲眼看看雷雨的真面目。”

62

贝莱屏息以待这个变化。这辆小小的气翼车将不再完全密封，不再是个毫无隙缝的围墙。

就在窗户开始透光之际，天空出现了一道闪电，它来得急去得快，只不过将整个世界衬托得更暗而已。

一两秒之后，传来了震耳欲聋的雷声，贝莱虽然试着从容以对，畏缩之色还是怎么也掩不住。

丹尼尔安慰他说："雷雨不久就会趋缓，天气不会更坏了。"

"我才不管天气会不会更坏。"贝莱从打颤的嘴唇中吐出这句话，"来吧，我们走。"为了自我安慰，他试着维持一个由人类指挥机器人的假象。

气翼车微微腾空，随即猛然向旁一偏，贝莱立刻觉得自己倒在吉斯卡身上。

贝莱大叫一声（更像是倒抽一口气）："稳住车身，吉斯卡！"

丹尼尔伸手搂住贝莱的肩膀，将他轻轻拉回来，另一只手则紧抓着气翼车内部的手把。

"做不到的，以利亚伙伴。"丹尼尔说，"外面的风太强了。"

贝莱觉得毛发直竖。"你的意思是——我们会被吹跑？"

"不，当然不会。"丹尼尔说，"如果这辆车具有反重力——

当然这是并不存在的科技——以致车子的质量和惯性暂时消失，它才会像羽毛那样被吹到天上。事实则是，虽然我们被气流抬起来，浮在半空中，我们的质量却完全不变，所以仍能借着惯性抵抗风力。话说回来，即使这辆车完全在吉斯卡的掌控下，强风还是会吹得我们摇摇晃晃。”

“我可不觉得它受到掌控。”贝莱隐约听见一阵嗖嗖声，猜想那是气翼车在破空前进之际，车身卷起一股气流所引起的。就在这个时候，气翼车又猛然倾斜，贝莱情急之下，只好死命抓住丹尼尔的脖子。

丹尼尔静候了一会儿，直到贝莱喘过气来，双手也稍微松开的时候，他才轻轻挣脱，同时将贝莱的肩膀搂得更紧。

他说：“为了保持方向，以利亚伙伴，吉斯卡必须用不对称的气流来抵消风力。也就是说，将气流灌到一边，使得气翼车倾向强风来袭的方向，由于风力和风向不断改变，这些气流的力量和方向也必须随时调整。吉斯卡是个中高手，但即便如此，偶尔还是会造成车身的抖动和摇晃。所以，如果吉斯卡没加入我们的谈话，你千万别怪他，目前他必须全神贯注在气翼车上。”

“这……这安全吗？”想到他们正在和强风玩这样的游戏，贝莱不禁感到腹部抽紧。谢天谢地，好在他有几小时没吃东西了。他绝不能——也不敢——在局促的气翼车内恶心欲呕。光是想到这一点，便令他更加不安，他只好试着把心思摆在别的地方。

他突然想到了地球上流行的奔路带。这种活动的玩法很简单，从一条运动中的路带出发，不断转换到旁边另一条较快的路带，最后再反过来，逐步换到较低速的路带。不论是“奔加速”或“奔减速”（这是奔路带玩家的专用词汇），每次转换路带的时候，都必须熟练地在强风中将身体向左或向右打斜。年轻的时候，贝莱能够毫不间断且毫无失误地做出整套的动作。

当年，丹尼尔毫不费力就学会了这些技巧，那回他们一起奔路带，丹尼尔表现得完美无缺。嗯，现在没什么两样！气翼车正在奔路带。没错！完全一样！

但严格说来，还是有些差别。在大城中，每条路带都有固定的速度。你在奔路带的时候，所谓的强风其实是路带运动的结果，风速和风向皆在预料之中。然而，如今在暴风雨里面，强风却有自己的意志，或者说，受到许多变数的影响（贝莱刻意坚持理性思考），所以似乎有它自己的意志，而吉斯卡必须将这点考虑在内。差别就在这里，除此之外，目前的情况只比奔路带再复杂一点点——这条“路带”并非等速前进，而是不断猛烈地变速。

贝莱喃喃道：“万一我们撞到树呢？”

“机会非常小，以利亚伙伴，吉斯卡的技术高明得很。而且，我们非常接近地面，因此气流分外强而有力。”

“我们可能撞到岩石，可能因此被活埋。”

“我们不会撞上岩石的，以利亚伙伴。”

“为何不会？吉斯卡怎么看得出该往哪儿走呢？”贝莱望向前方，只见一片昏暗。

“现在只是黄昏而已，”丹尼尔说，“仍然有些光线透过云层。再加上车头灯帮忙，我们足以看到外面。等到天色更暗一点，吉斯卡会把车头灯调得更亮。”

“什么车头灯？”贝莱以挑衅的口气问。

“你几乎看不到，因为其中有很强的红外线成分，吉斯卡对这部分很敏感，而你则不然。此外，相较于波长较短的可见光，红外线具有较强的穿透力，因此在雨天或雾气中，能够发挥更高的功效。”

即使忐忑不安，贝莱仍旧感到一丝好奇。“那你的眼睛呢，丹尼尔？”

“我的眼睛，以利亚伙伴，被设计得尽可能接近人类的眼睛。在这种节骨眼，或许就是个遗憾了。”

气翼车开始猛烈晃动，贝莱不知不觉又屏住了呼吸。他压低声音说：“就算机器人的视觉高人一等，太空族的眼睛仍旧适应着地球的阳光。这样其实也不错，因为这能提醒他们，别忘了自己是地球人的后裔。”

他没有再说下去。现在天色越来越暗，他什么也看不见了，断断续续的闪电只会使人眼冒金星，无法照亮任何事物。他闭上眼睛，却无济于事。反之这么一来，轰轰的雷声更加令他心惊胆跳。

他们不该停车吗？他们不该避开这阵最强的风雨吗？

吉斯卡突然说：“车子的反应不正常了。”

与此同时，贝莱也体会到颠簸的感觉，仿佛气翼车成了有轮子的交通工具，正在驶过崎岖的路面。

丹尼尔问：“会不会是暴风雨造成的损坏，吉斯卡好友？”

“感觉上并不像，丹尼尔好友。何况，无论什么样的狂风或暴雨，也不该对这辆车造成这样的损坏。”

贝莱有点听不懂了。“损坏？”他喃喃道，“什么样的损坏？”

吉斯卡说：“我判断应该是压缩机在漏气，先生，不过漏得很慢，并不是普通破洞造成的。”

“那么，到底是怎么回事？”贝莱问。

“或许是车子停在行政大楼外面的时候，遭到了蓄意破坏。不久前，我开始注意到有人跟在我们后面，但刻意不超过我们。”

“为什么呢，吉斯卡？”

“可能性之一，先生，他们在等我们彻底抛锚。”这时，气翼车颠得更厉害了。

“你能撑到法斯陀夫博士家吗？”

“似乎不太可能，先生。”

贝莱试着启动仍在发昏的脑袋。“这样的话，我就完全误判了阿玛狄洛拖延我们的原因。他之所以拖住我们，是为了让他的机器人有机会破坏气翼车，这样就能把我们困在雷电交加的荒郊野外。”

“可是他为何要那么做呢？”丹尼尔显得有些震惊，“为了抓你吗？——其实可以说，他已经抓到你了。”

“他不是想抓我，没有人想抓我。”贝莱带着些微怒意说，“有危险的是你，丹尼尔。”

“是我，以利亚伙伴？”

“对，丹尼尔，是你！——吉斯卡，选个安全的地方降落，然后，丹尼尔必须立刻下车，找个安全的地方藏起来。”

丹尼尔说：“那是不可能的，以利亚伙伴，我不能在你不舒服的时候离开你——更何况还有人正在追捕我们，而且可能伤害你。”

贝莱说：“丹尼尔，他们是在追你，你一定得走。至于我，我会留在气翼车内，不会有危险的。”

“你要我怎么相信你？”

“拜托！拜托！这当儿天旋地转，我怎能把一切解释得清清楚楚——丹尼尔，”贝莱的声音突然冷静得出奇，“你是我们当中最重要的人，你的重要性远超过我和吉斯卡的总和。现在不只是我个人关心你，希望你别受到伤害，事实上，全体人类都寄望在你身上。别挂念我，我只是一个人，请挂念好几十亿的人类吧。丹尼尔——拜托——”

63

贝莱感到自己正在前后摇晃，或是气翼车在晃？车子整个坏了吗？吉斯卡再也控制不住了，还是他正在进行闪避行动？

贝莱并不关心，丝毫不关心！让气翼车坠毁吧，让它摔成碎片吧。只要能够摆脱这种可怕的恐惧，摆脱这种什么也做不了的全然无力感，他还巴不得走入历史呢。

不过，他必须先确保丹尼尔平安离去，但要怎么做呢？

一切似乎都那么不真实，他根本没办法对这两个机器人作任何解释。如今的情势在他看来明显得很，问题是，他要如何把自己的理解传递给两个并非人类的机器人？除了三大法则，他们什么也不懂，除了眼前这个人，他们什么也不关心；即使葬送掉所有的地球人，进而葬送所有的人类，他们也毫不在乎。

人类为什么要发明机器人呢？

万万没想到，较为原始的吉斯卡竟适时对他伸出援手。

他以不带丝毫感情的声音说："丹尼尔好友，我无法让气翼车再撑多久，或许你应该照贝莱先生的意思去做，他对你下了一道非常坚决的命令。"

"我能在他不舒服的时候离开他吗，吉斯卡好友？"丹尼尔惶惶无措地说。

“这么大的风雨，绝不能让他跟你同行，丹尼尔好友。何况，他似乎急着要你走，如果你留下来，恐怕会对他造成伤害。”

贝莱觉得逐渐恢复了元气。“对——对——”他勉强以沙哑的声音说，“吉斯卡说得对。吉斯卡，你和他一起去，找个地方把他藏好，并确定他不会离开——然后再回来找我。”

丹尼尔强而有力地说：“不能这么做，以利亚伙伴，我们不能留你一个人在这里，没人照顾又没人保护。”

“没危险——我并没有危险。照我说的做——”

吉斯卡说：“这种风雨会使得人类裹足不前，所以跟踪我们的可能都是机器人，而机器人是不会伤害贝莱先生的。”

丹尼尔说：“他们可能把他带走。”

“不会的，丹尼尔好友，如果在暴风雨中把他拖走，显然会令他受到伤害。我现在要把气翼车停下来，丹尼尔好友，你一定要遵照贝莱先生的命令行事，而我也一样。”

“很好！”贝莱低声道，“很好！”他很高兴吉斯卡有个简单的头脑，不但容易接受命令，而且不会像那些越来越精密的机器人，动不动便会感到茫然和犹豫不决。

他模模糊糊地想到，丹尼尔现在一定进退维谷，一方面察觉到贝莱处境恶劣，另一方面又有来自紧急命令的强大压力——他进而想到，在这样的冲突中，那副正子脑正在劈啪作响。

贝莱心想，不不，丹尼尔，别再提出质疑，照我的话去做就对了。

他居然没力气把这句话说出来，也几乎没意愿这么做，因此这个想法始终没有化为命令。

随着一下撞击，气翼车停了下来，带起一阵短短的刺耳摩擦声。

两侧车门同时猛然打开，又在轻巧的气流声中慢慢关上。下一刻，两个机器人就不见了。一旦有了决定，他们便毫不犹豫地展开行动，以人类无法企及的速度飞快离去。

贝莱深深吸了一口气，同时打了一个哆嗦。气翼车现在稳若磐石，仿佛成了地表的一部分。

他忽然想通了，刚才之所以那么狼狈，全是因为气翼车的摇摆和颠簸，令他感到心里不踏实，感到自己脱离了这个宇宙，感到被一股无情的力量捏住不放。

然而，现在一切恢复平静，他终于张开了眼睛。

在此之前，他并未注意到自己的眼睛是闭着的。

地平线上仍不时出现闪电，雷声则已大大减缓。不过，由于气翼车不再闪躲腾挪，强风吹在硬邦邦的金属上，声音听起来更加凄厉。

天色已暗，除了偶尔明灭的闪电，贝莱的一双肉眼无法看到任何光线。太阳一定早已下山，而且云层相当厚重。

自从离开地球之后，这还是贝莱头一回落单！

64

落单！

他身心备受煎熬，实在理不出一个清楚的头绪。然而，如果在疲惫的心灵中，除了丹尼尔必须逃走这个念头，还能挤出另外一点空间，他会尽力设法厘清思绪，想想自己应该怎么做，以及到底会怎么做。

比方说，刚才他就应该问问此时身在何处，附近有些什么，而丹尼尔和吉斯卡又打算去哪里。他完全不了解如何操作这辆气翼车，无法驾驶它是理所当然的事，然而，如果他觉得冷，也许就该打开暖气，或在温度过高时把暖气关上——问题是，他也不知道如何下这样的指令。

即使想要和外界隔绝，他也不知道该怎样把车窗转成不透明，同理，如果他想下车离去，也不知道该如何打开车门。

现在他唯一能够做的，就是等吉斯卡回来找他，而吉斯卡当然也会预期他这么做。他对吉斯卡下的命令很简单：回来找我。

这个命令丝毫没有暗示贝莱可能会前往他处，所以，吉斯卡那简单明快的心灵一定会把“回来”解释为要他回到气翼车的位置。

贝莱试着让自己接受这一点。就某方面而言，了解到目前只能等待，暂时不能作任何决定，也不失为一种解脱，因为他根本没决定可做。而且此时此刻，他稳稳地待在车内，见不到可怕的闪电，听不到任何扰人的噪音，更令他感到轻松无比。

或许他应该试着睡一会儿。

但他随即绷紧神经——自己敢这么做吗？

他们正遭到追捕，正遭到监视。这辆气翼车是停在行政大楼外面时被动了手脚的，由此可想而知，对方很快便会找到他。

所以，不只吉斯卡会来找他，对方同样也会。

刚才狼狈不堪之际，他真的把一切都想清楚了吗？气翼车是在行政大楼外被动手脚的，虽然任何人都有嫌疑，但嫌疑最大的当然是知道它停在那儿的人——而除了阿玛狄洛，还有谁更清楚呢？

阿玛狄洛故意拖延到暴风雨来临，这点显而易见。这样一来，自己就得在风雨中赶路，最后势必会精神崩溃。阿玛狄洛研究过地球以及地球人，他曾就这点吹嘘了一番。户外环境给地球人带来的困扰，尤其是雷电交加的暴风雨所导致的震撼，他一定相当清楚。

他十分确定，贝莱会变得如婴儿般无助。

可是，他为何要这么做呢？

为了把贝莱带回研究院？贝莱虽然早已送上门去，但那时是有备而来，身边还带着两个机器人，他们随时可以出手保护他。现在情况完全不同了！

如果气翼车在暴风雨中抛锚，贝莱的情绪势必跌到谷底。或许，他甚至会失去意识，如果有人要带他回去，他当然无法抵抗。那两个机器人同样不会反对——既然贝莱的身体显然出了问题，他们应当采取的行动正是协助阿玛狄洛的机器人拯救他。

事实上，两个机器人一定会跟着贝莱走，毫无选择的余地。

万一有人质疑阿玛狄洛的行动，他可以辩称由于风雨交加，他担心贝莱可能出事；他曾试着把贝莱留在研究院，可惜未能成功；于是他派自己的机器人跟在贝莱后面，确保他安全无虞；当气翼车在暴风雨中出了故障，那些机器人就把贝莱救了回去。除非有人了解内情，知道气翼车之所以抛锚，全是阿玛狄洛在幕后指使（谁会相信，谁又能证明呢？），否则，舆论会一面倒地赞扬阿玛狄洛的人道精神——何况，这次的关怀对象居然是个次等人类，一定更加令人赞叹。

那么，阿玛狄洛会怎样对付贝莱呢？

别担心，只会让他消失一阵子。贝莱自己并非真正的猎物，而这正是关键。

那两个机器人也会留在阿玛狄洛那里，不可能有丝毫主见。他们所接受的指令，以最严格的方式要求他们守护贝莱，如果贝莱病倒了，正在接受治疗，只要阿玛狄洛装出一副对贝莱关怀备至的模样，他们就不得不遵从他的命令。而贝莱（或许）也无法再下任何命令来保护他们——在镇静剂的作用下，他当然无能为力。

太明显了！太明显了！贝莱、丹尼尔和吉斯卡曾经落入阿玛狄洛的掌心——可是对他毫无用处。于是他将他们送到风雨中，好让他们重新回到自己的掌心——这回就有用了。尤其是丹尼尔！丹尼尔才是关键人物。

事实上，法斯陀夫终究会开始寻找他们，而且一定会找到，并将他们带回去，可是那个时候，一切已经太迟了，不是吗？

而阿玛狄洛要丹尼尔做什么呢？

贝莱虽然头痛欲裂，还是确定自己掌握了答案——可是他要怎么证明呢？

他实在想不下去了——他若能将车窗转成不透明，就能营造一个封闭的、静止的小世界，然后也许就能让思绪延续下去。

可是他不知道怎样下指令。他唯一能做的就只有坐在那里，望着窗外逐渐减弱的风雨和越来越细的闪电，听着雨水打在车窗上的声音以及有如低喃的雷鸣。

他使劲闭上眼睛。眼皮也算一堵墙，但他不敢睡着。

右侧车门突然打开，带起的气流声极其明显。他感觉到湿冷的空气灌了进来，车内温度随即降低，与此同时，他还闻到一股由植物和湿泥所散发的强烈气味——车内原本隐约泛着机油和皮椅交织成的味道，虽然不好闻，却有亲切感，因为能使他联想到可能再也回不去的大城，现在这种味道完全给掩盖了。

他张开眼睛，发现有个机器人正近距离瞪着自己。那机器人的头颅并未真正移动，脸部却像是往一旁飘去，感觉上相当诡异。贝莱感到一阵头晕眼花。

在漆黑的背景中，那机器人仿佛一个更黑的暗影，显得相当巨大。而且看起来，他绝不是等闲之辈。他说：“不好意思，先生，不是有两个机器人跟你在一起吗？”

“走了。”贝莱咕哝道，他尽可能假装不舒服的样子，却发觉根本不必装。他微微张开眼睛，正巧看到天空又出现一道明亮的闪电。

“走了！走去哪里了，先生？”当他等待对方回答之际，又补了一句，“你病了吗，先生？”

从残存的一点点清醒头脑中，贝莱察觉到一丝病态的成就感。如果这个机器人未曾接受特别的命令，他在第一时间就会对贝莱的明显病征作出回应。而他竟然先问那两个机器人的下落，意味着在他所接受的命令中，特别强调了那两个机器人的重要性。

一切都吻合了。

他强打起精神，装作若无其事地说：“我很好，你不必为我担心。”

在一般情况下，机器人不太可能这么轻易就被说服，但眼前这个机器人一心挂念着丹尼尔（这很明显），因此接受了贝莱的说法。“那两个机器人去哪里了，先生？”他又问。

“回机器人学研究院去了。”

“回研究院去了？为什么，先生？”

“因为首席机器人学家阿玛狄洛命令他们回去，而我正在这里等他们。”

“但你怎么没跟他们一起去呢，先生？”

“首席机器人学家阿玛狄洛不希望我暴露在风雨中，所以命令我等在这里。我现在这么做，是在遵从首席机器人学家阿玛狄洛的命令。”

借着不断重复这个如雷贯耳的名字，并刻意冠上那个显赫的头衔，再加上不断重复“命令”这两个字，他希望能够打动这个机器人，让他允许自己继续留在这里。

另一方面，如果他们的确接受过特别的指令，要他们务必将丹尼尔带回去，而他们又已经相信丹尼尔正在赶回研究院，那么他们对于丹尼尔的关注程度就会下降，就会有时间顾虑到贝莱，而他们就会说——

那机器人说：“但你看起来不太好，先生。”

贝莱又体会了一次病态的成就感。他说：“我很好。”

在这个机器人后面，他能隐约看到好些机器人，但看不清到底有多少——偶尔出现闪电时，他们的脸孔会被照得发亮。每当贝莱的眼睛再度适应黑暗，还能看到他们的双眼射出昏暗的光芒。

他转过头去，左侧车门外也有些机器人，不过车门并没有打开。

阿玛狄洛究竟派出多少机器人？若有必要，他们是否会被强押回去？

他说：“首席机器人学家阿玛狄洛的命令是要我的机器人回研究院去，而我留在这里等他们。你看得出来，他们已经回去，而我正等在这里。如果你们是来帮忙的，如果你们有交通工具，就该去找那两个已经上路的机器人，以便载他们一程。这辆气翼车已无法行驶了。”为了假装一切安好，这番话他尽量说得坚决而毫不犹豫，结果并未非常成功。

“他们徒步走回去吗，先生？”

贝莱说：“去找他们，这个命令很明确。”

对方却出现了迟疑，十分明显的迟疑。

贝莱终于想到应该移动右脚——他希望自己做得到。他早就该这么做了，无奈身体不怎么听从心思的使唤。

那些机器人还在犹豫，贝莱却苦无良策。他并非太空族，不知道该用什么语句、什么口气、什么姿态，才能最有效率地指挥机器人。一位高明的机器人学家，只要做做手势，扬扬眉毛，就能令机器人任他摆布，仿佛操纵傀儡一般——如果机器人是他自己设计的，效率就更高了。

但贝莱只是一个地球人。

他皱起眉头——此时的他很容易做出这个表情——颇不耐烦地轻唤一声：“走！”同时挥了挥双手。

或许这么一来，刚好让这个命令的力道超过了临界点——也或许只是时间上的巧合，这些机器人凭借正子径路中此起彼伏的正反电压，总算想通了该如何解读他们听到的指令，才算符合三大法则。

总之，他们终于下定决心，然后就再也不迟疑了。他们毅然决然地冲回自己的交通工具——姑且不论它在哪里，也不论是什么车辆——速度之快，仿佛瞬间消失一般。

那扇被打开的车门随即自动关闭，但贝莱早已把右脚挡在门轨上。他难免有点担心，这只脚会不会被切下一截，或是骨头给辗得粉碎，但他仍旧一动不动。任何车辆在设计之初，都一定会设法排除这种惨剧的可能性。

现在他又落单了。他以智取胜，硬逼着那些机器人离开了一个显然身体违和的人类——阿玛狄洛这位机器人学大师，为了遂行自己的目的，刻意在命令中加强第二法则的比重，给了他一个可乘之机。另一方面，贝莱自己所编织的明显谎言，又进一步降低了第一法则的力道。

自己究竟做得多好呢，想着想着，贝莱不禁有点自满——然后他注意到，由于自己右脚的阻挡，车门留了一条缝，而那只脚果然安然无恙。

65

贝莱觉得右脚被一股冷风包围，还有寒冷的雨水在不断浇灌。那是一种相当诡异的陌生感觉，但他不敢让车门整个关上，否则还真不知道如何才能再打开来。（那些机器人是怎么打开的？毫无疑问，对这个社会的成员而言，此事一点也不困难。可是在他所读过的奥罗拉书籍中，没有一本详细介绍过如何开启一辆标准气翼车的车门。凡是重要的事皆被视为理所当然，你就是应该知道——虽然理论上而言，作者正在告诉你。）

他一面想，一面摸索着上衣的口袋，偏偏这也并非一件容易的事。所有的口袋都不在应该在的位置，而且每个都封了口，因而他必须先摸索一番，找出解开封口的正确方法。然后，他从中掏出一条手帕，扭成一团，塞到那道门缝里，好让车门不会完全关上。直到这个时候，他才把右脚缩回来。

现在开始动脑筋——但愿他做得到。除非他打算出去，否则没必要让车门一直开着。然而，他出去有什么用吗？

如果他等在原地，吉斯卡终究会回来找他，而且，想必会将他带到安全的地方。

他敢等下去吗？

他不知道吉斯卡需要多少时间，才会把丹尼尔藏妥，然后回到这里。

而他同样不知道，那些机器人需要多少时间，便能确定无法在回研究院的路上找到丹尼尔和吉斯卡。（丹尼尔和吉斯卡当然不可能真的一路往回走，以便寻找藏身之处。贝莱并未真的命令他们别那么做——可是，万一就只有那么一条路呢？不！不可能！）

贝莱摇了摇头，默默否定了这个可能性。这个动作竟引发了头痛，他不禁龇牙咧嘴，双手抱住了头。

那些机器人还会继续寻找多久，才会确定他们给贝莱耍了，或是以为贝莱自己被误导了？然后，他们会不会再回来逮捕他——态度非常客气，而且绝对避免伤害他？如果他告诉他们，一旦暴露在风雨中，自己就会没命，能否令他们不敢轻举妄动？

他们会相信吗？他们会不会向研究院报告？他们一定会这么做。然后会不会有真人赶来？他们可不会特别关心自己的死活。

如果贝莱下了车，在附近的树丛里找个藏匿地点，那些追捕他们的机器人就很难找到他了——这样就能替他争取到时间。

虽然这样做，同样会让吉斯卡难以找到他，可是相较之下，要求吉斯卡守护贝莱的命令强而有力，要求那些机器人寻找他的命令则微弱不堪。前者的首要任务是找到贝莱——后者则是找到丹尼尔。

此外，吉斯卡的程序是法斯陀夫亲自设定的，不论阿玛狄洛多么高明，终究比不上法斯陀夫。

所以，如果一切条件完全相等，吉斯卡一定会比其他的机器人更早回来。

可是双方的条件会完全相等吗？贝莱有点自嘲地想到，我已经筋疲力尽，无法真正思考了，我只会死命抓着各种自我安慰的想法。

话说回来，针对心目中这个优势，他除了放手一搏，还能做什么呢？

他倾身顶开车门，走到了外面。那条手帕随即掉进潮湿而茂密的草丛里，他自然而然弯腰把它捡起来，紧紧抓在手中，然后跌跌撞撞地向前走去。

雨水不断打在他的脸庞、双手和全身各处，不久之后，湿透的衣服就粘在他身上了，冷得他直打哆嗦。

一道突如其来的闪电撕裂了天空——他根本来不及闭上眼睛——然后，一声巨响吓得他僵在原地，只能举起双手捂住耳朵。

风雨又转强了吗？还是因为他走了出来，雷声才特别响亮？

他必须向前走。他必须尽量远离气翼车，那些机器人才不会那么容易找到他。他绝不能犹豫不决或留在附近，否则还不如待在车内——至少能享受干爽。

他想要擦擦脸，可是那条手帕和他的脸一样湿。一点用也没有，他随手将它扔了。

他将双手举在前面，一步步走下去。奥罗拉有没有自己的卫星？他似乎记得某本书里提过，期盼着能见到它的光亮——可是又有什么差别？即使真有这么一颗卫星，而且此时它真的高挂天际，云层也会将它整个遮掩。

他摸到一样东西，虽然完全看不见，但他知道那是粗糙的树皮。没错，他摸到了一棵树，即使是大城居民，也能肯定这一点。

然后，他想起来闪电可能会击中树木，还有可能将人击毙。至于被闪电击中是什么感觉，以及有什么方法可以避免，他却不记得读到过这方面的记载。总之，他从未听说过有哪个地球人是闪电的受害者。

他满怀忧虑和恐惧，慢慢绕过那棵树。为了保持原来的方向，他必须恰好绕半圈，可是到底该走几步呢？

继续前进！

周遭的灌木越来越浓密，就像一根根瘦骨嶙峋的手指紧紧抓住他，令他举步维艰。他赌气般用力拉扯，随即听到衣服撕裂的声音。

继续前进！

他全身发抖，牙齿更是咯咯作响。

又是一道闪电。这倒也不错，刚好让他瞥一眼周遭的环境。

一棵又一棵的树，好多好多！他正置身于树丛中。就雷击而言，许多树会比一棵树更危险吗？

他不知道。

如果他避免碰触任何树木，会有帮助吗？

他同样不知道答案。生活在大城中，向来不必担心会被闪电击毙。至于历史小说（以及若干历史记载），即使偶尔提到，也都语焉不详。

他抬头望向漆黑的天空，立刻觉得像是被泼了一盆水。他只好用湿淋淋的双手，擦擦湿漉漉的眼睛。

他蹒跚地向前走，每一步都努力把脚抬高。不久，他走进一条小溪，踩着滑溜溜的石头涉水而过。

真奇怪！他并未因此变得更湿。

他继续前进。那些机器人找不到他了，可是吉斯卡找得到吗？

他不知道自己身在何处，或是要往哪里去，或是自己已经走了多远。

如果想要折返气翼车，他自问做不到。

如果想要试着找到自己，他自问也做不到。

这场暴风雨永远不会停止，他最后将整个溶解，化成一条名叫贝莱的小溪，再也不会被任何人找着。

而从他身上解离出的分子，将会慢慢流到海里。

奥罗拉有海洋吗？

当然有！而且比地球的海洋还要大，但两极的冰冠也比较宽。

啊，他将漂到冰冠旁，冻结在那里，在寒冷的橙色阳光下闪闪发亮。

他又摸到了一棵树——双手是湿的——树也是湿的——轰隆一个雷声——奇怪竟然没有先看到闪电——闪电应当先出现的——难道他被击中了？

他什么感觉也没有——只觉得接触到了土地。

土地就压在他身体下面，因为他的手指正扒着湿冷的泥土。他侧过头去以便呼吸，那是相当舒服的感觉。他不必再走了，他可以等在这里，吉斯卡会找到他的。

他突然非常肯定这一点。吉斯卡一定会找到自己，因为……

糟糕，他忘了因为什么。他再度忘记一件重要的事，上次是在睡前——两次忘记的是同一件事吗？——真的是吗？

无所谓了。

反正没事了——没——

于是在滂沱大雨中，他躺在一棵树旁，孤孤单单，人事不省，无情的风雨则继续打下。

第十六章
嘉蒂雅之二

66

事后回顾，根据准确的估计，贝莱失去意识的时间，介于十到二十分钟之间。

不过，在他当下的感觉中，那段时间则有可能从零到无限大。然后，他听到一个声音，却只知道那是有人在说话，听不清楚说些什么。那声音听起来很古怪，但他还是设法解开了这个谜，因为他终于听出那是个女子的声音。

好几只手开始抓住他，慢慢将他抬起来。其中一只手——他自己的右手——无力地垂荡着，而他的脑袋也一样。

他试着抬起头，偏偏毫无反应。不久，他又听到那女子的声音。

他困倦地睁开眼睛。虽然仍旧觉得又湿又冷，但他忽然惊觉雨水不再打到身上。而且，周遭已不再是全然的黑暗。借着一点昏暗的光线，他看到了一个机器人的脸孔。

他立刻认出来，轻声叫道："吉斯卡。"随着这声呼唤，他想起了那场暴风雨，以及逃亡的过程。所以说，吉斯卡的确先一步找到自己，他的确抢在那些机器人前面了。

贝莱满意地想到，我就知道他会抢先一步。

他再度闭上眼睛，随即感到自己正在迅速移动。一路上都有轻微（但很明确）的颠簸，代表抱着他的人正在步行。然后他们停下来，慢慢做了一些调整，最后让他躺到一个相当温暖舒适的物件上。他知道那是车内的座椅，上面或许还盖着毛巾，但他并未追究自己是怎么知道的。

他感到进行了一段安稳的飞行，接着又出现了一连串的感觉：柔软的毛巾（或类似的布料）压向他的脸庞和双手、上身的衣服被撕开、胸膛接触到冷空气、毛巾随即又压下来。

然后，更多的感觉接踵而至。

他置身于一座宅邸。每当他睁开眼睛，便会瞥见一堵又一堵的墙壁，一团又一团的灯光，以及许多形状各异的东西（想必是各式各样的家具）。

他觉得身上的衣服被一件件脱下来，虽然他勉强试着配合，却帮不上什么忙。然后他的肌肤感到了水的温暖，以及强有力的擦拭动作——来来回回好舒服，他希望永远别停下来。

突然间，他想到了一件事，立刻抓住抱着自己的那只手。"吉斯卡！吉斯卡！"

他果然听见吉斯卡的声音。"我在这里，先生。"

"吉斯卡，丹尼尔安全吗？"

"他相当安全，先生。"

"很好。"贝莱再度闭上眼睛，再也不管自己会被怎样摆布了。不久，他觉得自己在干燥的气流中翻来覆去，最后被披上一件温暖的、想必是睡袍之类的衣服。

真享受！唯有在婴儿时期，他才享受过这样的待遇。他突然为那些宝宝感到遗憾：虽说事事有人服侍，他们并未充分意识到自己多么幸福。

真是这样吗？婴儿时期的美好记忆，虽然尘封已久，仍会决定成年后的行为吗？他现在这种感受，象征着他乐于重温婴儿时期的旧梦吗？

而且，他曾听到一个女子的声音。是母亲吗？

不，不可能。

——妈？

现在他坐在一张椅子上，他的感官至少能确定这一点。此外，他还察觉到“重温旧梦”的短暂快乐时光即将结束。他必须回到悲惨的现实世界，自行面对一切真实的喜怒哀乐。

但他的确听到过一个女子的声音——究竟是谁呢？

贝莱猛然张开双眼。“嘉蒂雅？”

67

那并非呼唤，而是个疑问，一个令他惊讶的疑问，可是在他内心深处，其实并不真的惊讶。只要回想一下就知道，他当然早已认出了她的声音。

他环顾四周，看到吉斯卡站在壁凹内，但他暂时不理会他，因为事有轻重缓急。

他问：“丹尼尔在哪里？”

嘉蒂雅说：“他已经洗净烘干，换上一身干衣服了。现在他待在机器人的房间，我派了好些管家机器人陪他，他们都奉有明确的命令。我可以告诉你，外人无论从哪个方向接近我的宅邸，一旦来到方圆五十米内，我们都会立刻知道——吉斯卡同样洗净烘干了。”

“对，我看得出来。”贝莱说。现在他只关心丹尼尔，无心想到吉斯卡。嘉蒂雅似乎也同意确有必要把丹尼尔保护好，因此他不必多费唇舌解释这件事，这使他松了一口气。

然而，这个保护网还是有个漏洞，于是他带着一丝埋怨的口吻说：“你为什么要离开他，嘉蒂雅？你一走，你的宅邸若闯进一帮外来的机器人，就没有人类能阻止他们了，而丹尼尔就有可能被强行带走。”

“乱讲。”嘉蒂雅中气十足地说，“我们并没有走开多远，而且事先还通知了法斯陀夫博士。他派了许多机器人来我这儿，和我的机器人合作，若有必要，他自己也能在几分钟内抵达——我倒想看看外来的机器人要怎样对付他。”

“你回来之后，有没有见过丹尼尔，嘉蒂雅？”

“当然有！我告诉你，他很安全。”

“谢谢你！”贝莱闭上眼睛，总算放心了。说也奇怪，他竟然想到，这样也不坏。

当然不坏。他历劫归来了，对不对？当他想到这里，心中忍不住窃笑窃喜了一番。

他历劫归来了，对不对？

他睁开眼睛，又问：“你是怎么找到我的，嘉蒂雅？”

“多亏了吉斯卡。他们来到这里——两人一起来的——吉斯卡很快对我说明了当时的情形。我立刻想要把丹尼尔藏起来，不过，直到我答应会命令吉斯卡去找你，他才终于愿意配合。他非常会说话，而且一提到你，他的反应就非常强烈，以利亚。

“当然，丹尼尔再也没有离开，这令他非常不高兴。但吉斯卡坚持要我用最高的音量，命令他务必留下来。你一定对吉斯卡下了万分严格的命令。然后我们和法斯陀夫博士取得了联络，再然后，我们就上了我自己的气翼车。”

贝莱有气无力地摇了摇头。“你不该来找我，嘉蒂雅。你应该坚守在这里，确保丹尼尔的安全。”

嘉蒂雅做了一个不以为然的表情。“什么也不做，任由你死在风雨中？或是被法斯陀夫博士的敌人抓走？我无法想象自己会坐视那种事。不，以利亚，如果其他机器人抢先找到你，我就能派上用场，不会让他们碰你一根汗毛。或许我有许多事做不好，可是让我告诉你，任何一个索拉利人都能轻易应付一大堆机器人，我们从小就习惯了。”

“但你到底是怎么找到我的？”

“并没有多么困难。事实上，你的气翼车停得并不太远，如果没有风雨，其实走都走得到。我们……”

贝莱问：“你的意思是，我们几乎开到了法斯陀夫家？”

“对。”嘉蒂雅说，“有可能是因为你们的气翼车损坏得不太严重，并未太早抛锚，也可能是因为吉斯卡技术高明，让气翼车的表现出乎对方意料之外。这真是万幸，如果车子迫降在研究院附近，你们三个或许都被他们抓去了。总之，我们驾着我的气翼车前往你们停车的地点。吉斯卡当然知道正确位置，于是我们下了车……”

“你们都淋湿了，是吗，嘉蒂雅？”

“完全没有。”她答道，“我带着一个很大的雨篷，还有一个光球。我的鞋子的确沾到了泥巴，脚也弄湿了一点，那是因为我没时间喷上乳胶，但这丝毫不碍事——总之，我们很快赶到了你们停车的位置，距离吉斯卡和丹尼尔离开你还不到半小时。当然，你已经不在那里了。”

“我试着……”贝莱只说了三个字。

“对，我们知道。我原本以为他们——对方——把你带走了，因为吉斯卡曾说有人跟踪你们。可是后来，在距离气翼车大约五十米的地方，吉斯卡发现了你的手帕，便一口咬定你朝那个方向跑了。吉斯卡还说，那是不合逻辑的行为，不过人类行事经常不合逻辑，所以我们应该去找你。于是借着光球的照明，我们——我和他——开始四下寻找，但最后是他找到你的。他说，他远远看到一棵树下发出红外线，认出了那是你的体热，我们便赶紧把你抱回来。”

贝莱带着些许恼怒说：“我的做法为什么不合逻辑？”

“他没有说，以利亚，你想问他吗？”她指了指吉斯卡。

贝莱问：“吉斯卡，你是什么意思？”

吉斯卡立刻跳脱了呆滞状态，两只眼睛紧盯着贝莱，答道：“我觉得你没必要闯进风雨中，如果你等在原地，我们会更早把你接到这里来。”

“对方的机器人有可能先找到我。”

“他们的确找到了——但又被你赶走了，先生。”

“你怎么知道？”

“两侧车门附近的地面，先生，都有许多机器人的脚印，但气翼车内却几乎没有水迹，由此可知那些机器人并未伸手进来抓你。而根据我的判断，你绝不会自行走出气翼车，主动跟他们离去，先生。所以说，一旦把他们赶走了，你就不必担心他们很快会再回来，因为他们要找的是丹尼尔，而不是你——这是你自己对情势的分析。此外，你应该可以确定，我很快就会回来找你。”

贝莱喃喃道：“我正是这么推论的，但我觉得故布疑阵或许会有帮助。我所采取的行动，是我心目中最佳的选择，即便如此，你终究还是找到我了。”

“是的，先生。”

贝莱说：“可是为什么把我带到这里来呢？既然我们停车的地点离嘉蒂雅家很近，那么离法斯陀夫博士家应该也不远，或许还更近些。”

“不全然如此，先生。相较之下，这座宅邸的确比较近。由于你的命令异常急迫，在协助丹尼尔脱险的任务中，我判断一分一秒都很珍贵。丹尼尔虽然万分不愿离开你，但他还是认同这一点。既然他来到了这里，我觉得你应该也会想来这儿，这样你就能亲眼见到他安全无虞。”

贝莱点了点头，没好气地说（他仍然对“不合逻辑”的批评耿耿于怀）：“你做得很好，吉斯卡。”

嘉蒂雅说：“你是不是得尽快和法斯陀夫博士碰个面，以利亚？我可以把他请到这里来，或者你也可以用三维显像和他交谈。”

贝莱上身靠回椅背上。他终于有机会体认到自己非常疲倦，而且脑筋也变迟钝了。现在和法斯陀夫见面，对自己并没有什么帮助。于是他说：“不，明天吃完早餐后，我再跟他碰面不迟。然后，我想我还会见到那个叫凯顿·阿玛狄洛的家伙，也就是机器人学研究院的院长。还有那个高官——你们管他叫什么？——主席是吧。我猜，他也会来到这里。”

“你看起来疲倦极了，以利亚。”嘉蒂雅说，“当然啦，这里并没有地球上那些微生物——我是指细菌和病毒——而你全身也早已消毒干净，所以地球上那些常见的疾病，你通通不会染上，但你显然很疲倦。”

贝莱心想：经过这么一番折腾，竟然不会伤风？不会感冒？不会得肺炎？——太空族世界果然还是有些优点。

他说：“我承认我很累，但只要稍加休息，就能复元了。”

“你饿了吗？现在是晚餐时间。”

贝莱做了个鬼脸。“我并不想吃东西。”

“我觉得这可不是什么好主意。你或许不想大吃一顿，但喝碗热汤如何？会对你有好处的。”

贝莱差点笑了出来。她或许是索拉利人，但在某些情况下，她的口吻像极了地球女子。他不禁怀疑，奥罗拉人也不例外吧，有些事情和文化差异是扯不上关系的。

他说：“你有现成的汤吗？我不想给你添麻烦。”

“你怎么会给我添麻烦？我有一班机器人——虽然不比在索拉利时那么多，但足以在短时间内做出任何像样的食物。你只要坐在那里，告诉我想喝什么汤，就能很快心想事成。”

贝莱不能再婉拒了。“鸡汤可以吗？”

“当然可以。”然后，她一派天真地说，“我正想作这个建议呢——再加上些鸡块，这样就能填饱肚子。”

一碗鸡汤以惊人的速度出现在他面前。“你不一起吃吗，嘉蒂雅？”他问。

“刚才你在接受清理和治疗时，我已经吃过了。”

“治疗？”

“只是例行的生化调整罢了，以利亚。你受到的心理创伤不轻，我们可不想让你留下后遗症。快吃吧！”

贝莱将汤匙举到嘴边，试着喝了一小口。算是挺好喝的鸡汤，只不过对贝莱而言，它像其他奥罗拉食物一样口味过重了些。或者，也可能是里面的佐料都是他所不熟悉的。

他突然想起了自己的母亲——在蓦然涌现的回忆中，她显得比现在的自己还年轻好几岁。他记得，每当自己拒喝那碗“好汤”的时候，她总是会来到他身边。

她会说：“别这样，以利亚。这是真正的鸡肉，非常珍贵，就算太空族也吃不到。”

他们吃不到。他在心里遥遥对她呼唤：妈，他们真的吃不到！

千真万确！如果这些记忆值得相信，而且小贝莱的味蕾确实灵光，那么他母亲所做的鸡汤——除非偶尔喝腻了——真的好喝得多。

他喝了一口又一口，喝到一滴不剩时，他有点害羞地轻声问道：“能再给我一点吗？”

“你要多少都行，以利亚。”

“再一点就好了。”

等到他终于喝完了，嘉蒂雅开口道：“以利亚，明天早上那场会议——”

“怎么样，嘉蒂雅？”

“是否代表你的调查结束了？你知道詹德的死是怎么回事了吗？”

贝莱审慎地说：“对于这件事，我自己有个理论。不过，我想我无法说服任何人相信我是对的。”

“那你为什么要召开这场会议？”

“不是我，嘉蒂雅，而是那个首席机器人学家阿玛狄洛的主意。他反对进行这样的调查，所以要设法把我赶回地球。”

“不就是他破坏了你们的气翼车，还派他的机器人追捕丹尼尔吗？”

“我想你说得对。”

“好，既然他做了这些事，难道不能让他受审定罪，接受应有的惩罚吗？”

“理论上当然可以。”贝莱语重心长地说，“只不过有个小问题，那就是我完全无法证明。”

“难道他能够逍遥法外——还能让你的调查半途夭折？”

“这两件事，只怕他做得到的机会都很大。正如他自己所说，对正义不抱希望的人也就不会失望。”

“但绝不能这样，你绝不能让他得逞。你一定要完成调查，把真相找出来。”

贝莱叹了一口气。“万一我无法找出真相呢？或是即使我能找出真相，却无法让大家相信我呢？”

“你一定能找出真相，也一定能让大家相信你。”

“你对我的信心令人感动，嘉蒂雅。不过话说回来，如果奥罗拉世界立法局决定把我送回地球，并下令终止调查，我可是一点办法也没有。”

“你绝不会愿意一事无成地回到地球吧。”

“我当然不愿意。事实上，结果会比一事无成更糟，嘉蒂雅。我一动身，自己的前途和地球的未来就等于毁了。”

“那就别让他们这么做，以利亚。”

他回应道：“耶和华啊，嘉蒂雅，我会努力的。但我不可能赤手空拳举起一颗行星，你不能指望我制造奇迹。”

嘉蒂雅点了点头，然后她垂下眼睑，用手捂着嘴巴，一动不动地坐在那里，仿佛陷入了沉思。过了一会儿，贝莱才注意到她正在默默哭泣。

68

贝莱赶紧站起来，绕过桌子走到她身边。他依稀察觉（因而有点恼怒）自己的双腿正在发抖，而且右大腿的肌肉还在抽筋。

“嘉蒂雅，”他急切地说，“别哭嘛。”

“别管我，以利亚，”她悄声道，“一会儿就好了。”

他不知所措地站在她身边，想伸出手又缩了回来。“我不会碰你的，”他说，“我想我最好别那么做，可是……”

“喔，碰我吧，碰我吧。我并没有那么珍惜自己的身体，何况你也不会传染什么给我。我已经不是——当年的我了。”

于是贝莱将手伸过去，用指尖非常轻柔、非常笨拙地抚摸她的手肘。“我明天会尽力而为，嘉蒂雅。”他说，“我会尽全力放手一搏。”

听到这句话，她忍不住站起来，面对着他唤道：“喔，以利亚。”

贝莱自然而然伸出双臂，几乎未曾意识到自己正在做什么。与此同时，她也自然而然冲向他。当她的头靠上他的胸膛，他一把抱住了她。

他尽可能轻轻地抱着她，等待她察觉自己正在一个地球人的怀抱中。（毫无疑问，她曾经投入一个人形机器人的怀抱，但詹德并不是地球人。）

她紧靠着贝莱，发出浓重的鼻息，说话的声音也含混不清。

她说：“真不公平。因为我是索拉利人，就没有人真正关心詹德的死因。如果我是奥罗拉人，情况将完全不同。归根究底，都是偏见和政治因素作祟。”

贝莱心想，太空族果然也是人。如果洁西碰到类似的情况，一定也会这么说。而如果换成是格里迈尼斯抱着嘉蒂雅，他也会做出和我现在完全相同的回应——但愿我知道自己该如何回应。

然后他说：“不能一概而论，我确信法斯陀夫博士他就真正关心詹德的死因。”

“不，他不关心，并不真正关心。他只是想巩固自己在立法局的势力，而阿玛狄洛也想巩固自己的势力，他们两人都把詹德当成了交换条件。”

“我向你保证，嘉蒂雅，我不会拿詹德交换任何条件。”

“不会？如果他们跟你说，你回到地球后，非但前途不受影响，你的世界也不会受到任何惩罚，而条件是你要把詹德忘得一干二净，你会怎么做呢？”

“这种不可能发生的假设性状况，讨论起来毫无意义。他们绝对不会因此给我任何回报。他们只是想把我送回去，唯一的附赠品就是毁掉我和我的世界。可是，如果他们让我办下去，我就会抓到那个毁掉詹德的元凶，而且务必让他受到应有的制裁。”

“你说‘如果他们让我办下去’是什么意思？一定要让他们答应你！”

贝莱挤出一抹苦笑。“如果你觉得由于你是索拉利人，奥罗拉人因此不重视你，那么请想想，如果你和我一样是地球人，又会受到什么样的待遇。”

他将她抱得更紧了，简直忘了自己是地球人，虽然他嘴上正在这么说。“但我会努力的，嘉蒂雅。我不想让你抱任何希望，但我手中并非完全没有筹码。我会努力的……”他越说越小声。

“你一直在说你会努力——但要怎么做呢？”她将他稍微推开一点，抬头直视着他的脸庞。

贝莱一脸错愕地说：“喔，我可以——”

“找出凶手？”

“不无可能——嘉蒂雅，拜托，我得坐下了。”

他伸手扶住桌子，倾身靠在桌面上。

她问：“怎么回事，以利亚？”

“谁都知道我今天多灾多难，我想是还没完全康复吧。”

“那么你最好躺到床上去。”

“实话告诉你，嘉蒂雅，我很想这么做。”

她放开了他。这时她脸上充满关切之情，再也没有空间容纳泪水了。她举起手来，迅速做了一个动作，（在他看来）立刻就有好些机器人来到他身边。

当他终于躺下来，而所有的机器人都离去之后，他张大眼睛，望着上方的一片黑暗。

他无从判断户外是否还在下雨，也不知道强弩之末的闪电是否还在苦撑，但他确定自己再也没有听到雷声了。

他深深吸了一口气，心想，我对嘉蒂雅到底作了什么承诺？明天到底会发生什么事？

这出戏的最后一幕，叫作“失败”？

当意识逐渐飘向梦乡之际，贝莱想到了之前那不可思议的灵光一闪。

69

那种情形前后发生过两次。一次是在昨夜，当他像现在这样快要入睡之际；另一次则是在几小时前，当时他在暴风雨中，靠在一棵树下，即将陷入昏迷。每一次，突如其来的灵感都带给他解谜的启示，宛如一道闪电照亮了夜空。

不过，这个灵感也像闪电一样短暂。

到底是什么灵感呢？

它还会再出现吗？

这回，他试着在意识层面将它攫获，试着抓住这个飘忽的真相——或者，只是个飘忽的幻象？只是因为大脑无法正常运作，导致理性思维出走，由胡思乱想取而代之？

然而，不论要找的是什么，他都越来越不起劲了。就好像在一个没有独角兽的世界里，想要召唤一只独角兽一样。

不如想想嘉蒂雅以及她的触感，那要简单多了。他刚才直接碰触的，只是她的丝质上衣，但在衣裳之下，便是她纤细的手臂，以及柔滑的背脊。

当时如果双腿并未开始发软，他敢不敢亲吻她？或是那样做会太过分了？

他听见自己的呼吸化作轻微的鼾声，一如往常地感到有点窘。他硬生生将自己唤醒，继续想着嘉蒂雅的种种。当然，在他离去前——但若是无法提供她回报可不行——这就是他想要的报酬吗——他又听见自己的鼾声，这次他不在乎了。

嘉蒂雅——他从未想到自己会再见到她——更何况是碰触——更何况是拥抱——拥抱她——

他无从确定自己的思绪是何时由清醒进入梦境的。

他又像刚才那样抱着她了——但这回她没穿衣服——她的肌肤温暖而柔嫩——他的手慢慢从她的肩胛骨向下滑，一路滑到肋骨最底端——

一切实在太像真的了。他所有的感官都派上了用场。他闻到了她的发香，尝到了她肌肤上淡淡的咸味。他俩不知不觉已经躺了下来——是刚刚躺下的，还是打从一开始就没有站着？灯光又是怎么暗下来的？

他感觉到床垫和被单将自己夹在中间——周遭一片漆黑——她仍在他的怀里，而且全身一丝不挂。

他终于给吓醒了。“嘉蒂雅？”

那是尾音上扬、难以置信的口气——

“嘘，以利亚。”她用手指轻轻抵住他的嘴唇，“什么也别说。”

要他什么也别说，还不如要他的血液停止流动。

他问道：“你在干什么？”

她说：“你不晓得我在干什么？我和你在床上。”

“可是为什么呢？”

“因为我想要。”她用身体磨蹭着他。

然后她伸出手来，在他的睡衣顶端掐了一下，接缝随即整个裂开。

“别动，以利亚。你太累了，我不想让你再消耗体力。”

以利亚觉得有股暖流在体内蹿动。他决定不再替嘉蒂雅把关了，于是说:“我不累，嘉蒂雅。”

“不。”她厉声道，“躺好！我要你躺好，一动也别动。”

她的唇贴了上来，仿佛打算强行封住他的嘴。贝莱松懈下来，心中闪过一个念头：他是在服从命令；他已经很累了，乐意放弃主动改用被动。然后，他不无羞愧地想到，这个想法多少冲淡了自己的罪恶感。（我没办法，他听见自己在心里说，是她强迫我的。）耶和华啊，真孬种！真是自甘堕落！

但这些想法也逐渐消散了。不知不觉间，耳畔响起了轻柔的音乐，室温也升高了一点。被单不见了，他的睡衣也失踪了。他觉得自己的头埋在她双臂之间，感受到一股柔软的压力。

他猛然想通了，从她的姿势不难判断，那股柔软压力来自她左边的乳房，而且乳头正尖挺地塞进他嘴里。

她随着音乐轻哼，那是个令人沉醉的优美曲调，但他听不出究竟是什么歌。

她缓缓地前后摇摆，手指不时划过他的下巴和颈部。他全身放松，乐得什么也不做，完全让她采取主动，主导着每一个动作。当她抓住他的双手，他丝毫未曾抗拒，由得她将这双手摆放在任何地方。

从头到尾，他都没有出力协助。而当他兴奋至于极点，达到高潮之际，也是因为他并没有选择的余地了。

她似乎毫不疲倦，而他也不希望她停下来。除了性爱的官能享受，他还再度感受到了先前那种愉悦——那种像婴儿般一切全由他人照料的幸福。

终于，他再也无法消受，而她似乎也不能继续了。她躺了下来，脑袋塞进他左侧的腋窝，左手压在他的肋骨上，手指温柔地轻抚着那片卷卷的胸毛。

他似乎听见她在呢喃："谢谢你——谢谢你——"

谢什么？他不禁纳闷。

不多久，他就几乎不觉得她的存在了，今天经过无数波折，最后以这个温柔的方式画下句点，令他像是吃了传说中的忘忧草般昏昏欲眠。他能感觉到自己正在逐渐滑落，仿佛他已松开了紧抓着现实悬崖的手，让自己从严酷的真实世界不断坠落——坠落——穿过浓浓睡意织成的云朵，最后掉进轻柔摇晃的美梦之洋。

而在这个过程中，原本召唤不到的事物，竟然自行出现了。神秘的戏码第三度开演，他离开地球后所发生的每一件事，再次在他脑海中重新聚焦，而且和前两次一样清晰无比。他挣扎着想开口，想听听必须听到的那句话，想将它烙印在思绪中。可是，虽然他放出所有的心灵触须设法抓住，它还是狡猾地溜走，最后消失无踪。

因此，就这点而言，贝莱在奥罗拉上的第二天，结束的方式和第一天几乎完全一样。

第十七章
主 席

70

当贝莱睁开眼睛的时候，阳光正透过窗户大把大把洒进来。他对此无任欢迎，这令睡眼惺忪的他自己都有些惊讶。

这意味着风雨已经结束，甚至好像从来没有出现过。如果把阳光拿来和大城内那些柔和、温暖、受控的照明互相比较，只能说它是太强太烈且不稳定的替代品。可是和风雨相较之下，阳光就等于是平和的保证。贝莱不禁感叹，万事万物都是相对的，而他心知肚明，自己再也不会把阳光和邪恶画上等号了。

“以利亚伙伴？”丹尼尔正站在床边，吉斯卡则站在他后面。

贝莱的长脸展现了一个罕见的愉悦笑容。他向这两个机器人各伸出一只手，激动地说：“耶和华啊，老兄——”此时此刻，他完全不觉得用词有什么不当，“上次我看到你俩在一起的时候，几乎以为那是最后一次了。”

“无论在任何情况下，”丹尼尔柔声说，“当然谁都伤害不了我们。”

“如今阳光普照，我完全同意你这句话。”贝莱说，“可是昨晚，我却觉得自己会死在风雨中，而且我很肯定，你的处境万分危险，丹尼尔。甚至，如果吉斯卡不顾一切来保护我，也很可能无法全身而退。我承认这有点危言耸听，但你也知道，当时我头脑不太清楚。”

“这些我们都了解，先生。”吉斯卡说，“因此，虽然你的命令十万火急，我们还是难以离你而去。但我们相信，现在你不会再因此而不高兴了。”

“当然不会，吉斯卡。”

“此外，”丹尼尔说，“我们还知道，当我们不在你身边的时候，你获得了很好的照顾。”

直到这个时候，贝莱才记起昨晚那些事。

嘉蒂雅！

他猛然一惊，急忙四下张望。她并不在这个房间里。难道那是他的幻想——

不，当然不是，那是不可能的。

然后，他皱着眉头望向丹尼尔，仿佛怀疑他刚才那句话是否带有性暗示。

不，那同样是不可能的。一个机器人，无论设计得多么像真人，也不会想要在冷嘲热讽中找乐子。

他说：“我获得相当好的照顾。但我现在最需要的，是有人告诉我卫生间在哪里。”

“我们来这儿，先生，”吉斯卡说，“就是来服侍你起床的。嘉蒂雅小姐觉得，如果派她自己的机器人来，你不可能像跟我们在一起那么自在，她还特别强调，要我们不遗余力地让你感到舒适。”

贝莱显得有些狐疑。“她命令你们做到什么程度？现在我觉得很好了，所以谁也不必替我洗澡，我可以自己来。我希望她了解这一点。”

“你不必担心会有什么尴尬，以利亚伙伴。”丹尼尔露出浅浅的笑容，如果他是真人，这个及时的笑容（贝莱觉得）会被解读为他心中泛起了关怀之情，“我们只是来确保你一切舒适自在。无论什么时候，如果你觉得独处最舒适最自在，我们都会在一定距离外等候。”

“这样的话，丹尼尔，我们一言为定。”贝莱三两下爬下了床。他很高兴地发现，自己的双腿相当稳健。休息了一整夜，再加上那些所谓的治疗（不论那是什么），的确发挥了神奇功效——当然，嘉蒂雅也功不可没。

71

刚冲完澡的贝莱神清气爽，他还没穿衣服，身体也还没干，便忙着以严格的标准审视刚梳好的头发。想必他会跟嘉蒂雅共进早餐，那是再自然不过的事，只是不确定她会怎样招呼自己。或许，最好先装作什么也没发生，再根据她的态度见机行事。无论如何，他想，在可行的范围内，把自己打扮得好看些总是有帮助的。最后，他对着镜子做了一个不满意的鬼脸。

“丹尼尔！”他叫道。

“请吩咐，以利亚伙伴。”

贝莱含着一嘴牙膏说：“看来你穿的是新衣服。”

“以利亚伙伴，这原本不是我的衣服，而是詹德好友的。”

贝莱扬起了眉毛。“她让你穿詹德的衣服？”

“当我自己的湿衣服送洗之际，嘉蒂雅小姐不希望我赤身露体。现在，我的衣服虽然已经洗好烘干，但嘉蒂雅小姐说这套不用还她了。”

“她是什么时候说的？”

“今天早上，以利亚伙伴。”

“所以说，她醒了？”

“是啊。等你梳洗完毕，就要和她一起吃早餐。”

贝莱紧抿着嘴。说也奇怪，此时此刻，他最关心的并非稍后将和那位主席会面，而是马上要再见到嘉蒂雅了。毕竟，主席那档事只能听天由命，他早已决定好采用什么对策，就等着看是否奏效了。至于如何面对嘉蒂雅——他根本毫无对策。

好吧，既然无法避不见面。

他尽可能以随口问问的方式说：“嘉蒂雅小姐今天早上还好吗？”

丹尼尔答道：“似乎不错。”

“愉快？沮丧？”

丹尼尔犹豫了一下。“人类的内在状态是很难分析的。但从她的言行举止，看不出她内心有任何骚动。”

贝莱迅速瞄了丹尼尔一眼，再次怀疑他是否在影射昨晚那件事——但也再次否定了这个可能性。

即使他仔细审视丹尼尔的脸孔，仍是无济于事。你不可能从机器人的表情猜测到他的思想，因为他并不具有人类所谓的思想。

等到他重新走进卧室，一眼便看到他们替他准备的衣服。他好好想了想，仍不确定是否不必机器人的协助，自己就能准确无误地穿戴整齐。风雨和黑夜皆已成为过去，他想要重新戴上“成人”和“独立”这两个面具。

“这是什么？”他拿在手中的是一条长长的饰带，上面有着色彩繁复的阿拉伯式图案。

“那是睡衣饰带。”丹尼尔说，“纯粹是装饰用的。要先把它挂在左肩，然后拉到右侧腰际打个结。根据某些太空族世界的传统，吃早餐时要佩戴这种饰品，但它在奥罗拉并不怎么流行。”

“那我为何要戴？”

“嘉蒂雅小姐认为你戴起来会很好看，以利亚伙伴。打结的方法相当复杂，我很乐意提供协助。”

耶和华啊，贝莱悔恨交集地想，她希望我看起来赏心悦目。她心里到底在想些什么？

别再想了！

贝莱说：“不必，我打一个简单的领结就好了——可是听着，丹尼尔，早餐后我要去法斯陀夫家，会在那里和阿玛狄洛以及立法局主席碰面，当然还有法斯陀夫本人。除此之外，不知还会不会碰到其他人士。”

“是的，以利亚伙伴，这我知道，我想应该没有其他人了。”

“嗯，好吧，”贝莱一面说，一面开始穿内衣，为了避免出错，他故意放慢动作，这样就不必求助于丹尼尔了，“跟我讲讲这个主席。根据我所读到的资料，在奥罗拉这个世界，他是最接近行政长官的人，但同样的资料也告诉我，这个职位纯属荣誉职。我想，他并没有实权吧。”

丹尼尔说：“以利亚伙伴，只怕我……”

吉斯卡插嘴道:“先生，因为我运作得比较久，我要比丹尼尔好友更了解奥罗拉的政治现况。可不可以让我回答这个问题?”

“啊，当然可以，吉斯卡，请讲。”

“先生，在奥罗拉政府设立之初，”吉斯卡以上课的口吻开始叙述，仿佛体内有个“资料轴”正在规律地转动，“故意只让行政长官执掌仪式性的工作。例如迎接其他世界的贵宾，召开立法局的例会，主持每一项协商——只有在僵持不下时，他才投下关键的一票。然而，在‘河川争议’之后……”

“对，我读过这段历史。”贝莱抢着说。那是奥罗拉历史上极其沉闷的一页，由于水力发电权的分配引发了无解的纷争，险些导致了这个世界绝无仅有的一次内战。“你不必详细解释了。”

“好的，先生。”吉斯卡说，“然而，在‘河川争议’之后，大家一致决定再也不要让这种对立危及奥罗拉的社会。从此便形成一个惯例，每当再度出现类似的纷争，都改为在立法局之外，以私下的、平和的方式解决。等到议员们真正投票的时候，只是追认这个共识而已，因此总会有一方是压倒性的多数。

“而在解决纷争的过程中，关键人物正是立法局主席。他被视为立场超然，否则他的权力——理论上虽然等于零，实际上却相当大——便会消失于无形。因此之故，主席总是小心谨慎地力求客观，而只要他不偏不倚，那么无论任何争议，通常都是靠他最后的一句话来解决的。”

贝莱问:“你的意思是，主席会先后听取我的陈述、法斯陀夫的陈述，以及阿玛狄洛的陈述，然后作出决定?”

“有此可能。另一方面，先生，也或许他还需要听取更多的证词，或是花更多的时间思考，那么他就会暂不表态。”

“倘若主席果真作出决定，而这个决定对阿玛狄洛不利，他会屈从吗？同理，如果决定对法斯陀夫不利，他又会屈从吗？”

“这点并非绝对必要。几乎总会有人不接受主席的决定，而阿玛狄洛博士和法斯陀夫博士都是那种顽强不屈的人物——从他们的行动就不难看出来。然而，无论主席如何决定，大多数的议员都会附和他。等到投票结果出炉，法斯陀夫博士或阿玛狄洛博士——其中遭到主席否决的那位——肯定会发现自己成了绝对的少数。”

“有多肯定，吉斯卡？”

“几乎完全肯定。在正常情况下，主席的任期是三十年，期满即由立法局改选，得以连任一届。然而在此期间，只要主席提出的建议遭到否决，他就得立刻辞职下台，这时便会出现政治危机，因为立法局必须在纷纷扰扰中选出另一位主席。很少有议员愿意冒这个险，所以，利用表决来扳倒主席的机会几乎等于零。”

“那么，”贝莱忧心地说，“一切都取决于今天上午的会议了。”

“非常有可能。”

“谢谢你，吉斯卡。”

贝莱怀着忧郁的心情，一遍又一遍理着自己的思绪。在他看来自己还是有希望的，但他完全不知道阿玛狄洛会说些什么，而主席又是怎样的人。主动召开这场会议的是阿玛狄洛，因此他一定充满自信，有着十足的把握。

就在这个时候，贝莱再度想起，昨晚当他搂着嘉蒂雅沉沉入睡之际，他曾经看穿——或说自认为曾经看穿——或说幻想自己曾经看穿——奥罗拉上这一连串事件背后的意义。每一件事似乎都极其明显、极其肯定。可是醒来之后，这些洞见再次（第三度）消失无踪，仿佛从来未曾存在。

想到这里，他心中的希望似乎也消失了。

72

贝莱随着丹尼尔来到吃早餐的地方，感觉上，这里比一般的餐厅温馨不少。它是个小房间，而且相当朴素，除了一张餐桌和两把椅子，没有其他任何家具。而丹尼尔则直接告退，并未退到壁凹内——事实上，室内根本没有任何壁凹。一时之间，贝莱变成一个人待在这里，陷入完全孤单的状态。

不过，他肯定自己并非真正孤单，只要一声召唤，立刻会有机器人出现。话说回来，这是个仅供两人使用的房间——是个排斥机器人的房间——是（贝莱有些迟疑地想到）保留给一对恋人的房间。

餐桌上有两叠像是煎饼的食物，闻起来很香，偏偏并非煎饼的味道。左右各有一碟像是液态奶油的东西（但也可能不是），此外还有一壶取代咖啡的热饮（贝莱之前尝过，并不怎么喜欢）。

嘉蒂雅走了进来，她打扮得整整齐齐，头发闪闪发亮，仿佛刚保养过。她顿了一下，才露出一个很浅的笑容。“以利亚？”

贝莱被她吓了一跳，连忙站了起来。“你好吗，嘉蒂雅？”他有些结结巴巴。

她当作什么也没发生，一副轻松愉快、心情很好的样子。“如果你因为丹尼尔不在眼前而开始担心，那大可不必。他百分之百安全，不会出任何问题。至于我们——”她朝他走过去，站在他近前，伸手慢慢抚过他的脸颊，就像很久以前她在索拉利所做的那样。

她轻声笑了笑。“当时我就只是这么做，以利亚，你记得吗？”

以利亚默默点了点头。

“你睡得好吗，以利亚？——坐下吧，亲爱的。”

他坐了下来。“非常好——谢谢你，嘉蒂雅。”他迟疑了一下，才决定不用“亲爱的”回敬她。

她说：“别谢我。至于我自己，已经有几星期没睡得这么好了。在确定你熟睡之后，如果我仍留在你身边，就不可能享受一夜的好眠。如果我没离开——我还真不想离开——恐怕整晚都会骚扰你，害你也无法好好休息。”

他觉得有必要献献殷勤了。“有些事情比……休息更重要，嘉蒂雅。”但他说得太公式化，令她再度笑出声来。

“可怜的以利亚，”她说，“你难为情了。”

她居然看了出来，令他感到更难为情。贝莱早已做好心理准备，她或许会哭泣、悔恨、厌恶、羞愧，甚至装作若无其事——却万万没想到，她会大大方方和他调情。

她说：“好啦，别再跟自己过不去。你饿了吧，昨晚你几乎没吃东西。装些热量到肚子里，你就会饱暖思淫欲了。”

贝莱以充满怀疑的目光，望着那些似是而非的煎饼。

嘉蒂雅说：“喔！或许你从未见过这种食物。这是索拉利的美食，煎饼派！我必须重新设定厨师机器人的程序，才能让他做出地道的煎饼派。首先，你必须使用从索拉利进口的谷物，绝不能用奥罗拉品种。而且这里面还有馅，事实上，有上千种馅料可供选择，但这是我最爱吃的一种，我知道你一定也会喜欢。我不会告诉你到底有些什么，只能透露有栗子浆和一点蜂蜜，总之你尝尝看，再把你的评价告诉我。你可以用手抓来吃，但咬的时候要小心。”

她自己抓起一个，用双手的拇指和中指优雅地夹住，慢慢咬了一小口，并将流出来的金色浆汁舔了个干净。

贝莱模仿着她的动作。这种煎饼派摸起来有点硬，但并不烫手。他小心翼翼地把一角送进嘴里，没想到竟然咬不动。他加大力道，总算把它咬碎了，但双手随即沾满了馅料。

“你咬得太大口，也太用力了。”嘉蒂雅一面说，一面将纸巾递给他，“把它舔干净吧，要吃煎饼派就别怕脏，想全身而退是不可能的，你几乎会在糖浆里打滚。理论上来说，应该光着身子吃，吃完后再冲个澡。”

贝莱犹豫地伸出舌头，舔了一下之后，他的表情便说明了一切。

“你喜欢，对不对？”嘉蒂雅问。

“很可口。”贝莱小口小口地慢慢吃。它并不太甜，而且似乎入口即软即化，几乎不用怎么咀嚼。

他总共吃了三块煎饼派，那是因为他实在不好意思再拿第四块。然后，他好整以暇地舔着手指头，刻意避免使用纸巾——即使擦走一点糖浆，他都觉得是莫大的浪费。

“把你的手指放到洗涤剂里头，以利亚。”她边说边示范。显然，那碟“液态奶油”其实是个洗手盆。

贝莱有样学样地做了一遍，等擦干手指后，他仔细闻了闻，完全没有任何味道。

她问：“昨晚的事令你难为情吗，以利亚？这就是你唯一的感觉吗？”

该怎么回答呢？贝莱有点伤脑筋。

最后，他终于点了点头。“只怕正是如此，嘉蒂雅。若说那是我唯一的感觉，倒也不尽然，但我的确感到难为情。你想想，我是地球人，这点你心知肚明，可是你把这个事实暂时抛在脑后，让

‘地球人’对你而言只是毫无意义的三个字。昨天晚上，你为我感到难过，你担心风吹雨打对我造成伤害，你把我当小孩子般呵护，而且——你过来找我——或许是由于伤心人别有怀抱，所以你很同情我。但是那种感觉迟早会消失的——我很惊讶它目前还在——等它消失后，你就会想起来我是地球人，于是你会感到羞愧、堕落、肮脏。你会痛恨我对你所做的事，可是我不希望你恨我——我不希望你恨我，嘉蒂雅。”（如果他的表情能忠实反映内心感受，那么他现在确实很不快乐。）

她一定也有同感，因为她对他伸出手，轻抚着他的手掌。“我不会恨你的，以利亚。我为什么要恨你呢？你对我所做的，我都绝不反对。而我对你所做的事，在我的余生中都会令我感到欣慰。两年前那轻轻一触，我等于已经解放了，以利亚，而昨天晚上，你更进一步解放了我。两年前，我需要知道自己还能感受到欲求——而昨天晚上，我则是需要知道在詹德死后，自己还能有同样的感受。以利亚——留下来吧，我们……”

他一本正经地插嘴道：“这怎么可能呢，嘉蒂雅？我必须回到自己的世界。我在那里有责任，还有奋斗的目标，而你却不能跟我一起去。你不可能在地球上好好活下去，你会死于地球的传染病——拥挤的群众和封闭的空间还可能提前令你窒息。这些你当然了解。”

“我对地球相当了解。”嘉蒂雅叹了一口气，“可是，你当然不必立刻回去。”

“今天中午之前，主席就有可能命令我离开奥罗拉。”

“不会的，”嘉蒂雅中气十足地说，“你会有办法的——万一真没办法了，我们可以到其他太空族世界去，有好几十个可供我们选择。难道地球对你意义那么重大，你毫不考虑在太空族世界定居吗？”

贝莱说：“我可以找个借口，嘉蒂雅，我可以指出没有哪个太空族世界会让我永久居留——你知道这是事实。不过，更深切的事实则是，就算有太空族世界愿意收留我，地球对我的意义还是太重大了，所以我必须回去——即使这意味着不得不离开你。”

“从此再也不来奥罗拉？再也不和我见面了？”

“如果能再见到你，我当然会来。”贝莱幽然神往地说，“而且会一来再来，请相信我。可是这么讲又有什么用呢？你知道他们不太可能再邀请我，而你也知道，如果没有受邀，我是不可能再回来的。”

嘉蒂雅低声道：“我不想相信，以利亚。”

贝莱说：“嘉蒂雅，别自寻烦恼了。你我之间曾经擦出奇妙的火花，可是今后，你的生命中还会出现其他的火花——许许多多，各式各样，但和如今并不相同。抬起头来，向前看吧。”

她陷入了沉默。

“嘉蒂雅，”他突然急切地说，“我们之间的事，需要告诉别人吗？”

她抬头望向他，露出痛苦的表情。“你觉得羞耻吗？”

“对于这一切，我当然不觉得羞耻。但即便如此，还是可能出现不愉快的结果，例如会成为人们茶余饭后的话题。别忘了你我是新闻人物，这都要归功于那个可恨的超波剧，把我们的关系给扭曲了。我们，一个地球男子和一个索拉利女子。只要人们有一丝一毫的理由，怀疑你我之间有——恋情，绯闻就会以超空间引擎的速度传回地球。”

嘉蒂雅扬起眉毛，显得有几分高傲。“然后地球人就会认为你自甘堕落？因为你和配不上你的人有了性爱关系？”

“不，当然不会。”贝莱说得很心虚，因为他明白，几十亿地球人确实都会抱持那样的观点，“你有没有想到，绯闻也会传到我太太耳中？我是有家室的人。”

“如果她知道了，那又怎么样？”

贝莱深深吸了一口气。“你并不了解，地球人和太空族行事方式不同。在我们的历史上，也曾有过性尺度较宽的时候，至少在某些地区、某些阶级如此。如今则不然，如今地球人过着极其拥挤的生活，在这种情况下，必须采用严谨的道德尺度，才得以维持家庭制度的稳定。”

“你的意思是，每个人只有一个伴侣，绝无例外？”

“不。”贝莱答道，“老实说，并不是那样。可是，例外的情形都会尽量谨慎和低调，这样大家就能……就能……”

“装作不知道？”

“嗯，没错，但我们的情形——”

“因为一切都在台面上，谁也不能装作不知道——所以你太太会生你的气，会揍你一顿。”

“不，她不会揍我，但她会因而蒙羞，这要比她揍我更糟。我自己同样会蒙羞，我儿子也逃不掉。我的社会地位将岌岌可危，而……嘉蒂雅，如果你不了解，不必试着了解，但请答应我，你不会像奥罗拉人那样，把这件事挂在嘴边。”他察觉到自己是在低声下气地求饶。

嘉蒂雅语重心长地说：“我并非有意嘲弄你，以利亚。你一直对我很好，我不会恩将仇报，可是——”她高举双手，显得很绝望，“你的地球作风实在太荒谬了。”

“这点毫无疑问。但我必须维持这个作风——正如你从小到大，一直遵循着索拉利的作风。”

“没错。”她陷入了回忆，表情忧郁起来，然后她又说，“请原谅我，以利亚，我真心诚意向你郑重道歉。我妄想着自己无法拥有的事物，还把气出在你身上。”

“没关系。”

“不，有关系。拜托，以利亚，我一定要对你解释一番。昨晚发生的事，我认为你并非真正了解。如果我开口解释，会不会令你更难为情？”

贝莱忍不住想，如果洁西听得到这段对话，她会有什么感受，又会有什么反应呢。其实他相当明白，此时该把心思放在即将和主席举行的那场会议，而不是自己的婚姻危机上。他应当担心的是地球，而不是自己的妻子，可是，事实上，他却一心想到洁西。

他说：“我或许会感到难为情，但还是请你说吧。”

嘉蒂雅刻意不召唤任何机器人，自己动手挪动椅子。贝莱只是紧张兮兮地等着，并未提供任何援助。

她把自己的椅子搬到他旁边，故意和他的椅子方向相反，以便坐下之后，刚好能和他面对面。等到一切就绪，她将右手放到他的手掌上，而他自然而然就捏住了。

“你瞧，”她说，“我不再害怕和你接触。我不再像当初那样，只敢轻抚你的脸颊一下子。”

“或许没错，可是对你而言，现在的感觉远比不上当初那么震撼，对吗，嘉蒂雅？”

她点了点头。“对，的确比不上，但我还是一样喜欢。事实上，我认为这是一种进步。轻轻一触便令我感到天翻地覆，彰显了我长久以来过着极其不正常的生活。而现在好多了，我能告诉你好在哪里吗？我刚刚说的其实只是开场白。”

“告诉我吧。”

“我希望我们正躺在黑漆漆的床上，那样我更容易开口。”

“可惜现在灯火通明，你我又正襟危坐，不过嘉蒂雅，我正洗耳恭听呢。”

“好吧——在索拉利，以利亚，根本没有性爱可言，这你是知道的。”

“对，我知道。”

“就真正的性爱而言，我从未有过任何体验。偶尔——只是偶尔——我的丈夫会来找我尽义务。我实在不想作进一步的描述，但如果我告诉你，事后回顾，那种性经验还不如没有的好，请务必相信我。”

“我相信你。”

“但我知道性爱是什么。我在书上读到过，有时也会和其他女性讨论，而她们通通装模作样地说，那是索拉利人必须承担的苦差事。而凡是子女数已经达到定额的妇女，一律高兴地表示再也不必做那档事了。”

“你相信她们的说法吗？”

“我当然相信。我从未听过别的说法，虽然我读过几本其他世界的书籍，但据说内容都是扭曲和虚构的。这点我也相信。后来，我的丈夫发现了那些书，斥之为色情读物，立刻把它们销毁了。你知道吗，一个人可以被训练得相信任何事情。我想索拉利妇女的确相信自己说的每一句话，而且真的鄙视性爱。她们当然都说得言词恳切，令我觉得自己问题极其严重，因为我对性爱有着某种好奇——还有着无法理解的奇怪感觉。”

“当时，你并没有用机器人来解决问题吧？”

“没有，我根本没想到，我也没有用其他替代品。关于那些东西，人们多少会口耳相传，但是都说得很可怕——或许是故意的——所以我做梦也没想过要用那种东西。当然，我常常做梦，有些时候会从梦中惊醒，如今回顾，那一定就是所谓的梦中高潮。当然，那时我完全不懂，也不敢跟别人讨论。事实上，我感到羞耻极了。更糟的是，那种经验所带来的快感令我心生恐惧。然后，你也知道，我就来到了奥罗拉。”

“你告诉过我，奥罗拉式的性爱无法满足你。”

“对，我还因而相信，索拉利人的说法毕竟是对的。真实的性爱和我的梦境完全不同。直到遇到了詹德，我才恍然大悟，奥罗拉人的性爱根本不算性爱，而是，而是——一种舞蹈。每个步骤皆有固定模式，从开始到结束毫无例外。其中没有任何意外的惊喜，没有任何即兴的动作。在索拉利，由于罕有性爱活动，根本谈不上什么付出或接受；而在奥罗拉，性爱过于仪式化，到头来同样没有付出和接受，你了解吗？”

“我不确定，嘉蒂雅，我从未和奥罗拉女性有过性关系，或者说，我从来也不是奥罗拉男性。但你不必再解释了，我对你的说法已有一点概念。”

“你难为情极了，对不对？”

“还没到听不下去的程度。”

“然后我有了詹德，学会了怎么用他。他并非奥罗拉男性，他唯一的心愿——唯一可能拥有的心愿——就是要取悦我。他付出，我接受，于是有生以来第一次，我体验到了真正的性爱。这你能了解吗？突然间，我明白自己并没有发疯，并不是变态，心理并未扭曲，甚至没有任何不对，我只是个正常的女人，拥有一个满意的性伴侣——你能想象那种情形吗？”

“我应该可以想象。”

“然而，不久之后，得来不易的幸福就被夺走了。我想——我想——这就是我的下场，我命中注定如此。在今后几个世纪的岁月中，我再也不会，再也找不到另一段美好的性关系了。自始至终未曾拥有固然很可怜，可是曾经意外获得，却又突然失去，回到了一无所有，那简直令人难以承受——因此你该了解，昨晚为何对我那么重要吧。”

“但为何是我呢，嘉蒂雅？为什么不能是别人？”

“不，以利亚，一定非你不可。昨天我们，我和吉斯卡，终于找到你的时候，你是那么无助，真正的无助。你并非不省人事，但你的身体不听使唤。我们必须抬你起来，把你抱到车子里。后来，你任由机器人摆布，接受他们的治疗，让他们替你洗澡和烘干，那时我也全程在场。机器人以非凡的效率完成这一切，他们一心一意照顾你，避免你受到伤害，可是他们毫无真正的感觉。而旁观的我，感觉却十分强烈。”

贝莱低下头，想到自己那种无助的模样，不禁咬牙切齿。当时他曾觉得那是至高无上的享受，现在获悉有人全程旁观，唯一的感觉就是太丢脸了。

她继续说道：“我很想亲手为你做那些事。我不禁怨恨起那些机器人，他们竟然霸占了对你好，以及为你付出的权利。当我想象自己在服侍你的时候，感到一股越来越强的性冲动，那是自从詹德死后，我就再也没有过的感觉——于是我终于想通了，在我仅有的成功性经验中，我所做的只有接受而已。我想要的詹德都会给我，但他从来不求回报。他没有那个能力，因为他唯一的快乐来自于取悦我。而我也从未想到付出，因为我是由机器人带大的，知道他们不求回报。

“直到昨天晚上，我才明白自己对性爱顶多只懂一半，而我多么渴望能体会另外那一半。后来，你坐在餐桌旁喝鸡汤的时候，看起来已经恢复了，你似乎又强壮如昔，强壮到了足以安慰我的程度。由于在此之前，我已经对你生出那种感觉，我不再害怕你是地球人，我乐意投入你的怀抱。我很想那么做。可是，虽然让你抱着我了，我还是有失落感，因为我并未付出，我不知不觉又接受了。

“然后你对我说，‘嘉蒂雅，拜托，我得坐下了。’喔，以利亚，那是你对我说的最甜蜜的一句话。”

贝莱觉得脸红了。“当时我觉得羞愧极了，我竟然承认自己是弱者。”

“那正是我想要的，那句话挑起了我的情欲。我催你赶紧上床，随后又去找你，于是生平第一次，我付出了，而且未求任何回报。这么一来，詹德的魔咒便解除了，因为我了解到他还不够完美。一定要既能付出又能接受，缺一不可——以利亚，留下来吧。”

贝莱摇了摇头。“嘉蒂雅，即使我把心撕成两半，也无法改变这个事实。我不能留在奥罗拉，我一定要回地球去，而你却不能去地球。”

“以利亚，若是我能去呢？”

“你为什么要说这种蠢话？即使你能在地球定居，我也很快会变老，很快会配不上你。再过二十年，顶多三十年，我就会是个老头，也或许根本不在人世了，而你则会维持这个样子，长达好几个世纪。”

“但这正是我的意思，以利亚。我到了地球之后，就会染上你们的传染病，就会和你们一样很快变老。”

“你这话太天真了。更何况，老化并不是传染病。一旦到了地球，你只会很快病倒，然后死去。嘉蒂雅，你可以找到别的男人。”

“奥罗拉男人？”她以轻蔑的口吻说。

“你可以教他们。既然你已经知道如何付出和接受，教教他们吧。”

“就算我愿意教，他们会愿意学吗？”

“有些人会，这种人一定有的。你的时间很多，可以慢慢寻找这样的人。比方说——”（不，他想，现在提格里迈尼斯并非明智之举，但或许，今后他来找她的时候——少一点礼数，多一点决心……）

她似乎若有所思。“有这个可能吗？”然后，她望着贝莱，灰蓝色的眼睛噙着泪水。“喔，以利亚，昨夜发生的事，你还多少记得些吗？”

“我必须承认，”贝莱有点伤感地说，“很遗憾，某些部分相当模糊。”

“如果你通通记得，就不会想离开我了。”

“我现在同样不想离开你，嘉蒂雅，只不过我身不由己。”

“激情过后，”她说，“你似乎很高兴，很放松。我依偎在你的肩头，感觉得到你的心跳起初很快，然后越来越慢，越来越慢，直到你突然坐起来，心跳又猛然加快。你记得这回事吗？”

贝莱吃了一惊，上身微向后仰，惶急地凝视着她的眼睛。“不，我不记得。你这话是什么意思？我做了些什么？”

“就像我说的，你突然坐了起来。”

“对，可是还有什么吗？”他的心跳开始加速，想必已经和昨夜做爱之后跳得一样快了。那个似乎就是“真相”的灵感，曾经三度在他心头浮现，但前两次他完全是孤单一人。然而第三次，也就是昨夜，他身边还有嘉蒂雅，他有了一个目击证人。

嘉蒂雅说：“真的没什么了。我说，‘怎么回事，以利亚？’但你没理会我，自顾自说，‘我懂了，我懂了。’你说得含糊不清，而且你目光涣散，看起来有点吓人。”

“我就说了那几个字吗？耶和华啊，嘉蒂雅！我还有没有说些什么？”

嘉蒂雅皱起眉头。“我不记得了。然后你又躺了下来，我就说，‘别怕，以利亚，别怕，你现在安全了。’我轻轻抚摸你，你逐渐平静下来，最后总算睡着了——而且还发出鼾声。我从来没听过别人打鼾，可是根据书中的描述，那一定是鼾声没错。”她显然越想越觉得有趣。

贝莱说：“听着，嘉蒂雅，我到底说了些什么？‘我懂了，我懂了。’我有没有说懂了什么？”

她又皱起了眉头。“不，我不记得了——等等，你的确小声说了一句话，你说，‘他首先赶到’。”

“‘他首先赶到’，我是这么说的吗？”

“对，我自然想到你是指吉斯卡比其他机器人先找到你，你是想克服可能被抓走的恐惧感，因为你的思绪又回到了暴风雨当时的情境。对！所以我才轻抚着你，不断对你说，‘别怕，以利亚，你现在安全了。’直到你放松为止。”

“‘他首先赶到’‘他首先赶到’，现在我不会忘记了。嘉蒂雅，谢谢你昨夜陪着我，更谢谢你现在告诉我。”

嘉蒂雅问：“你说吉斯卡先找到你，有什么特殊含意吗？事实的确如此，你是知道的。”

“我不会是指那件事，嘉蒂雅。那一定是我不知道的某种想法，只有在心思完全放松的情况下，我才能勉强捕捉到它。”

“那么，这句话到底是什么意思呢？”

“我不确定，但如果我真那么说，它就一定有意义。我有一小时左右的时间，可以设法弄明白。”他站了起来，“现在我得走了。”

他朝门口走了几步之后，嘉蒂雅飞奔过去，双手环抱住他。“等等，以利亚。”

贝莱迟疑了一下，便低下头来亲吻她，两人紧紧拥抱了好久。

“我还能再见到你吗，以利亚？”

贝莱悲伤地说：“我说不准，但我衷心希望。”

然后他就前去找丹尼尔和吉斯卡，以便在那场论战开始之前，先作一些必要的准备。

73

直到走过大草坪，前往法斯陀夫的宅邸之际，贝莱仍旧未能挥去心头的悲伤。

两个机器人走在他两旁，丹尼尔似乎很从容，但吉斯卡由于程序使然，显然无法轻松以对，仍对周遭的环境保持着高度警戒。

贝莱问：“这位立法局的主席叫什么名字，丹尼尔？”

“我答不出来，以利亚伙伴。每次我听到有人提起他，一律管他叫‘主席’。而当着他的面，则称呼他‘主席先生’。”

吉斯卡说：“他名叫鲁提兰·侯德，先生，但这个名字在正式场合绝不会出现，唯一会被用到的就只有他的头衔。这能让人感受到政府的持续性。担任主席一职的个人虽然有固定任期，但是‘主席’永远存在。”

“而目前这位主席——他多大年纪？”

“年纪相当大，先生，三百三十一岁了。”吉斯卡答道，他随时能够提供这类数据。

“身体健康吗？”

“从未听说他健康不佳，先生。”

“他可有什么人格特质是我得先做好心理准备的？”

吉斯卡似乎给难倒了，他顿了顿才说：“我难以回答这个问题，先生。他被视为很称职的主席，工作努力，成果丰硕。目前他在第二任上。”

“他暴躁吗？有耐心吗？行事霸道吗？善体人意吗？”

吉斯卡说：“这些必须由你自己判断，先生。”

丹尼尔说：“以利亚伙伴，主席的地位超越任何党派。根据定义，他代表着公平和正义。”

“这点我肯定，”贝莱喃喃道，“不过定义是抽象的，正如‘主席’这个头衔一样，然而个别的主席——有名有姓的个人——则是具体的，各有各的脑袋，各有各的想法。”

他摇了摇头。他可以发誓，自己的脑袋含有很具体的糨糊成分。他曾三度想到一件事，又三度将它遗忘，虽然现在终于知道自己当时对这个想法下过注脚，怎奈仍旧毫无帮助。

“他首先赶到。”

“谁首先赶到？赶到何时何地？”

贝莱心中没有答案。

74

贝莱看到法斯陀夫站在宅邸门口迎接自己，身后还站着一个机器人。那机器人似乎极为反常，一副惴惴不安的模样，仿佛由于无法执行迎接访客的功能，因而感到心烦意乱。

（话说回来，人们总是喜欢从机器人身上找寻人类的动机和反应。更接近真实的情况，应该是机器人并没有任何感觉，更不会心烦意乱——只因为他的使命是迎接并检查每一位访客，可是现在除非推开法斯陀夫，否则无法执行任务，偏偏他又找不到充分理由这么做，这才导致他的正子电位产生轻微的震荡。因此，他的行为一次又一次遭到纠正，令他显得好像惴惴不安。）

贝莱不知不觉望着那个机器人出神，最后必须强迫自己把视线拉回法斯陀夫身上。（他一心一意在想机器人，自己也不知道为什么。）

“很高兴再见到你，法斯陀夫博士。”他一面说，一面伸出手来。和嘉蒂雅有过那么一段之后，他很难再记得太空族不愿碰触地球人这回事。

法斯陀夫犹豫了片刻，然后，显然是礼貌战胜了谨慎，他握住对方的手，不过轻轻握一下便很快放开。他说：“其实我比你更高兴，贝莱先生，你昨晚的遭遇令我提心吊胆。那场暴风雨并不算特别强，但对地球人而言，一定像是排山倒海。”

“所以说，你知道事情的经过了？”

“这件事，丹尼尔和吉斯卡对我作了完整的报告。昨晚如果他们直接来我这儿，最后把你也带过来，我会感到更放心。可是由于气翼车的出事地点比较接近嘉蒂雅的宅邸，而你的命令又十万火急，并将丹尼尔的安全置于你自己之上，他们才会根据这些因素，作出那样的决定。他们没有误解你的意思吧？”

“没有，是我强迫他们离开的。”

“那样做是明智之举吗？”法斯陀夫把他请进屋内，朝一张椅子指了指。

贝莱坐了下来。“那应该是正确的做法，当时我们正遭到追捕。”

“吉斯卡向我报告过，他还报告说……”

贝莱插嘴道：“法斯陀夫博士，拜托，时间所剩无几，而我有好些问题需要问你。”

“请尽量问吧。”法斯陀夫立刻回应，而且一如往常地彬彬有礼。

“有人告诉我，你把大脑功能的研究工作看得比什么都重要，而且你——”

“让我接下去吧，贝莱先生。而且我打着科学研究的旗帜，不允许任何阻挠，无视于道不道德，不在乎邪不邪恶，我毫无人性，绝不会手软，也绝不会罢手。”

“没错。”

“是谁告诉你的，贝莱先生？”法斯陀夫问。

“有什么关系吗？”

“或许没有，何况并不难猜。一定是我的女儿瓦西莉娅，我相当确定。”

贝莱说："或许吧。我想要知道的是，她对你的人格评价是否正确。"

法斯陀夫挤出一抹苦笑。"我自己的人格，你指望我给你一个中肯的答案？就某些方面而言，针对我的这些指控都不假。我的确把自己的研究看得重要无比，我也的确有不惜牺牲一切的冲动。如果世俗的善恶道德观挡了我的路，我的确很想视而不见——然而，问题是我并未那样做，我做不了那种事。尤其是，如果有人指控詹德是我杀的，目的是为了增进我自己对人类大脑的了解，那我更要否认到底。事实并非如此，我并没有杀害詹德。"

贝莱说："你曾经建议我接受心灵探测，以便从我的大脑中挖出连我自己都无法接触的讯息。你有没有想过，如果你愿意接受心灵探测，就能证明你的清白了？"

法斯陀夫若有所思地点了点头。"我想瓦西莉娅曾对你说，我拒绝接受心灵探测正是我有罪的明证。事实并不然，心灵探测是很危险的一件事，我和你一样不敢轻易尝试。话说回来，若非我的对手万分希望我能同意，那么虽然害怕，我还是愿意勉强一试。心灵探测器还不算是多么敏锐的仪器，并不足以扎扎实实地证明我的清白，因此任何对我有利的结果都会遭到他们驳斥。他们诉诸心灵探测器，是想借此获得人形机器人的理论架构和设计蓝图。那才是他们真正想要的，也正是我绝不会给他们的。"

贝莱说："答得很好，谢谢你，法斯陀夫博士。"

法斯陀夫说："别客气。好，请容我回到刚才的话题，根据吉斯卡的报告，他们把你单独留在车内之后，曾有些陌生的机器人来找过你。至少，后来他们在风雨中，找到昏迷不醒的你，你含含混混地提到了那些机器人。"

"的确有些陌生的机器人向我盘问，法斯陀夫博士，但我设法误导他们，把他们支开了。不过我随即想到，最好赶紧离开气翼车，别等着他们再回来找我。在作这个决定的时候，我也许并没有想得很清楚，后来吉斯卡就是这么说的。”

法斯陀夫微微一笑。“吉斯卡的世界观太单纯了。你认为他们是谁的机器人？”

贝莱在椅子里动来动去，似乎怎么也找不到一个舒服的姿势。“主席来了吗？”他问。

“还没有，但他随时可能抵达。此外还有阿玛狄洛，就是机器人学研究院的院长，据说你昨天也和他见过面。我不确定那是不是明智之举，你激怒了他。”

“昨天我非见他不可，法斯陀夫博士，但他似乎并未被我激怒。”

“阿玛狄洛这个人高深莫测。借着指控你诽谤他，以及玷污了他不容侵犯的学术声誉，他已迫使主席介入此事。”

“此话怎讲？”

“主席的职责就是在出现争议之际鼓励双方坐下来谈，设法找出和解之道。如果阿玛狄洛希望和我开会，那么根据定义，主席不能劝他打消念头，更不能加以阻止，他必须主持这场会议。而阿玛狄洛若能找到对你不利的足够证据——既然你是地球人，此事简单得很——调查工作就要结束了。”

“既然地球人那么脆弱，法斯陀夫博士，当初你或许就不该向我求助。”

“或许吧，贝莱先生，但我实在想不到别的办法了。现在依然如此，所以必须请你自己说服主席接受你的观点——希望你做得到。”

“责任在我身上了？”贝莱没好气地说。

“全在你身上了。”法斯陀夫毫不犹豫地答道。

贝莱问：“就只有我们四个人开会吗？”

法斯陀夫说：“实际上，只有我们三人——主席、阿玛狄洛，以及我自己。也就是说，两个当事人，加上一个和事佬。而你这个外人，贝莱先生，是勉强获准出席的。主席随时可以命你退席，所以我希望你别惹他不高兴。”

“我会小心的，法斯陀夫博士。”

“比方说，贝莱先生，千万别跟他握手——请原谅我有话直说。”

贝莱想到自己刚才的鲁莽举动，不禁羞得两颊发烫。“我不会的。”

“而且一定要客客气气，可别义愤填膺地提出指控，也别坚持那些没有佐证的言论……”

“你的意思是，别用激将法试图从任何人嘴里套出实情，比如说阿玛狄洛。”

“是的，别那样做。否则你就是犯了诽谤罪，反而弄巧成拙，招致不良的后果。因此，一定要客气！但如果你笑里藏刀，倒是不会有人抗议的。还有，除非有人跟你说话，别主动开口。”

贝莱说：“这是怎么回事，法斯陀夫博士，现在你不遗余力地对我提出忠告，可是在此之前，你从未警告我诽谤罪的严重性。”

“这的确是我的错。”法斯陀夫博士说，“对我而言，这只是基本常识，所以我从未想到需要对你解释一番。”

贝莱哼了一声。“是啊，我也这么想。”

法斯陀夫突然抬起头来。“我听见外面有气翼车的声音，不只如此，我还听见我家的一个机器人正朝门口走去。我想，主席和阿玛狄洛已经到了。”

“一起来的？”贝莱问。

“毫无疑问。你懂了吧，阿玛狄洛提议在我的宅邸举行会议，看起来好像是给了我地利之便。但他也因此有机会向主席提出——名义上当然是出于礼貌——由他负责把主席接来这里。毕竟，他们两人都必须到这儿来开会。这样，他就能争取到和主席独处几分钟，以便推销他自己的观点。”

“这太不公平了。”贝莱说，“你就不能制止吗？”

“我不想那么做。阿玛狄洛是在冒险，他虽然精于计算，仍有可能在言语间激怒主席。”

“这位主席特别容易被激怒吗？”

“不能这么说，任何主席在这个职位上超过四十年，都会和他差不多。话说回来，由于主席必须严格遵守规范，更要绝对不偏不倚，而且实际上掌握着独断的大权，这些因素加在一起，免不了让每位主席或多或少都易怒。而阿玛狄洛并非真的那么有智慧，他那副开朗的笑容，那口洁白的牙齿，那种过分和蔼可亲的态度，万一碰到心情不好的人，他居然还使出浑身解数，对方就有可能大起反感——但我必须去迎接他们了，贝莱先生，而且要尽可能展现我的个人魅力。请你待在这里，别离开这张椅子。”

现在贝莱除了等待，什么也不能做。他突然毫无来由地想到，自己来到奥罗拉，还几乎不满五十个标准小时。

第十八章
主席之二

75

主席非常矮，矮到令人惊讶的程度。相较之下，阿玛狄洛比他高了将近三十公分。

然而，他之所以那么矮，主要是因为两腿太短，因此当大家就座之后，主席在身高上的缺陷就不那么明显了。事实上他相当粗壮，有着结实的胸膛和肩膀，这使得他几乎显得盛气凌人。

他的头也很大，脸上布满岁月的痕迹。感觉上，那些皱纹绝非笑容所累积的，而是由于长期行使权力，在脸颊和额头所留下的记录。他的头发花白稀疏，发漩附近则是一片光秃。

他的声音低沉而果决，十分适合他的身份。或许由于年事已高，音色难免沙哑，听起来有些严厉，但是这点（贝莱想到）对一位主席而言只有加分作用。

法斯陀夫将欢迎仪式做到十足，当然少不了言不及义地寒暄几句，并且奉上点心和饮料。从头到尾，谁也没有提到贝莱这个外人，甚至谁也没有注意到他。

直到完成所有的准备工作，而且人人皆就座之后，贝莱（他比其他三人坐得远些）才有了被介绍出场的机会。

他并未伸出手来，只是叫了一声："主席先生。"然后，他随便点了点头，又说："当然，我曾见过阿玛狄洛博士。"

虽然贝莱态度不佳，阿玛狄洛的笑容却没有丝毫改变。

主席并未对贝莱作出任何回应，他将双手放在膝盖上，十指张开，开口道："我们开始吧，看看能否用最短的时间获得最大的成果。

"首先我想强调，有关这个地球人行为不当——或说有此可能——这个议题我希望能略去不谈，直接跳到核心议题。而在讨论核心议题的过程中，谁也不要提到另外那个小题大作的机器人议题。中断机器人的运作属于民法的范畴，民事法庭可能会判被告侵害财产权，然后处以罚款，顶多如此而已。更何况，即使真能证明是法斯陀夫博士令詹德·潘尼尔终止运作，那个机器人毕竟是他参与设计并监督制造的，而且事发当时，其所有权仍属于他。既然一个人可以任意处置自己的财产，法斯陀夫博士是不会受罚的。

"该如何探索和开拓银河，才是今天真正需要讨论的问题。究竟是要由奥罗拉单独进行，还是让我们和其他太空族世界携手合作，或是把这件任务留给地球？阿玛狄洛博士和母星党主张由奥罗拉一肩扛起这个重责大任，法斯陀夫博士则希望把机会留给地球。

"如果我们能解决这个歧见，机器人那件案子可以留给民事法庭，至于这个地球人是否行为失当，或许根本不必有结论，直接打发他走就行了。

"因此首先我要请问，阿玛狄洛博士是否准备接受法斯陀夫博士的立场，以便达成一致的决议，或是法斯陀夫博士基于同样理由，准备接受阿玛狄洛博士的立场。”

他暂停发言，开始等待。

阿玛狄洛说：“很抱歉，主席先生，我必须坚持把地球人留置在地球上，由奥罗拉人单独开拓银河。然而，若能避免我们之间不必要的纷争，我愿意作出妥协，允许其他太空族世界加入我们的行列。”

“我懂了。”主席说，“而你，法斯陀夫博士，听了这番陈述之后，是否愿意放弃你原本的立场？”

法斯陀夫说：“阿玛狄洛博士的妥协几乎没有实质意义，主席先生，我愿意提出一个更有意义的妥协方案。何不将银河同时开放给太空族和地球人？银河大得很，不愁容不下双方的人马。这样的安排，我会愿意接受。”

“毫无疑问，”阿玛狄洛立刻回应，“这根本不算什么妥协。地球有八十多亿的人口，比太空族世界人口总数的一倍半还要多。地球人寿命很短，全靠快速生育来递补。我们对于个体生命的尊重，在他们那个世界上付之阙如。他们会不惜任何代价，蜂拥至每一个新世界，然后像昆虫般开始繁殖，当我们还在进行准备工作之际，他们已经霸占了整个银河。提供所谓的平等机会给地球人，无异于把银河拱手让给他们——那绝非什么平等。地球人必须留置在地球上。”

“针对这点，你有什么回应呢，法斯陀夫博士？”主席问。

法斯陀夫叹了一口气。“我的观点早已记录在案，我确信不需要再重复了。阿玛狄洛博士打算利用人形机器人来建设新世界，等到完工后，再由奥罗拉同胞进驻，可是目前他连一个人形机器人也没有。他根本造不出人形机器人，但就算他在这方面有所突破，这个计划还是行不通。除非阿玛狄洛博士同意，至少让地球人能够参与开拓新世界的工作，否则不可能有妥协的余地。”

“那就不可能有任何妥协了。”阿玛狄洛说。

主席显得不太高兴。“恐怕你们其中一人必须让步。我可不想在这么重大的问题上引发意气之争，让奥罗拉分裂成两个阵营。”

他淡然地望着阿玛狄洛，刻意避免流露出支持或反对的神情。“你打算利用那个机器人詹德的停摆，当作反对法斯陀夫观点的论证，对不对？”

“是的。”阿玛狄洛说。

“那是诉诸情感的论证。你打算声称，法斯陀夫为了颠覆你的观点而故意造假，让人形机器人显得并非那么有用。”

“那正是他想要做的……”

“诽谤！”法斯陀夫低声抗议。

“只要我能证明，就不算诽谤。”阿玛狄洛说，“我的论证或许诉诸情感，可是它站得住脚，主席先生，您也看出来了吧？我的观点一定能胜出，但如果我孤军奋战，难免会拖泥带水。我建议由您来说服法斯陀夫博士，请他坦然接受失败，否则奥罗拉人所面对的巨大困境，将削弱我们在太空族世界的地位，进而动摇我们对自己的信心。”

“你如何证明是法斯陀夫博士令那个机器人停摆的？”

“他自己也承认，他是唯一做得到这件事的人。这点您也知道。”

“我是知道，”主席说，“但我想听你亲口说出来——并非对你的支持者，也并非对媒体，而是私下对我说。你刚才已经这么做了。”

他转向法斯陀夫。“你又怎么说呢，法斯陀夫博士？只有你才能毁掉那个机器人吗？”

“在不着痕迹的前提下？据我所知，的确如此。我不信阿玛狄洛博士在机器人学上有那么高的造诣，而且我常感到讶异，在他创立了机器人学研究院之后，有那么多的同仁作为后盾，他还是不遗余力地声称自己无能为力——而且是公开宣示。”他对阿玛狄洛挤出一个并非没有恶意的笑容。

主席叹了一口气。“别这样，法斯陀夫博士。别玩弄修辞伎俩，今天我们要把冷嘲和热讽都放在一边。你要如何为自己辩护？”

“很简单，就是我从未伤害詹德。我并没有影射任何人，此事纯属偶然——是测不准原理作用在正子径路上的结果，这种事经常可能发生。请让阿玛狄洛博士承认它是偶发事件，在没有证据的情况下不该指控任何人，然后，我们就可以针对两个殖民方案的优劣，展开一场理性的辩论。”

“不，”阿玛狄洛说，“意外故障的几率实在太小了，相较之下，法斯陀夫博士是元凶的机会大得多——如果我们因此轻忽法斯陀夫博士的刑责，那就太不负责任了。我不会放弃立场，而且我一定会赢。主席先生，您也知道我一定会赢，而在我看来，目前唯一合理的做法，就是强迫法斯陀夫博士承认失败，以免造成奥罗拉的分裂。”

法斯陀夫迅速回应：“讲到这里，就要谈谈我请地球人贝莱先生所进行的调查了。”

阿玛狄洛同样迅速回应：“打从一开始，我就反对这样做。那个地球人或许是高明的侦探，但他对奥罗拉一无所知，根本查不出什么来。除了四处造谣中伤，令奥罗拉在太空族世界丢人现眼，他一事无成。如今在五六个太空族世界上，至少有六七个重要的超波新闻节目把这件事当成闹剧来报道。相关影音记录已经送到您的办公室了。”

“我已经注意到了。”主席说。

“而在奥罗拉，也已经有人在私下抱怨。”阿玛狄洛继续说，“我其实是基于私心，才让调查工作持续下去。那会折损法斯陀夫在民间的支持度，以及他在立法局中的得票数。调查进行得越久，我就越有胜算。可是另一方面，它对奥罗拉会造成伤害，而我绝不希望为了增加胜算，拿我自己的世界当作代价。我建议——诚心诚意建议您——主席先生，下令终止这项调查，并劝法斯陀夫博士趁早优雅地接受这个必然的结果，否则拖得越久，他要付出的代价就越大。”

主席说：“我同意，当初我允许法斯陀夫博士安排这项调查，或许并非明智之举，但我只是说‘或许’。我也承认，现在我很想下令结束调查。不过这个地球人——”他的言谈举止仿佛他并不知道贝莱也在场，“已经来了好一阵子了——”

他顿了顿，似乎是要给法斯陀夫一个附和的机会，法斯陀夫当然不放过，赶紧说：“他的调查工作已经进入第三天，主席先生。”

“既然如此，”主席说，“在我下令终止调查之前，应该先问问目前可有任何重大发现，我想这样才公平。”

他又顿了顿，法斯陀夫迅速瞄了贝莱一眼，并微微点了点头。

贝莱低声道：“主席先生，我不希望在没人问我的情况下，擅自发表任何意见。您是否问了我一个问题？”

主席皱起眉头，并未望向贝莱便直接说：“我请来自地球的贝莱先生告诉我们，他是否有任何重大发现。”

贝莱深深吸了一口气，时候到了。

76

“主席先生，”他开始发言，“昨天下午，我曾经侦讯过阿玛狄洛博士，他非常合作，主动提供许多资料。当我们离开的时候……”

“你们？”主席追问。

“我在进行调查之际，有两个机器人全程陪伴，主席先生。”贝莱答道。

“是法斯陀夫博士的机器人吗？”阿玛狄洛问道，“我这么问，是希望留下记录。”

“请列入记录，答案是肯定的。”贝莱说，“其中一位是人形机器人丹尼尔·奥利瓦，另外一位名叫吉斯卡·瑞文特洛夫，他是比较旧型的非人形机器人。”

“谢谢你，”主席说，“请继续。”

“等到我们离开研究院之后，发现我们的气翼车被动了手脚。”

“动手脚？”主席惊讶地问道，“被谁动手脚？”

“我们不晓得，但这是在研究院里面发生的事。我们是受邀前往的，因此研究院中有不少人知道我们在那里。更重要的是，当时不太可能有其他的不速之客。想要为这件事找个合理的解释，就必须认定是研究院成员动的手脚，然而这是无论如何不可能的——除非是阿玛狄洛博士亲自下令，但这点同样不可思议。”

阿玛狄洛说：“你似乎对不可思议的事作了很多设想。有没有找过合格的技师来检查那辆气翼车，确认它真被动了手脚？会不会只是普通的故障呢？”

“回院长，并没有，”贝莱说，“不过吉斯卡坚称它被动了手脚——他不但是合格的气翼车司机，而且经常驾驶那辆气翼车。”

“此外他还是法斯陀夫博士的手下——他的程序是他设定的，日常命令也是他下达的。”阿玛狄洛说。

“你是在暗示……”法斯陀夫只说了几个字。

“我并未暗示什么。”阿玛狄洛举起手来，做了一个表示友善的手势，“我只是作个陈述——以便留下记录。”

主席有点烦躁了。“请来自地球的贝莱先生继续好吗？”

贝莱说：“当气翼车抛锚时，我们正遭到追捕。”

“遭谁追捕？”主席问。

“其他的机器人。他们不久就来了，但那时我的机器人已经走了。”

“等一等。”阿玛狄洛说，“当时你情况如何，贝莱先生？”

“不能算很好。”

“不能算很好？你是个地球人，只能适应你们那些大城里的人工环境，到了户外你就会浑身不自在。是不是这样，贝莱先生？”阿玛狄洛问道。

“是的，院长。”

“而且昨晚狂风暴雨、雷电交加，我相信主席一定也记得。所以更正确的说法，应该是你很不舒服，对不对？至少处于半昏迷状态？”

“好吧，我很不舒服。”贝莱勉强承认。

“那么你的机器人怎么会走开呢？”主席厉声问道，“既然你身体不适，他们不该留在你身边吗？”

“是我命令他们离开的，主席先生。”

“为什么？”

“我认为那是最好的办法。”贝莱说，“如果允许我说下去，我会详加解释。”

“说下去。”

“我们的确遭到了追捕，因为我的机器人刚刚走开，追捕我们的那批机器人就到了，他们劈头便问我的机器人在哪里，我则回答我已命令他们离去。直到这个时候，他们才问我是否身体不舒服。我说我没事，他们就不管我了，因为他们要继续搜寻我的机器人。”

“搜寻丹尼尔和吉斯卡？”主席问。

“是的，主席先生。我十分肯定，有很强的命令在驱使他们这么做。”

“你为何如此肯定？”

“当时，虽然我的身体明显有问题，他们却先问我的机器人在哪里，然后才问及我的健康状况。不久之后，他们就丢下病恹恹的我，继续去搜寻我的机器人。他们一定背负着极其强烈的命令，否则面对一个健康状况显然不佳的人类，他们不可能置之不理。事实上，我早已料到我的机器人会遭到搜捕，所以才及时把他俩支开。我觉得万万不能让他俩落到外人手中。”

阿玛狄洛说：“主席先生，能否让我针对这点，继续询问贝莱先生，以便证明这个陈述毫无价值？”

“可以。”

阿玛狄洛说：“贝莱先生，你的机器人离去后，就只剩下你一个人了，对不对？”

“是的，院长。”

“因此后来这些事，你并未保有任何记录？你身上并未安装记录装置？也没有随身携带这类装置吧？”

“院长，这三个问题，答案都是否定的。”

“而且当时你很不舒服。”

“是的，院长。”

“精神涣散吗？或许记忆也有些模糊？”

“没有，院长，我记得相当清楚。”

“我想，你大可这么讲，但你当时也很可能已经精神错乱，产生了幻觉。在那种情况下，那些机器人说了些什么，甚至到底有没有那些机器人，似乎都得打上大大的问号。”

主席若有所悟地说：“我同意。来自地球的贝莱先生，假设你的记忆——或说你所声称的记忆——都是正确的，对于你所叙述的事情，你要如何诠释呢？”

“我有点犹豫要不要把自己的想法告诉你，主席先生，”贝莱说，“因为我担心会诽谤了尊贵的阿玛狄洛博士。”

“既然你是在我要求之下讲的，而且你说的话出不了这个房间——”主席环顾四周，没有任何壁凹里站着机器人，“也就不存在诽谤的问题，除非我觉得你在作恶意攻击。”

“既然这样，主席先生，我的设想如下，”贝莱说，“阿玛狄洛博士故意和我讨论了很多无关紧要的问题，好让我在他的办公室待得够久，给他足够的时间破坏我的车辆。然后他又设法让我再多留一阵子，以便我在雷雨交加时才动身离去，这就能确保我的身体会在半途出状况。他曾经研究过地球的社会，这点他跟我提过好几次，所以他知道雷雨会对我造成什么影响。我认为一切都在他的算计之中，他派机器人跟踪我们，等到我们的气翼车抛锚，他们便能把我们通通带回研究院，表面上是营救我，实际上则是这么一来，法斯陀夫博士的机器人便会落到他手中。”

阿玛狄洛轻轻笑了几声。“我有什么动机要做这些事。您瞧，主席先生，这只是一个接着一个的臆测，在奥罗拉任何法庭都会被判是诽谤。”

主席严肃地说：“对于这些假设，来自地球的贝莱先生可有任何佐证？”

“我有一连串环环相扣的推理，主席先生。”

主席站了起来，气势立刻打了折扣，因为他的高度几乎没有任何改变。“我要去走走，以便想想我刚刚听到的一切，很快就会回来。”他朝卫生间走去。

法斯陀夫倾身凑向贝莱，贝莱也赶紧向他凑过去。（阿玛狄洛则是一副满不在乎的表情，仿佛无论他们说什么都和他无关。）

法斯陀夫悄声道：“你有没有更具体的论述？”

贝莱说：“我想应该有，但需要适当的时机来借题发挥，可是主席似乎并不认同我。”

“的确如此。目前为止，你只是让事情变得更糟。如果他回来后，直接宣布休会，我也不会感到惊讶。”

贝莱摇了摇头，目光集中在自己的鞋子上。

77

等到主席回来的时候，贝莱仍旧盯着自己的鞋子。主席重新就座，随即对这位地球人投以严厉（而且相当不友善）的一瞥。

他说："来自地球的贝莱先生？"

"请说，主席先生。"

"我认为你是在浪费我的时间，但我可不想有人说我并未充分听取双方陈述，即便这似乎的确是在浪费时间。你指控阿玛狄洛博士做出这些疯狂行为，但他到底有什么动机，你能告诉我吗？"

"主席先生，"贝莱以近乎孤注一掷的声音说，"我的确找到了动机——一个非常好的动机。首先我要强调一件事实，如果阿玛狄洛博士和他的研究院无法制造人形机器人，他的银河殖民计划就会成为泡影。而目前为止，他并未造出任何人形机器人，也根本造不出来。您不妨问问他，是否愿意让立法局成立一个委员会，专门来调查他的研究院是否成功制造出或设计出了人形机器人。如果他愿意声称研究院目前正在生产人形机器人，或者只是刚完成设计——甚至只是掌握了理论基础——而他随时能对一个合格的委员会证明这件事，那么我会立刻住口，并承认我的调查工作一无所获。"说到这里，他屏住了气息。

主席望向阿玛狄洛，后者的笑容开始褪去。

阿玛狄洛说："我愿意承认，在可见的未来，我们还造不出人形机器人。”

“那么我就继续说下去。”贝莱恢复了呼吸，但听起来很像是猛喘一口气，“如果阿玛狄洛博士向法斯陀夫博士求教，当然有机会得到所需要的一切答案，只不过，虽然答案都在他脑子里，但在这件事情上，法斯陀夫博士是不会愿意合作的。”

“对，无论在任何前提下，”法斯陀夫咕哝道，“我都不会愿意。”

“可是，主席先生，”贝莱继续说，“有关设计和制造人形机器人的秘密，并非仅仅掌握在法斯陀夫博士一人手中。”

“是吗？”主席问，“还有谁知道呢？听到你这么讲，贝莱先生，法斯陀夫博士自己都显得很惊讶。”（这是他头一回没有冠上“来自地球的”五个字。）

“我的确很惊讶。”法斯陀夫说，“据我所知，绝对只有我一个人知道，我并不了解贝莱先生的意思。”

阿玛狄洛微微翘起嘴唇说：“我怀疑贝莱先生自己也不了解。”

贝莱觉得自己成了众矢之的。他轮流望向其他三人，感到谁也没有站在自己这边。

他开始解释：“难道不能说，任何一个人形机器人都知道这个秘密吗？或许并非在意识层面，也不能直接提供这方面的资料——可是这些资料当然在他们脑中，对不对？如果好好盘问一个人形机器人，我们就能根据他的答案和反应，窥探出他是如何设计和制造的。理论上，只要有足够的时间，以及足够精辟的问题，就能让一个人形机器人告诉你怎样设计另一个人形机器人——一言以蔽之，无论任何机器，只要我们有机会详加研究，都能破解它的秘密。”

法斯陀夫似乎吃了一惊。“我懂你的意思了，贝莱先生，你说得很对。我从没想到过这一点。”

“恕我直言，法斯陀夫博士，”贝莱说，“但我必须告诉你，你和其他奥罗拉人一样，怀有一种奇特的自傲心理。你是最顶尖的机器人学家，只有你会制造人形机器人——你太过陶醉于这个虚名，以致对明显的事实反倒视而不见。”

主席总算绽露笑容。“他把你一语道破了，法斯陀夫博士。我也曾经纳闷，你为何那么积极地主张只有你才知道如何毁掉詹德，虽说这会大大削弱你的政治实力。现在我明白了，你宁愿在政治上失势，也要保住独一无二的地位。”

法斯陀夫显得又气又恼。

阿玛狄洛则皱着眉头说：“这和我们正在讨论的问题有关吗？”

“的确有关。”贝莱的信心逐渐增强，“你不能直接向法斯陀夫博士逼问答案，更不能命令你的机器人伤害他，例如对他严刑逼供。而法斯陀夫博士身边永远有机器人当保镖，你也无法亲自出马发动攻击。然而，你却能设法孤立一个机器人，再让其他机器人将他带走，只要在场的人类病得不清，无法采取必要行动阻止即可。昨天下午所发生的一切，都是因为你想染指丹尼尔而临时策划的。当身在研究院的我坚持要见你，你就知道机会来了。后来，假使我没把两个机器人支开，假使我无法硬撑着装作若无其事，骗你的机器人朝反方向追去，你就已经抓到他了。而只要持之以恒地分析丹尼尔的行为和反应，你终究会破解人形机器人的秘密。”

阿玛狄洛说：“主席先生，我抗议。我从未听过这么恶毒的诽谤。他所说的这些，只是一个病人的胡思乱想罢了。我们不知道——或许永远不会知道——那辆气翼车是否真的遭到破坏；倘若真有其事，又是谁破坏的；此外，是否真有机器人在追气翼车，他们又是否真的和贝莱先生说过话。他只是把一个又一个的推论堆在一起，唯一的证人就是他自己，唯一的证词则充满疑点——别忘了，他当时吓得快疯了，而且很可能出现了幻觉。无论在任何法庭上，这些证词都会立刻遭到否定。”

“这里并不是法庭，阿玛狄洛博士。”主席说，“凡是和目前这个议题有关的事，我都有责任仔细聆听。”

“全然无关，主席先生，他只是在罗织罪名。”

“不过，这些话倒还兜得拢，我看不出贝莱先生有任何明显的逻辑矛盾。如果我们承认他所声称的经历都是事实，那么他的结论可谓合情合理。你要否认这一切吗，阿玛狄洛博士？包括破坏车辆、追捕对方，以及想将人形机器人据为己有？”

“当然！我否认到底！没一件是真的！”阿玛狄洛说——他已有好一阵子不曾展露笑容，“这地球人能够提出我们昨天对话的全程录音，而且毫无疑问，他会指出我为了延误他的行程，故意把话说得分外仔细，故意邀请他参观研究院，还故意留他共进晚餐——可是这一切，同样能解释为我尽心竭力地展现礼貌和待客之道。或许，我对地球人太过同情，以致表现得有点失常，但这没什么大不了的。我否认他的一切推论，而无论他再说什么，都无法推翻我的否认。我拥有极佳的声誉，绝非这个地球人声称我是奸诈小人，就会有人被他说服的。”

主席若有所思地搔搔下巴，然后说：“当然，我不会根据这个地球人目前所说的这些，就对你提出任何指控——贝莱先生，如果你要说的仅止于此，它只能算是耐人寻味，说服力却嫌不足。你还有更具实质内容的说词吗？我要警告你，如果没有的话，我在这件事情上就只能花这么多时间了。”

78

贝莱说："我最后还想提一件事，主席先生。您或许听说过一个人，名叫嘉蒂雅·德拉玛，或是索拉利的嘉蒂雅，她自己则只用嘉蒂雅这个名字。"

"我听说过她，贝莱先生。"主席的声音中透出些许不耐烦，"我看过那出超波剧，你和她在里面都有重要的戏份。"

"她和那个名叫詹德的机器人相处了好几个月。事实上，最后他成了她的丈夫。"

主席原本不以为然的目光瞬间转为怒目逼视。"她的什么？"

"她的丈夫，主席先生。"

法斯陀夫差点站了起来，他赶紧重新坐下，一脸惴惴不安的表情。

主席厉声道："这并不合法，而且还更糟，简直就是荒唐。机器人无法使她受孕，他们不可能有下一代。如果没作出生儿育女的承诺，就无法取得丈夫——或妻子——的法律地位。我想，即使是地球人，也该知道这一点。"

贝莱说："我的确了解，主席先生。而且我确定，嘉蒂雅自己同样了解。她口中的'丈夫'只有情感上的意义，和法律并无关系。她将詹德的地位视同丈夫那么重要，她在情感上将他当成了自己的丈夫。"

主席转向法斯陀夫。“这事你知道吗，法斯陀夫博士？他可是你的机器人。”

法斯陀夫显得很尴尬，答道：“我知道她喜欢他，也曾怀疑她拿他来解决性欲。然而，在贝莱先生告诉我之前，我并不知道这重近似儿戏的关系。”

贝莱说：“她是索拉利人，她对‘丈夫’的看法和奥罗拉人并不一样。”

“显然如此。”主席说。

“但她对大环境的现实还算清楚，因此懂得保守秘密，主席先生。借用法斯陀夫博士的说法，她并未将这重近似儿戏的关系告诉任何奥罗拉人。前天她一五一十对我说了，是想要我明白我所调查的案子对她而言多么重要。不过，她之所以提到‘丈夫’两字，主要还是由于我是地球人，能够以非奥罗拉的角度，了解这两个字对她的意义。”

“很好，”主席说，“冲着她是索拉利人，我勉强可以认同这一点。这就是你要补充的那件事吗？”

“是的，主席先生。”

“这样的话，它和今天的议题完全不相干，我们在审议时必须排除在外。”

“主席先生，有个问题我必须问一问。就一个问题，十几个字而已，主席，然后我就会结束发言。”这番话他说得尽可能认真严肃，因为成败就在此一举了。

主席犹豫了一下。“同意，最后一个问题。”

“谢谢，主席先生。”贝莱很想将问题一字字大喊出来，可是他忍住了。他甚至没有提高音量，也没有伸出手来指着对方。成败在此一举，这个问题代表了一切，但他牢记法斯陀夫刚才的警告，故意像是随口说出来："阿玛狄洛博士怎么知道詹德是嘉蒂雅的丈夫？"

"什么？"主席万分惊讶，扬起了那对雪白的浓眉，"是谁说他知道的？"

既然主席发问，贝莱就能继续说下去："问他吧，主席先生。"

与此同时，他朝阿玛狄洛的方向点了点头，而后者已经起身，以明显的惊恐目光瞪着贝莱。

79

"问他吧，主席先生，他似乎坐立不安。"贝莱再说了一遍，声音非常轻柔，以免将大家的注意力从阿玛狄洛身上引开。

主席问道："怎么样，阿玛狄洛博士？机器人竟然成了索拉利女子所谓的丈夫，此事你知道任何原委吗？"

阿玛狄洛结结巴巴说了两句，然后闭上嘴巴好一会儿，才又重新开口："主席先生，这个毫无来由的指控令我措手不及，我完全不知道这是怎么回事。"他的脸色已经由刚才的煞白转成了酱紫色。

"我可否解释一下，主席先生？一下子就好。"贝莱说。（他会被制止发言吗？）

"如果你有任何解释，"主席绷着脸说，"就赶紧提出来，我当然愿意听。"

"主席先生，"贝莱说，"昨天下午，我和阿玛狄洛博士有过一番对话。由于他打算一直把我留到风雨大作，所以故意把话说得分外啰唆，而且显然并未字斟句酌。在提到嘉蒂雅的时候，他随口提及那个机器人詹德是她的丈夫。我很好奇，他是怎么知道这件事的。”

“这是真的吗，阿玛狄洛博士？”主席问。

阿玛狄洛仍旧站着，一副犯人面对法官的模样。他答道：“不管是真是假，都和目前讨论的问题无关。”

“或许无关，”主席说，“可是你面对这个问题的反应令我很惊讶。我认为你和贝莱先生都了解其中的意义，而我则不然，因此我也想要了解一番。关于詹德和那个索拉利女子的不正常关系，你到底知道还是不知道？”

阿玛狄洛像是掐着脖子说：“我不可能知道啊。”

“这并不算回答。”主席说，“这是闪烁其辞。当我要求你对我交代一段记忆时，你却作出主观判断。关于詹德的那段陈述，你到底说过还是没说过？”

“在他回答之前，”贝莱觉得自己的立场越来越稳固，因为主席此时已经义愤填膺，“为了公平起见，我必须提醒阿玛狄洛博士一件事：昨天也在场的那个机器人吉斯卡，能够奉命将我们的交谈完整复述一遍，非但一字不漏，还会模拟双方的声音和语调。简言之，他拥有那段对话的录音。”

阿玛狄洛突然火冒三丈。“主席先生，吉斯卡那机器人的设计者和制造者是法斯陀夫博士，此人不但宣称自己是全银河最顶尖的机器人学家，而且还是我的死对头。这样一个机器人所做的录音，我们能够相信吗？”

贝莱说：“或许您该先听听那段录音，然后自行决定，主席先生。”

“或许我该这么做。”主席说，“今天我来这里，阿玛狄洛博士，可不是来请别人帮我拿主意的。但我们暂且搁下这件事。不管那段录音说些什么，阿玛狄洛博士，你是否希望正式作个声明，强调你原本并不知道那个索拉利女子将机器人视为自己的丈夫，而且你也从来没有这么讲过？请记住一件事——你们两位都是立法局议员，应该都明白——虽然没有机器人在场，我自己的录音装置仍会将我们的对话完整录下来。”他拍拍前胸鼓鼓的口袋，“一句话，阿玛狄洛博士，有还是没有？”

阿玛狄洛的声音中透出一丝绝望。“主席先生，我当真不记得我在聊天时随口说了些什么。如果我的确提到丈夫两字——这并不代表我承认了——也许只是因为之前和别人聊天的时候，有人提到嘉蒂雅迷恋她的机器人，仿佛把他当成自己的丈夫。”

主席问:“你究竟是跟谁聊的天？是谁跟你提到这件事的？”

“一时之间，我也说不上来。”

贝莱说:“主席先生，阿玛狄洛博士若能热心地把可能的对象一个个列举出来，我们就可以逐一询问，查出到底是谁提到这件事的。”

阿玛狄洛说:“主席先生，我希望您能考虑到，如果真这样做，会对研究院的士气造成多大的打击。”

主席说:“我希望你也考虑一下，阿玛狄洛博士，然后针对我们问你的问题，提出一个比较好的答案，以免我们被迫使用极端手段。”

“等一等，主席先生，”贝莱以极尽逢迎的口吻说，“还有一个问题。”

“什么？还有问题？”主席不以为然地望着贝莱，“什么问题？”

“阿玛狄洛博士为何极力避免承认自己知道詹德和嘉蒂雅的关系？他说过那是件不相干的事。既然如此，他何不干脆承认自己的确知道，以便结束这个议题？我要说，此事绝对有关，而阿玛狄洛博士心知肚明，一旦他承认了，我就会用这点来证明他的罪行。”

阿玛狄洛怒吼道：“我无法接受这种说法，我要求郑重道歉！”

法斯陀夫淡淡一笑。贝莱则紧紧抿起嘴，一脸严肃的表情，他已经将阿玛狄洛逼到了墙角。

主席涨红了脸——像是随时会脑溢血——万分激动地说：“你要求？你要求？你向谁要求？我才是主席。我负责听取各方陈述，然后作出决定，建议一个最佳的解决方案。我要听听这个地球人如何分析你的行为。如果他诽谤你，一定会受到惩罚，这点你大可放心；而且我会对诽谤罪采取最广义的解释，这点你同样大可放心。可是你，阿玛狄洛，千万别对我提出要求。继续吧，地球人，你要说什么尽管说，但字字句句都要格外谨慎小心。”

贝莱说：“谢谢您，主席先生。事实上，嘉蒂雅的确把她和詹德的秘密关系告诉了一个奥罗拉人。”

主席打岔道：“啊，那人是谁？可别在我面前玩超波剧的把戏。”

贝莱说：“我只想直截了当提出一个陈述，绝对没有其他意图，主席先生。我所谓的奥罗拉人，当然就是詹德自己。他虽然是机器人，但他也是奥罗拉居民，因此或许可被视为奥罗拉人。嘉蒂雅一定曾在激情之际，当面称呼他‘我的丈夫’。既然阿玛狄洛博士承认，关于詹德和嘉蒂雅的夫妻关系，他或许是从他人口中获悉的，那么我们能否假设正是詹德告诉他的呢？阿玛狄洛博士是否愿意立刻作个正式声明，在詹德进驻嘉蒂雅宅邸这段时期，他从来没有和詹德说过一句话？”

阿玛狄洛两度张嘴像是要说话，却两次都没有发出任何声音。

“好啦，”主席说，“在此期间，你到底有没有和詹德说过话，阿玛狄洛博士？”

仍旧没有回答。

贝莱轻声说：“答案若是肯定的，就和目前的议题百分之百有关了。”

“我开始看出这是必然的了，贝莱先生。好啦，阿玛狄洛博士，再问一次——有还是没有？”

阿玛狄洛冲口而出：“这地球人到底掌握了什么对我不利的证据？他手里有我和詹德的任何谈话录音吗？他找到任何目击我和詹德碰面的证人吗？除了那些自说自话的陈述，他到底还掌握了什么？”

主席转头望向贝莱，贝莱回应道：“主席先生，如果我毫无证据，阿玛狄洛博士应该赶紧否认他和詹德作过任何接触，以便留下正式记录——但他并未这样做。事实上，我在调查过程中，曾经询问过法斯陀夫博士的女儿瓦西莉娅·茉露博士，此外还询问过一位名叫山提瑞克斯·格里迈尼斯的奥罗拉青年。在这两段访谈录音里，很容易听出瓦西莉娅博士曾经鼓励格里迈尼斯去追求嘉蒂雅。您大可问问瓦西莉娅博士这么做到底有何目的，以及是不是阿玛狄洛博士建议她这么做的。而且看起来，格里迈尼斯经常性地和嘉蒂雅一起散步出游，两人都很喜欢这个活动，但詹德从未和他们同行。您若觉得需要，主席先生，不妨调查一下。”

主席淡淡地说：“我会考虑，但若一切如你所说，又意味着什么呢？”

贝莱说：“我曾经强调，除了法斯陀夫博士自己，就只有丹尼尔能够提供人形机器人的秘密。但在詹德死前，当然可以利用同样的手法，从詹德身上套取这些秘密。丹尼尔住在法斯陀夫博士的宅邸，相较之下接触不易，詹德则是常住嘉蒂雅的宅邸，而她对于机器人的保护措施，不会做得像法斯陀夫博士那样严密。

“有没有可能，阿玛狄洛博士利用嘉蒂雅不在宅邸的机会，也就是当她和格里迈尼斯定期出游的时候，试图和詹德交谈——或许是利用三维显像——以便研究他的反应，甚至对他进行各种测试，最后再抹除詹德的相关记忆，让他无法把这件事告诉嘉蒂雅？很可能他即将找到他想知道的答案——偏偏詹德此时停摆了，令他功败垂成。然后，他的注意力便转移到丹尼尔身上。他觉得也许只剩下几个测试和观察便能成功，所以设下昨晚那个圈套，正如我先前的……的证词所言。”

主席以近乎耳语的音量说：“现在一切都兜拢了，令我几乎不得不相信。”

“我还要指出最后一点，然后我就真的发言完毕了。”贝莱说，“在研究和测试詹德的过程中，阿玛狄洛博士当然有可能一不小心——但并非蓄意——把詹德弄坏了，因而犯下了这桩机杀案。”

阿玛狄洛疯狂地咆哮：“不！绝对没有！我对那机器人做的事情，绝无可能导致他停摆！”

法斯陀夫插嘴道：“这点我同意，主席先生，我也认为并非阿玛狄洛博士令詹德停摆。然而，主席先生，阿玛狄洛博士刚才所作的陈述，似乎间接承认了他曾经研究过詹德——因此贝莱先生的分析原则上完全正确。”

主席点了点头。“我不得不同意你，法斯陀夫博士——阿玛狄洛博士，你可以坚持正式否认这一切，那就会迫使我展开一次全面性调查，无论结果如何，都会对你造成极大的伤害——根据目前的态势，我相当担心调查的结果将对你极为不利。我建议你别逼我这么做——以免损及你自己在立法局的地位，或许还会伤害到奥罗拉一向稳定的政局。

“依我看，当詹德一案尚未发生之际，在银河殖民这个议题上，法斯陀夫博士的观点在立法局占了多数——但显然并非绝大多数。而你凭借宣扬法斯陀夫博士应对詹德的停摆负责，争取到不少议员转投你的阵营，因而从少数变成了多数。可是现在，如果法斯陀夫博士愿意，他可以指控你非但是终结詹德的元凶，事后还故意诬陷你的对手，而将局势翻转过来——一定会让你输得很惨。

“如果我不出手干预，那么你，阿玛狄洛博士，以及你，法斯陀夫博士，或许会由于倔强顽固，甚至是由于愤恨难消，而动员双方的人马，用各种罪名互相指控。我们的政界和舆论界也会注定分成两个阵营——甚至四分五裂——给我们带来无穷的伤害。

“我相信，在那种情况下，虽然法斯陀夫一定会获胜，但大家都将付出极大的代价。为了奥罗拉着想，身为主席的我有责任从一开始就替他拉票，并对你和你的同党施压，要求你们以最佳的风度接受法斯陀夫的胜利，而且要立刻表态，阿玛狄洛博士。”

法斯陀夫说：“我无意获得压倒性的胜利，主席先生。我再次提出我的妥协方案，让奥罗拉和地球，以及其他太空族世界，一律拥有开拓银河的自由。而我乐意加入机器人学研究院，把我对人形机器人的知识毫无保留地贡献出来，协助阿玛狄洛博士实现他的计划，用以换取他郑重承诺，从今以后，再也不会兴起任何报复地球的念头，并将这个承诺写成书面协定，由我们和地球代表共同签字。”

主席点了点头。“这是个既明智又有政治家风范的建议。我能请你也接受吗，阿玛狄洛博士？”

阿玛狄洛终于坐了下来，表情活像一只斗败的公鸡。他说：“我从未争取个人的权势或个人的胜利。我想要推动的，是我认为对奥罗拉最有利的方案，而我坚决相信，法斯陀夫博士这个计划意味着奥罗拉迟早自取灭亡。然而我了解到，这个地球人的作为，令我现在毫无反击之力——”他以恶毒的目光很快瞥了贝莱一眼，“我被迫接受法斯陀夫博士的建议——但我提出一个要求，请允许我在立法局针对这个议题正式发言，公开宣示我对这些后果的恐惧，以便留下历史记录。”

“当然，我们会准许的。”主席说，“而你如果愿意听我的忠告，法斯陀夫博士，请尽快让这个地球人离开我们的世界。他已经替你打赢这一仗，让你的观点获胜，但如果奥罗拉人有充分的时间觉悟到这是地球人打赢奥罗拉人，你的观点恐怕就不会太受欢迎了。”

“您说得很对，主席先生，贝莱先生会在接受我的道谢——我相信还有您的道谢之后，很快就离开的。”

“嗯，”主席的态度并不算十分大方，“既然他凭借智慧和勇气，替我们免去一场政治上的腥风血雨，我愿意向他道谢——谢谢你，贝莱先生。”

第十九章
贝莱之二

80

贝莱站在远处，目送着阿玛狄洛和主席离去。虽然他们一同前来，回程则是各走各的。

法斯陀夫送完他们两人，回到了贝莱身边，丝毫不想掩饰如释重负的神情。

“来吧，贝莱先生，”他说，“请你和我共进午餐，饭后，我会尽快安排将你送回地球。”

他的机器人显然都知道主人的心意，已经开始张罗了。

贝莱点了点头，语带嘲讽地说：“主席勉强向我道了谢，但那声谢谢像是鲠在他的喉咙。”

法斯陀夫说：“你不明白这是多么大的荣耀。主席几乎不会感谢任何人，反之也不会有人感谢他。主席的丰功伟绩，通常都是留给历史来歌颂。这位主席已经在位超过四十年，个性越来越古怪，也越来越爱发脾气，这是主席在位数十年之后的通病。

“然而，贝莱先生，我要再说一声谢谢你，而奥罗拉也会通过我向你道谢。虽然你寿命不长，但一定能活着见到地球人前往太空，而我们会提供科技上的协助。

“我实在想不通，贝莱先生，你如何能在两天半——还不到——的时间内，就解开了我们这个死结。你真是个传奇人物。算了，来，你该想要洗把脸吧，我自己就很想。”

从主席抵达开始算起，直到此时此刻，贝莱才有时间想到除了“下句话该说什么”之外的事情。

那接二连三乍现的灵光——第一次是在入睡前，其次是即将昏迷之际，第三次则是在性爱后的松弛状态下——他依旧不知道意义究竟何在。

“他首先赶到！”

这句话他至今莫名其妙，但即使并未将它参透，他还是让主席接受了他的观点，并因此大获全胜。所以说，如果根本派不上用场，或是似乎不需要，它到底还有没有任何意义呢？或者只是一句呓语罢了？

由于心里还有这个疙瘩，在出席这顿庆功午餐时，他并没有那种胜利的感觉。不知怎么回事，他就是觉得自己疏忽了什么。

比方说，主席会贯彻自己的决定吗？阿玛狄洛虽然输了这一仗，但他似乎是那种在任何情况下都不会放弃的人。姑且相信他说的都是真话，亦即驱动他的力量并非个人荣辱，而是他对奥罗拉的一片赤诚——果真如此的话，他就不可能放弃。

贝莱觉得有必要警告法斯陀夫。

“法斯陀夫博士，”他说，“我认为事情还没完，阿玛狄洛博士会继续设法排挤地球。”

当机器人端菜上桌之际，法斯陀夫刚好点了点头。“我知道他会，也等着他这么做。然而，只要詹德这个案子平息下来，我就再也没有什么好怕的了。此事一了，我确定自己永远能在立法局里制住他。别担心，贝莱先生，地球会很顺利的。你自己也别怕阿玛狄洛找你报仇，在日落之前，你就会离开这个世界，直奔地球而去——当然，丹尼尔会一路护送你。此外，我们随船送出的那份公文，一定会让你好好再升一次官。”

“我也很想赶紧回去，”贝莱说，“但我希望有时间一一道别。我想要——再去看看嘉蒂雅，还想当面向吉斯卡说再见，他昨晚等于是救了我一命。”

“绝无问题，贝莱先生。但请先吃完饭，好不好？”

贝莱开始把食物放入口中，吃起来却索然无味。正如刚才那场唇枪舌战，以及随之而来的所谓胜利，这顿饭同样是味同嚼蜡。

他其实不该赢的。主席应该半途制止他发言，而阿玛狄洛若觉得有必要，也该断然否认这一切。针对一个地球人的言词——或说推理——这样的否认应该会被接受。

但法斯陀夫却显得欢天喜地，他说：“我早已做好最坏的心理准备，贝莱先生。我本来还担心见主席的时机尚未成熟，你来不及提出什么扭转局势的说词。但你应付得很好，听你讲着讲着，我就不禁佩服起来。不过我始终提心吊胆，因为阿玛狄洛随时可能要求和你这个地球人对质，毕竟，你是在一个陌生的世界上，又经常出入户外，导致你的心智始终处于半错乱状态……”

贝莱冷冷地说：“恕我直言，法斯陀夫博士，我并非始终处于半错乱的状态。昨晚是个例外，那是我唯一失控的一次。打从我来到奥罗拉之后，或许常常感到不舒服，但我的心智总是处于最佳状态。”刚才面对主席，他费尽心力压抑的满腔怒火，这时总算有了宣泄的管道。“只有在暴风雨中例外，博士——当然，还有——”他陷入回忆，“当太空船快抵达时，有过那么一下子……”

他并未意识到这个想法——或说这段记忆、这个解释——是如何冒出来的，以及速度到底多快。前一刻它还并不存在，下一刻已经在他心中完整成形，仿佛它始终藏在那里，只需要戳破一个肥皂泡，便能令它无所遁形。

“耶和华啊！”他悄悄惊叹一声。然后，他挥拳捶向饭桌，震得餐盘嘎嘎作响。“耶和华啊！”

“怎么回事，贝莱先生？”法斯陀夫吃惊地问。

贝莱茫然地望着他，过了好一会儿才听到那个问题。“没什么，法斯陀夫博士。我只是在想阿玛狄洛博士真是可恶透顶，他先弄坏詹德，然后巧妙地嫁祸于你，昨晚他又害我在暴风雨中陷入疯狂，然后利用这件事来质疑我的说词。我只是——突然间——怒火中烧。”

“嗯，不必生这个气，贝莱先生。事实上，詹德不太可能是被阿玛狄洛弄停摆的，我仍然认为那纯粹是偶发事件——老实说，阿玛狄洛所进行的研究，确有可能增加这种事的发生几率，但我不想再追究这一点。”

贝莱并未专心聆听这段陈述。他刚刚回答法斯陀夫的话纯属虚构，因此法斯陀夫如何回应并不重要，或说并不相干（正如主席常用的说法）。事实上，今天所发生的一切——贝莱所作的一切解释——都是不相干的。可是，他却不必作任何更正。

只有一个例外——但要等一下。

耶和华啊！他在心中默默叹了一声，然后，他将注意力转移到午餐上，开始津津有味地大快朵颐起来。

81

贝莱再度跨越法斯陀夫家和嘉蒂雅家之间的草坪。这将是三天以来，他第四次和嘉蒂雅碰面——而（他的心脏似乎扭成了一个死结）这也是最后一次了。

吉斯卡负责护送他，不过这次离他比较远，而且对周遭的环境格外留意。其实，如今主席充分掌握了事实真相，已经没有必要再为贝莱的安危操心了——如果真要操心，照理说丹尼尔反倒比较危险。想必在这件事情上，吉斯卡尚未收到更新的指令。

他唯一一次主动贴近贝莱，是因为后者问了他一个问题："吉斯卡，丹尼尔呢？"

吉斯卡迅速来到贝莱身旁，仿佛绝对不愿意提高音量来说话。"先生，丹尼尔正带着几个同伴一同赶往太空航站，替你安排返回地球的行程。等你到了太空航站，他会尽快和你会合，还会和你一起上船，直到抵达地球，才会和你道别。"

"真是好消息，和丹尼尔相处的每一天我都很珍惜。那你呢，吉斯卡？你会和我们一起去吗？"

"不，先生，我奉命留在奥罗拉。然而，即使没有我，丹尼尔一个人也能把你伺候得很好。"

"这点我肯定，吉斯卡，但我会想念你。"

"谢谢你，先生。"说完，吉斯卡便以同样的速度退到了远处。贝莱望着他的背影，思索了一两秒钟——不，凡事都有先后顺序，他得先去见嘉蒂雅。

82

她走上前迎接他——在这两天之间，出现了多么大的改变啊。她并不算欢欣，也并没有雀跃，甚至并未显得精神愉快，她仍旧和每位遭逢巨变、备受打击的人一样，脸上一副严肃的神情——不过那股忧虑已经消失无踪。现在的她散发出一种平静，仿佛她已逐渐明白日子终将过下去，甚至偶尔还会伴随着欢笑。

她一面向他走去，一面伸出手来，并挤出一个热情而友善的笑容。

“喔，握住吧，握住吧，以利亚。”见他显得犹豫，她立刻这么说，“经过昨夜之后，如果你还退缩，还假装不想碰我，那就太可笑了。你瞧，我都还记得，而我并不后悔，事实上刚好相反。”

贝莱采取了（对他自己而言）非比寻常的回应方式，对她微微一笑。“我也记得，嘉蒂雅，而我同样不后悔。我甚至还想再做一次，不过，我是来跟你说再见的。”

一股阴霾掠过她的脸庞。“所以说，你要回地球去了。可是，从我们两家之间永不间断的机器人联线，我接到的报告是一切顺利，你不可能失败了。”

“我并没有失败，事实上，法斯陀夫博士他大获全胜。我相信从今以后，再也不会有人说他和詹德之死有任何牵连了。”

“因为你的发言吗，以利亚？”

“我想是的。”

“我就知道。”她带着些许自满的口气说，“当我建议他们请你来办案时，我就知道你会成功——可是，他们为什么要把你送回去呢？”

“正是因为案子破了。如果我再不走，显然会成为这个政治实体的过敏原。”

她狐疑地望着他一会儿，然后说：“我不确定你是什么意思，听起来像是地球的用语。不过别管了，你是否找出了杀害詹德的凶手？那才是重点。”

贝莱环顾四周。吉斯卡正站在壁凹里，此外，另一个壁凹内还站着一个嘉蒂雅的机器人。

嘉蒂雅毫无困难地看懂了他的肢体语言，她说：“好啦，以利亚，你得学着别再顾忌这些机器人。比方说，你不会因为屋里有这些椅子，或这些窗帘，而有所顾忌吧？”

贝莱点了点头。“嗯，好吧，嘉蒂雅，我很抱歉——万分抱歉——但我不得不把詹德是你的丈夫这个事实告诉他们。”

见她瞪大眼睛，他赶紧说下去：“我不得不这么做，这对破案起着关键的作用。但我向你保证，你在奥罗拉的处境不会因此受到影响。”他以尽可能简短的方式，把事情的经过摘要说明一番，然后做出结论，“所以你看，根本没有凶手。詹德之所以停摆，是正子径路中的随机变化所导致的结果，只不过发生在他身上的事，有可能增加这种随机变化的几率。”

“而我一直不知道，”她呜咽着说，“一直不知道。在阿玛狄洛这个恶毒的阴谋中，我等于做了帮凶——他无论如何要负责，他这么做无异于故意用大铁锤把詹德砸得粉碎。”

“嘉蒂雅，”贝莱真诚地说，“这么讲有欠公平。他并没有蓄意伤害詹德，而在他看来，他的所作所为都是为了奥罗拉着想。事实上，他已受到惩罚了。他自己一败涂地，相关计划也摇摇欲坠，而机器人学研究院则会进入法斯陀夫博士的势力范围。你自己即使绞尽脑汁，也想不出更合适的惩罚吧。”

她说：“这点我会想想——可是我该拿山提瑞克斯·格里迈尼斯怎么办？这个年轻英俊的小共犯，专门负责把我引出去，怪不得虽然我一再拒绝，他却一副有志竟成的模样。嗯，他还会来的，我会让他好好……”

贝莱猛力摇了摇头。“嘉蒂雅，别这样。我曾经侦讯过他，而我向你保证，他根本不知道这是怎么回事。他和你一样，完全被蒙在鼓里。事实上，你本末倒置了。他并非因为要把你引开，才百折不挠地追求你，而是因为他百折不挠，阿玛狄洛才认定了他有利用价值。而他之所以不屈不挠，是因为他关心你——如果‘爱’这个字的意思在奥罗拉和在地球上一样，那就是因为他爱你。”

“在奥罗拉，爱和跳舞没有差别。詹德是机器人，而你是地球人，你俩都和奥罗拉人并不一样。”

“这点你已经解释过了。可是嘉蒂雅，你从詹德那儿学到了接受，又从我这儿学到了付出——虽然并非我刻意教你。如果你自认为学到的都是好东西，难道没有责任把它再传授给别人吗？格里迈尼斯对你足够迷恋，一定会愿意学的。他面对你的拒绝却不屈不挠，这已经是打破了奥罗拉的传统，今后他一定还会打破更多。你可以教他怎样付出和怎样接受，而在他的帮助下，你可以进一步学习如何同时或轮流付出和接受。”

嘉蒂雅凝视着贝莱的双眼，像是想看透他的心思。“以利亚，你想要摆脱我吗？”

贝莱慢慢点了点头。“是的，嘉蒂雅，我的确这么想。此时此刻，我最关心的就是你的幸福快乐，它超过了我为自己或为地球所作的任何打算。我无法给你幸福，也不能让你快乐，但如果格里迈尼斯能做到这两点，我也会感到快乐——感觉上，几乎就像是我自己做到了一样。

“嘉蒂雅，只要你肯教他如何打破那种制式的舞步，他的投入程度将会令你感到惊讶。然后这件事会慢慢传开，其他人也会纷纷拜倒在你的裙下——而格里迈尼斯或许也能开始教导其他女子。嘉蒂雅，也许你在有生之年，就会在奥罗拉掀起一场性爱革命，你有三个世纪的时间来做这件事。”

嘉蒂雅盯着他，突然哈哈大笑起来。“你在哄着我玩，你在故意装疯卖傻。我从没想到你会这样，以利亚。你看起来总是那么郁郁寡欢，那么严肃。耶和华啊！”（她试着模仿他那忧郁的男中音，说出这句口头禅。）

贝莱说：“或许我有点哄你，但我是真心的。答应我，你会给格里迈尼斯一个机会。”

她来到他近前，他毫不犹豫地伸手搂住她。她将食指放到他的嘴唇上，他立刻做了一个亲吻的动作。她轻柔地说：“难道你自己不想要我吗，以利亚？”

他（无法对两个机器人视而不见）以同样轻柔的声音说：“不，嘉蒂雅，我很想。我必须厚着脸皮说，如果能拥有你，此时此刻就算地球粉碎了我也不在乎——可是我做不到。几小时后，我就会离开奥罗拉，但你绝对无法获准和我同行。而今后，我想我再也不能重返奥罗拉，而你也不可能有机会造访地球。

“我永远不会再见到你，嘉蒂雅，但也永远不会忘记你。几十年后，我就会死去，而那个时候，你将仍旧像现在一样年轻。所以不论我们会有任何可能的发展，都会很快就得说再见了。”

她将头倚在他的胸膛。“喔，以利亚，你两度闯入我的生命，每回都只有短短几小时。你每次都对我做了那么多，但随即又告辞离去。头一次，我唯一能做的只是碰碰你的脸，但那个小小的动作，却带来那么大的改变。第二次，我做的多得多——带来了更为天翻地覆的改变。无论我活多少世纪，以利亚，我将永远记得你。”

贝莱说：“那么，千万别让这段回忆阻断了你的幸福。接受格里迈尼斯，把幸福带给他——也让他把幸福带给你。还有，别忘了，没有任何力量能阻止你写信给我，奥罗拉和地球之间的超波邮件始终通畅。”

“我会的，以利亚，你也会写信给我吗？”

“我会的，嘉蒂雅。”

接下来是一阵沉默，然后两人便依依不舍地分开了。当他走到门口，回过头来时，她仍站在房间的正中央，而且依然带着浅浅的笑容。他做了一个“再见”的嘴形，然后，因为不必发出声音——否则他绝对做不到——他又补上“亲爱的”三个字。

而她也掀动嘴唇：再见了，我最亲爱的。

然后他便转身走了出去，心中再明白不过，今后永远不可能见到她的真身，也永远不可能再碰触到她了。

83

过了好一阵子，以利亚才能重新思考尚未完成的工作。在此之前，他已默默走了一大段路，直到大约来到两座宅邸中间，他才停下脚步，举起手来。

观察入微的吉斯卡随即来到他身边。

贝莱问：“我何时一定得动身前往太空航站，吉斯卡？”

“三小时又十分钟之后，先生。”

贝莱考虑了一下。“我想要走到那棵大树旁，靠着树干坐下，独自一人待一会儿。当然要你陪着我，但我想暂时远离其他人类。”

“在户外吗，先生？”这机器人的声音无法表达惊讶与震撼，但贝莱就是有一种感觉，吉斯卡若是人类，这句话便会传达出那两种情绪。

“没错，”贝莱说，“我需要想些事情，而经过昨晚之后，今天一切显得这么平静——阳光普照、万里无云、气候宜人——似乎不会有什么危险。我向你保证，万一空旷恐惧症发作，我会立刻回到室内。所以，你会陪我吗？”

“会的，先生。”

“很好。”贝莱走在前面带路。等到两人走到大树旁，贝莱谨慎地摸了摸树干，然后仔细盯着自己的手指，发觉指尖仍旧十分干净。在确定了贴近树干不会把自己弄脏之后，他又检视了一下草地，这才小心翼翼地坐下来，并将上身靠向树干。

虽然比不上靠着椅背来得舒服，可是（说也奇怪）他心中却有一种安详的感觉，那或许是置身室内永远感觉不到的。

吉斯卡仍旧站着，贝莱问："你不坐下吗？"

"我站着和坐着一样舒服，先生。"

"我知道，吉斯卡，但如果不必抬头望着你，我的思路会更顺畅。"

"如果我坐下来，就无法那么有效地监视各种风吹草动，先生。"

"这我也知道，吉斯卡，但此时此刻，照理说不会再有什么危险了。案子已经侦破，我的任务结束，法斯陀夫博士的地位也巩固了。你可以放心大胆地坐下来，而我也命令你这么做。"

吉斯卡立刻坐下，面对着贝莱，但他继续眼观四路耳听八方，维持着警戒状态。

贝莱抬起头，透过浓密的树叶望向天空，见到了一片蓝绿交织的景象。他还竖起耳朵，倾听着虫鸣鸟叫，并注意到附近草丛有点骚动，想必刚好有个小动物经过。他不禁想到，这是多么奇妙的一种安详，而这种安详和大城的喧嚣多么不同啊。这是一种宁静的安详、从容的安详、远离尘世的安详。

有生以来头一遭，贝莱隐约领悟到了户外究竟比大城好在哪里。他由衷感谢这次在奥罗拉的诸多经历，尤其是那场暴风雨——因为现在他知道了自己的确能够离开地球，移居到一个新世界，并面对其上任何可能的环境——当然是和班一起，或许还有洁西。

他说："昨天晚上，我在漆黑的风雨中突然想到，如果没有云层遮掩，不知能否看到奥罗拉的卫星。如果我没记错，书上说奥罗拉有一颗卫星。”

“其实有两颗，先生。大的那颗叫作提托诺斯，不过它还是很小，看起来只像一颗中等亮度的星星。小的那颗肉眼根本看不到，所以没有名字，我们提到它的时候，就称之为提托诺斯二号。”

“谢谢你——还有，吉斯卡，谢谢你昨晚救了我。”他望着那机器人，“我不知道该怎么谢你才对。”

“完全没有必要谢我，我只是在遵从第一法则。在这种事情上，我没有选择余地。”

“话虽如此，你仍然等于是我的救命恩人，我认为有必要让你了解这一点——而现在，吉斯卡，我该怎么做呢？”

“你是指什么事，先生？”

“我的任务结束了，法斯陀夫博士的观点已经巩固，地球的前途也已经确保。看起来我似乎没什么好做的了，可是詹德的案子还悬着呢。”

“我不了解你的意思，先生。”

“嗯，他的死因似乎已经公认是脑部正子电位的随机漂移，可是法斯陀夫也承认，那样的几率几乎是无限小。就算阿玛狄洛的行动可能有推波助澜的作用，那个几率在提高后，还是跟无限小差不多。至少，法斯陀夫是这么说的。所以，我仍然在怀疑詹德是死于蓄意谋杀，但我不敢提出质疑了。一切皆已尘埃落定，我不想再颠覆这个令人满意的结局。我不希望再把法斯陀夫置于险境，不希望再让嘉蒂雅痛苦难过。我不知道该怎么做，也不能和任何人讨论这个问题，所以我只好跟你说，吉斯卡。”

“好的，先生。”

“我随时能命令你把听到的全部洗掉，把这一切都忘记。”

“是的，先生。”

“依你看，我该怎么做？”

吉斯卡说：“如果这是一桩机杀案，先生，那就一定有作案的凶手。目前只有法斯陀夫博士有这个能力，但他说并非他下的手。”

“对，当初我们就是从这里出发的。我信任法斯陀夫博士，相当确定他并不是凶手。”

“那么，这又怎么可能是机杀案呢，先生？”

“如果还有一个人，对机器人的了解和法斯陀夫博士不相上下，那就有可能了，吉斯卡。”

贝莱屈起双腿，两手紧紧抱住膝盖。他并未望向吉斯卡，而是似乎陷入了沉思。

“那会是谁呢，先生？”吉斯卡问。

贝莱终于推演到了关键点。

他说：“就是你，吉斯卡。”

84

假如吉斯卡是人类，他的反应很可能会是目瞪口呆、震惊不已；但也可能会是勃然大怒，或是吓得缩成一团，或是其他十来种可能的反应。但因为他是机器人，他并未显露任何情绪，只是回应道：“你为何这么讲，先生？”

贝莱说：“我相当确定，吉斯卡，你完全明白我是如何得出这个结论的，但我要你帮个忙，请允许我在这个宁静的地点，在必须动身前的这个空当，为我自己从头到尾解释一遍。我想听听自己的分析，如果我哪里说错了，我希望你立刻纠正。”

“绝无问题，先生。”

“我猜我犯的第一个错误，就是假设你不如丹尼尔那么先进、那么复杂，因为你看起来不那么像真人。身为人类的我们，总是假设机器人越是像真人，他就会越先进、越复杂，而且越有智慧。没错，像你这样的机器人确实不难设计，而丹尼尔就只有法斯陀夫那种机器人学天才造得出来，对于其他人，例如阿玛狄洛而言，要造出丹尼尔那样的机器人则是难上加难。然而在我看来，丹尼尔的设计困难主要在于模仿人类的各个层面，例如脸部的表情、声音的抑扬顿挫、各式各样的姿势和动作等等，这些模仿虽然细致繁复至极，可是和心智的复杂度并非真正有关，我猜得对吗？”

“相当正确，先生。”

“因此我和其他人一样，自然而然低估了你。但在我们抵达奥罗拉之前，你自己便泄了底。或许你还记得，在降落过程中，我的空旷恐惧症突然发作，有那么一下子，我比昨晚在暴风雨中更加无助。”

“我记得，先生。”

“当时，丹尼尔在我的舱房里，而你却在门外。我陷入了一种僵呆的状态，发不出声音来，而他也许并未望向我这边，所以完全不知道发生了什么事。你原本在舱房外，但你赶紧冲了进来，关掉了我手中的控制器。你比丹尼尔更早赶到我身边，虽说丹尼尔的反射动作和你一样迅速，这点我很肯定——当初法斯陀夫博士冷不防攻击我，就是他及时出手制止的。”

“法斯陀夫博士绝对不可能攻击你。”

“没错，他只是要对我示范丹尼尔的反射动作——但言归正传，如我所说，那天在舱房里，你却首先赶到我身边。以当时的情况，我几乎无法注意到这件事，但我在这方面训练有素，而且空旷恐惧症并未令我完全失去行动能力，这点我昨晚又证明了一次。我的确注意到了是你首先赶到的，但我很快就忘掉了。当然，这只有一个合理的解释。”

贝莱顿了顿，仿佛在等待吉斯卡表示同意，但这机器人什么也没说。

（多年后，每当贝莱想到这趟奥罗拉之旅，最先浮现脑海的并非暴风雨，甚至不是嘉蒂雅，而是目前这个画面——他平静地坐在树下，头上是衬着蓝天的绿叶，周遭是和煦的微风以及动物的低鸣，而吉斯卡坐在他对面，双眼微微发出红光。）

贝莱说：“即使有舱门阻隔，你似乎仍有办法侦测到我的心灵状态，知道我出了状况。或者简单地说，你拥有读心术，但这么说或许过分简化了。”

“是的，我有，先生。”吉斯卡平静地答道。

“而且，你还有办法影响他人的心灵。我相信你早已注意到我发现了这件事，所以你遮蔽了我心中这段记忆，硬是让我记不起来，即使我不经意地想到，也看不出背后的意义。但你并非做得天衣无缝，这或许是因为你的能力有限……”

吉斯卡说：“先生，第一法则至高无上。虽然明知会露出马脚，我还是一定要去救你。而为了避免伤害你的心灵，我只能施行最低限度的遮蔽。”

贝莱点了点头。“我懂了，你有你的难处。最低限度的遮蔽——所以当我的心灵足够放松，可以进行自由联想之际，便会记起这件事。昨晚在风雨中，我在失去意识的前一刻，已经想到你会首先找到我，正如当初在太空船上一样。你或许能借着红外辐射发现我的位置，但所有的飞禽走兽也都会射出红外线，很有可能造成混淆——可是你还能侦测心灵活动，不论我是否不省人事，而这就有助于顺利将我找到。”

“的确有帮助。”吉斯卡说。

“虽然我在即将睡着或昏迷之前，能够记起这件事，到了完全清醒时，我又会忘得一干二净。然而，昨天夜里，当我第三次想起来的时候，身旁还有一个人。嘉蒂雅跟我在一起，而她记得我说了什么，我说的是，‘他首先赶到’。即便如此，我还是想不起这句话的意思，直到法斯陀夫博士随口的一句话，才帮助我冲出了你设下的障碍。一旦开了窍，我很快便想起其他的事情。比方说，当初我怀疑太空船是否真的前往奥罗拉，在我开口发问之前，你就向我保证，目的地确实是奥罗拉——不过我猜，你不让任何人知道你有读心的能力。”

“正是这样，先生。”

“为什么呢？”

“这种读心的能力，先生，让我能以独一无二的方式诠释第一法则，所以我分外珍惜。我能以超乎寻常的效率防范人类受到伤害。然而在我看来，无论法斯陀夫博士——或其他任何人——对于一个会读心的机器人，都不可能容忍太久，所以我对这件事坚决保密。法斯陀夫博士常爱讲述苏珊·凯文摧毁读心机器人的传说，在这件事情上，我不希望他成为第二个苏珊·凯文。”

“对，他也跟我提过这则传说。我猜，他在潜意识里早已知道你有读心的能力，否则不会一再转述这个故事。而我认为，他这么做等于对你构成威胁。例如我当然是因此而注意到这件事的。”

“在不过度干扰博士心灵的前提下，我已尽可能消除这个威胁。因此，法斯陀夫博士在讲这个故事的时候，总不忘强调它只是个传说，实际上不可能发生。”

“对，这点我也记得。但是，既然法斯陀夫不知道你有读心术，在你的原始设计中，一定没有这种能力。所以说，你是怎么得到的？——不，别告诉我，吉斯卡，让我猜一猜。瓦西莉娅小姐，当她还是小女孩、刚对机器人学感兴趣的时候，特别喜欢跟你在一起。她跟我说过，在法斯陀夫的远距监督下，她曾试着改写你的程序。有没有可能，某一回，她无意间所做的一件事，赋予了你这种能力？这么说正确吗？”

“完全正确，先生。”

“你知不知道她到底做了什么？”

“知道，先生。”

“目前为止，你是唯一会读心的机器人吗？”

“目前为止是的，先生，将来就不止我一个了。”

“如果我问你，瓦西莉娅博士到底对你做了什么，才让你有了这种能力——或者法斯陀夫博士这么问——你会基于第二法则而回答我们吗？”

“不会的，先生，因为根据我的判断，真相会对你们造成伤害，所以第一法则会优先发挥作用，阻止我回答这个问题。然而，其实并不会有人问我，因为我会预先知道某人想要发问和下令，而我会赶在他这么做之前，从他心中移除这个冲动。”

“没错。”贝莱说，“前天傍晚，我们从嘉蒂雅家走回法斯陀夫家的时候，我曾经问丹尼尔，在詹德服侍嘉蒂雅的那些日子里，他和詹德是否有过任何接触，而他直截了当否认了。然后我准备问你同样的问题，结果竟然没问出口。我想，是你消灭了我想发问的冲动吧。”

“是的，先生。”

“因为如果我问了，你就必须回答你和他很熟，但你还不准备让我知道这件事实。”

“是的，先生。”

“可是，在你和詹德接触的这段时间中，你应该知道阿玛狄洛正在测试他，因为据我猜想，你也能读取詹德的心灵，或说侦测他的正子电位……”

“是的，先生，机器人和人类的心智活动都难不倒我。相较之下，机器人更容易了解得多。”

“你并不赞同阿玛狄洛的行为，因为在开拓银河这件事情上，你支持法斯陀夫的主张。”

“是的，先生。”

“那你为何不阻止阿玛狄洛？为何不从他心中移除测试詹德的冲动？”

吉斯卡答道：“先生，我从不轻易干扰他人的心灵。阿玛狄洛的决心是那么根深蒂固，想要将它移除，我必须大费周章——而他的心灵相当先进，也相当重要，我实在不愿意破坏。我让这件事持续了好长一阵子，在此期间，我一直在思考该怎么做才最符合第一法则对我的要求。最后，我终于决定了矫正这个局势的方式，这绝非一个容易的决定。”

“于是你决定，在阿玛狄洛研究出如何设计人形机器人之前，先下手令詹德停摆。你知道该怎么做，因为多年来日积月累，你已经从法斯陀夫的心灵充分了解了法斯陀夫的理论。对不对？”

“一点也没错，先生。”

“所以说，法斯陀夫终究并非唯一能令詹德停摆的专家。”

“就某个层面而言，他仍然是的，先生。我自己的能力只是他的反射——或说他的延伸而已。”

“但是同样厉害。难道你看不出来，这会带给法斯陀夫极大的危险吗？看不出来他理所当然会成为嫌犯吗？你是否打算到了必须救他的时候，就公开你的能力，并承认这件事是你做的？”

吉斯卡说：“我的的确确看出法斯陀夫博士会陷入痛苦的困境，但我并未打算承认自己是元凶。我所打的主意，是利用这个情势把你找来奥罗拉。”

“把我找来这里？这是你的主意？”贝莱觉得自己有点吓呆了。

“是的，先生。如果你允许，我想解释一番。”

贝莱说：“请讲。”

吉斯卡说：“当初，我是从嘉蒂雅小姐和法斯陀夫博士那儿获悉你这个人的，不只从他们口中，同时还从他们心里。我也因而了解到地球的处境。显然，地球人的生活被围墙所包围，他们难以破墙而出。可是我看得很清楚，奥罗拉人同样活在围墙里面。

“奥罗拉人的围墙是由机器人组成的，这堵墙替他们挡住了人生所有的风浪，而根据阿玛狄洛的计划，将由机器人打造更多拥有围墙的社会，以免奥罗拉人亲自开拓新世界。此外奥罗拉人还有另一堵围墙，那就是他们的倍增寿命，他们因而过度重视个人主义，不想与他人分享科学资源。他们也因此不愿陷入纷纷扰扰的争议，总是在问题尚未公开之前，便请出他们的主席，由他负责排难解纷，并决定一个解决方案。他们懒得绞尽脑汁找出最佳的解答，只想闭上嘴巴捡现成的便宜。

“地球人的围墙既粗陋又具体，因此显而易见——而且总是有人渴望逃出去。奥罗拉人的围墙却是无质无形，甚至谁也看不出来，因而从未有人兴起逃脱的念头。所以我觉得，必须由地球人——而非奥罗拉人或其他太空族——负责开拓银河，并建立起银河帝国的前身。

“这些都是法斯陀夫博士所作的推论，而我完全同意。法斯陀夫博士作出这些推论就心满意足了，然而，我的能力却不允许我这么容易满足。我至少也得直接研究一个地球人的心灵，以便检验我自己悟出来的结论，而你，就是我自认有把握请到奥罗拉的那个地球人。詹德的停摆可以说是一举两得，不但阻止了阿玛狄洛的野心，还提供了邀请你来的借口。我先轻轻地推了嘉蒂雅小姐一把，让她向法斯陀夫博士推荐你；接着，我同样轻轻地推了博士一把，让他向主席推荐你；最后我又轻轻推了主席一把，让他同意这件事。而你来到之后，我立刻开始研究你，得到的成果令我很高兴。”

吉斯卡闭上了嘴巴，恢复了机器人惯常的漠然神态。

贝莱皱起眉头。“我突然觉得，自己在这里的所作所为，其实一点功劳也没有。你一定在暗中替我铺路，确保我一路找到真相。”

“不，先生，刚好相反。我刻意给你设下重重阻碍——当然是在合理范围内。虽然我曾被迫展现自己的能力，但我绝对不要给你看出来。我设法让你不时会感到灰心和绝望，同时又鼓励你大胆走出户外，以便研究你的反应。而你跨越了一个个障碍，替自己找到了出路，这令我很高兴。

“我发现你渴望回到大城的围墙里，但你也明白必须学着摆脱它。我发现你从太空鸟瞰奥罗拉以及暴露在风雨中都会感到不适，但两者皆未令你思路受阻，也并未令你打消解谜的决心。我还发现你坦然接受自己的缺陷，包括短暂的寿命——而更重要的是，你面对争议绝不回避。”

贝莱说：“你又怎么知道我能代表一般的地球人？”

“我知道你不能。可是从你心里，我获悉了还有像你这样的人，而我们可以拿这些人当作基础。我会全力促成——既然我确定了该走哪条路，我将催生出更多像我这样的机器人——他们也会全力促成这个目标。”

贝莱猛然问道：“你是指，会有很多的读心机器人前往地球？”

“不是，不是，但你有这个警觉却是正确的。那堵机器人围墙已经让奥罗拉和太空族世界注定瘫痪，如果直接引进机器人，地球势必重演这段历史。地球人必须独力开拓整个银河，不能有任何种类的机器人帮助。这意味着将有不计其数的困难、危险和损伤——如果有机器人，通通可以避免——可是人类若能一切自力更生，最后将会得到更美好的成果。或许某一天——很远很远的未来——机器人能再度介入。谁说得准呢？”

贝莱好奇地问：“你能预见未来吗？”

“不能，先生。但在研究人类心灵的过程中，我隐约看出有些法则在规范着人类的行为，正如机器人学三大法则规范机器人的行为那样。或许利用这样的法则，人类总有一天能对未来大致作些预测。相较之下，人类的法则要比机器人的法则复杂得多，我对它的具体内容没有任何概念。它的本质可能是统计性的，所以必须针对广大的群众，才能作出较为明确的预测。它也可能几乎不具约束力，因此除非广大群众对它的运作一无所悉，否则它根本毫无意义。”

“告诉我，吉斯卡，这就是法斯陀夫博士所说的‘心理史学’这门未来科学吗？”

“是的，先生。我把这个想法轻轻植入他心中，好让它有机会生根发芽。既然这个以长寿和机器人为特色的太空族文明即将走到尽头，而新一波的人类扩张即将展开——由短寿命的地球人主导，没有机器人参与——这门学问总有一天会派上用场。

“现在，”吉斯卡站了起来，“先生，我想我们必须回到法斯陀夫博士的宅邸，替你作行前准备了。当然，我们在此所说的一切，不会再转述给任何人。”

“我向你保证，我绝对会守口如瓶。”贝莱说。

“好的。”吉斯卡平心静气地说，“但别担心保密的重担会压在你身上。我会让你记得这一切，但你永远不会想要告诉别人——半个字也不会。”

贝莱扬起眉毛，表示姑且接受，然后说：“不过，吉斯卡，在你将我封口之前，我还要说一件事。可否请你确保嘉蒂雅的生活不会受到干扰；不会因为她是索拉利人，而且曾将机器人当成丈夫，而在这个世界上受到不友善的待遇；还有——还有她终究会接受格里迈尼斯的求爱？”

“我听到了你和嘉蒂雅小姐最后那番谈话，先生，我了解你的意思，所以请放心吧。现在，先生，我能否趁着没有旁人的时候，先向你正式道别？”他以贝莱前所未见酷似人类的姿势伸出右手。

贝莱握住他的手，那五根手指坚硬且冰凉。“再见——吉斯卡好友。”

吉斯卡说：“再见，以利亚好友。请记住，虽然奥罗拉的原意是曙光女神，可是从现在起，地球才是真正的曙光世界。”

读客®
科幻文库

跟着读客读科幻，经典科幻全看遍

太空歌剧、赛博朋克、奇幻史诗……

中国、美国、英国、俄罗斯、波兰、加拿大、日本、牙买加……

读客汇聚雨果奖、星云奖、轨迹奖获奖作品

精挑细选顶尖的科幻奇幻经典

陪伴读者一起探索人类文明的过去、现在和未来

亿亿万万年，直至宇宙尽头

阿西莫夫
银河帝国系列

基地系列

银河帝国：基地（Foundation）

银河帝国2：基地与帝国（Foundation and Empire）

银河帝国3：第二基地（Second Foundation）

银河帝国4：基地前奏（Prelude to Foundation）

银河帝国5：迈向基地（Forward the Foundation）

银河帝国6：基地边缘（Foundation's Edge）

银河帝国7：基地与地球（Foundation and Earth）

机器人系列

银河帝国8：我，机器人（I, Robot）

银河帝国9：钢穴（The Caves of Steel）

银河帝国10：裸阳（The Naked Sun）

银河帝国11：曙光中的机器人（The Robots of Dawn）

银河帝国12：机器人与帝国（Robots and Empire）

帝国系列

银河帝国13：繁星若尘（The Stars, Like Dust）

银河帝国14：星空暗流（The Currents of Space）

银河帝国15：苍穹一粟（Pebble in the Sky）

机器人学三大法则

一、机器人不得伤害人类，或因不作为而使人类受到伤害。

二、除非违背第一法则，机器人必须服从人类的命令。

三、在不违背第一及第二法则的情况下，机器人必须保护自己。

——《机器人学手册》第 56 版，公元 2058 年